LE MASSACRE DES INNOCENTS

Joyce Egginton

LE MASSACRE DES INNOCENTS

FRANCE LOISIRS
123, boulevard de Grenelle, Paris

Titre original : *From Cradle to Grave*
Traduit par Josette Chicheportiche

Une édition du Club France Loisirs, Paris,
réalisée avec l'autorisation des Presses de la Cité

ISBN 2-7242-7979-4

A ma mère, Lillian Egginton, qui m'a donné tellement plus que la vie.

Remerciements

Tout ce que raconte ce livre s'est réellement passé. Aucun pseudonyme n'a été utilisé et toutes les informations qui s'y trouvent proviennent de ma propre observation, des souvenirs de mes informateurs et des dépositions des témoins. J'ai interviewé cent cinquante personnes environ, la plupart pendant plusieurs heures, et très souvent à plusieurs reprises. Certaines sont citées dans cet ouvrage, d'autres ont préféré rester anonymes. Leur coopération, leur patience et l'intérêt qu'elles ont porté à ce projet sont inestimables.

Par ailleurs, j'ai fait appel à de nombreux spécialistes pour comprendre les aspects médicaux et psychologiques de cette complexe affaire. Je tiens donc à remercier le Dr Stuart S. Asch, professeur de psychiatrie clinique au New York Hospital-Cornell Medical Center; le Dr Michael M. Baden, directeur de l'institut médico-légal de la Police de l'État de New York; le Dr Janet Christman, anatomopathologiste du St. Peter's Hospital, Albany, New York; le Dr Richard Cimma, pédiatre à East Greenbush, New York; le Dr Judianne Densen-Gerber, président de l'Odyssey Corporation du Connecticut; le Dr Vincent DiMaio, médecin légiste à San Antonio, Texas; le Dr John L. Emery, professeur émérite d'anatomopathologie pédiatrique à l'Université de Sheffield, Angleterre; le Dr David G. Inwood, directeur du département de psychiatrie chez l'enfant et l'adolescent, Down-Town Medical Center, Brooklyn, New York; le Dr Virgil January, comportementaliste à la Police de l'État de New York; le Dr Kevin Karpowicz, pédiatre, Schenectady, New York; le Dr Mary Lindsay, psychiatre pour enfants et docteur en médecine au Aylesbury Vale Child Guidance Clinic, Aylesbury, Buckinghamshire, Angleterre; le Dr Alan Lobovits, pédiatre, Southborough, Massachusetts; le Dr Roy Meadow, professeur de pédiatrie au St.-James's University Hospital, Leeds, Angleterre; le Dr Rudy V. Nydegger, psychologue clinique et professeur de psychologie à l'Union College, Schenectady, New York; le Dr Michael O'Hara, professeur assistant de psychologie à l'Université de Iowa; le Dr Thomas F. D. Oram, anatomopathologiste en chef du Ellis Hospital, Schenectady, New York; le Dr Boyd Stephens, médecin légiste, San Francisco, Californie; le Dr Robert L. Sullivan, médecin légiste, comté de Schenectady, New York et le révérend Burnham H. Waldo, pasteur de l'Église méthodiste unie, Greenwich, New York.

J'aimerais également remercier tous ceux qui, en contribuant à mes recherches, m'ont consacré énormément de leur temps et de leur énergie, et se sont toujours montrés prêts à répondre à mes nombreuses questions : l'enquêteur William W. Barnes, l'adjoint du district attorney Alan Gebell, Patricia S. McBreen, Suzanne Normington, Martha Proper, Cynthia Walter et les divers membres des familles Tinning et Roe. Marybeth Tinning, à qui j'ai proposé de raconter sa propre version des faits, a refusé.

Enfin, je tiens à remercier Jane Cushman, mon agent littéraire, qui m'a poussée à écrire ce livre et qui m'a toujours écoutée, conseillée et encouragée.

J. E.

Les bébés de Marybeth

Barbara	31 mai 1967-2 mars 1972
Joseph	10 janvier 1970-20 janvier 1972
Jennifer	26 décembre 1971-3 janvier 1972
Timothy	21 novembre 1973-10 décembre 1973
Nathan	30 mars 1975-2 septembre 1975
Michael (adopté)	3 août 1978-2 mars 1981
Mary Frances	29 octobre 1978-22 février 1979
Jonathan	19 novembre 1979-24 mars 1980
Tami Lynne	22 août 1985-20 décembre 1985

PREMIÈRE PARTIE

TAMI LYNNE

1

Personne ne connaît vraiment Marybeth. Elle n'est jamais la même.

Une ancienne collègue.

Quelques heures avant de tuer sa fille Tami Lynne, Marybeth Tinning lui acheta de nombreux cadeaux de Noël. Elle prit son temps pour les choisir, allant et venant dans les allées bondées d'un magasin de jouets, examinant un article après l'autre. Elle dépensa également plus d'argent que ne le jugeait raisonnable sa voisine et amie Cynthia Walter. « Que représente Noël pour un bébé de quatre mois ? » disait Cynthia en pensant à son propre budget serré et à tous les frais qu'occasionneraient les fêtes. Ne tenant pas compte de sa remarque, Marybeth acheta une boîte à musique, un hochet, un mobile avec des clochettes pour la poussette et deux petits tapis d'éveil, un pour sa fille et l'autre pour Aaron, le fils de Cynthia. A l'exception du temps qu'elle mit à choisir ces cadeaux, il n'y avait rien d'anormal dans son comportement en cette soirée du 19 décembre 1985, rien qui pouvait suggérer qu'elle n'était pas une mère pleine de bon sens et de bienveillance.

Marybeth et Cynthia avaient des enfants du même âge et habitaient deux maisons jumelles sur Michigan Avenue, à Schenectady, coïncidence qui était à l'origine de leur amitié. Elles s'étaient rencontrées pour la première fois au début de l'été, alors qu'elles entraient toutes les deux dans le septième mois de leur grossesse. Marybeth avait remarqué en souriant qu'elles commençaient à grossir, et tout en bavardant, elles s'étaient rendu compte qu'elles devaient accoucher plus ou moins à la même date, vers la fin du mois d'août. Quelques jours plus tard, alors que Mark, le mari de Cynthia, montait à grand-peine ses provisions jusqu'à sa porte, Joseph, le mari de Marybeth, passant devant chez lui, lui proposa de l'aider. Mark invita Joe et sa femme à prendre un verre, et ce fut là le début d'une amitié entre les deux couples qui devait se terminer tragiquement sept mois plus tard.

Cynthia eut immédiatement un bon contact avec Marybeth. « Elle semblait si gentille... », dit-elle. Souvent bloquées chez elles à cause de la chaleur et de l'inconfort de leur état, les deux femmes se lièrent davantage de jour en jour tandis qu'elles se rendaient visite pour un café ou pour bavarder. Autrement, elles n'avaient que peu de choses en commun. Cynthia, gracieuse et élancée avec de grands yeux noirs, avait trente et un ans. Elle avait grandi dans la belle région sauvage du nord du Michigan; Marybeth, elle, ne s'était jamais beaucoup éloignée de Schenectady, une ville industrielle de 68 000 habitants, dans l'est de l'État de New York. Cynthia avait fait des études d'infirmière; Marybeth avait occupé divers emplois sans grand avenir, d'aide-soignante à conductrice de bus scolaire en passant par un emploi de serveuse. Si Marybeth éprouvait constamment un sentiment d'insécurité, Cynthia était relativement sûre d'elle. D'une sensibilité extrême, elle demanda, alors qu'elle travaillait encore à plein temps à l'hôpital, à ne plus être affectée au pavillon des enfants malades parce qu'elle ne supportait pas de les entendre gémir de douleur, préférant s'occuper des cas les plus déplaisants du service de gérontologie et de réanimation.

Elle avait rencontré Mark quand celui-ci avait été affecté dans le Michigan en qualité d'instructeur dans l'industrie nucléaire. Il était récemment revenu à Schenectady où Cynthia et lui envisageaient d'acheter une maison dans Scotia, un faubourg où Mark avait grandi. En tant que femme mariée et future mère de famille, Cynthia Walter était profondément satisfaite de sa vie, ce qui n'était pas du tout le cas de Marybeth Tinning. Mais la différence la plus frappante ne résidait pas là : s'il s'agissait de la première grossesse de Cynthia, Marybeth, elle, avait déjà eu huit enfants – dont un adopté –, et ils étaient tous morts.

A l'époque où les deux femmes s'étaient rencontrées, Marybeth avait quarante-deux ans. Plaisante plutôt que jolie, elle mesurait un mètre soixante et faisait partie de ces femmes qui retrouvent leur silhouette après leur grossesse. De toute évidence, l'apparence comptait beaucoup pour elle. Quand elle se maquillait, elle le faisait avec soin : un soupçon de blush sur les joues et juste la quantité nécessaire d'ombre à paupières gris-bleu sur les yeux. Ses cheveux blond vénitien, coupés court, encadraient son visage et en accentuaient la forme classique. Elle avait un joli profil. De face, les rides et les flétrissures de l'âge commençaient à se voir. Sept mois plus tard, et pour longtemps, ce visage serait en première page de la *Schenectady Gazette* et des journaux d'Albany, et des inconnus déclareraient qu'elle avait bien la tête d'une meurtrière.

La Marybeth qui se révéla aux Walter et à d'autres voisins de Michigan Avenue était, certes, parfois bizarre, mais sa bizarrerie était tout excusable quand on savait l'immense tragédie qu'elle avait vécue et son profond désir d'enfant. Elle se comportait envers ses nouvelles amies avec une générosité inattendue, et faisait preuve d'une telle gentillesse qu'il leur était difficile de ne pas l'apprécier.

Plus elles se connaissaient, plus il devint évident pour Cynthia que Marybeth n'avait pas eu une vie facile – certains de ses problèmes étant tout à fait réels, d'autres peut-être un peu exagérés. L'aînée de deux enfants, elle donnait l'impression d'avoir été mal aimée tandis que son frère, Alton « Buddy » Junior, était le préféré. De six ans à vingt-trois ans, âge auquel elle s'était mariée, elle avait vécu dans la ville semi-rurale de Duanesburg, à environ vingt kilomètres à l'ouest de Schenectady, dans une petite maison à l'extérieur du village. L'isolement et le sentiment d'avoir été négligée, plutôt que la joie de grandir dans la riche campagne de la vallée du Mohawk, dominaient ses souvenirs. Des années plus tard, quand ses camarades de classe se souvenaient avec nostalgie des étés passés à jouer dans les bois, à construire des cabanes, à se baigner dans la rivière, Marybeth évoquait les longues journées passées seule à la maison, ses uniques moments de détente se résumant à aller faire les courses ou, en de très rares occasions, à aller au cinéma à Schenectady.

Elle raconta à Cynthia que ses parents l'enfermaient parfois dans sa chambre et qu'un jour ils étaient partis et l'y avaient laissée pendant toute la journée. Bien que son père fût mort depuis quatorze ans, Marybeth éprouvait encore du ressentiment à son égard et à l'égard de sa mère. Cette dernière, diabétique et percluse de rhumatismes, vivait à présent dans un appartement de Schenectady, et Marybeth se plaignait souvent de devoir faire ses courses. Cynthia remarqua qu'après avoir parlé à sa mère au téléphone, Marybeth était toujours contrariée. Mais il existait une cause bien plus profonde à son mal de vivre, une cause qui fendait le cœur de Cynthia.

– Est-ce que tu as d'autres enfants ? demanda Cynthia peu de temps après leur rencontre.

– J'ai eu un fils, mais il est mort, répondit Marybeth doucement.

Pour Cynthia, toute à la joie de porter son premier enfant, c'était là une perte insurmontable. Mais il y avait plus encore. Tandis que l'amitié entre les deux femmes grandissait, Marybeth confia à Cynthia que ce n'était pas un enfant, mais huit qui étaient morts. Elle lui raconta qu'elle avait trouvé cinq de ses bébés morts dans leur berceau, victimes du syndrome de la mort subite du nourrisson. Une petite fille avait eu le syndrome de Reye. Son fils adoptif avait été emporté par une pneumonie virale. Un autre bébé était né avec des tumeurs cancéreuses s'étendant de la colonne vertébrale au cerveau et n'avait vécu que quelques jours.

D'un point de vue médical, Cynthia eut du mal à croire à ces tumeurs cancéreuses, mais elle fut si bouleversée par cette histoire et si gênée d'avoir réveillé d'aussi douloureux souvenirs chez son amie qu'elle n'osa pas insister. Cependant, elle chercha à savoir si Marybeth et Joe avaient subi des examens pour incompatibilité génétique.

– Oh, oui, répondit Marybeth. Les docteurs nous ont fait faire des tas d'examens. Mais ils n'ont rien trouvé.

Avec le temps, Marybeth se mit à lui raconter de petites anecdotes sur certains de ses enfants. Elle lui parla ainsi de Barbara, qui avait vécu le plus longtemps, et qui avait brusquement été emportée à l'âge de quatre ans et demi par le syndrome de Reye. Mis à part un petit rhume accompagné de fièvre, elle n'avait rien remarqué en couchant l'enfant un soir d'hiver. Selon Marybeth, les dernières paroles de Barbara auraient été : « Ce soir, maman, je vais retrouver mon frère au paradis. » La fillette faisait allusion au petit Joseph qui était mort six semaines plus tôt, à l'âge de deux ans. Cynthia ne voyait dans ce récit que le fruit de l'imagination fertile d'une mère accablée de douleur, mais, tout comme pour la description peu scientifique du cancer congénital, elle n'y prêta pas attention.

Marybeth semblait redouter parfois qu'il n'arrive quelque chose à son prochain bébé – un sentiment tout à fait compréhensible, si ce n'est par sa formulation.

« Ce n'est pas qu'elle avait peur, raconta Cynthia par la suite. C'était comme si elle essayait de me dire que, comme les autres, ce bébé ne vivrait pas longtemps. »

Tami Lynne Tinning est née le 22 août, Aaron Walter le 30. C'étaient deux beaux bébés nés à terme et en bonne santé. Le choix du prénom de Tami Lynne (c'était toujours Marybeth, et jamais Joe, qui décidait de ce genre de choses) était tout à fait inattendu. Ses huit premiers enfants avaient en effet des noms tout à fait classiques : Barbara, Joseph, Jennifer, Timothy, Nathan, Mary Frances, Jonathan et Michael. Marybeth ne l'avoua jamais à Cynthia, mais le prénom de Tami Lynne lui avait été suggéré par Susan Lencewicz, son autre voisine. Comme Sue travaillait dans un bureau, Marybeth avait souvent gardé son petit garçon, Brian, avant d'être enceinte. Bien qu'elle la payât pour cela, Sue se sentait redevable envers Marybeth, car celle-ci dépensait bien plus en cadeaux pour Brian que ce qu'elle gagnait en le gardant. De plus elle était toujours aux petits soins pour lui et mettait systématiquement tout ce qu'il faisait en valeur, accrochant, par exemple, ses dessins sur la porte de son réfrigérateur.

Un jour, Sue dit à Marybeth : « Si j'ai une petite fille, je l'appellerai Tammy Lynne. C'est un très joli prénom. » Quelques mois plus tard, c'est ce que fit Marybeth, quoiqu'elle modifiât étrangement l'orthographe du prénom. Sue fut flattée mais elle ne put s'empêcher de se demander pourquoi Marybeth ne l'avait pas mise au courant, ne serait-ce que pour savoir si ça ne la gênait pas.

Marybeth ne parla jamais de Sue à Cynthia, même si elles étaient toutes les trois voisines. Sue et son mari vivaient eux aussi à l'étage d'une maison de bois, et leur appartement était presque identique à celui de Marybeth et de Cynthia. Dans tout Schenectady, il y a des rues comme Michigan Avenue, bordées de ces maisons construites les unes contre les autres au début du siècle. Ce ne sont pas, comme leur taille pourrait le laisser croire, des maisons spacieuses conçues pour des familles aisées, mais des habitations pouvant loger deux familles. D'une rue à l'autre, quelques différences subtiles caractérisent l'extérieur de ces maisons, mais l'agencement des pièces ne varie guère. Elles sont toutes disposées de la même manière : en enfilade, avec une fenêtre en saillie à l'avant de la salle de séjour, une salle à manger juste derrière, et enfin une chambre, suivie d'une salle de bains et d'une cuisine. Près de la cuisine se trouve généralement une petite pièce, qui sert de chambre d'enfant, d'atelier ou de cellier.

Schenectady est une ville industrielle qui dépend en grande partie de la General Electric dont l'usine s'étend sur une vaste superficie près du quartier des affaires. En des temps plus florissants, l'American Locomotive Company y prospéra, et c'est de cette époque que datent les maisons de bois de Schenectady, construites pour les familles des ouvriers. Aujourd'hui, ce ne sont plus que des appartements meublés de bric et de broc où les jeunes couples vivent pendant quelques années en attendant d'avoir économisé suffisamment d'argent pour acheter un logement dans les nouveaux quartiers de la banlieue.

Après près de vingt ans de mariage, Marybeth et Joe commençaient tout juste à envisager l'achat d'une maison. Étant donné la situation de Joe – il était contremaître à la General Electric –, leurs voisins s'étonnaient qu'ils ne soient pas encore propriétaires. Les Tinning n'avaient apparemment aucun mal à joindre les deux bouts; Marybeth dépensait toujours sans compter, pour elle comme pour les autres. Ils s'étaient installés là deux ans auparavant, après avoir eu au moins cinq adresses différentes dans divers quartiers de la ville. Chaque fois ils étaient locataires et chaque fois du même genre d'appartement – ils tentèrent une fois de s'installer dans une caravane mais celle-ci prit mystérieusement feu. Ces déplacements incessants étaient déconcertants. Dans une communauté déjà ancienne telle que Schenectady, les gens s'efforcent de progresser socialement, ce qui ne manque pas de se refléter dans leur habitat; il n'existe aucune raison apparente pour se déplacer ainsi « latéralement » à travers toute la ville, comme l'ont fait les Tinning.

Un autre aspect de leur style de vie était tout aussi singulier. Si les Tinning paraissaient tout prêts à nouer des contacts avec d'autres couples, ils semblaient incapables d'entretenir plus d'une relation à la fois. Plus Marybeth se rapprochait de Cynthia, plus son intérêt pour Sue et son mari diminuait. Et Joe suivait. A la place des barbecues dans le jardin avec les Lencewicz, c'était à présent des pizzas arrosées de Coca-Cola avec les Walter. C'étaient les voisins, plus souvent que les Tinning, qui étaient à l'origine de ces petites réunions improvisées. D'habitude, Marybeth acceptait avec enthousiasme, mais quand une amitié commençait à s'émousser, elle s'excusait. Joe Tinning, mince, chauve et introverti, n'avait jamais grand-chose à dire. Il pouvait passer une soirée entière devant la télévision, une bière à la main, sans desserrer les dents. Si on éteignait la télévision, fit remarquer un voisin, il ne bougeait pas pour autant et ne disait toujours rien. C'était Marybeth qui faisait la conversation.

Parfois, elle lui disait de rentrer, ce qu'il faisait, afin de rester en tête à tête avec Sue ou Cynthia. Et alors s'ensuivaient, dans la cuisine, des confidences extraordinaires.

– Ma belle-sœur, la femme du frère de Joe, me déteste, et je ne sais vraiment pas pourquoi. Tu sais ce qu'elle a dit ? Elle m'a accusée d'avoir tué mes enfants. Parfois, je reçois des coups de fil anonymes, mais je suis sûre que c'est elle. Je reconnais sa voix. Elle dit que je leur ai fait des tas de choses horribles.

Tiraillée entre l'horreur et l'incrédulité, Cynthia lui proposa un jour une réponse pratique :

– Pourquoi ne préviens-tu pas la police ?

– J'ai déjà essayé, mais ça n'a servi à rien.

– Comment ça ?

– Ils m'ont dit que, pour faire quelque chose, il fallait d'abord que je la poursuive en justice.

– Et pourquoi ne l'as-tu pas fait ?

– Je ne sais pas si je pourrais.

– Mais tu m'as dit que ces coups de fil te tourmentaient. A ta place, j'intenterais une action, même contre ma propre sœur.

A ce point de la conversation (qui a eu lieu, semble-t-il, à quelques variations près, entre Marybeth et différentes personnes), Marybeth se taisait. Puis, d'une toute petite voix, elle répétait : « Je ne pourrais vraiment pas faire ça. »

Sue eut droit à une version plus étrange de l'histoire de la belle-sœur. Avant la naissance de Tami Lynne, Marybeth l'interpella un jour alors qu'elle rentrait du travail.

– Il faut que je te parle, annonça-t-elle tout en entraînant Sue chez elle. C'est très important.

Sue, habituée à la façon dont Marybeth dramatisait n'importe quel événement mineur, n'avait qu'une envie : rentrer chez elle pour préparer le dîner. Mais ce que Marybeth raconta était si incroyable qu'elle fut, longtemps après, incapable de penser à autre chose.

– Ma belle-sœur a appelé aujourd'hui. Elle voulait connaître ton nom et ton numéro de téléphone. Elle sait que je fais du baby-sitting pour toi, et elle veut te prévenir parce qu'elle a peur que je fasse du mal à Brian.

Sue eut un haut-le-cœur. Devait-elle ou non prendre cet avertissement au sérieux ? A cette époque, Marybeth gardait

Brian tous les jours à sa sortie du jardin d'enfants. Elle s'était toujours montrée consciencieuse, affectueuse et généreuse. Sue n'oublia jamais ce fameux soir où, étant de sortie, elle avait confié Brian à Marybeth. Dennis Lencewicz, qui était allé rendre visite à un ami, n'était pas en ville. Pendant la soirée, on avait appelé pour annoncer que le père de Dennis avait eu une crise cardiaque. Marybeth avait fait preuve d'efficacité, d'intelligence et de bienveillance.

Elle avait appelé Dennis, et quand Sue était rentrée, elle l'avait accompagnée à l'hôpital où Dennis se trouvait déjà, demandant à Joe de s'occuper de Brian. Elle était restée avec Sue et Dennis jusqu'à leur départ de l'hôpital, à 3 heures du matin. Sue se disait souvent que peu de voisins auraient été aussi attentionnés.

C'est pourquoi elle ne sut que penser de l'histoire de la belle-sœur. « Je me disais que cette femme devait être bizarre. Qu'est-ce que je pouvais me dire d'autre ? » Pourtant, l'impression de malaise persista. Est-ce que cette conversation téléphonique avait vraiment eu lieu ? (En fait non.) Et pourquoi Marybeth l'aurait-elle rapportée ? Elle tenait tellement à être appréciée. Pourquoi aurait-elle fait en sorte que Sue se méfie d'elle ? A moins que – mais ce ne fut qu'après la mort de Tami Lynne que Sue fut capable d'énoncer cela – « Marybeth n'ait cherché à me dire quelque chose. Elle m'appelait peut-être à l'aide et je n'ai pas compris ? ».

Certaines des histoires de Marybeth étaient si incohérentes qu'il était difficile d'y croire. Quand Sue entendit pour la première fois parler des huit enfants décédés, elle fut très sceptique. Mais Marybeth lui raconta maintes et maintes fois comment ils étaient morts – sauf pour l'un d'entre eux – et son récit était toujours le même. Il différait cependant légèrement de celui qu'elle fit plus tard à Cynthia ; dans la version qu'elle donna à Sue, l'un de ses enfants s'était noyé. Marybeth ne parla jamais à Sue de son huitième enfant, Jonathan, et celle-ci devina pourquoi. Sue avait un fils d'un premier mariage qui s'appelait Jonathan, et Marybeth avait sans doute cherché à ménager ses sentiments.

Le jour de la fête des Mères, avant la naissance de Tami Lynne, Marybeth demanda à Sue de les accompagner, Joe et elle, au cimetière. Là, plus aucun doute n'était permis : les tombes étaient la preuve manifeste de l'invraisemblable histoire de Marybeth et de ses enfants. Sur la pelouse bien entretenue du cimetière catholique, près de la statue de saint Joseph tenant l'enfant Jésus dans ses bras, plusieurs petites pierres tombales se dressaient. Sur l'une d'elles, on pouvait lire le nom du père de Marybeth, Alton L. Roe, dont la vie était réduite à une inscription des plus laconiques :

New York PFC Air Force World War II [1]
12 mai 1917-16 octobre 1971

Il était mort d'une crise cardiaque moins de trois mois avant la mort de Jennifer, alors âgée d'à peine huit jours. C'était le troisième enfant de Marybeth et de Joe, et ce fut la première à mourir. Sa tombe était à côté de celle de son grand-père : une pierre tombale portait son nom, et les dates « 26 décembre 1971-3 janvier 1972 ». Un agneau y était gravé en bas à droite. A côté se trouvait une pierre commune pour Barbara Ann (1967-1972) et Joseph A. Tinning (1970-1972), décorée d'un dessin représentant saint Joseph et l'enfant Jésus. La dernière était celle de Timothy, né le 21 novembre 1973 et mort le 10 décembre 1973.

Après Timothy, les Tinning avaient renoncé aux pierres tombales; Nathan, Mary Frances et Jonathan reposaient pourtant aux côtés de leurs aînés. Quand Michael mourut, Marybeth avait rejoint la communauté protestante de ses beaux-parents, et il fut enterré dans leur caveau de famille.

Sue regarda Marybeth et Joe s'agenouiller devant les tombes et commencer à les nettoyer. Il semblait que la famille de Marybeth s'était plus ou moins réunie au cimetière pour célébrer cette fête des Mères : la mère de Marybeth était en effet là, ainsi que son frère Alton et sa femme, Sandra. Alors que c'était un jour de retrouvailles et de réjouissances, le spectacle de ces gens ravagés était presque insupportable. Même le père de Marybeth était mort jeune.

La visite au cimetière dissipa les derniers doutes de Sue. Marybeth avait bien eu huit enfants et ils étaient bien tous morts. S'il y avait eu quoi que ce soit de suspect, les autorités se seraient depuis longtemps penchées sur la question, et Marybeth n'aurait pas parlé de ces tragédies avec autant de spontanéité. Lorsqu'ils s'étaient installés à Michigan Avenue, Joe et Marybeth s'étaient présentés comme un couple sans enfants, et ils n'avaient aucune raison de parler de leur passé à leurs voisins. Par ailleurs, le simple fait que Marybeth raconte de plein gré ce qui leur était arrivé et invite Sue à partager leur douleur n'annihilait-il pas tout soupçon ?

1. Soldat de première classe dans l'armée de l'Air pendant la Seconde Guerre mondiale.

Sue était bouleversée. « Que Dieu te bénisse, Marybeth, d'être toujours saine d'esprit après un aussi grand malheur », dit-elle.

Peu de temps après, cependant, et sans vraiment savoir pourquoi, Sue chercha une autre baby-sitter.

2

Deux personnes seulement savent ce qui s'est passé :
Dieu et elle.
Nous autres, nous ne pouvons que supposer.

Une ancienne collègue.

Marybeth semblait très heureuse avec Tami Lynne. Elle passait des heures à jouer avec elle, à l'habiller, à la coiffer, à mettre des rubans dans ses cheveux. D'après une description qu'en fit Cynthia, c'était « une petite fille adorable ». Une photo prise à l'hôpital alors qu'elle avait quelques heures à peine montre un beau bébé, avec une touffe de cheveux noirs, un teint rose et une bouche délicatement dessinée. Tous les enfants de Marybeth (à l'exception de Michael, qui avait été adopté) avaient les cheveux blonds.

La couleur des cheveux de Tami Lynne était surprenante. Cela la rendait aussi spéciale. Pour Cynthia, qui comparait son développement avec celui de son robuste petit garçon, cette fillette était si parfaite, si pleine de santé et d'énergie, et si différente de ce que Marybeth lui avait raconté sur ses autres enfants qu'il lui semblait impossible qu'il lui arrive quoi que ce soit.

Marybeth acheta beaucoup de choses pour Tami Lynne. A la mort de chacun de ses enfants, elle avait l'habitude de se débarrasser de tout ce qui pouvait lui rappeler leur existence, et donc elle repartait de zéro pour la neuvième fois. Sue lui prêta un berceau et de la layette. Mais Marybeth acheta des vêtements, un lit, un parc, une table à langer, un siège-auto et un baby-relax. Elle aurait pu acheter ou emprunter ces objets au fur et à mesure de la nécessité, mais Marybeth aimait dépenser, Joe gagnait de l'argent, et, après tout ce qu'ils avaient vécu, ils avaient bien le droit de gâter un bébé qui, vu l'âge de Marybeth, serait sans doute le dernier. C'était du moins ce que pensaient les voisins de Michigan Avenue.

Après la naissance de Tami Lynne, Marybeth cessa peu à peu de voir Sue. Elle trouvait chaque fois une excuse pour décliner les invitations des Lencewicz : Tami Lynne dormait et il ne fallait pas la déranger, elle était réveillée mais grincheuse, une autre fois, peut-être... Tant de froideur était étrange après un an et demi de confidences partagées. Souvent, Marybeth avait assuré à Sue qu'elle était la seule qui comprenne vraiment ce que représentait pour elle la mort de ses enfants, et que le fait de pouvoir lui parler lui faisait du bien. Mais à présent que Sue avait moins de raisons de la plaindre, avait-elle décidé qu'elle n'avait plus besoin d'elle ? Elle avait annoncé à Sue qu'elle attendait un enfant le jour de l'anniversaire de Brian, alors qu'elle était enceinte de cinq mois. Marybeth aimait attirer l'attention sur elle, et à cette occasion, elle avait volé la vedette à Brian. Sue n'apprécia pas, comme elle n'apprécia pas l'explication peu convaincante que Marybeth lui donna :

– J'aurais préféré te l'annoncer plus tôt, mais j'avais peur que tu m'en veuilles.

– T'en vouloir, mais pourquoi ?

– Eh bien, ma belle-sœur n'est pas très heureuse à l'idée que j'attende un nouvel enfant. C'est ce qu'elle m'a dit.

– Laisse tomber ta belle-sœur. C'est une grande nouvelle. Et cette fois, j'espère vraiment que tout ira pour le mieux.

Peu de temps après, à l'occasion des quarante et un ans de Joe, Sue rencontra Carol Tinning, la belle-sœur de Marybeth. « Je l'ai trouvée sympathique, dit-elle. Je ne comprenais pas toutes ces histoires. »

Pendant presque quatre mois après la naissance de Tami Lynne, tout sembla aller pour le mieux. La grossesse de Marybeth et l'accouchement s'étaient bien déroulés, et le bébé était sorti de l'hôpital en pleine forme. A cause de l'histoire de la famille, le Dr Bradley Ford, le nouveau pédiatre de Marybeth, avait recommandé l'utilisation d'un moniteur qui se déclencherait en cas d'arrêt respiratoire ou cardiaque du bébé. Consterné, il entendit Marybeth lui répondre que ce n'était pas nécessaire. (Elle raconta à Cynthia qu'elle avait installé des moniteurs pour deux de ses bébés, et que « ça n'avait pas marché ».) Mais elle emmena consciencieusement Tami Lynne à son cabinet pour une visite de routine à trois semaines, et de nouveau à deux mois et demi. Chaque fois, il procédait à un examen complet du bébé et constatait que Tami Lynne était normale et en parfaite santé.

La dernière de ces visites eut lieu le 31 octobre 1985. Ce jour-là, le Dr Ford nota que le bébé faisait de grands progrès et qu'il n'avait aucun problème.

Cynthia Walter, qui voyait Tami Lynne presque tous les jours, avait la même impression. Quand les deux voisines se rendaient visite, elles mettaient les deux bébés ensemble dans le même berceau afin de pouvoir bavarder. Tami Lynne et Aaron avaient plus ou moins le même développement. Il y avait, cependant, une différence, et elle était frappante : Aaron semblait plus heureux que Tami Lynne. Cynthia songea que c'était peut-être dû au fait qu'Aaron était nourri au sein tandis que Marybeth donnait le biberon à Tami Lynne. A moins que Marybeth ne transmette sa propre nervosité à sa fille. Elle semblait peu sûre d'elle, angoissée, et s'inquiétait toujours de sa capacité à être une bonne mère.

« Si j'avais été une bonne mère, répétait-elle sans cesse à Cynthia, mes autres bébés ne seraient peut-être pas morts. »

Cynthia s'empressait de la rassurer. « Ça ne m'a jamais traversé l'esprit qu'elle pouvait être responsable de la mort de ses enfants », dit-elle par la suite.

Les pleurs de Tami Lynne cessaient généralement dès que Cynthia la prenait dans ses bras. C'était une enfant qui adorait être portée. Marybeth ne semblait pas la tranquilliser de la même manière ; quand elle la portait, le bébé continuait parfois de pleurer. C'était donc souvent Cynthia qui la changeait ou qui lui donnait le biberon pendant que Marybeth regardait.

« Tami Lynne était un si beau bébé que j'ai fini par m'attacher à elle comme si elle était à moi », se rappelle Cynthia.

Ce sentiment entraîna un étrange renversement des rôles entre les deux femmes. Bien que Marybeth fût plus âgée, c'était Cynthia qui lui apprenait à s'occuper d'un enfant. Elle fut consternée quand elle se rendit compte que Marybeth avait l'habitude de préparer en une fois ses biberons pour la journée et qu'elle les laissait traîner ensuite sur la paillasse de la cuisine. Lorsqu'elle lui fit remarquer que les biberons devaient être gardés au réfrigérateur, Marybeth lui répondit qu'ils étaient très bien là. Les laisser à l'air ambiant lui épargnait, en outre, le souci de devoir les réchauffer à chaque repas.

Marybeth donnait également des petits pots à Tami Lynne et gardait le pot entamé pour le repas suivant. Cynthia l'avertit que la salive du bébé transmise par la cuillère pouvait infecter la nourriture qui restait au fond du pot. Marybeth ne parut guère impressionnée par cette information. Elle semblait également incapable de soigner l'érythème fessier de Tami Lynne, apparu depuis si longtemps que toute la chair autour de la vulve de la petite fille était rouge écarlate. Jamais Cynthia n'avait vu un érythème aussi impressionnant; ils étaient généralement associés au fait que le bébé n'était pas changé assez fréquemment. La petite fille devait souffrir le martyre quand elle urinait. Cynthia s'empressa de recommander à Marybeth d'utiliser de la crème Mitosyl sur toute la zone irritée et elle fut étonnée qu'après neuf bébés son amie ne connaisse pas ce remède. De plus, au lieu d'appliquer délicatement la pommade, Marybeth l'étalait en plaques épaisses. Pourtant, Tami Lynne avait toujours l'air soigné et était toujours bien habillée.

A l'approche de Noël – Tami Lynne allait avoir quatre mois –, Marybeth montra des signes de nervosité. Avec sa belle-sœur Sandy, elles accueillaient à tour de rôle la famille – c'est-à-dire Marybeth et Joe, Alton et Sandy Roe et leurs deux enfants, et Ruth Roe, la mère invalide de Marybeth et d'Alton – pour le repas de Noël. Sandy prenait généralement en charge les réjouissances de Noël tandis que Marybeth recevait tout le monde chez elle pour Thanksgiving. Cette année, cependant, les deux belles-sœurs avaient décidé de changer, et c'était donc au tour de Marybeth de préparer le repas de Noël.

Jour après jour, celle-ci faisait part de ses angoisses à Sandy. Elle craignait de ne pas être prête à temps.

– Mais pourquoi j'ai accepté ? disait-elle. Tout le monde va venir le matin pour regarder la petite ouvrir ses paquets. Ça va durer jusqu'à onze heures, onze heures et demie, et après il faudra que je me mette à la cuisine. Vous serez tous là, assis, à attendre, et on ne passera pas à table avant cinq ou six heures de l'après-midi.

– A quatre mois, Tami Lynne n'ouvrira pas ses paquets, fit remarquer Sandy. Tu n'auras même pas à les envelopper. Il te suffira de les lui donner comme ça.

Mais Marybeth semblait tout de même accablée par les difficultés.

– Je ne sais pas comment je vais faire. On n'a pas encore installé le sapin, et la petite est tellement dure en ce moment. Tout ce qu'elle sait faire, c'est pleurer.

Marybeth était également angoissée à l'idée de quitter Michigan Avenue juste après les fêtes de fin d'année. Après plus de vingt ans de mariage, Joe et elle s'étaient enfin décidés à acheter. Ils avaient fixé leur choix sur une modeste maison en bois, à environ trois kilomètres du village de Ballston Spa. C'était à une bonne demi-heure de voiture de Schenectady, dans la direction opposée de Duanesburg où le frère de Marybeth et les parents de Joe vivaient. Après la Seconde Guerre mondiale, le paysage américain a vu surgir des millions de maisons dans ce style dans les zones rurales : elles sont toutes sur le même modèle, moins hautes que larges, avec la porte d'entrée au milieu, la fenêtre de la salle de séjour à gauche, et celle de la cuisine à droite. La nouvelle maison des Tinning avait été mise en vente à 51 500 dollars, ce qui était un prix modéré, et ils avaient obtenu un emprunt de 45 500 dollars. Elle était en bon état, avec des possibilités d'agrandissement, et Marybeth semblait heureuse à l'idée de déménager. Elle disait qu'elle voulait quitter Schenectady où elle avait trop de mauvais souvenirs, et s'éloigner de Duanesburg où elle avait grandi. Cependant, la perspective du travail que cela représentait la terrifiait.

Après avoir écouté sa belle-sœur, Sandy déclara : « Arrête de te faire du mouron. Si c'est trop pour toi, nous n'avons qu'à fêter Noël chez nous. Ce n'est pas un problème. » Sandy s'y attendait plus ou moins. Marybeth était toujours tendue avant une réunion de famille. Elle l'avait déjà remarqué lors de l'anniversaire de Joe au mois de mai. Elle avait également observé (bien qu'elle n'y ait pas pensé au moment de cette conversation, c'est-à-dire juste avant Noël) que Marybeth était tendue avant la mort de chacun de ses enfants – du moins, avant la mort des quatre bébés que Sandy avait connus depuis qu'elle était entrée dans la famille Roe. C'était presque comme si elle pressentait le drame qui allait arriver.

Alors qu'elle faisait des courses avec Marybeth dix jours avant Noël, Cynthia Walter nota aussi une certaine tension chez son amie. C'était un samedi et les deux femmes avaient confié les enfants aux pères. Elles avaient décidé d'acheter chacune une boule de Noël argentée pour décorer l'arbre en l'honneur de leur bébé respectif. Cynthia avait déjà acheté sa boule quand Marybeth entra dans une boutique de cadeaux pour choisir la sienne. Cynthia l'attendit dans la voiture. Quelques minutes plus tard, Marybeth ressortit, les mains vides et en larmes.

– Que se passe-t-il ? demanda Cynthia.

– Je n'arrive pas à me décider si j'achète ou non cette boule pour Tami Lynne.
– Tu n'arrives pas à te décider? Mais pourquoi?
– Je ne sais pas si Tami Lynne va l'aimer.
– Est-ce que tu l'aimes, toi?
– Oui.
– Alors va l'acheter.
– Tu crois?
– Mais bien sûr.
– D'accord, répondit doucement Marybeth, et elle retourna dans la boutique.

Cynthia était exaspérée. Comment une décision aussi simple pouvait-elle provoquer un tel drame? L'argent n'était pas un problème pour Marybeth; elle achetait généralement ce qu'elle voulait. Cynthia attendit de nouveau dans la voiture et peu après Marybeth revint, un large sourire aux lèvres et un petit paquet dans les mains. On aurait dit une enfant.

Quelques jours plus tard, Marybeth demanda à Cynthia de l'aider à choisir les derniers cadeaux de Noël de Tami Lynne. Bien qu'elle ne comprît pas pourquoi sa voisine avait besoin d'elle, Cynthia accepta. Elles se mirent d'accord pour se retrouver en début de soirée, le jeudi 19 décembre. Mark serait à la maison, et il pourrait garder Aaron, et Marybeth demanderait aux parents de Joe de venir surveiller Tami Lynne. Tous les jeudis, Joe allait au bowling; c'était une activité qu'il n'aurait manquée pour rien au monde et où il excellait. Dans un bowling, cet homme calme et discret, qui faisait les quatre volontés de sa femme depuis tant d'années au point qu'il semblait ne plus avoir de personnalité, devenait brusquement vif et enthousiaste.

En cette froide soirée de décembre, Joe alla donc au bowling, Marybeth partit faire des courses avec Cynthia, et les parents Tinning, Joe senior et Edna, vinrent garder Tami Lynne.

L'expédition commença vers 18 heures 30 et dura deux heures environ. A la sortie de Schenectady, dans le faubourg de Rotterdam, se trouve un ancien centre commercial, le Shoporama, constitué de boutiques peu avenantes bâties le long d'une autoroute étroite et très fréquentée. Plusieurs magasins sont vacants depuis longtemps. L'endroit est totalement dénué de charme, il ne s'en dégage aucun sentiment d'accueil ou de prospérité, et bien qu'à cette époque de l'année la neige et les décorations de Noël adoucissent légèrement cette impression générale, Shoporama reste un centre commercial peu agréable, essentiellement fonctionnel et bon marché. Marybeth, pourtant, s'y sentait à l'aise. Pendant neuf ans, elle avait travaillé – entre chaque enfant – au Flavorland, le restaurant de Shoporama. Elle avait abandonné définitivement son emploi de serveuse après la mort de son huitième enfant, Michael, mais elle aimait bien passer de temps en temps pour bavarder avec ses anciennes collègues. Cynthia et elle avaient donc décidé d'aller chez Toys for Joy, puis de grignoter quelque chose au Flavorland.

Toys for Joy était, bien entendu, noir de monde. Conçu comme un supermarché, il offrait une large variété de jouets et d'articles pour enfants, et, six jours avant Noël, il y régnait un vent de folie. Marybeth mit un temps fou à se décider. On l'imagine, elle et son amie, se frayant un passage entre des hordes de parents harassés et d'enfants surexcités, et des monceaux de jouets de toutes sortes, tandis que les haut-parleurs déversaient des chants de Noël – il est permis de penser que cette expédition prosaïque joua un grand rôle dans ce qui allait suivre. Au rayon de jouets pour bébés, tout au fond du magasin, elles se retrouvèrent face à une multitude de hochets, de mobiles, de boîtes à musique et de jouets d'éveil.

Comme Marybeth ne parvenait pas à se décider, Cynthia comprit très vite que, si elle ne lui faisait pas une ou deux suggestions, elles y passeraient la soirée. Elle se mit donc à choisir un par un des jouets avant de demander à Marybeth ce qu'elle en pensait. Ce fut lent et éprouvant.

Marybeth finit par se décider pour une boîte à musique en peluche, un hochet, un mobile à clochettes et un tapis d'éveil qu'elle ne donnerait jamais à Tami Lynne. Elle acheta le même tapis pour Aaron; Cynthia fut gênée, car cela la mettait dans l'obligation d'offrir à Tami Lynne un cadeau d'une valeur équivalente ce qu'elle ne pouvait se permettre.

Au Flavorland, les deux femmes commandèrent deux cafés. Cynthia prit également quelque chose à grignoter. Marybeth préféra ne pas manger, ce qui était inhabituel. Elle dit qu'elle n'avait pas faim.

De retour à Michigan Avenue, Cynthia ne rentra pas tout de suite chez elle mais accompagna Marybeth. Dans l'appartement des Tinning, Edna, une femme rondelette aux cheveux gris qui avait tout de la grand-mère-gâteau, jouait avec Tami Lynne dans la salle de séjour.

– Est-ce que je peux la prendre? demanda doucement Cynthia.

Elle n'avait pas besoin de poser ce genre de questions. Presque tous les jours, Cynthia prenait Tami Lynne dans ses bras, elle la berçait, lui donnait à manger, la changeait, et elle avait expressément fait comprendre à Marybeth qu'elle pouvait agir de même avec Aaron.

Cynthia garda un souvenir très précis de Tami Lynne et de son comportement en ce jeudi soir de décembre 1985. Il était environ 20 heures 30 et ce qu'elle nota fut par la suite d'une importance cruciale. « Tami Lynne était de très bonne humeur. C'était un bébé très vif qui gigotait beaucoup. Elle gazouillait et gloussait de plaisir quand je l'ai prise dans les bras. Elle semblait très heureuse. »

Après avoir observé la scène pendant une minute ou deux, Marybeth s'approcha brusquement de son amie. « Rends-moi mon bébé », lui dit-elle rudement. L'espace d'un instant, Cynthia fut troublée. Jamais Marybeth ne lui avait parlé sur ce ton.

Elle répéta sa demande, tout aussi sèchement :

– Rends-moi mon bébé tout de suite.

Sans un mot, Cynthia lui tendit Tami Lynne et, haussant les épaules, se dirigea vers la porte. Elle était vexée et ne se gêna pas pour le montrer.

– A demain, dit-elle avant de partir.

Il existe deux versions de ce qui s'est passé au cours des heures suivantes, et elles sont toutes les deux de Marybeth. Après le départ des parents de Joe, vers 21 heures 30, Marybeth s'installa dans une chaise longue et prit Tami Lynne sur les genoux. Elle joua quelque temps avec la petite fille. Mais Tami Lynne n'était pas aussi affectueuse avec elle qu'avec Cynthia, et elle se mit bientôt à geindre. Après avoir gigoté et pleuré pendant une demi-heure, l'enfant s'endormit. Marybeth se prépara alors à aller se coucher à son tour.

Marybeth et Joe dormaient dans la chambre du fond et le berceau de Tami Lynne se trouvait dans l'alcôve à l'avant de la maison. Dans le long appartement en enfilade des Tinning, les deux lits étaient par conséquent situés le plus loin possible l'un de l'autre – le bébé à l'avant de la maison, les parents à l'arrière. Si Marybeth n'avait pas installé Tami Lynne dans la petite pièce adjacente à sa chambre – celle qui servait généralement de chambre d'enfant –, c'était, disait-elle, parce que « Joe y avait entreposé toutes ses affaires ». La nuit, Tami Lynne était donc hors de portée de voix de ses parents. Étant donné que plusieurs de leurs bébés avaient été trouvés morts dans leur berceau, ce choix semblait curieux, sinon imprudent, de la part de ce couple déjà âgé, qui semblait se comporter avec une désinvolture étonnante.

Une fois Tami Lynne couchée, Marybeth s'allongea sur son lit et somnola jusqu'au retour de Joe, peu après 23 heures. Ils parlèrent pendant dix minutes environ puis Joe se coucha et s'endormit tout de suite. Jamais il n'a été suggéré que Joe buvait quand il sortait, mais au Rolling Greens Bowling Lanes il avait l'habitude de payer sa tournée au bar avant de rentrer. Joe commandait toujours le même cocktail : un whisky soda dans un grand verre. Ce qui expliquerait pourquoi, en cette nuit de décembre, il sombra aussi rapidement dans le sommeil et dormit si profondément au point de ne pas se rendre compte de ce qui se passa dans les heures suivantes. C'est à ce moment-là que le récit de Marybeth prend deux directions différentes.

Dans la version qu'elle donna à Joe, à Cynthia, à la famille et à d'autres voisins, Joe avait un sommeil si agité qu'il la réveilla. Elle se leva, alla dans la salle de séjour et s'allongea sur le canapé pour regarder la télévision. Au bout d'un moment, elle eut suffisamment sommeil pour retourner se coucher. Avant de regagner sa chambre, elle alla voir Tami Lynne. La petite fille dormait sur le ventre, emmêlée dans sa couverture. Marybeth la retourna et remarqua une petite tache de sang sur le drap. Tami Lynne était inerte et elle ne respirait plus. Marybeth raconta alors comment, en état de choc, elle hurla, réveilla son mari, appela une ambulance, téléphona à Cynthia et, en attendant de l'aide, essaya de réanimer sa fille en lui faisant la respiration artificielle qu'elle avait apprise autrefois alors qu'elle travaillait pour une compagnie d'ambulances. Mais il était trop tard.

Marybeth raconta une autre version, en larmes, quand elle fut interrogée par les enquêteurs de la police presque sept semaines plus tard. Ce fut la version que les jurés jugeraient être la bonne : elle était couchée, à côté de son mari, et commençait à s'endormir quand elle entendit Tami Lynne pleurer. Elle se leva, traversa l'appartement et essaya de calmer le bébé. Mais rien n'y fit.

Dans la solitude de cette nuit d'hiver, face à un enfant nerveux, elle se sentit malheureuse et impuissante. Le bébé de Cynthia ne pleurait presque jamais, le petit garçon de Sue ne pleurait presque jamais, mais sa fille, elle, pleurait tout le temps, ou du moins était-ce l'impression qu'elle avait. Il devait y avoir quelque chose qu'elle ne faisait pas bien. Elle devait être une mauvaise mère. Dans ses aveux à la police, son sentiment d'échec resurgit douloureusement à travers le récit maladroit que nota la greffière. Ce texte ne donne aucune indication sur ses actes, ou sur le temps qu'elle passa à essayer de rendormir Tami Lynne. Tout cela semble confus dans sa mémoire. Mais à un certain moment, entre minuit et une heure et demie du matin, Marybeth revint dans sa chambre, vit que Joe dormait toujours, prit son oreiller et l'emporta avec elle avant de retourner auprès de Tami Lynne. Là, elle plaqua l'oreiller contre le visage de la petite fille et l'y maintint suffisamment longtemps pour que Tami Lynne ne pleure plus jamais.

– Je ne voulais pas lui faire de mal, dit-elle à la police. Je voulais juste qu'elle arrête de pleurer.

Marybeth ne céda pas tout de suite à la panique. D'abord elle prit le temps de réfléchir à ce qu'elle allait raconter à son mari, puis elle porta l'oreiller dans la salle de séjour, le posa à une extrémité du canapé avant de le tasser pour donner l'impression que sa tête y avait reposé tandis qu'elle regardait la télévision... et enfin, elle appela Joe en hurlant.

3

Elle n'est pas si différente des autres mères, elle est simplement allée plus loin.

L'adjoint du district attorney.

Quand, en partant de chez Marybeth, Cynthia lança « à demain », elle ne pensait certainement pas qu'elle reverrait son amie aussi tôt. Vers 1 heure 15 du matin, elle fut réveillée par le téléphone. C'était Marybeth.

– Viens tout de suite, dit celle-ci d'une voix tremblante et affolée.

Alors qu'elle enfilait en toute hâte ses vêtements, Cynthia n'eut aucun doute sur la raison de cet appel : il était arrivé quelque chose à Tami Lynne. Elle expliqua rapidement à Mark ce qui se passait et descendit quatre à quatre l'escalier avant de sortir sous la neige, se rendant brusquement compte qu'elle était encore en chaussons. Elle n'avait pas le temps de retourner chez elle. Sans prendre garde au froid qui la saisissait aux pieds, elle courut jusque chez les Tinning.

La lumière était allumée dans la salle à manger, où Marybeth et Joe l'attendaient.

– Où est Tami Lynne ? demanda Cynthia.

Marybeth pointa du doigt l'alcôve plongée dans l'obscurité.

Tami Lynne était allongée sur le dos, sur la table à langer, les bras tendus. Elle portait le pyjama en coton blanc avec des clowns de toutes les couleurs que Marybeth lui avait mis quand elle l'avait couchée. Elle semblait innocente et douce, et paraissait très calme. Retrouvant brusquement ses réflexes d'infirmière, Cynthia remarqua qu'elle avait la peau cyanosée, une indication du manque d'oxygène, et non qu'elle avait un teint grisâtre comme le dirait plus tard Marybeth. Elle ne respirait plus et son pouls ne battait plus, et il n'y avait aucune marque sur sa peau. Cynthia glissa une main sous son corps et la posa délicatement par terre, près de la table de la salle à manger, où il y avait un peu de lumière. Elle s'agenouilla ensuite à ses côtés et se mit aussitôt à lui faire la respiration artificielle.

Marybeth lui dit qu'une ambulance était en chemin. Elle lui dit aussi qu'elle avait essayé en vain de la réanimer. Par la suite, quand elle repensa à ses paroles, Cynthia fut consternée. Quiconque apprend la technique de la respiration artificielle sait qu'il est vital de continuer à essayer de réanimer le blessé jusqu'à l'arrivée des secours, et ce même si l'on a l'impression que c'est inutile. Cynthia savait que, s'il était arrivé quoi que ce soit à son fils, elle lui aurait fait la respiration artificielle jusqu'à n'en plus pouvoir, et même au-delà. Quant à Mark, il aurait été dehors, sur le trottoir afin que l'ambulancier ne perde pas un seul instant à chercher dans le noir le numéro de la maison.

Au lieu de quoi Marybeth arpentait la salle de séjour en se tordant les mains, tandis que Joe se tenait au milieu de la pièce et hochait la tête. Marybeth avait enfilé un pantalon bleu marine sous sa nuisette. Chose étonnante, Joe s'était changé. Il avait eu suffisamment de présence d'esprit pour s'habiller, mais ne semblait pas par ailleurs capable de réagir à l'urgence de la situation. L'ambulance tardait à arriver; sous le regard impuissant de Marybeth et de Joe, Cynthia continua ses efforts, bien qu'au fond d'elle-même elle sût que c'était inutile.

L'ambulance finit par arriver, et le médecin prit la relève auprès de Tami Lynne. Cynthia se redressa, elle se sentait mal. Elle ne parvenait pas à s'ôter de l'esprit que ce qui s'était passé aurait pu arriver à son enfant, que c'était là la terrible réalité de la mort subite du nourrisson. Tout va bien, on part faire des courses, on revient à la maison où un bébé en bonne santé et souriant nous attend, on le couche pour la nuit... et la nuit ne s'arrête jamais. Elle avait envie de partir d'ici. Elle avait envie d'aller voir Aaron.

Mais Joe lui demandait quelque chose. Marybeth partait dans l'ambulance. Ne voulait-elle pas venir avec lui dans son camion ?

– Oui, répondit Cynthia. Mais pendant que tu sors le pick-up, je vais aller mettre mes chaussures. J'en ai pour une minute.

Elle avait fait tout ce qu'elle pouvait pour Tami Lynne, et ne voulait pas aller à l'hôpital affronter l'inévitable. Pourquoi Joe et Marybeth ne se suffisaient-ils pas l'un à l'autre en un moment pareil ? Pourquoi lui imposaient-ils une épreuve pareille ? Si elle n'avait pas eu d'enfant, cela aurait été peut-être différent, mais elle se sentait profondément et douloureusement touchée, à l'égard de Tami Lynne, bien sûr, mais aussi tout simplement en tant que mère.

Une fois chez elle, elle se laissa aller à une crise d'hystérie. Mark dut la gifler pour la calmer.

– Ressaisis-toi, il le faut, lui dit-il. Pour Marybeth et pour Joe. Ils ont besoin de toi.

Elle tremblait encore quand elle s'approcha du pick-up de Joe.

– Ça va ? demanda Joe.

Elle hocha la tête.

Il leur fallut à peine cinq minutes pour arriver à l'hôpital St. Clare, sur McClellan Street. Au moment où Cynthia et Joe entraient dans la salle des urgences, Marybeth répondait aux questions de la standardiste à la réception. Elle semblait étonnamment calme.

Ils attendirent longtemps dans le couloir tandis que les médecins essayaient de sauver Tami Lynne. Cynthia fut surprise de voir que Marybeth ne pleurait pas. Quant à Joe, il était très calme. (« Il a plutôt bien supporté celle-là », fit remarquer Marybeth à Cynthia quand tout fut fini. « Les autres fois, il s'asseyait dans un coin et devenait tout vert. »)

Comme Marybeth, Cynthia avait été élevée dans la religion catholique pour, une fois adulte, embrasser la foi protestante. Se rappelant que Tami Lynne n'avait pas été baptisée, elle demanda à Marybeth si elle ne voulait pas faire venir un aumônier. Marybeth accepta, bien qu'elle donnât l'impression que cela n'avait pas grande importance.

Plusieurs semaines auparavant, Aaron avait été baptisé dans une église méthodiste, et Cynthia avait proposé à Marybeth de faire baptiser Tami Lynne en même temps. Marybeth avait refusé, prétextant que, dans la mesure où Joe et elle déménageaient pour Ballston Spa au début de la nouvelle année, elle préférait attendre de faire partie d'une église là-bas pour baptiser Tami Lynne. Elle assista, cependant, au baptême d'Aaron. A l'office du dimanche matin, un incident curieux fit une forte impression sur une autre femme de la congrégation.

Plus de vingt-cinq ans auparavant, cette femme avait été à l'école avec Marybeth à Duanesburg. Elle n'avait pas revu Marybeth depuis, mais elle avait entendu dire qu'elle avait perdu tous ses bébés – elle pensait qu'il s'agissait de deux ou trois, et qu'ils étaient morts d'une maladie congénitale du cœur. Brusquement, cette histoire tragique lui revint en mémoire; elle avait déjà vu cette femme blonde, assise au milieu des fidèles, avec son bébé dans ses bras. Après le service, alors que les paroissiens se rendaient dans le hall de l'église pour prendre un café, elle s'approcha de Marybeth, caressa Tami Lynne et dit :

– Ne serais-tu Marybeth Roe ? Tu te souviens de moi ? Nous étions à l'école ensemble.

Marybeth ne lui répondit pas. Gênée, la femme s'éloigna. Plusieurs jours après, elle était encore troublée par cette rencontre de hasard : « Je me rappelle avoir pensé, ce pauvre petit bébé ne va pas vivre bien longtemps. Je me demandais pourquoi Marybeth avait voulu un autre enfant. Elle était âgée, et s'il y avait eu un problème congénital avec les autres, pourquoi avait-elle voulu revivre une épreuve pareille ? »

Dans les premières heures lugubres du matin, à cinq jours seulement de Noël, trois personnes abattues étaient assises dans un couloir d'hôpital et attendaient de savoir si Tami Lynne aurait le temps d'être baptisée. Finalement, une sœur vint les voir et leur annonça que ce ne serait pas possible. Tami Lynne était morte.

Alors qu'ils quittaient l'hôpital, Marybeth dit à Cynthia qu'elle était trop bouleversée pour rester seule; ne pouvait-elle pas venir prendre un café chez les Walter ? Joe, lui, avait envie d'aller se coucher. Cynthia fut interloquée. Comment pouvait-il avoir envie de dormir ? La mort d'un bébé était-elle devenue chose si habituelle dans cette famille ?

Tandis qu'elle faisait du café pour Marybeth et pour elle, Cynthia craignit qu'Aaron ne se réveille bientôt pour sa première tétée; après un tel choc, elle avait peur de ne pas avoir de lait. Jamais elle n'avait éprouvé de gêne à l'idée de nourrir son enfant devant Marybeth. Mais à présent ? Avec Tami Lynne qui venait de mourir ? Rassemblant tout son courage, elle demanda à Marybeth si ce spectacle ne serait pas trop dur pour elle. Marybeth lui assura que non.

Peu de temps après, vers 7 heures 30, Cynthia alla chez les Tinning. Elle n'avait pas dormi, elle n'avait rien pu avaler et se sentait très fatiguée. Mais elle voulait redire encore une fois à Marybeth et à Joe qu'elle était à leur disposition s'ils avaient besoin de quoi que ce soit. Aussi fut-elle surprise de les trouver attablés en train de prendre leur petit déjeuner; ils parlaient tranquillement et semblaient manger de bon appétit.

– Si vous avez besoin de moi ce matin, je serai chez ma belle-mère, dit-elle. Mais je serai à la maison cet après-midi.

– D'accord. Je t'appellerai peut-être, répondit Marybeth.

Elle avait parlé avec légèreté, comme si rien ne s'était passé.

Quelques minutes après le départ de Cynthia, Marybeth commença à faire circuler la nouvelle. A 7 heures 45, alors qu'elle était encore en chemise de nuit, elle descendit de chez elle en toute hâte pour attraper Sue Lencewicz avant qu'elle parte à son travail. Sue était près de sa voiture et remplissait le réservoir à eau du pare-brise.

– Sue, j'ai quelque chose à te dire, lança Marybeth en haletant. Je ne veux pas te gâcher ta journée, mais je ne veux pas non plus que tu l'apprennes de la bouche de quelqu'un d'autre.

Sue essaya de ne pas montrer son agacement. Ce n'était pas la première fois que Marybeth l'arrêtait au passage, généralement pour des futilités, et elle ne voulait pas être en retard. Elle était sur le point de lui demander si la confidence qu'elle avait à lui faire ne pouvait pas attendre quand Marybeth lâcha brusquement :

– Tami Lynne est morte la nuit dernière.

Sue s'écria : « Pas encore, Marybeth ! » et courut chez elle pour annoncer l'horrible nouvelle à son mari. Dennis, qui faisait partie de l'équipe de nuit à la General Electric, dormait encore. Sue le réveilla. Il fut aussi bouleversé que sa femme.

En ce vendredi matin de décembre, Marybeth laissa une traînée de cœurs affligés dans tout Schenectady. Elle passa coup de fil après coup de fil, avec à peine un tremblement dans la voix. Vers 8 heures du matin, elle appela Carol Tinning, la belle-sœur dont elle s'était plainte auprès de Cynthia, et lui annonça sèchement :

– C'est Marybeth. Tami Lynne est morte.

Carol ne voulut pas entendre la suite. Elle laissa tomber le téléphone, se jeta sur son lit et pleura à chaudes larmes.

Carol adorait les bébés, mais, quand elle avait épousé le jeune frère de Joe, Andy, elle avait pris avec lui la douloureuse décision de ne pas avoir d'enfant. Carol avait déjà deux enfants d'un pre-

mier mariage, dont l'un était né paralysé. Elle s'était occupée de ce fils handicapé pendant des années, et pas un jour ne s'était écoulé sans qu'elle ne souhaite qu'il fût normal. Les docteurs lui avaient déclaré que ses problèmes provenaient d'une incompatibilité génétique entre elle et son premier mari. Quand elle épousa Andy, Carol craignait que cela ne se reproduise – surtout après la mort des bébés de Marybeth, également imputée à une incompatibilité génétique –, et c'est pourquoi, en 1977, Andy et elle avaient adopté une petite fille qu'ils avaient appelée Amanda.

A l'âge de sept ans et demi, Amanda fut baptisée. Carol organisa une réception d'une quarantaine de personnes environ dans sa maison à Schenectady, et Marybeth choisit cette occasion, tout comme elle l'avait fait lors de l'anniversaire de Brian, pour attirer l'attention des invités sur elle en annonçant qu'elle attendait un nouvel enfant. Ce serait Tami Lynne. Elle n'avait nullement besoin de faire cette annonce : bien qu'elle fût au tout début de sa grossesse, elle arborait une robe de maternité aux motifs et aux couleurs si vifs que tout le monde se tut en la voyant. Alors qu'elle faisait cette entrée très remarquée, l'une des invitées se pencha vers Carol et murmura : « Oh, mon Dieu... », ce qui traduisait le sentiment général.

Personne n'alla féliciter Marybeth. Le sujet fut soigneusement évité. Mais, en quête d'approbation et de réconfort, Marybeth entraîna sa belle-sœur dans la salle de bains, la seule pièce de la maison où elles pouvaient être seules, et lui dit :

– J'avais peur de te l'annoncer plus tôt parce que je pensais que tu serais en colère.

Elle avait parlé presque dans un murmure et baissait la tête d'un air penaud, comme un enfant qui se sent en faute.

– Pourquoi serais-je en colère ? répondit Carol.

– Parce que je sais que tu ne m'aimes pas.

Il y avait plus que ça. Après avoir perdu sept de leurs enfants, Marybeth et Joe avait adopté un petit garçon, Michael. A l'encontre des autres enfants Tinning, il avait survécu et était devenu un petit garçon robuste. Le fait qu'il survive semblait confirmer ce que disait Marybeth (et aussi certains médecins), à savoir que « quelque chose dans les gènes » était à l'origine de la mort des bébés Tinning. Quand Michael eut deux ans et demi, il eut une petite pneumonie virale, normalement bénigne. Mais un matin, alors qu'il était seul avec Marybeth, il s'éteignit à son tour.

Carol eut des doutes sur sa mort; et elle ne fut pas la seule.

Les médecins l'imputèrent, cependant, à des causes naturelles. Presque quatre ans plus tard, Carol n'arrivait pas à croire que Marybeth veuille courir le risque d'avoir un autre enfant. Et pourtant elle était là, au baptême d'Amanda, lui volant la vedette avec sa robe de maternité voyante et superflue, et suppliant sa belle-sœur de la comprendre.

Dans l'intimité de la salle de bains, Carol lui répondit brusquement :

– Après avoir perdu tous ces enfants, je ne comprends pas pourquoi tu tiens à être de nouveau enceinte. Mais laisse-moi te dire quelque chose, Marybeth. Tu as intérêt à ce qu'il n'arrive rien à ce bébé.

Après la naissance de Tami Lynne, Carol resta en contact avec Marybeth. « Je savais qu'elle avait peur de moi, et je m'étais dit que, si je la surveillais, elle ferait en sorte d'écarter tout danger de cette enfant. Je m'étais donc juré de ne jamais laisser tomber Tami Lynne, et ce faisant, je me suis attachée à elle. »

Carol ne pleura pas seulement Tami Lynne en ce matin du 20 décembre. Elle pleura aussi sur sa propre incapacité à sauver ce bébé, sur ce qu'elle aurait pu faire si elle avait su, comme elle le savait à présent, que tous ses neveux et nièces n'auraient pas dû mourir.

Après avoir anéanti Carol avec cette nouvelle, Marybeth téléphona à Sue Normington, une ancienne serveuse du Flavorland. Sue et son mari possédaient à présent deux boutiques dont l'une vendait de la layette. Marybeth y avait emmené Cynthia pour acheter des vêtements avant la naissance de leurs enfants. Sue avait connu cinq des bébés de Marybeth et, comme Carol, elle fut choquée de la voir de nouveau enceinte, si choquée, d'ailleurs, qu'elle eut du mal à la servir. « Je n'arrivais pas à me faire à l'idée qu'elle allait avoir un autre enfant, expliqua Sue, et que cet enfant allait mourir. »

Après la naissance de Tami Lynne, Marybeth était retournée voir Sue pour acheter de nouveaux vêtements. Sue, naturellement, prit Tami Lynne dans ses bras, mais prit garde de ne pas se laisser aller à trop d'émotion. Au fil des années, elle avait été bouleversée à la vue des enfants de Marybeth dans leur cercueil, si beaux et si éternellement calmes, des poupées en grande toilette dans leur boîte ; elle ne pouvait s'empêcher de se demander si Tami Lynne allait les rejoindre ou non.

Le 19 décembre au soir, Sue faisait des courses chez Toys for Joy quand elle vit Marybeth et Cynthia au rayon bébé. Elle se faufila à travers la foule pour les éviter. « Je ne voulais pas qu'elle me voie, raconta-t-elle. Je ne voulais pas que Marybeth resurgisse dans ma vie. »

Peu après 8 heures, le lendemain matin, le téléphone sonna.

– Sue, dit Marybeth d'une voix neutre, Tami Lynne est morte la nuit dernière. Ils lui ont rasé le crâne à l'hôpital et il me faudrait un petit bonnet en dentelle pour son enterrement. Elle portera sa petite robe rouge de Noël, mais je n'ai pas de bonnet pour aller avec. Tu peux m'en apporter un?

Quand elles travaillaient ensemble au Flavorland, Marybeth demandait souvent à Sue le genre de faveurs que peu de serveuses osaient se demander les unes aux autres. Certains clients réguliers s'étaient mis à poser des questions devant les grossesses à répétition de Marybeth: son mari était-il si irrésistible? Pourquoi ne se faisait-elle pas ligaturer les trompes? Une femme qui sert dans un restaurant doit apprendre à supporter pareilles plaisanteries, mais Marybeth en était incapable. Elle allait voir Sue, parce que, de toutes les serveuses, c'était celle qui risquait le moins de lui dire non, et la suppliait de la remplacer. Sue était serviable, gentille et profondément honnête, une vraie chrétienne qui essaie sincèrement de pratiquer sa foi dans sa vie de tous les jours.

Les deux femmes travaillèrent ensemble par intermittence pendant neuf ans, neuf ans qui virent la naissance et la mort de cinq des bébés de Marybeth. Sue était capable de réciter leurs noms comme une litanie: Timothy, Nathan, Mary Frances, Jonathan et Michael. Le seul enterrement où elle ne put aller fut celui de Mary Frances; il y avait une tempête de neige ce jour-là et Sue elle-même était enceinte. Mais Marybeth n'hésita pas à lui dire qu'elle avait été très déçue de ne pas la voir.

Après la mort de Mary Frances, Sue commença à se sentir mal à l'aise avec Marybeth. Non qu'elle eût entendu ou vu quoi que ce soit suggérant de la négligence ou une action criminelle de la part de Marybeth. C'était plutôt quelque chose qu'elle sentait en elle: « Jamais on n'entend dire que Dieu a repris enfant après enfant. En plus de quarante ans, et c'était l'âge que j'avais à cette époque, je n'avais jamais entendu une chose pareille. Dieu n'agit pas ainsi. » Il devait y avoir une intervention humaine.

Après des heures d'angoisse, Sue se décida à appeler le Bureau d'aide sociale de Schenectady. « Il se passe quelque chose dans cette famille qui provoque la mort de tous ces bébés », dit-elle. On lui promit que l'on enquêterait sur ce mystère, mais elle n'eut aucune nouvelle.

Sue ne trouva pas la force de réconforter Marybeth. « Je ne lui ai pas demandé, et je ne pense pas que quiconque ait osé : " Est-ce que tu fais quelque chose à ces enfants ? " Comment peut-on poser une question pareille à une mère ? Et en même temps, comment ai-je pu ne pas la lui poser ? »

Sue n'avait pas de bonnet en dentelle dans sa boutique. C'était un article d'été, et on était en hiver. Elle avait donc une bonne raison de dire non à Marybeth, pourtant elle n'y parvint pas. A cinq jours de Noël, en plein dans ses préparatifs de fêtes, elle alla en voiture jusqu'à l'un des grands centres commerciaux en dehors de Schenectady et fit tous les magasins à la recherche d'un bonnet pour bébé. Un seul semblait convenir, mais il était vendu avec une robe assortie. Sue décida toutefois d'acheter l'ensemble et, plus tard dans la journée, l'apporta à Marybeth.

Celle-ci fut enchantée. De toute évidence, le vêtement lui plaisait. Elle reprit alors son histoire pour le compte de Sue, lui racontant comment, la nuit précédente, elle n'arrivait pas à dormir et était allée s'allonger sur le canapé pour regarder la télévision. Lorsqu'elle avait trouvé Tami Lynne morte dans son berceau, elle avait remarqué « quelque chose sur le drap ». Elle ne se donna pas la peine d'expliquer ce qu'était ce quelque chose, mais elle pensait manifestement à du sang. Son récit parut très familier à Sue. Il y avait eu « quelque chose sur le drap » pour la mort de Mary Frances, et pour la mort de Michael aussi.

– S'il y a un Dieu, il devra expliquer pourquoi tout cela est arrivé, ajouta Marybeth.

Sue savait que Marybeth n'aurait pas fait cette remarque à n'importe qui. « Elle m'a dit ça parce qu'elle connaissait mes sentiments sur Dieu. »

Par la suite, Sue se demanda pourquoi elle avait accepté de rendre une nouvelle fois service à Marybeth. « Je ne voulais plus rien avoir à faire avec elle, mais en même temps je l'ai fait. Je suppose que je l'ai fait en partie pour le bébé et pour les beaux-parents de Marybeth, qui sont de très braves gens et qui, je le savais, seraient à l'enterrement. Et je l'ai fait aussi pour Marybeth, parce qu'après tout c'est un être humain et parce qu'elle avait perdu son enfant, quelle que soit la manière dont il était mort. Et aussi, parce qu'elle avait toujours pensé qu'elle pouvait compter sur moi. Si c'était à refaire, je le referais, sans vraiment le vouloir mais sans vraiment pouvoir refuser. »

4

C'était chaque fois la même histoire avec ses bébés. Ils n'étaient pas malades, il n'y avait pas eu d'accident. Mais ça arrivait, tout simplement.

Un médecin de l'hôpital.

Tandis que Marybeth continuait de passer ses coups de fil, Daniel O'Connor et son collègue, Joseph Figliola, se trouvaient dans un restaurant de Nott Street, l'une des artères principales de Schenectady. Ils travaillaient ensemble comme enquêteurs au commissariat central de la ville, et peu après 9 heures du matin, en ce 20 décembre, ils s'étaient arrêtés pour prendre un café. Tout à coup, l'un de leurs bipeurs se mit à sonner : ils devaient appeler immédiatement le bureau principal de la police.

Agé d'une quarantaine d'années, Dan O'Connor était un homme jovial, au visage ouvert. Mais quand il revint à la table, il avait l'air inquiet.

– Joe, il faut qu'on aille chez le district attorney.

Le bureau du district attorney se trouve au troisième étage du palais de justice de Schenectady, un imposant bâtiment de pierre dans le centre-ville, avec de lourdes colonnes et un grand escalier menant à l'entrée principale. Dan O'Connor monta les marches quatre à quatre, passa les portes tournantes, courut jusqu'à l'ascenseur au fond du hall et entra en trombe dans le bureau de John Poersch, le district attorney. Seul Stuart Sanders, le premier adjoint, était à son poste. En cette veille de Noël, Poersch avait invité ses hommes à déjeuner chez Luigi's, son restaurant italien préféré.

– Le St. Clare vient juste de me prévenir que la nuit dernière un autre bébé de Marybeth Tinning était mort, commença O'Connor sans autre préambule. Ils pensent que c'est un cas de mort subite du nourrisson, mais elle a déjà eu huit gosses qui sont morts comme ça du jour au lendemain. A la mort du quatrième ou du cinquième, je ne sais plus, certains chez nous l'ont soupçonnée de les tuer, mais on n'a jamais pu procéder à une véritable enquête. La plupart des bébés étaient déjà enterrés quand on a été prévenus, et il était trop tard pour obtenir une expertise médicale. Parfois même il n'y a pas eu d'autopsie. Je ne veux pas que cela se reproduise. Votre bureau doit s'occuper de cette affaire tout de suite.

Sanders, qui était entré au service du district attorney deux ans auparavant, ne connaissait pas cette histoire de morts multiples, tout comme il ne connaissait pas le nom de Marybeth Tinning. Mais il fut frappé par l'air extrêmement préoccupé de Dan O'Connor et par son édifiant récit. Neuf bébés morts dans une même famille! Même quand il travaillait dans le Bronx, il n'avait jamais entendu une histoire pareille.

Sitôt O'Connor parti, il prit son téléphone, appela l'hôpital St. Clare et demanda à parler à l'anatomopathologiste de garde, le Dr Young J. Sim. Il voulait s'assurer que l'on procéderait à une autopsie et que le Dr Thomas Oram, anatomopathologiste en chef et directeur des laboratoires de l'hôpital Ellis, serait présent. Cette requête nécessitait énormément de tact de sa part. Schenectady possède deux hôpitaux, le St. Clare et le Ellis et, s'ils travaillent tous les deux en étroite collaboration, une certaine rivalité les oppose néanmoins. Le Ellis Hospital est plus grand et mieux équipé. En tant qu'institution catholique, le St. Clare est fier du dévouement de son personnel. Parmi la population de Schenectady, le bruit court que si un malade nécessite des soins attentionnés, il vaut mieux qu'il s'adresse au St. Clare, mais si sa vie est menacée, il a plus de chances d'être mieux soigné au Ellis.

Les services d'anatomopathologie des deux hôpitaux examinent tous les jours des cas de mort suspecte. La plupart sont des morts naturelles, quelques-unes sont accidentelles et d'autres, moins nombreuses, sont des suicides ou des homicides.

En fait, très peu d'anatomopathologistes connaissent la médecine légale, c'est-à-dire l'application de la médecine à la justice. Beaucoup d'entre eux préfèrent ne pas être au courant. En effet, à une époque et dans un pays où les médecins redoutent sans arrêt d'être poursuivis en justice pour faute professionnelle, rares sont ceux qui choisissent cette spécialité ; ils savent qu'elle les amènera un jour ou l'autre dans le box des témoins et qu'ils seront dès lors la cible de l'avocat de la défense, qui n'hésitera pas à discréditer leur témoignage.

Le Dr Thomas Felix Dennis Oram était d'une autre trempe, et c'est pourquoi Stuart Sanders tenait à ce qu'il assiste à l'autopsie de Tami Lynne. Si cette affaire aboutissait à un procès pour homicide, il savait qu'Oram ne refuserait pas de témoigner et qu'il serait, en outre, un témoin imposant. Avec ses cheveux blancs et son port militaire, il était aussi distingué que son nom le suggérait : anglais de naissance, il avait été médecin militaire aux colonies et, à moins de trente ans, avait dirigé un hôpital à Kuala Lumpur. Là, il avait acquis toute l'expérience professionnelle nécessaire ainsi qu'un certain savoir-faire diplomatique. Il avait également travaillé comme anatomopathologiste auprès du coroner. A son retour en Grande-Bretagne en 1956, consterné de voir que « le marché est envahi par des tas de gens comme moi qui rentrent de pays ayant récemment obtenu leur indépendance », il envisagea d'émigrer au Canada mais il s'installa à Schenectady sur les conseils d'un ami médecin anglais qui venait d'accepter un emploi à l'hôpital Ellis. « Comparée à l'austérité de l'Angleterre d'après guerre, lui écrivit son ami, la vie, ici, ne cessera de t'émerveiller. Les steaks qu'on te sert au restaurant sont aussi gros que des sièges de toilette. »

Oram dut repartir de zéro et son salaire était à peine suffisant pour s'offrir un steak. Découragé, il retourna en Angleterre au bout de deux ans; mais bientôt, il se rendit compte que Schenectady avait, après tout, plus à offrir, et il y revint définitivement. Au cours des vingt années suivantes, il gravit un à un les échelons pour devenir l'anatomopathologiste le plus respecté et le plus expérimenté de toute la région, et l'un des rares ayant étudié la médecine légale. En tant que professeur d'anatomopathologie clinique à Albany, il avait formé de nombreux anatomopathologistes, dont le Dr Sim.

Stuart Sanders fut soulagé d'apprendre que non seulement le Dr Sim acceptait de convier son ancien professeur à l'autopsie de Tami Lynne, mais qu'elle l'avait déjà fait. L'autopsie était prévue à 11 heures du matin. A contrecœur, Sanders décida d'assister au sinistre travail.

Il est rare qu'un district attorney ou l'un de ses adjoints soit présent à une autopsie, mais quelquefois il le faut. Dans une affaire délicate, un esprit juridique peut entrevoir une piste qu'un médecin légiste ne relèverait pas. Sanders ne savait pas si tel serait le cas, mais il pensait que sa présence était nécessaire. Il demanda à son enquêteur William Sanderson de l'accompagner, sous prétexte que ce dernier possédait une voiture, mais c'était surtout pour le soutien moral.

Les deux hommes prirent l'ascenseur jusqu'au sous-sol de l'hôpital, où ils furent conduits dans une pièce sans fenêtres et aux murs de béton; ils passèrent là deux heures avec le Dr Oram, le Dr Sim, l'assistant du Dr Oram, un photographe de la police et le corps de Tami Lynne.

C'était la première autopsie de Sanders, et la vue du cadavre de la petite fille devait le hanter pendant des mois, s'imposant à sa mémoire quand il s'y attendait le moins, par exemple quand il se détendait chez lui avec son bébé dans les bras. Lorsque le procès de Marybeth eut lieu, un an et demi plus tard, le souvenir en était encore si vif que Sanders préféra ne pas se rendre au tribunal le jour où Oram témoignait à la barre. « Je ne voulais pas revivre tous ces détails horribles », expliqua-t-il.

Bill Sanderson fut frappé par l'atmosphère d'émotion profonde qui régnait dans la salle d'autopsie. « Nous savions tous que huit autres enfants dans cette affaire étaient morts, mais nous étions alors en face d'un bébé si beau qu'il était impossible d'imaginer que quiconque ait voulu lui faire du mal, raconta-t-il par la suite. Même le Dr Oram a eu du mal à arriver à cette terrible conclusion, et on voyait bien qu'il ne le souhaitait pas. »

Oram, qui s'était remarié vers la quarantaine, avait lui aussi des enfants en bas âge, et bien qu'il ait l'habitude de procéder ou d'assister à des autopsies, il fut profondément troublé par celle-ci. Par la suite, il s'interrogea souvent sur le seuil de tolérance d'une mère face aux pleurs de son enfant et sur la tentation irréfléchie qu'ont certaines d'y mettre fin. Sa seconde femme, Jo Anne, qu'il décrivait comme « très directe », lui avait dit que, sous la pression des soins quotidiens à prodiguer à un enfant, n'importe quelle mère craque à un moment ou à un autre. Marybeth Tinning faisait-elle partie de ces rares femmes qui, arrivées à ce point de rupture, réagissent avec violence – sans en avoir l'intention, mais sans pouvoir se contrôler pour autant ?

Il s'interrogea également sur la gravité des dépressions postnatales, et sur la réaction de Marybeth à la mort de sa fille Jennifer; c'était son troisième enfant, elle était née et morte quatorze Noëls avant la mort de Tami Lynne. Jennifer avait de nombreux abcès au cerveau, dès la naissance, et n'avait vécu qu'une semaine. Pour les médecins, il n'y avait eu, dès le début, aucun espoir. Marybeth avait semblé profondément secouée par la mort de son bébé mais elle avait été incapable d'exprimer son chagrin par des larmes. Dans les deux mois qui suivirent, ses deux autres enfants, Barbara et Joseph, moururent mystérieusement. A l'époque, personne ne fit le rapprochement, mais y avait-il cependant un lien entre ces deux morts et l'apathie de Marybeth quand Jennifer mourut ?

Tant que le Dr Oram ne certifiait pas que Tami Lynne n'était pas morte naturellement, rien ne pouvait être intenté juridiquement contre Marybeth. C'était une terrible responsabilité à assumer : « Il y a une chose que j'ai apprise dans cette affaire, dit-il plus tard. Et c'est quelque chose dont je n'aime pas beaucoup parler. Un nouveau-né a des voies respiratoires très petites, même par rapport à sa taille. Ce qui fait qu'il est très facile d'empêcher un bébé de respirer sans laisser de trace de suffocation. Chez un enfant plus âgé, on peut trouver des traces de lutte, mais chez un bébé la mort peut pratiquement être instantanée. » Mais, avant de conclure que c'était bien ce qui était arrivé à Tami Lynne, il voulait éliminer toutes les autres possibilités.

Oram avait eu connaissance de l'histoire de la famille Tinning quand, avec le Dr Sim, il avait pratiqué l'autopsie de Michael, l'enfant que Marybeth et Joe avaient adopté, presque cinq ans auparavant. Avant Michael, Marybeth avait perdu sept enfants. D'après ses descriptions tout à fait crédibles de leurs morts, plusieurs médecins avaient déclaré que cette famille était atteinte d'une maladie génétique très rare. La théorie la plus communément répandue était que Marybeth et Joe étaient porteurs de gènes récessifs responsables de perturbations du métabolisme de leurs enfants.

La mort de Michael, à l'âge de deux ans et demi, souleva de sérieuses questions. Michael n'avait aucun lien de consanguinité avec les Tinning, et c'était un petit garçon en bonne santé. Marybeth l'avait emmené un matin d'hiver chez son pédiatre, enveloppé dans une couverture et racontant qu'il avait un gros rhume et qu'elle n'avait pas réussi à le réveiller. Il était, en fait, mort. Quand Oram procéda à son autopsie, il ne put s'empêcher de penser qu'il s'agissait peut-être d'un homicide. Mais il ne trouva rien, à l'exception d'une pneumonie virale qui n'était manifestement pas assez grave pour être mortelle. En l'absence de preuves médicales, et bien que tourmenté par le doute, il certifia que Michael était mort de pneumonie.

Quand vint le moment de procéder à l'autopsie de Tami Lynne, Oram était toujours aussi perplexe. Personne n'avait résolu la question de la maladie génétique, et il était difficile de croire qu'une famille déjà si durement frappée perde aussi un enfant adopté, mais c'était possible. « Jusqu'à la fin, j'ai cherché une explication génétique à la mort de Tami Lynne, expliqua plus tard Oram. Quelque chose nous avait peut-être échappé, et j'étais déterminé à le trouver. J'avais entendu dire que certaines personnes pensaient que Marybeth était responsable de ces morts, mais je n'arrivais pas à croire qu'une mère puisse tuer son enfant. Avec Tami Lynne, c'était cependant l'explication la plus logique, mais aucun de nous ne voulait la prendre en considération, parce que c'était trop horrible. »

L'examen de Tami Lynne révéla qu'elle était un bébé bien nourri, un peu plus grand et plus fort que la moyenne des enfants de son âge. Oram ne décela rien d'anormal, mis à part un érythème fessier si important qu'il songea dans un premier temps à une septicémie comme cause possible de la mort. (« Cette enfant donnait l'impression de ne pas avoir été régulièrement changée; de plus, la mère avait appliqué un tube entier de Mitosyl sans l'avoir lavée, ce qui avait provoqué une suppuration sous-cutanée. ») Mais il n'en trouva aucune preuve.

Avec le Dr Sim, il inspecta minutieusement le corps de Tami Lynne, ses voies respiratoires, son système gastro-intestinal, dans l'espoir de découvrir une obstruction possible. Il fit toutes les incisions nécessaires pour examiner les organes, les muscles, les os et le cerveau. Il préleva du sang et des échantillons de tissu qu'il examina au microscope afin de procéder à une étude virale et bactérienne; il prit également des dispositions pour une analyse chromosomique dans le but de repérer une éventuelle aberration génétique, et il pratiqua une étude toxicologique pour le cas où il trouverait une trace de poison. « Nous avons fait tous les examens possibles, expliqua Oram. Nous avons même divisé des échantillons que nous avons envoyés dans un autre laboratoire afin de comparer les résultats. Mais nous n'avons rien trouvé, rien du tout. »

L'autopsie prit deux heures. Quand elle fut terminée, Stuart Sanders et Bill Sanderson se rendirent directement chez Luigi's où ils retrouvèrent leurs collègues pour le déjeuner de Noël offert par le district attorney. Ils étaient en retard et ne se sentaient pas très bien. Incapable d'avaler quoi que ce soit, Sanders décida de retourner à son bureau. Il avait trop à faire cet après-midi.

Il appela d'abord Betsy Mannix, une assistante sociale de la Protection maternelle et infantile du Bureau d'aide sociale de Schenectady et Robert Imfeld, un enquêteur de la police de Schenectady chargé de la délinquance juvénile. La pratique voulait que le Bureau d'aide sociale ouvre immédiatement une enquête dès qu'il y avait plainte pour sévices sur enfant; quand les assistantes sociales allaient voir les familles en question, elles étaient généralement accompagnées d'un officier de police. Bob et Betsy travaillaient souvent ensemble.

Betsy Mannix et Bob Imfeld arrivèrent au 367, Michigan Avenue, à 15 heures 30. Marybeth et Joe étaient chez eux. Assis côte à côte sur le canapé, ils se montrèrent aussi nerveux que prêts à coopérer. Betsy, une jeune femme à la voix douce et à l'épaisse chevelure auburn, leur expliqua qu'elle était obligée d'enquêter sur la mort de Tami Lynne et pour ce faire, qu'elle avait besoin de leur poser quelques questions de routine. Marybeth répondit calmement et sans marquer la moindre hésitation.

Elle raconta que Tami Lynne n'avait aucun problème de santé et qu'elle semblait tout à fait bien quand elle l'avait vue en vie pour la dernière fois. La veille, elle lui avait donné à manger en présence des parents de Joe, venus pour la garder; elle n'avait rien remarqué d'anormal; elle était allée se coucher quand Joe était revenu du bowling mais, incapable de trouver le sommeil, s'était relevée pour regarder la télévision; avant de retourner se coucher, elle avait jeté un coup d'œil à Tami Lynne; il était alors minuit et demi, et elle avait trouvé le bébé particulièrement calme. Elle racontait son histoire d'une traite à présent, et tout ce qu'elle disait semblait très plausible. Betsy demanda à Marybeth si elle voulait bien signer une autorisation pour qu'elle puisse avoir accès au dossier médical de Tami Lynne, et Marybeth accepta sans hésiter. Quant à Joe, il ne parlait que lorsqu'on s'adressait directement à lui. Quand Betsy l'interrogea sur ses enfants, il eut du mal à se rappeler combien il en avait eu et de quoi ils étaient morts.

Comme Bob Imfeld ne portait pas d'uniforme, Marybeth

pensa dans un premier temps qu'il était, lui aussi, du Bureau d'aide sociale. Cependant, alors qu'elle parlait avec Betsy Mannix, le talkie-walkie d'Imfeld se mit en marche. Aussitôt, Marybeth se raidit et céda à la panique.

– Vous êtes de la police, n'est-ce pas ? dit-elle. Je sais pourquoi vous êtes ici. Vous voulez m'arrêter et me jeter en prison.

– Je ne suis pas ici pour vous arrêter, répondit Imfeld. Détendez-vous.

Mais Marybeth se mit à trembler de plus belle et eut alors un regard de bête traquée. C'était un regard que Betsy reverrait lors de ses prochaines visites, un regard qui la hanterait longtemps. Betsy avait quotidiennement affaire à des cas épouvantables, mais elle n'avait jamais ressenti la moindre peur dans son travail. Et là, bien qu'elle fît tout pour ne pas le montrer, elle finit par avoir plus peur de Marybeth que Marybeth n'avait peur d'elle.

Bien qu'aucune accusation n'ait été prononcée, Marybeth demanda à plusieurs reprises à ses visiteurs s'ils allaient la mettre en prison. Même leurs paroles de réconfort ne firent rien pour la calmer.

– Vous êtes bien sûrs que vous n'êtes pas venus pour m'emmener ? insista-t-elle.

Bob et Betsy furent frappés par cette réaction. Ils remarquèrent aussi plusieurs cartons dans l'alcôve, près du berceau vide. Marybeth y avait rangé les vêtements du bébé soigneusement pliés ainsi que les jouets de Noël encore dans leurs boîtes, comme si elle avait hâte d'éloigner de sa vue tout ce qui pouvait lui rappeler Tami Lynne. En fait, elle avait déjà demandé à sa belle-sœur de l'en débarrasser.

Ce nettoyage fut accompli d'ailleurs si rapidement et de manière si efficace que les parents et les amis qui vinrent pour une petite réception après l'enterrement ne virent rien dans l'appartement des Tinning qui indiquât que Tami Lynne ait jamais existé.

5

Chaque enterrement était une fête pour elle. Elle versait à peine une larme. Au bout de trois ou quatre, j'ai cessé d'y aller.

Un parent.

Le révérend Roger Day préparait les offices de Noël à l'Église méthodiste de la Trinité unie quand Susan Daly téléphona. Le Daly Funeral Home était une entreprise familiale respectée et bien connue du clergé de la ville. Susan, la petite-fille de feu le fondateur, lui expliqua qu'elle prenait des dispositions pour l'enterrement d'un bébé au Schenectady Memorial Park et que les parents désiraient qu'il célèbre l'office.

Roger Day se rappelait avoir rencontré Marybeth et Joe Tinning deux semaines auparavant, quand Cynthia et Mark Walter, deux de ses paroissiens, les avaient amenés au service du dimanche. Il avait échangé quelques plaisanteries avec eux, avait fait des remarques sur le bébé que Marybeth portait dans ses bras, mais il avait senti qu'ils ne tenaient pas spécialement à faire partie de son église. Il demanda à Susan Daly de lui parler de la famille et fut surpris – à vrai dire, il eut presque du mal à le croire – d'apprendre qu'il s'agissait du neuvième décès.

Après plusieurs années de ministère, Day, un homme cordial et chaleureux, avait appris à considérer avec scepticisme certaines des histoires qu'on pouvait lui raconter. Plus il réfléchissait à celle-ci, moins elle lui paraissait vraisemblable. Il avait pour coutume de rendre visite à la famille en deuil, et, donc, ce même jour, le samedi 21 décembre, il alla chez les Tinning. En chemin, il s'interrogea sur ce qui l'attendait. « Je me disais qu'il y avait quelque chose d'anormal, que toutes ces morts successives étaient bizarres », raconta-t-il par la suite. « Quand je suis arrivé, les parents étaient là. Je leur ai parlé pendant un moment. Ils m'ont raconté comment tous leurs enfants étaient morts les uns après les autres, et ils semblaient si sincères, si abattus. J'ai pensé que ça avait dû être horrible pour eux. J'avais terriblement pitié d'eux. Je leur ai offert de prier, et j'ai accepté de célébrer les obsèques. »

Marybeth, à ce moment-là, était une habituée du Daly Funeral Home. Son premier contact avec l'entreprise de pompes funèbres datait d'octobre 1971, quand son père était mort. Par la suite, à intervalles plus ou moins réguliers, l'entreprise s'était occupée des obsèques de Jennifer, de Joseph, de Barbara, de Timothy, de Nathan, de Mary Frances, de Jonathan, de Michael, et à présent elle s'occupait de celles de Tami Lynne. Certains décès avaient été si rapprochés que, dans les années 1970, Marybeth et Joe payaient des traites pour trois enterrements en même temps. Lawrence H. Daly, alors propriétaire et directeur de l'entreprise, les recevait dans son bureau aux rideaux tirés sur fond de musique ambiante (« Greensleeves » interprété à la harpe). Là, il prenait les dispositions nécessaires. D'un ton apaisant, il suggérait un coffret Babirest, un article bon marché conçu spécialement pour les nourrissons, avec le cercueil déjà encastré dans le coffret en béton exigé par le cimetière. Ils décidaient de l'heure de la veillée (Marybeth tenait toujours à recevoir ses amis à côté du cercueil ouvert), et, quand ils s'étaient mis d'accord sur les détails, Larry Daly leur demandait, avec énormément de tact, comment ils comptaient le régler. C'était à ce moment-là que Joe Tinning intervenait. Terriblement replié sur lui-même, il laissait à sa femme le soin de s'occuper de tout le reste.

Avec le temps, une relation de bonne intelligence s'établit entre l'entreprise Daly et les Tinning si bien qu'après l'enterrement du cinquième ou sixième enfant, Courtland Andrew, l'associé de Larry Daly, ne fut qu'à moitié surpris quand Marybeth entra un jour dans son bureau et lui demanda avec désinvolture quelles étaient les qualifications nécessaires pour diriger une entreprise de pompes funèbres. Elle habitait près du Daly Funeral Home et saluait souvent Larry Daly ou Courtland Andrew en allant faire ses courses. Parfois, elle s'arrêtait même pour bavarder.

Andrew lui expliqua qu'il fallait d'abord suivre deux années d'études dans un collège universitaire de premier cycle, puis faire un an de stage et enfin passer le diplôme d'État. Il la mit également en garde contre les risques du métier : ulcères à l'estomac et insomnie dus au stress, et douleurs dans le dos provoquées par les lourdes charges à porter.

– J'ai l'impression de posséder déjà quelques briques de ce bâtiment, fit remarquer Marybeth en guise d'explication à son intérêt pour la profession, mais elle n'alla pas plus loin.

A présent, elle était de nouveau là, discutant d'un air songeur de la neuvième notice nécrologique de la famille qui devait paraître dans les éditions du samedi et du lundi de la *Schenectady Gazette*, afin que tous ceux qui connaissaient les Tinning ne la manquent pas.

TINNING – Tami Lynne, quatre mois, 367, Michigan Avenue, fille bien-aimée de Joseph A. et Marybeth Tinning, petite-fille de Mrs. Ruth Roe, de Schenectady, et de Mr. et Mrs. Joseph Tinning, de Duanesburg. Lui survivent plusieurs oncles, tantes et cousins. Service funèbre célébré par le Rev. Roger Day, lundi après-midi à 13 heures 30 au Daly Funeral Home, 242, Michigan Avenue. Parents et amis sont invités. Inhumation au Schenectady Memorial Park. Dons à la Fondation pour la recherche sur la mort subite du nourrisson.

C'était la première fois que Marybeth nommait comme bénéficiaire des dons la Fondation pour la recherche sur la mort subite du nourrisson. A la mort de Barbara, elle avait nommé la Fondation pour la recherche sur l'arthrite (une maladie dont souffraient ses deux parents); à celle de Joseph, de Jennifer et de Timothy, le Fonds américain pour le cœur (son père était mort d'une crise cardiaque); après celle de Mary Frances et de Jonathan, ç'avait été le Fonds d'entraide de l'hôpital St. Clare. Aucun don n'avait été demandé à la mort de Nathan. Quant à la notice nécrologique de Michael, elle suggérait que les dons soient versés à la famille Tinning, une requête qui, selon Larry Daly, ne passait pas très bien.

Cela faisait plus de trente ans que Larry Daly s'occupait des obsèques des autres. Il avait commencé alors qu'il était encore au lycée en aidant son père. Une fois qu'il se mit à travailler, il adopta, sans même s'en rendre compte, le regard humide et le ton de voix grave et austère auxquels on peut s'attendre chez un croque-mort. Il considérait son travail comme un véritable service public. « Notre travail est de faire le nécessaire pour les morts, mais en fait, nous faisons tout ce que nous pouvons pour aider les vivants à surmonter leur chagrin. » Larry éprouvait par ailleurs une sympathie toute particulière pour les couples qui venaient de perdre un enfant. Un mois à peine après la mort du premier bébé de Marybeth, l'un de ses cinq enfants avait glissé sur la berge d'une rivière et s'était noyé. (« C'était un enfant magnifique, il n'avait que cinq ans. Jamais je n'ai cessé de penser à lui. ») L'associé de Larry Daly, Courtland Andrew, avait lui aussi perdu une fille, à l'âge de seize ans. « C'est pourquoi nous savons d'où viennent ces gens, et nous sommes de tout cœur avec eux. Quand on est soi-même passé par là, on est mieux placé que quiconque pour tendre la main aux parents, expliqua Larry Daly. Leur souffrance nous est familière. » Elle l'a peut-être aussi empêché de reconnaître que, dans certains cas très rares, la mort n'est pas toujours accidentelle.

« Quand Marybeth nous a appelés pour le troisième enterrement, elle était affolée, se rappela Andrew. Elle m'a demandé si je viendrais prendre son bébé. Je pensais qu'elle parlait de l'enfant que nous avions mis en terre six semaines seulement auparavant, et que, dans sa douleur, elle revivait la tragédie. Au début, je n'ai tout simplement pas compris qu'un autre enfant était mort. »

Quelque temps après, le Daly Funeral Home apprit que la police de Schenectady procédait à une enquête ; comme elle ne mena à rien, Larry Daly et son associé estimèrent qu'il n'y avait aucune raison de soupçonner quoi que ce soit.

« Évidemment, j'étais inquiet, concéda Larry Daly. Mais je pensais que les autorités surveillaient de près cette famille. Chaque fois qu'un bébé Tinning mourait, j'étais persuadé qu'ils étaient au courant pour les autres. Je n'avais aucune raison de penser le contraire. Les certificats de décès étaient présentés sans délai. L'histoire qu'on entendait tout le temps, c'était qu'il y avait un problème génétique.

« Ce n'était pas une famille très aisée, mais la mère apportait toujours de très jolis habits pour les obsèques et des petits jouets qu'elle posait dans le cercueil. Elle était en larmes quand elle venait me voir, la première fois. Jamais elle ne m'a paru suspecte ou mauvaise. Toute la famille semblait très affectée par ces morts. Après l'inhumation, ils faisaient installer une pierre tombale. Ils avaient en fait le comportement de n'importe quelle famille d'Américains moyens qui vient de perdre un enfant. Il n'y avait rien d'extraordinaire dans ces morts, sauf qu'elles étaient très nombreuses. »

Plus tard, quand Marybeth fut arrêtée pour le meurtre de Tami Lynne, Larry Daly fut fortement critiqué dans tout Schenectady. Les gens disaient qu'il aurait dû « faire quelque chose » depuis longtemps, étant donné qu'il était probablement le seul, en dehors de la famille Tinning, à être au courant du nombre de bébés morts. Daly prit la critique à cœur. « Si les autorités étaient satisfaites, qu'est-ce que j'étais censé faire ? Courir chez le district attorney et lui dire qu'il y avait peut-être une affaire de crime là-dessous ? On peut nous poursuivre en justice pour ça. Notre travail est de servir les familles en deuil et de bien les servir. On ne peut être juge et partie. »

L'expérience lui avait aussi appris que la famille du disparu adopte toute une gamme de comportements vis-à-vis de la mort. Certains sanglotent aux obsèques sans pouvoir s'arrêter. D'autres s'évanouissent. D'autres encore essaient de prendre la tragédie à la légère en lâchant une ou deux plaisanteries, comme pour se protéger de la douleur qu'ils sont incapables d'exprimer. Et il y a ceux qui, comme Marybeth, assistent aux enterrements sans la moindre émotion. C'est pourquoi il n'éprouva ni surprise ni méfiance, à l'inverse de certaines personnes présentes aux obsèques, quand il vit avec quel calme Marybeth se tenait près du cercueil de Tami Lynne – spectacle qui, en cette avant-veille de Noël, où l'on célèbre la naissance d'un autre enfant, n'en était que plus poignant.

Cynthia était assise au dernier rang, la tête baissée. Elle était incapable de regarder le cercueil et elle serrait Aaron contre elle comme si elle avait peur qu'on le lui prenne. Au cours des semaines suivantes, elle partagea ses craintes avec le pasteur. Elle n'avait jamais pensé à la mort subite du nourrisson, mais à présent, quand son fils dormait, elle allait le voir toutes les cinq minutes. Ayant pris l'histoire de Marybeth pour argent comptant, lui aussi, Roger Day n'avait aucune réponse à lui donner. Il se contentait d'espérer que la foi et le temps atténueraient ses angoisses.

Le funérarium était bien le dernier endroit où Cynthia avait envie d'être ce jour-là. « J'étais très mal, raconta-t-elle plus tard. Il y avait ce cercueil, là, ouvert devant moi, et je ne pouvais m'en approcher. J'étais venue pour réconforter Marybeth, mais c'était moi qui avais besoin de réconfort. J'aimais énormément Tami Lynne. Je la connaissais depuis sa naissance. Je la voyais tous les jours, je lui donnais à manger, je la changeais. Quelques heures à peine avant sa mort, elle était dans mes bras et elle me souriait. C'était comme si elle était ma fille, et quand elle est morte, une partie de moi est morte avec elle. »

Cynthia avait hésité à emmener Aaron. « Je sais que des gens ont pensé que j'ai manqué de tact en venant avec lui, mais je devais lui donner le sein peu après, et je n'avais pas le choix. Marybeth tenait à ma présence, et c'était le seul moyen pour moi d'être là. »

Il y avait aussi, dans l'assistance, plusieurs femmes de l'Église réformée de Princetown, à Duanesburg. Les parents de Joe faisaient partie de cette communauté et, encouragée par ses beaux-parents, Marybeth les y avait accompagnés plusieurs fois au cours des mois précédents. Au cœur de la vie sociale de Duanesburg un groupe de paroissiennes très unies organisaient des kermesses, des ventes de gâteaux, recueillaient des fonds, enseignaient la Bible et étaient toujours prêtes à aider les familles dans le désarroi.

C'était le troisième enterrement Tinning pour Sharon Jewett, l'une des membres les plus jeunes de cette association. Aux obsèques précédentes, celles de Michael, elle s'était occupée du buffet et avait gardé l'étrange souvenir de Marybeth lui répétant sans cesse après coup : « Tu as dû penser du mal de moi parce que j'arrivais à manger. Tu as dû penser que je n'aimais pas Michael, que j'étais une mauvaise mère parce que je l'avais laissé mourir. »

Plus elle y repensait, plus Sharon était troublée. Après la mort de Michael, elle s'était arrangée pour trouver systématiquement une excuse quand Marybeth lui demandait si elle ne pouvait pas venir garder sa petite fille. Elle essayait de se justifier en disant que c'était à cause du traumatisme qu'elle avait vécu – elle avait perdu son propre bébé à l'âge de deux semaines – mais, malgré sa foi en Dieu, elle craignait plus ou moins consciemment que Marybeth ne porte malheur aux enfants des autres.

Alors qu'elle se préparait pour l'enterrement de Tami Lynne, elle ne put retenir ses larmes. Presque cinq ans auparavant, elle en avait voulu à Dieu d'avoir rappelé Michael à Lui ; à présent, c'était à elle-même qu'elle en voulait, parce qu'elle n'avait rien fait pour chasser les soupçons qui grandissaient en elle. « Je ne cessais de supplier le Seigneur de m'ôter ces pensées de l'esprit. » Mais, quand elle s'approcha de Marybeth pour l'embrasser, elle remarqua que celle-ci évitait de la regarder dans les yeux.

Sharon ne fut la seule à se sentir mal à l'aise. Sue Normington l'était, elle aussi. A la mort de Mary Frances, le sixième bébé de Marybeth, elle avait été en proie à des pensées si horribles qu'elle avait appelé la permanence téléphonique pour la Protection de l'enfance afin que l'on procède à une enquête. Il y avait presque sept ans de cela. Elle n'avait jamais eu de nouvelles, et, entre-temps, trois autres enfants étaient morts. Aujourd'hui, elle avait une désagréable impression de déjà-vu. Bien avant qu'elle commence à avoir des soupçons, elle avait remarqué que les enterrements avaient toujours lieu au milieu de l'hiver et que Marybeth portait toujours le même manteau – en cuir gris avec un col de renard assorti, – qu'elle mettait rarement par ailleurs. De même, les cercueils restaient toujours ouverts, et ils étaient parfois si remplis de jouets qu'il restait à peine assez de place pour le bébé. Et pendant la mise en bière (catholique pour les sept premiers enfants, protestante pour les deux derniers), Marybeth disait toujours la même prière.

Après l'enterrement des deux derniers enfants Tinning au cimetière catholique, il n'y avait plus de place dans la concession réservée à la famille. Tami Lynne dut être enterrée aux côtés de Michael dans le caveau de famille des parents de Joe, au Schenectady Memorial Park. Peut-être à cause de toute la publicité qui entoura l'affaire par la suite, peut-être parce que Marybeth avait d'autres soucis en tête, jamais le nom de Tami Lynne ne fut ajouté en dessous de celui de Michael. Sous l'inscription TINNING, ENSEMBLE A JAMAIS, il y avait un grand espace pour les noms de Joe Senior et d'Edna. En dessous, en toutes petites lettres, on pouvait lire le nom de Michael.

Alors que le cercueil de Tami Lynne était descendu dans la tombe, le pasteur annonça que Marybeth allait dire une prière, celle-là même qu'elle avait dite quand elle avait couché Tami Lynne pour la dernière fois. Sue la connaissait déjà. C'était toujours la même prière, qu'elle disait avoir récité à ses enfants juste avant qu'ils ne s'éteignent mystérieusement. Marybeth s'avança et, d'une petite voix claire, récita :

> « Maintenant pour la nuit je m'allonge
> Et je prie le Seigneur mon âme de protéger;
> Si je devais mourir avant de me réveiller
> Je prie le Seigneur mon âme d'emporter. »

6

Le système ne prévoit rien pour prévenir les sévices sur enfants. Il faut d'abord qu'il se soit passé quelque chose pour qu'on intervienne.

Une assistante sociale.

Plusieurs assistantes sociales avaient interrogé Marybeth au cours des quatorze dernières années, mais aucune ne fut plus tenace que Betsy Mannix. Elle retourna à Michigan Avenue le 26 décembre dans l'après-midi, sans prévenir, accompagnée d'un de ses collègues du Bureau d'aide sociale. Lors de cette interview, une Marybeth plus calme confia à Betsy que la réaction qu'elle avait eue lors de leur précédente rencontre la gênait. Elle ne faisait pas allusion à sa peur d'être arrêtée mais au fait que Betsy ne l'ait pas trouvée en larmes. Pendant toute l'interview, elle ne cessa de demander à Betsy si elle pensait du mal d'elle à cause de cela. Marybeth expliqua que, bien qu'elle n'ait pas pleuré cette fois-ci, la mort de son bébé l'avait bouleversée. Elle voulait que ce soit bien clair. Elle laissa entendre que son comportement d'alors n'exprimait en aucun cas ses véritables sentiments mais l'état de choc dans lequel elle était. Elle semblait énormément soucieuse de l'opinion de Betsy et tenait à donner d'elle-même l'image d'une bonne mère.

Marybeth ajouta qu'elle avait parlé de cela à son mari, et qu'il pensait comme elle qu'une aide psychologique pourrait les aider à surmonter la tragédie qui venait de les frapper. Betsy lui répondit que cela pourrait s'arranger, mais Marybeth ne lui en reparla plus.

Au cours des semaines qui suivirent, Betsy interrogea plusieurs personnes qui connaissaient l'un ou l'autre des aspects de la vie et de la personnalité de Marybeth. Elle parla à ses médecins, à sa famille et à ses voisins. Elle consulta les dossiers médicaux des huit autres enfants Tinning. Chaque fois, leur mort avait été annoncée dans la rubrique nécrologique de la *Schenectady Gazette*, et au fur et à mesure que leur nombre augmentait, la fréquence des coups de fil à la permanence téléphonique pour la Protection de l'enfance augmentait elle aussi. Tel est le lot des journaux locaux : la plupart des lecteurs commencent par la rubrique nécrologique. En conséquence, un paragraphe imprimé en petits caractères annonçant la mort d'un nouveau bébé de Marybeth sautait aux yeux de n'importe quel citoyen de Schenectady connaissant les Tinning, aussi sûrement que si l'information avait fait la une du journal.

Sue Normington ne fut pas la seule à attirer l'attention du Bureau d'aide sociale sur les circonstances étranges de ces morts successives – toutes survenues brusquement et, la plupart du temps, alors que Marybeth était seule avec l'enfant. Après les trois ou quatre premiers décès, cela devint presque une habitude pour certains voisins inquiets d'appeler anonymement la permanence téléphonique de la Protection de l'enfance sitôt lue la dernière notice nécrologique. L'annonce de la mort de Tami Lynne dans la *Schenectady Gazette* entraîna encore plus d'appels que les morts précédentes. C'est pourquoi Betsy Mannix sut qu'elle allait devoir mener une enquête avant même que Stuart Sanders ne la convoque au bureau du district attorney. Le service pour lequel elle travaillait tenait à ce que chaque plainte pour sévices sur enfant soit immédiatement prise en compte.

On sait très peu de choses sur ce que le Bureau d'aide sociale de Schenectady a répondu aux premières plaintes. Afin de protéger la vie privée de ceux sur qui l'on enquête, les dossiers sont absolument confidentiels. Il y a parfois de bonnes raisons pour cela car certaines plaintes peuvent être malveillantes. Mais, dans le cas de Marybeth Tinning, le Bureau d'aide sociale a gardé le secret avec un tel zèle que, lorsqu'elle fut jugée pour le meurtre de Tami Lynne et que Betsy Mannix fut assignée à comparaître par le tribunal, un juriste du Bureau d'aide sociale tenta d'argumenter que, du fait de la confidentialité de ses informations, Betsy Mannix ne pouvait témoigner. Cet argument fut rejeté par la cour. Cependant, le contenu d'une grande enveloppe en papier Kraft que Betsy apporta avec elle le jour où elle témoigna – vraisemblablement des détails confidentiels sur Marybeth – ne fut pas révélé. Par conséquent, le jury n'eut connaissance que de points techniques médicaux et légaux et n'eut aucune indication sur la personnalité complexe de Marybeth.

Richard Stazak, le directeur au Bureau d'aide sociale, soutint l'argument de la confidentialité pour la seule raison que c'était une règle immuable conçue pour protéger les citoyens. Il persista dans cette voie même après que Marybeth Tinning fut déclarée coupable. « Nos avocats du Bureau d'aide sociale de l'État de New York nous ont défendu de nous prononcer sur ce cas à cause de la clause de confidentialité qui protège nos dossiers. » Stazak concéda que cette attitude leur avait valu beaucoup d'ennuis mais que c'était une décision qui ne venait pas d'eux.

Au fil des années, certaines observations dans le dossier Tinning avaient été retirées, selon une pratique de longue date du Bureau d'aide sociale – là encore pour protéger les innocents : on détruit ainsi les détails concernant des plaintes que l'on estime non fondées. Une fois décidé qu'il n'y avait aucune raison de pousser l'enquête, la plainte était tout simplement effacée de l'ordinateur. C'est pourquoi, quand des voisins appelèrent la permanence téléphonique pour la Protection de l'enfance au sujet des morts de Jonathan, de Mary Frances, de Michael et de Tami Lynne, rien sur l'écran de l'ordinateur n'indiqua que le nom de Tinning avait jamais été listé. Bien que les gens mentionnent les autres décès, il n'y avait pas de données disponibles permettant une quelconque comparaison. Chaque plainte avait fait l'objet d'une enquête isolée.

Un autre problème se posait. La mort subite du nourrisson ne fait pas partie de l'expérience quotidienne des assistantes sociales. Si elles sont habituées à s'occuper d'enfants victimes de sévices graves, leur tâche ne consiste nullement à chercher des indices. En outre, à l'exception peut-être de Michael, qui portait un hématome facial dû à une chute, il n'y avait jamais rien pouvant suggérer que les bébés de Marybeth étaient maltraités. Au contraire, ils étaient tous propres, bien nourris, en bonne santé et même choyés – à part le fait qu'ils étaient morts. Et puis, à chaque décès, des médecins connus et respectés avaient fourni un certificat qui imputait la mort à une cause dûment répertoriée : mort subite du nourrisson, syndrome de Reye, œdème pulmonaire aigu, arrêt cardio-vasculaire, pneumonie virale. Pourquoi donc aurait-on eu des doutes ? Par ailleurs, toutes les assistantes sociales qui étaient allées voir Marybeth avaient trouvé une mère affligée et un berceau vide. Devant une telle situation, quiconque aurait cherché à éclaircir ces morts mystérieuses serait passé pour un être sans cœur.

Et pourtant... Au fur et à mesure que les bébés Tinning mouraient, un réseau de citoyens, à Schenectady, se mit à suivre de près chaque naissance dans la famille Tinning, convaincus que l'enfant qui venait de naître mourrait bientôt. Dès que le bruit courait dans la ville que Marybeth avait accouché, la rubrique nécrologique de la *Schenectady Gazette* faisait l'objet, pour quelques semaines, d'une attention accrue. « Combien de temps va-t-il vivre, celui-là ? » se demandaient les gens, partagés entre l'horreur incrédule et l'humour noir. Le système ne prévoyait rien pour empêcher ce genre de tragédie, tant que la mère donnait tous les signes extérieurs de la normalité et de la bienveillance, et tant que les médecins parvenaient à expliquer ces morts inexplicables. Restait l'espoir que la prochaine fois, peut-être, il y aurait assez de preuves pour confirmer ou infirmer les soupçons grandissants.

L'une des personnes qui surveillaient Marybeth avec le plus de vigilance était le Dr Kevin Karpowicz, un pédiatre de Schenectady qui avait rencontré Marybeth pour la première fois alors qu'il était interne au Centre médical d'Albany, une antenne de recherche qui reçoit les cas les plus étonnants des hôpitaux de Schenectady. Jonathan, le septième enfant de Marybeth, fut l'un d'eux. A l'âge de quatre mois, il fut admis au Centre dans un état comateux que rien n'expliquait, sinon qu'à l'évidence il avait souffert d'un manque d'oxygène. En vain, on lui fit subir de nombreux examens, à la recherche de quelque désordre métabolique. Certains médecins pensaient que l'on avait attenté à sa vie et prévinrent aussitôt le Bureau d'aide sociale. Cependant, en l'absence totale de preuve pour étayer leurs soupçons, le Centre médical déclara, quand Jonathan mourut sans avoir repris connaissance, qu'il s'agissait d'un arrêt cardio-vasculaire.

Plusieurs aspects de ce cas perturbaient le Dr Karpowicz – en premier lieu le fait que le système obligeait les médecins à nommer une cause de mort quand, manifestement, ils ne pouvaient être affirmatifs. Il pensait que c'était en partie dû à la pression régnant au sein de l'ordre des médecins, qui préfère un semblant de réponse plutôt que d'admettre son ignorance. Malheureusement, en produisant une réponse, aussi imprécise fût-elle, ils écartaient toute possibilité d'enquête ultérieure. « Quand les gens du Bureau d'aide sociale tombent sur un diagnostic normal, ils ne cherchent pas s'il y a eu mauvais traitements à enfant, déclara Karpowicz. Si le diagnostic restait indéterminé, on pourrait à n'importe quel moment rouvrir le dossier pour procéder à une enquête. »

A l'époque de la mort de Jonathan, le Bureau d'aide sociale n'avait pas l'habitude de faire savoir s'ils allaient donner ou non suite à une plainte. L'un des médecins du Centre médical d'Albany déclara : « On ne nous disait jamais si des mesures avaient été prises. C'était une espèce de conspiration du silence. Autant déposer sa plainte dans un grand trou noir. » Dans le cas de Jonathan, il est peu probable que le Bureau d'aide sociale d'Albany, la ville où il était mort, ait transmis l'information confidentielle qu'il possédait au Bureau de Schenectady, la ville où Marybeth et Joe résidaient.

Après s'être installé comme pédiatre à Schenectady, le Dr Karpowicz devint un ardent défenseur des droits des enfants et ouvrit une consultation au Bureau d'aide sociale local. Son travail consistait à examiner des enfants dont on soupçonnait qu'ils avaient été victimes de sévices. Dans ce rôle, il n'eut aucun rapport direct avec Marybeth, mais il la surveillait de loin. La mort de Jonathan l'avait profondément troublé. Un an après, celle de Michael le révolta.

« Je n'ai jamais entendu dire qu'un enfant en bonne santé de deux ans et demi puisse mourir d'une pneumonie », dit-il. Mais il ne put rien faire. On avait procédé à une autopsie et c'était la seule cause de mort que l'on avait trouvée. Karpowicz était tout aussi sceptique quant à la théorie de la maladie génétique. « Statistiquement, dit-il, il est pratiquement impossible qu'ils aient tous hérité du même gène récessif. » Il n'arrivait pas à croire non plus à des morts naturelles. « C'est extrêmement rare qu'un bébé en bonne santé meure. Durant mes sept ans de pratique, j'ai vu environ deux mille cinq cents enfants. Quatre seulement sont morts et tous les quatre avaient des problèmes à la naissance. »

Quand Michael mourut, le Dr Karpowicz alerta le Bureau d'aide sociale, mais de nouveau, il ne fut pas satisfait. « Je leur ai dit que ce n'était pas un cas ordinaire, qu'il y en avait eu d'autres avant, et ils m'ont écouté. Et puis, ils ont reçu le rapport du médecin légiste qui disait qu'il s'agissait d'une mort naturelle. »

Pour Karpowicz, c'était là une autre lacune du système. « Chaque fois qu'un enfant meurt, il devrait y avoir une enquête. L'autopsie n'est pas toujours à même de trouver la cause de la mort. A Schenectady, le médecin légiste examine les rapports d'autopsie, et s'il n'est pas satisfait, il peut exiger qu'on procède à une enquête. S'il avait pu se connecter à une banque de données quelconque et s'il avait vu combien d'enfants étaient déjà morts, je suis sûr qu'on aurait pu faire quelque chose plus tôt. Mais, chaque fois qu'on signalait une mort dans la famille Tinning, c'était un cas isolé. Parfois, il n'y avait même pas d'autopsie. »

Cinq ans après la mort de Jonathan et quatre ans après celle de Michael, Karpowicz se trouvait à l'école maternelle de Schenectady quand il aperçut Marybeth. Elle conduisait le car de ramassage scolaire, et elle était enceinte. Il eut un pincement au cœur. Cette fois, il était déterminé à tout faire pour sauver ce bébé, et si ce n'était pas possible, à ce que justice soit faite.

A la naissance de Tami Lynne, il insista auprès du pédiatre de Marybeth, le Dr Bradley Ford, pour qu'il lui recommande d'utiliser un moniteur – un appareil qui déclenche une sonnerie dès le moindre changement dans le rythme cardiaque ou la respiration du bébé. Le Dr Ford suivit son conseil, mais non Marybeth. Karpowicz fit également part de ses inquiétudes au personnel des urgences de l'hôpital St. Clare. En conséquence, quand Tami Lynne y fut amenée dans le coma, la direction de l'hôpital se méfia suffisamment pour déposer une plainte en bonne et due forme auprès du Bureau d'aide sociale. Karpowicz fit de même. Il contacta également le bureau du district attorney à peu près au moment où Dan O'Connor arrivait. Et quand la notice nécrologique parut le lendemain matin dans la *Schenectady Gazette,* les standardistes de la permanence pour la Protection de l'enfance reçurent appel sur appel.

—

Ce fut à Betsy Mannix qu'il incomba d'essayer de rassembler les morceaux de ce puzzle. Certains étaient perdus à jamais. Cependant, elle réussit à retrouver des dossiers médicaux qu'elle consulta pour la première fois dans leur totalité en quête d'un facteur commun. L'empoisonnement avait été l'une des premières théories envisagées, de même que l'asphyxie à l'aide d'un sac en plastique, mais les médecins légistes avaient rejeté ces deux hypothèses. Betsy tenta également de dresser un portrait psychologique de Marybeth Tinning. Elle fit des recherches sur l'histoire de sa famille et interrogea des gens qui l'avaient connue à divers moments de sa vie. Quand elle-même avait rencontré Marybeth la première fois, elle avait eu le sentiment qu'elle était coupable, mais jusqu'à la fin elle refusa de croire qu'une mère pouvait tuer son enfant. Durant ses sept années de pratique, elle avait toujours été confrontée à ce conflit intérieur : « Quand vous voyez des ecchymoses sur un enfant, il y a toujours une partie de vous qui veut qu'il n'y ait qu'une explication innocente, comme une chute dans l'escalier. »

Betsy était aussi hantée par la peur que cette femme très féconde soit de nouveau enceinte, et elle était bien déterminée à ce qu'aucun autre de ses enfants ne meure. Elle était obsédée par cette histoire, mais, comme l'information qu'elle recueillait était confidentielle, il lui était interdit d'en parler avec ses amis. Elle ne pouvait en discuter qu'aux réunions de la Tinning Task Force, un détachement spécial mis en place par le bureau du district attorney spécifiquement chargé de s'occuper de l'affaire Tinning. Là, médecins, juristes et policiers se rencontraient régulièrement et mettaient en commun les résultats de leur enquête sur la mort de Tami Lynne.

Inévitablement, la politique s'en mêla. Quelques années plus tôt, en 1985, la police de l'État de New York avait créé une brigade médico-légale qui pouvait être consultée par n'importe quel bureau de police de l'État. Le colonel Henry F. Hank Williams, chef de la police de l'État, était à l'origine de cette brigade. Il était parti du principe que de nombreuses polices locales n'avaient pas les moyens de mener des enquêtes complexes sur des cas d'homicides ou de catastrophes exceptionnelles. Ce n'était pas là une critique visant les forces de police des petites villes, mais simplement la reconnaissance de leurs limites. Williams estimait que leur capacité à résoudre des crimes inhabituels serait accrue si elles pouvaient compter sur l'expérience de certains des meilleurs criminologistes du pays.

Il avait par conséquent réuni un groupe impressionnant de spécialistes. Certains venaient d'autres États et tous avaient travaillé sur des affaires d'importance, qui allaient de l'assassinat du président John F. Kennedy à l'identification de criminels de guerre nazis. L'équipe comptait des anatomopathologistes, des dentistes, des anthropologues, tous spécialisés dans la médecine légale, un behavioriste, un psychiatre et un spécialiste de la photogrammétrie.

Au sein de la police de Schenectady, Dan O'Connor insista pour appeler Hank Williams. Il ne comprenait pas qu'une enquête officielle sur les morts des enfants Tinning n'ait pas été menée depuis tout ce temps, depuis en fait qu'un ancien collègue, John Zampella, lui avait parlé de la famille Tinning. Zampella avait entendu parler de Marybeth en 1972, quand elle avait perdu ses trois enfants en l'espace de deux mois. L'information lui était venue de sa femme, qui était amie avec une ancienne voisine des Tinning. Après la quatrième mort, à l'hôpital St. Clare en décembre 1973, il avait procédé à une petite enquête et découvert que plusieurs infirmières de l'hôpital soupçonnaient Marybeth, mais sans savoir exactement le rôle qu'elle avait joué. Pour chaque enfant, la mort avait été imputée à une cause naturelle et Zampella avait l'impression qu'aucun des médecins n'était prêt à mettre en doute le diagnostic de ses pairs.

A la mort du sixième enfant naturel de Marybeth, Mary Frances, en février 1979, Dan O'Connor et John Zampella, qui travaillaient ensemble, entendirent des récits affligeants sur les conditions dans lesquelles Mary Frances avait été amenée à l'hôpital. Ils allèrent voir le district attorney et exigèrent l'ouverture immédiate d'une enquête, mais on leur répondit que les preuves n'étaient pas suffisantes.

Avant de partir à la retraite, Zampella pressa O'Connor de continuer à surveiller Marybeth. C'était inutile. Lui-même père d'enfants en bas âge, O'Connor était scandalisé à l'idée que l'on puisse faire du mal à un enfant, et démoralisé que la police ne soit pas informée systématiquement de la mort d'un enfant. Si elle en entendait parler, c'était un hasard, par un ambulancier, une infirmière ou un voisin, et à ce moment-là un médecin de l'hôpital ou le bureau du médecin légiste avait déjà déclaré quelle était la cause de la mort. Il était alors pratiquement impossible de demander aux autorités médicales de revoir le cas. Cependant, quand Tami Lynne mourut, un membre du personnel de l'hôpital St. Clare contacta l'un de ses parents à la police de Schenectady, lequel, se souvenant qu'O'Connor s'était interrogé sur les autres morts de la famille Tinning, appela aussitôt le restaurant de Nott Street où O'Connor déjeunait. O'Connor alla immédiatement voir Stuart Sanders, dans le bureau du district attorney, pour qu'il assiste à l'autopsie, qui allait fournir les preuves nécessaires à l'ouverture d'une enquête que ni l'un ni l'autre ne seraient près d'oublier.

Quand la Tinning Task Force fut créée en toute hâte dans le bureau du district attorney, c'était à qui essaierait de faire porter le chapeau à l'autre pour toutes ces années d'inaction. On accusa les médecins, l'Aide sociale, l'équipe du district attorney, la police et les médecins légistes – en particulier le Dr Robert L. Sullivan.

Dans les grandes villes, le médecin légiste est un fonctionnaire à plein temps à la tête d'une équipe. Ni la ville de Schenectady ni le comté de Schenectady ne sont assez importants pour qu'il en soit ainsi. Aussi, pendant plusieurs années, le comté de Schenectady eut recours alternativement à deux systèmes qui avaient chacun leurs défauts. Dans un premier temps, toutes les villes du comté possédèrent leur propre inspecteur de la santé publique, dont le travail consistait à enquêter sur les morts suspectes. Elles étaient alors portées à l'attention du coroner, doté de l'autorité judiciaire sur tout le comté. Ce fonctionnaire élu n'avait pas besoin d'être médecin; traditionnellement, c'était un directeur d'une entreprise de pompes funèbres. Dans la mesure où il régnait un certain népotisme, ce système devint très vite politisé. C'est pourquoi le comté de Schenectady préféra l'abandonner dans les années 1960 et opta pour un médecin légiste.

Le Dr Sullivan occupait ce poste depuis 1968, c'est-à-dire presque depuis sa création, et resta en place pendant les quatorze ans qui virent les morts des neuf enfants Tinning. C'était un travail à mi-temps pour lequel il était assisté de deux autres médecins de la région, également à mi-temps; à tour de rôle, ils étaient de garde vingt-quatre heures d'affilée. Chaque mort suspecte devait être déclarée et il incombait au médecin légiste de garde d'ordonner ou non une autopsie. Si, pour les suicides et les homicides suspects et pour les accidents mortels, la nécessité d'une autopsie était évidente, la mort subite du nourrisson était souvent un cas limite – ce qui expliquerait pourquoi quatre seulement des décès des enfants Tinning – dont celui de Tami Lynne – avaient été signalés au médecin légiste.

Il incombait aussi au Dr Sullivan d'examiner tous les rapports d'autopsie provenant des hôpitaux de Schenectady, bien que l'anatomopathologie ne soit pas sa spécialité – c'était un cardiologue possédant une clientèle privée. Mais quand les membres de la Tinning Task Force se mirent à lancer des accusations, il ne se défia pas et accepta les reproches – qui le visaient personnellement et qui visaient également l'un de ses anciens collègues, qui n'avait pas jugé utile de lui remettre un rapport sur la mort de Timothy Tinning, à l'âge de trois semaines.

Timothy était le quatrième enfant de Marybeth à mourir et le premier à être porté à l'attention du bureau du médecin légiste. N'étant pas en possession du rapport concernant sa mort, Sullivan n'entendit parler de l'étrange famille Tinning qu'au décès de Nathan, leur cinquième enfant. « Si j'avais su pour Timothy, j'aurais peut-être examiné plus soigneusement le cas de Nathan », admit-il.

Trois ans et demi après Nathan, Mary Frances mourait. Dan O'Connor et John Zampella se rappelaient très bien que Sullivan était présent quand ils allèrent voir le district attorney pour lui demander d'ouvrir une enquête sur la mort de Mary Frances. Les deux policiers firent remarquer qu'il s'agissait de la sixième mort suspecte dans la même famille. Une autopsie fut pratiquée, mais, comme on ne trouva rien d'anormal, on leur répondit que les preuves étaient insuffisantes pour mener une enquête criminelle.

La mort de Jonathan, le septième enfant de Marybeth, étant survenue à Albany, elle ne fut signalée ni au bureau de Sullivan ni même au district attorney car elle ne dépendait pas de leur juridiction.

Le décès suivant d'un enfant Tinning à être porté à l'attention du Dr Sullivan fut celui de Michael, qui avait apparemment succombé à une pneumonie virale. « C'est la septième [*sic*] mort d'enfant dans cette famille en l'espace des dix dernières années », déclara-t-il dans son rapport. « Michael était un enfant adopté. Les autopsies pratiquées sur les cadavres des autres enfants ont révélé pour certains une cause de mort connue, et pour d'autres non. De plus amples investigations et un examen génétique complet n'ont rien donné. L'autopsie a montré une inflammation aiguë du poumon. L'histoire de la famille est étrange. »

L'affaire en était là au moment de la mort de Tami Lynne, quatre ans plus tard. « A l'époque, j'ai fait ce qui me semblait juste, déclara Sullivan. Mais j'aurais dû pousser plus loin, surtout après la mort de Nathan. Quand j'y repense, je me rends compte que le principal problème, c'est qu'à chacune de ces morts des personnes différentes ou des bureaux différents étaient au courant. Jamais l'information n'a été centralisée. Tout le monde refuse de se sentir coupable et il est probable que personne ne l'est individuellement. Nous le sommes tous, les médecins légistes, l'Aide sociale, le personnel hospitalier. Tout le monde savait. Et personne n'a bougé. »

Faire appel à la police de l'État de New York après la mort

de Tami Lynne, cela signifiait dénoncer ces inadéquations. Parmi les fonctionnaires de Schenectady, il y eut une certaine résistance à cette idée, surtout de la part du bureau du district attorney. Cependant, le chef de la police, Richard Nelson, déclara que c'était de la folie de poursuivre l'enquête sans aide. Le 2 janvier 1986, deux semaines après la mort de Tami Lynne, il téléphona au capitaine Gerald E. Looney, de la brigade criminelle, et demanda de l'aide. Looney consulta son supérieur, le colonel Williams, qui était en congé maladie. Williams souffrait d'un cancer en phase terminale, mais il était tellement impatient de mettre son détachement spécial à l'œuvre sur cette affaire étrange qu'il quitta son lit pour organiser une réunion stratégique. Il tenait à ce que tous les moyens de son unité soient mis en œuvre, à ce qu'aucune erreur ne soit commise et à ce que rien ne soit omis. Peut-être était-ce une de ces prémonitions comme en ont ceux dont le temps est compté ? Quoi qu'il en soit, Hank Williams sentait que la mort de Tami Lynne allait être la première grande enquête pour meurtre de son détachement.

DEUXIÈME PARTIE

TOUS SES ENFANTS

7

Elle voulait être aimée, et avoir des enfants satisfaisait ce besoin en elle.

Sa belle-mère.

Tous ceux qui ont enquêté sur les morts des enfants Tinning – que ce soit la police, les médecins, les enquêteurs du bureau du district attorney – sont arrivés à la même conclusion : le décès de Jennifer a irrévocablement transformé Marybeth. La perte de cette petite fille fut le début d'une série de neuf morts d'enfants, toutes survenues dans des circonstances étranges. Pourtant, chacune de ces morts fut examinée isolément, parfois dans l'ignorance du contexte familial, souvent par des médecins qui n'avaient jamais traité d'enfant Tinning auparavant. Il fallut attendre la mort de Tami Lynne, la neuvième, pour que les spécialistes tentent de résoudre ce mystère en comparant les dossiers médicaux de tous les enfants pour essayer d'y trouver des points communs. Alors seulement on se pencha sur la personnalité de Marybeth et sur son comportement face à ces deuils répétés. Et peu à peu un schéma finit par se dégager.

Tout commença donc juste après la mort de Jennifer, différente de toutes les autres. Jennifer souffrait d'une méningite hémorragique avec de nombreux abcès au cerveau, une infection qui apparut si tôt que les médecins estimèrent qu'elle avait dû se développer *in utero*. Si l'explication que Marybeth donnait de la mort de son bébé, à savoir qu'elle était « pleine de cancers », était fausse, elle décrivait bien néanmoins l'état désespéré de sa condition. Jennifer ne vécut qu'une semaine et ne quitta jamais l'hôpital St. Clare. En conséquence, on ne soupçonna jamais Marybeth d'être en quoi que ce soit responsable de sa mort.

Chacun des huit enfants suivants était en bonne santé à la naissance, il se portait parfaitement bien pendant quelque temps, puis mourait brusquement. La mort survenait toujours quand Marybeth était seule avec eux. Sa première réaction était celle de n'importe quelle mère : elle appelait le médecin ou une ambulance, racontait d'une voix angoissée comment elle avait découvert son bébé inerte dans son berceau, ou comment il avait eu des convulsions, ou encore comment il avait fait « un drôle de bruit, comme des gargouillis » avant d'expirer aussitôt après. Malgré une compréhension limitée de certains détails techniques, la formation qu'elle avait suivie autrefois pour devenir aide-soignante faisait d'elle un meilleur témoin médical que n'importe quelle autre mère, et ses descriptions correspondaient aux symptômes observés. Au fil des années, cependant, certains médecins et certaines infirmières soupçonnèrent Marybeth d'en savoir plus qu'elle ne voulait bien le dire, mais ils n'eurent jamais suffisamment de preuves pour oser lui poser la question : « Est-ce que vous avez fait quelque chose à cet enfant ? »

Les médecins qu'elle voyait aux urgences étaient chaque fois différents, et tous la trouvaient crédible. Quand elle entrait en trombe avec un bébé inconscient dans les bras, l'urgence de la situation voulait qu'ils tentent tout pour sauver l'enfant et non pas qu'ils perdent leur temps à chercher des signes de mauvais traitements ou à fouiller dans l'histoire familiale. Ces tentatives héroïques quoique futiles pour ramener l'enfant à la vie laissaient inévitablement des marques sur le petit corps, et il était difficile, sinon impossible, de les distinguer par la suite de quelque ecchymose qui leur aurait été antérieure.

Quand un bébé meurt, les médecins hésitent à poser des questions; ce serait faire preuve d'indélicatesse en effet que d'interroger des parents accablés de douleur. Ils disposaient également de réponses, si l'on peut dire, au sein de leur profession. Entre 1970 et 1980, quand les septs premiers bébés Tinning moururent, deux théories sur les causes de mort inexpliquée chez l'enfant étaient très répandues parmi les pédiatres. Il s'agissait, chez les nouveau-nés, de la mort subite du nourrisson, et, chez les enfants plus âgés, du syndrome de Reye. L'un ou l'autre de ces diagnostics s'appliquait à ce que l'on savait de la plupart des enfants Tinning, mais, à la lumière des progrès de la médecine, il apparut que l'on avait abusé de ces deux termes. Bien que l'on en sache davantage aujourd'hui sur la mort subite du nourrisson, ce syndrome reste un mystère. Dans un cas classique, on retrouve un bébé de quelques mois, jusque-là en bonne santé, mort dans son berceau sans raison évidente; le mécanisme cérébral qui commande la respiration cesse de fonctionner de manière tout à fait inexpliquée. On a avancé diverses théories sur cette interruption brutale de la respiration, mais rien de définitif. On a tendance à classer toutes les morts d'enfants inexpliquées comme des cas de morts subites du nourrisson, même si certaines mériteraient qu'on les examine de plus près. Toutefois, dans les années 1970, le personnel hospitalier hésitait à poser des questions indélicates à des parents traumatisés.

Le syndrome de Reye était une maladie infantile jusque-là très rare qui se déclara brusquement en épidémie au début des années 1970. Très grave, elle est souvent mortelle. Les symptômes apparaissent quand l'enfant souffre déjà d'une infection virale : sa température monte et il y a une inflammation du foie et du cerveau qui provoque des vomissements, des crises et un comportement irrationnel. Après que des chercheurs découvrirent que le fait d'administrer de l'aspirine à un enfant fiévreux pouvait déclencher le syndrome de Reye, tous les pédiatres du pays mirent les parents en garde contre l'utilisation d'aspirine pour les bébés. Cette recommandation mit fin à l'épidémie. Elle était cependant à son apogée quand les médecins conclurent que le syndrome de Reye était responsable de la mort de Barbara Tinning, à l'âge de quatre ans et demi, et de celle de Joseph, son petit frère, à l'âge de deux ans.

Barbara et Joey étaient les deux premiers enfants de Marybeth, nés respectivement en 1967 et en 1970. Ils étaient tous deux blonds et robustes, ils ressemblaient à leurs parents et se comportaient incontestablement comme des enfants choyés et sécurisés. « Marybeth donnait vraiment l'impression de les chérir, déclara une voisine. Ils étaient toujours propres, soignés, bien habillés. Tout simplement magnifiques. »

A cette époque, les Tinning occupaient la moitié d'une maison mitoyenne de Second Avenue, dans Mount Pleasant. C'était un vieux quartier populaire, plutôt sinistre, non loin de la General Electric où Joe travaillait. Marybeth et lui étaient en tous points semblables aux jeunes couples qui vivaient là; ils avaient entre vingt et trente ans, de jeunes enfants, des fins de mois difficiles, et rêvaient de déménager pour une maison plus spacieuse. Telle était leur situation, au printemps 1971, quand Marybeth se retrouva enceinte de Jennifer.

Ce ne fut pas une grossesse facile. Pendant tout l'été, Marybeth se sentit si fatiguée et si sujette aux nausées qu'elle fut incapable de s'occuper de Barbara et du petit Joey, ou tout simplement de tenir sa maison. Sa mère, souffrant d'arthrite et pouvant à peine se déplacer, ne put venir l'aider. Ce fut donc sa belle-mère, Edna Tinning, qui prit soin, pendant plusieurs semaines, de ses deux petits-enfants.

Vers la mi-octobre, alors que Marybeth entrait dans son septième mois de grossesse, Alton Roe senior mourut subitement, à l'âge de cinquante-quatre ans. Il se trouvait sur son lieu de travail, à la General Electric, quand il eut une crise cardiaque. On l'emmena d'urgence à l'hôpital où il eut une seconde crise avant de mourir quelques jours plus tard. Ce fut un choc terrible pour toute la famille Roe; quant à Marybeth, elle fut accablée de douleur. A la veillée mortuaire, elle resta assise dans la salle de réception du Daly Funeral Home – l'entreprise de pompes funèbres dont elle allait devenir une fidèle cliente –, et pleura amèrement. Dix semaines plus tard, le 26 décembre, elle accouchait de Jennifer. Après autant de stress, Edna Tinning ne fut guère surprise d'apprendre que sa belle-fille avait perdu son bébé. « Marybeth savait depuis des mois que quelque chose n'allait pas avec cet enfant », dit-elle.

Aux yeux de la famille, Marybeth donna l'impression d'accepter plus calmement la mort de Jennifer que celle de son père. Mais, à l'hôpital St. Clare, certains membres du personnel trouvèrent sa réaction bizarre. Quand on lui proposa de prendre sa fille dans ses bras, Marybeth se coucha avec elle dans son lit et tira le drap sur elles deux. Ce geste symbolique, essentiellement maternel, se voulait l'union dans la mort avec la chair de sa chair qui ne la suivait pas dans la vie. Pourtant, au-delà de cette manifestation extrême de douleur, Marybeth avait un comportement déroutant. Une des infirmières qui était de garde à ce moment-là déclara qu'il s'agissait de « quelqu'un de dérangé ». Cette remarque ne fut pas consignée dans le dossier médical. Aucun soutien psychologique ne fut proposé à Marybeth, malgré la crise qu'elle traversait et le fait qu'elle allait devoir rentrer chez elle pour s'occuper de deux enfants en bas âge. Il a fallu attendre dix ans avant de voir, dans certaines maternités, la mise en place de programmes expérimentaux destinés à aider les mères qui perdent leur enfant. Auparavant, il semble que prévalait l'attitude selon laquelle moins l'on parlait de la tragédie, plus vite la femme avait de chances de surmonter son chagrin. Plus de quinze ans après, Marybeth, alors en prison pour le meurtre de Tami Lynne, se souvenait encore de ce qu'elle avait ressenti à la mort de Jennifer : « Il n'y avait rien pour m'aider, déclara-t-elle fermement. Rien. »

Que Jennifer, la première, et Tami Lynne, la dernière, soient toutes deux mortes aux alentours de Noël est une coïncidence qui fait penser que la boucle – c'est-à-dire cette phase tragique dans la vie de Marybeth, la perte de tous ses bébés – était bouclée. On peut même y voir une sorte de symétrie, comme si tout avait été planifié. Le premier enterrement, dans la première semaine de la nouvelle année, fut le lieu d'une immense compassion à l'égard de Marybeth. Inaugurant un style qu'on retrouverait à tous les enterrements suivants, Marybeth laissa le cercueil de Jennifer ouvert jusqu'à la fin du service funèbre, étalant aux yeux de tous le spectacle déchirant d'un bébé dans une longue robe de baptême blanc. A ce moment-là, Marybeth maîtrisait mieux la situation. Elle avait le regard voilé et sanglotait légèrement – plus, remarquèrent certaines femmes, qu'aux autres enterrements, mais moins qu'elles-mêmes ne sanglotaient. « Si ç'avait été mon bébé, déclara une femme par la suite, l'enterrement aurait eu lieu dans l'intimité et j'aurais pleuré pour le restant de mes jours. » Marybeth ne fit ni l'un ni l'autre. Mais, dans la mesure où elle relevait à peine de couches, elle se sentait plutôt mal.

Joe Tinning avait lui aussi des difficultés à exprimer son chagrin. Il venait d'une famille protestante où l'on considérait que les malheurs qui s'abattaient sur les hommes étaient le fait de la Providence dont les desseins étaient impénétrables. Un jour, tout s'expliquerait, mais en attendant il fallait accepter sans poser de questions. Par conséquent, face à la tragédie, il restait de marbre, refermé sur lui-même. Il était absolument loyal envers sa femme, même quand elle le provoquait (et cela arrivait souvent dans leur couple), mais il semblait incapable de la soutenir moralement, sauf en étant physiquement présent. En cela, il n'a jamais failli.

A l'enterrement de Jennifer, amis et famille ne manquèrent pas de réconforter Marybeth et Joe en leur rappelant qu'ils avaient encore Barbara et Joseph, qui seraient une énorme consolation. Ces paroles étaient plus que de simples formules de condoléances. Si certains voisins trouvaient Marybeth « bizarre », tous la considéraient comme une bonne mère qui aimait ses enfants. Et avec leurs cheveux blonds, leur belle santé et leur intelligence manifeste, c'étaient des enfants dont elle pouvait assurément être fière. Ce fut donc un terrible choc pour les habitants de Second Avenue quand, dix-sept jours seulement après la mort de Jennifer, Joey mourut subitement, suivi, moins de six semaines après, par Barbara.

Les deux enfants furent l'un et l'autre frappés de symptômes inexplicables qui devinrent rapidement mortels. On sait qu'ils furent tous deux victimes de convulsions alors qu'ils se trouvaient à la maison avec leur mère. Marybeth les emmena chacun deux fois aux urgences de l'hôpital Ellis, et non au St. Clare où Jennifer était morte, bien que l'hôpital catholique fût plus proche. A la seconde visite, il était, pour l'un comme pour l'autre, trop tard. Cependant, il semble que l'hôpital Ellis n'ait fait aucun rapprochement entre ces deux morts mystérieuses, et qu'il n'ait pas non plus remarqué à quel point elles étaient proches de celle de Jennifer – encore eût-il fallu qu'il soit au courant.

Joey tomba malade durant la semaine qui suivit son second anniversaire. Marybeth l'emmena à l'hôpital Ellis et raconta qu'il avait eu des convulsions et qu'il s'était étouffé en vomissant. Il fut mis en observation pendant quelques jours, mais les médecins ne trouvèrent rien. Quelques heures à peine après qu'on le renvoya chez lui, Marybeth le ramena. Il était mort. Elle expliqua qu'il lui avait dit qu'il avait envie de dormir, et qu'elle l'avait couché. Quand elle était allée le voir, il avait la peau toute bleue et s'était emmêlé dans son drap. Quatorze ans plus tard, ce fut avec les mêmes mots qu'elle décrivit dans quelles conditions elle avait trouvé Tami Lynne.

Les médecins pensèrent aussitôt au syndrome de Reye mais, préférant ne pas porter de diagnostic définitif, ils imputèrent la mort à un arrêt cardio-respiratoire, ce qui signifie simplement que Joey avait arrêté de respirer. Il n'y eut pas d'autopsie.

Joey mourut le 20 janvier 1972. Dans la soirée du 1er mars de la même année, après avoir, paraît-il, dit à sa mère qu'elle allait bientôt retrouver son petit frère au paradis, Barbara eut aussi une attaque. De nouveau, Marybeth se rendit en toute hâte aux urgences de l'hôpital Ellis. Elle raconta que, peu après qu'elle l'avait couchée, Barbara s'était mise à avoir une respiration stertoreuse et qu'elle avait eu des convulsions. Les médecins conseillèrent à Marybeth de laisser l'enfant pour la nuit à l'hôpital, mais elle refusa. Plus tard dans la soirée, elle ramena Barbara inconsciente. On l'installa aussitôt au service de réanimation, où elle resta dans le coma toute la nuit avant de mourir au petit matin. Sa mort ne fut pas signalée au médecin légiste, bien que l'hôpital ait procédé à une autopsie. Comme Barbara avait eu de la fièvre et des convulsions, les médecins de l'hôpital décrétèrent qu'elle avait succombé au syndrome de Reye. A cette époque, la médecine avait une connaissance limitée de ce syndrome. Quatorze ans plus tard, les médecins de la Tinning Task Force et de l'institut médico-légal de l'État de New York, consultant les dossiers de Barbara et de Joey, arrivèrent à une autre conclusion : les symptômes décrits n'étaient pas ceux du syndrome de Reye tels qu'on les connaissait depuis, et les deux enfants avaient très bien pu mourir d'asphyxie.

Si tel était le cas, il y aurait eu des traces de lutte – en particulier avec un enfant de l'âge de Barbara. « Il est possible qu'elle ait été légèrement malade au départ, qu'elle ait eu de la fièvre, par exemple, déclara l'un des médecins légistes. Dans l'hypothèse où il y aurait eu tentative d'étouffement, même un enfant malade de cet âge ne serait pas mort sans lutter. Il se serait débattu, aurait repris connaissance. Et si l'on avait continué à obstruer ses voies respiratoires, il aurait eu des convulsions anoxiques avant d'entrer dans le coma. » La mort de Joey aurait pu se dérouler de la même manière.

L'anatomopathologiste en chef de l'hôpital Ellis, le Dr Thomas Oram, sortit donc le rapport d'autopsie de Barbara et le consulta à la lumière de cette découverte. « A l'autopsie, nous avons trouvé des infiltrations graisseuses au niveau du foie et un cerveau œdémateux. Ces changements semblaient correspondre à la connaissance que l'on avait à l'époque du syndrome de Reye, mais nous savons aujourd'hui qu'ils sont, en fait, légèrement différents. Quand Barbara est morte, personne n'a pensé à une mort par asphyxie. Nous savons aujourd'hui que l'anoxie provoquée par la suffocation peut entraîner des infiltrations graisseuses dans le foie. Nous ne le savions pas alors. Nous savions seulement que le syndrome de Reye commence par des nausées et des vomissements, suivis de convulsions, d'arrêt des fonctions hépatiques, de coma et enfin de mort. Et dans notre ignorance de cette nouvelle maladie, nous avons pensé que c'était ce que nous avions trouvé chez Barbara. »

D'après le souvenir d'un parent, Marybeth avait puni Barbara la veille du jour où elle était tombée malade. La petite fille, en visite chez des voisins, avait fait un caprice quand sa mère lui avait dit qu'il était l'heure de rentrer. Il y eut des larmes et des cris de colère, et Barbara fut envoyée dans sa chambre. Peu après cet épisode, Marybeth raconta qu'elle avait trouvé l'enfant saisie de violents tremblements. Quatorze ans plus tard, Marybeth maintint fermement qu'elle n'avait rien fait à Joey et à Barbara.

Peu après la mort de Barbara, la troisième en l'espace de deux mois, les commentaires allaient bon train parmi les voisins de Mount Pleasant. Certains se demandaient si ces enfants n'avaient pas été empoisonnés par une substance impossible à déceler. « Je n'arrivais pas à croire à cette histoire d'enfants normaux et en pleine santé qu'on emmenait d'urgence à l'hôpital dans un état plus que critique, affirma une voisine. Je me rappelle avoir vu Barbara jouer dans le jardin quelques jours à peine avant qu'elle meure, et elle se portait à merveille. Marybeth racontait que Joey s'était étouffé en s'emmêlant dans son drap. Un enfant de deux ans ne s'emmêle pas dans son drap. Barbara et Joey n'avaient jamais rien, sauf de temps en temps le nez qui coule, mais rien de plus. J'avais ma petite idée sur la question, mais je ne pouvais rien faire parce que je n'avais pas de preuves. »

Barbara et Joey furent enterrés aux côtés de Jennifer et du père de Marybeth. Marybeth ne versa pas une larme à leur enterrement, ce qui provoqua de nouveaux commentaires. « Je ne connais personne qui peut enterrer un enfant aussi petit et ne pas pleurer, fit remarquer une femme. Mon Dieu, si ç'avait été mes enfants, il aurait fallu me tuer aussi. »

Quand Pâques vint, un mois après la mort de Barbara et deux mois et demi après celle de Joey, Marybeth rapporta une histoire étrange. Elle raconta à sa famille qu'elle avait trouvé devant sa porte des petits paniers remplis d'œufs de Pâques pour ses deux enfants décédés. « Je ne l'ai pas crue », déclara sèchement Carol Tinning. D'autres s'interrogèrent. Si les voisins n'étaient pas au courant des deux décès, il s'agissait simplement d'un acte de gentillesse déplacé. Mais, dans la mesure où tous l'étaient, c'était alors un geste d'une cruauté inacceptable. A moins que l'incident n'ait eu lieu que dans l'esprit troublé de Marybeth ? Ou que des voisins ne tentent ainsi de faire partager leurs soupçons ? Si tel était le cas, Marybeth aurait-elle rapporté l'incident pour chercher à dire quelque chose à sa famille ?

Quoi qu'il en soit, peu de temps après Pâques, Marybeth et Joe quittèrent Mount Pleasant pour un appartement au rez-de-chaussée d'une maison sur Cleveland Avenue, à Bellevue, un autre quartier de Schenectady. Ce n'était qu'à un peu plus d'un kilomètre de leur ancien domicile, mais c'était un nouveau départ dans un endroit où personne ne les connaissait. Ils venaient à peine d'emménager quand leur nom fut enregistré, pour la première fois, au Bureau d'aide sociale de Schenectady.

C'était Marybeth elle-même qui avait téléphoné. Le 3 juillet 1972, quatre mois après la mort de Barbara, elle désirait accueillir un enfant abandonné.

8

Qu'est-ce que je pouvais faire ? Je ne pouvais rien dire. Je n'avais rien vu. Je n'avais aucune preuve. Et pourtant, je savais.

Une voisine.

Marybeth et Joe ne cachèrent rien de la mort récente de leurs trois enfants. A l'assistante sociale du Bureau d'aide sociale, ils déclarèrent que le bébé était mort d'un cancer et que les deux grands avaient eu le syndrome de Reye (que l'assistante sociale nota, à tort, comme étant « une maladie qu'on ne peut diagnostiquer »). Ils parlèrent de leur désir de combler ce vide et exprimèrent l'envie d'accueillir un enfant âgé de cinq à dix ans. « Mrs. Tinning pense qu'elle a beaucoup d'amour à donner à un enfant, écrivit l'assistante sociale dans son rapport. Quant à Mr. Tinning, il a l'impression d'avoir été spolié de ses enfants, et pense que cela ferait énormément de bien à sa femme de s'occuper d'un enfant. »

Marybeth fut très convaincante. Citant son expérience d'aide-soignante au service de pédiatrie de l'hôpital Ellis, elle expliqua qu'elle avait toujours été attirée par les enfants défavorisés. Après la mort de son dernier enfant, elle avait envisagé de travailler à plein temps, mais elle avait préféré rester à la maison et s'occuper d'enfants.

L'assistante sociale fut de toute évidence favorable à la demande des Tinning. Il y a une certaine ingénuité dans son rapport qui laisse entendre qu'elle ne leur a posé aucune question embarrassante. Elle décrivit Marybeth comme une femme chaleureuse et ouverte, peut-être pas tout à fait prête à adopter un enfant, mais témoignant d'« une certaine détermination à avoir d'autres enfants ». Joe lui fit l'effet d'un homme « posé et d'une parfaite honnêteté ». Elle nota que l'idée d'accueillir un enfant venait de Marybeth; son mari paraissait hésiter, car il voulait d'abord être certain de faire cela pour de bonnes raisons. « Il dit qu'il veut être sûr de le faire pour aider un enfant et non pour combler un vide. »

L'assistante sociale ajouta : « C'est surtout elle qui parle. On dirait qu'elle se sent obligée de raconter ce qui est arrivé à ses enfants, et elle le fait en s'efforçant de ne pas pleurer. Le petit garçon, dit-elle, n'était pas malade mais il a eu des convulsions et est mort quelques heures plus tard à l'hôpital. La fillette non plus n'était pas malade. Après avoir joué dans le jardin tout l'après-midi, elle est allée chez des amis dans la soirée, a eu des convulsions et a été amenée de toute urgence à l'hôpital où elle est morte au bout de quelques heures. »

La conversation s'orienta ensuite sur le rôle de la famille d'accueil. Les questions de Marybeth et de Joe étaient des plus naïves. Quel genre de nourriture doit-on donner à ces enfants ? Est-ce qu'ils pourraient sortir le soir et le confier à une baby-sitter ? Ce « couple amical et compatible », comme le décrivit l'assistante sociale, semblait mettre un point d'honneur – et c'en était presque pathétique – à être parfaits.

L'assistante sociale craignait toutefois qu'ils ne supportent pas de devoir se séparer un jour de l'enfant. Quant au sort de l'enfant placé dans une famille où la mère prenait des calmants pour surmonter le drame qu'elle venait de vivre, elle n'en fit absolument pas mention dans son rapport.

Après avoir fourni des références enthousiastes venant d'amis et du pasteur de l'Église réformée de Princetown, Marybeth et Joe eurent l'assentiment du Bureau d'aide sociale, et on leur annonça qu'un petit garçon du nom de Robert leur serait confié à l'automne 1972, mais il resta si peu de temps chez eux qu'aucun ami ou parent ne se souvient de lui. En janvier 1973, Marybeth et Joe reçurent une lettre élogieuse de l'aide sociale, qui les remerciait d'avoir accueilli Robert. « Nous sommes bien conscients de demander l'impossible à la famille d'accueil, mais les efforts que vous avez fournis ont été remarquables », disait la lettre. Quelque temps après, ils accueillaient une petite fille d'une dizaine d'années.

Joe s'attacha très vite à elle. Elle lui rappelait Barbara. Bien qu'il exprime rarement ses sentiments, il semble qu'il ait eu beaucoup de mal à accepter la mort de Barbara – peut-être tout simplement parce qu'elle avait vécu le plus longtemps ? Quoi qu'il en soit, plusieurs années après sa mort, quand il rendait visite au frère de Marybeth et à sa belle-sœur, il lui arrivait souvent d'appeler sa nièce Barbara au lieu de Linda.

Si Marybeth frappa l'assistante sociale par son exceptionnelle force de caractère – l'assistante sociale s'est-elle montrée particulièrement naïve, ou Marybeth particulièrement convaincante dans ce rôle ? – une autre Marybeth, timide et angoissée, tenta, au cours de la même période, de combler le vide de son existence. Mais c'est vrai qu'en 1972 on n'exigeait pas des assistantes sociales, une quelconque formation en psychologie ou en sociologie ; tout ce qu'on leur demandait, c'était d'avoir leur diplôme et de vouloir travailler. En tout état de cause, cette Marybeth-là fit sur d'autres une tout autre impression.

Quelques semaines avant sa première visite au Bureau d'aide sociale, elle fit une demande d'emploi pour être serveuse. En fait, c'est sa mère, Ruth Roe, qui fit la demande à sa place. Depuis que le Flavorland, le restaurant de Shoporama, le centre commercial d'Altamont Avenue, avait ouvert en 1968, les Roe y déjeunaient souvent. Parfois, Marybeth et les enfants les accompagnaient. C'étaient des clients si réguliers que toutes les serveuses tinrent à leur présenter elles-mêmes leurs condoléances, d'abord à la mort d'Alton Roe, puis ensuite à celle de Jennifer, de Joseph et de Barbara.

« Ça devenait difficile, fit remarquer une serveuse. Vous dites que vous compatissez pour la première mort, puis pour la seconde aussi peut-être, mais quand une femme perd son père et ses trois enfants, la compassion ne signifie plus rien. »

Peu de temps après la mort de Barbara, Mrs. Roe demanda au directeur du Flavorland, Raymond Crofts, s'il ne pouvait pas trouver du travail à sa fille. Elle lui expliqua qu'un emploi régulier l'aiderait à oublier ses malheurs et lui permettrait de s'occuper l'esprit. Bien qu'il éprouvât beaucoup de sympathie pour Marybeth, Crofts hésita à l'embaucher.

« J'avais la sensation qu'elle n'était pas suffisamment stable du point de vue émotionnel pour être en contact avec les clients, dit-il. Elle avait l'air perdu, renfermé. Ça se voyait sur son visage. »

Crofts avait eu l'occasion de le remarquer. Après la mort de Barbara, Marybeth était venue presque tous les jours au Flavorland, souvent seule ; elle s'asseyait au comptoir, devant une tasse de café, l'air terriblement déprimé. « C'était bizarre, se rappela une serveuse. Elle ne pleurait pas, non, mais son visage était dénué d'expression. Ses yeux étaient vides. On a tous pensé qu'elle était sous le choc et que les larmes viendraient plus tard. Elle n'arrêtait pas de nous demander si, à notre avis, elle pourrait obtenir du travail ici. Elle semblait tellement y tenir. » Mais Marybeth ne prit pas l'initiative de déposer une demande d'emploi dans les règles.

Peu de temps après que Crofts eut refusé, il fut transféré dans un autre restaurant de la chaîne, près de Schenectady. Plusieurs serveuses, bouleversées par ce qui était arrivé à Marybeth, insistèrent auprès du nouveau directeur pour qu'il l'embauche. « Vous pourriez peut-être lui trouver un poste à mi-temps », plaida l'une d'elles. Par pure pitié, ce dernier accepta.

Être serveuse au Flavorland était un travail pratique et très prisé pour une femme mariée du niveau social de Marybeth. Les restaurants de cette chaîne étaient sympathiques, familiaux, et proposaient au menu hamburgers, poulet rôti et crèmes glacées. Les conditions de travail étaient agréables, et avec les pourboires on arrivait, à la fin de chaque mois, à un bon salaire. Quant aux horaires, ils étaient adaptables en fonction des besoins : une femme pouvait ainsi choisir de travailler le jour ou le soir, à plein temps ou un jour par semaine. Marybeth venait d'opter pour trois après-midi par semaine quand elle se présenta au Bureau d'aide sociale avec le projet d'accueillir un enfant.

La différence entre les deux Marybeth – celle qui semblait devoir être une bien piètre serveuse et celle qui, quelques semaines plus tard, frapperait l'assistante sociale par son calme et son assurance – était remarquable. Ni l'assistante sociale ni le directeur du Flavorland ne parurent se douter de l'existence d'une autre Marybeth. Tous deux eurent pitié d'elle, et il semble que Marybeth ait su intuitivement comment gagner leur sympathie. Au Bureau d'aide sociale, ce fut son courage tranquille qui impressionna; au Flavorland, elle misa sur la mort tragique de ses enfants. Les serveuses n'avaient pas oublié la belle allure et les bonnes manières de Barbara et de Joey. Ce n'étaient pas des enfants désagréables qui couraient entre les tables, renversaient leur nourriture, vidaient les bouteilles de Ketchup. Non. Les enfants de Marybeth étaient sages et obéissants, et elle s'en occupait fort bien.

« Quand elle a commencé à travailler au Flavorland, ça ne nous étonnait pas quand elle avait un comportement un peu bizarre, dit l'une des serveuses. Si j'avais perdu trois enfants en deux mois, je crois qu'on aurait dû me mettre à l'asile. Je n'en revenais pas qu'elle continue à vivre. »

Marybeth fut bientôt relativement performante dans son travail – rapide et agréable avec les clients –, quoique, occasionnellement, elle s'emportât. Mais après tout ce qu'elle avait dû endurer, ces sautes d'humeur étaient compréhensibles et aussitôt pardonnées. Une chose, cependant, ne cessait d'intriguer ses collègues et les clients, c'était la façon dont elle modifiait son apparence physique. Un matin, elle arriva au restaurant les sourcils rasés, s'en étant dessiné d'autres au crayon.

Ce n'était pas là une façon très conventionnelle de se maquiller. L'effet était bizarre et peu heureux, et les traits de crayon n'étaient jamais les mêmes. C'était si surprenant que tout le monde ne parlait que de ça. Les clients se mirent même à décrire Marybeth comme « la serveuse avec les sourcils. » Ses collègues se concertèrent pour savoir comment lui dire qu'elle gâchait son physique. Finalement, la doyenne des serveuses alla la trouver et lui fit tout bonnement remarquer qu'elle ressemblait à une folle. « Je suis plutôt une grande gueule et je n'ai pas pu m'en empêcher. “ Si t'as décidé de te servir d'un crayon noir, tu ferais mieux de t'appliquer. Parce que ce n'est vraiment pas terrible comme ça. ” Voilà ce que je lui ai dit. »

Marybeth laissa ses sourcils repousser et s'occupa de sa coiffure arrivant avec les cheveux teints en orange ou en blond vénitien. Elle arborait parfois des robes de maternité, annonçant à ses voisins de Cleveland Avenue qu'elle était enceinte quand elle ne l'était pas.

Plusieurs femmes allèrent voir Joe pour l'entretenir de cet étrange comportement, mais il ne leur parut pas inquiet. Il expliqua que sa femme avait des problèmes parce qu'elle désirait terriblement un autre enfant. « Laissez-la tranquille, leur conseilla-t-il, et elle ira bien. »

C'était là toute l'histoire de la vie de Marybeth. Depuis l'enfance, ses difficultés étaient minimisées par des gens qui, pour une infinité de raisons, préféraient les ignorer. Elle n'avait jamais vraiment réussi ce qu'elle avait entrepris et, quand elle réclamait quelque attention, elle était rejetée. Enfant, elle avait eu la sensation de ne pas avoir été désirée; une fois mère, elle avait échoué. Quand un psychologue de la police d'État de New York tenta – mais trop tard pour que Marybeth puisse en tirer une aide quelconque – de démêler le fil de son existence, il arriva à la conclusion que la mort de Jennifer avait joué le rôle d'un catalyseur qui avait rendu les autres morts inéluctables. Sans doute pour avoir été maltraitée alors qu'elle-même était une enfant, cette femme profondément déséquilibrée ne savait comment se comporter avec les autres.

Et pourtant, tous les signes étaient là à la mort de Jennifer : le besoin d'être le centre d'attention, la façon dont elle y parvenait en orchestrant des enterrements théâtraux et, quand l'attention diminuait, les tentatives renouvelées pour être mère – biologiquement, par procuration, ou en mentant. Entre les bébés, il y eut les sourcils dessinés, les cheveux orange, les événements quotidiens qui tournaient au mélodrame, le besoin de raconter des histoires invraisemblables dans lesquelles elle était l'héroïne ou la victime – et tout le temps, le désir d'être aimée, admirée, prise en pitié, ou tout simplement remarquée. A aucun moment, les gens qui l'entouraient ne le comprirent. Ils n'avaient pas la perspicacité nécessaire pour deviner ses besoins émotifs ou pour relever ses mensonges. De toutes les manières ténues par lesquelles ils essayèrent de l'aider, ils firent justement ce qu'il ne fallait pas en pensant agir pour son bien. Ainsi, quand elle se donnait un air dramatique, on lui disait qu'elle avait l'air d'une folle. Ou on la « laissait tranquille » en se disant que si l'on ne prêtait pas attention à ses problèmes, ils disparaîtraient.

Au début de l'année 1973, alors qu'elle avait trente ans, elle fut enceinte pour la quatrième fois. Aussitôt, la fillette qui était placée chez elle ne l'intéressa plus, et elle insista auprès du Bureau d'aide sociale pour qu'il la reprenne. Sa famille fut choquée par la rapidité avec laquelle Marybeth se débarrassa de l'enfant. « Joe aurait bien aimé la garder, mais elle a quitté la maison si vite quand Marybeth est tombée enceinte », fit observer Andy Tinning, le frère de Joe. En effet, le passage de cet enfant dans la famille Tinning fut si bref que, des années plus tard, personne ne serait capable de se rappeler son nom. Au Bureau d'aide sociale, on nota, dans le dossier Tinning : « Étant donné la condition physique dans laquelle se trouve la mère adoptive, il a été décidé que ce foyer serait rayé de nos listes. »

Les serveuses du Flavorland organisèrent une petite fête et offrirent des cadeaux pour le futur bébé. Marybeth s'était débarrassée de toutes les affaires de bébé qui étaient en sa possession, un geste qui était apparu tout à fait normal à l'époque, et qu'elle répéta de manière compulsive après chacun des décès. Avant même que les dispositions pour les enterrements soient prises, elle lavait, empilait et faisait emporter tous les vêtements de bébé en même temps que les meubles d'enfant.

Son besoin de s'en débarrasser aussi rapidement que possible semblait impérieux. Et à chaque nouvelle grossesse, elle achetait de la layette avec l'empressement d'une femme qui attend son premier enfant.

Pour la naissance de son quatrième enfant, Marybeth alla voir le Dr Grace Jorgensen, une obstétricienne qu'elle n'avait jamais consultée auparavant, et s'arrangea pour accoucher à l'hôpital Bellevue, une maternité à la mode dans la banlieue de Schenectady. Son ancien obstétricien, le Dr August Schwenk, avait refusé de continuer à la suivre. Longtemps après, il s'en expliqua : « Après la mort de Barbara, j'ai eu la conviction qu'elle tuait ses enfants. Je n'ai rien dit, parce que je n'avais pas de preuves. Avec le climat juridique qui règne aujourd'hui, si vous laissez entendre à un patient que vous avez le moindre soupçon sur lui, vous avez à peine fini votre phrase qu'un avocat campe devant votre porte, prêt à vous poursuivre en justice. C'est une situation très désagréable. Mais Marybeth devait certainement se rendre compte qu'après la mort de son troisième enfant, plusieurs médecins s'interrogeaient sur ce qui se passait. Je crois aussi qu'elle sentait que je me doutais de quelque chose. Nous nous sommes beaucoup concertés sur son cas, entre pédiatres et obstétriciens, mais nous n'avions pas de preuves. Nous nous demandions à qui faire part de nos soupçons. Il n'y avait personne, parce que tout ce que nous avions, c'étaient des doutes et des impressions, et ça, ça n'a aucune valeur aux yeux de la loi. »

Marybeth donna naissance à Timothy, à l'hôpital Bellevue, le matin du 21 novembre 1973. L'accouchement se déroula rapidement et sans complication. Bien que né à terme, Timothy était un petit bébé de deux kilos et demi présentant un léger ictère. Les médecins conseillèrent à Marybeth de le laisser à l'hôpital quelques jours de plus afin de soigner sa jaunisse, mais elle refusa et le ramena chez elle quarante-huit heures après la naissance. Le pédiatre qui l'examina avant son départ de l'hôpital rédigea cependant un rapport tout à fait positif. C'était, à tous points de vue, un beau bébé. Carol Tinning fut frappée par sa ressemblance avec le jeune frère de Joe, Andy, qu'elle allait bientôt épouser. Des années plus tard, elle déclara que, de tous les bébés de Marybeth, Timothy avait été son préféré.

Avec une immense tristesse, elle ne pouvait s'empêcher de le comparer à Joel, l'enfant qu'elle avait eu d'un premier mariage. « Dès que j'ai tenu mon enfant contre moi, j'ai su qu'il y avait quelque chose qui n'allait pas. Avant même qu'on m'annonce qu'il était atteint de paralysie cérébrale, je savais qu'il n'allait pas bien. Une mère sent ce genre de choses. Et j'ai senti quelque chose avec Timothy : dès que je l'ai pris dans mes bras, j'ai su que c'était un bébé en parfaite santé. »

Marybeth semblait très fière de lui et l'habillait toujours avec soin. Timothy ne vécut que trois semaines. Le 10 décembre, Marybeth l'emmena aux urgences de l'hôpital Ellis. Il était mort. Elle déclara qu'elle l'avait trouvé comme ça dans son berceau, et le médecin de garde, qui ne savait rien de l'histoire de la famille, déclara que l'enfant avait été victime du syndrome de la mort subite du nourrisson. Timothy était le troisième enfant Tinning à être amené mort ou mourant à l'hôpital Ellis en moins de deux ans. Ce simple fait aurait dû provoquer la consternation générale. Officiellement, il ne se passa rien. Officieusement, une infirmière des urgences confia à un médecin que Marybeth tuait ses bébés. Le médecin, paraît-il, lui aurait répondu de se taire et de se mêler de ce qui la regardait. Ce médecin étant mort entre-temps, on ne peut attester de l'authenticité de ce récit.

Cependant, si les soupçons de l'infirmière avaient permis l'ouverture d'une enquête, le reste de cette histoire aurait été très différent.

La mort de Timothy fut la première à être signalée au bureau du médecin légiste. Là aussi, le système révéla ses défauts. Pour des raisons inexpliquées, l'assistant du médecin légiste à qui l'on déclara le décès omit de rédiger un rapport pour son supérieur, le Dr Robert Sullivan. En conséquence, on ne procéda à aucune autopsie. Quand l'inspecteur de police Zampella essaya de faire des recherches sur la mort de Timothy, il n'aboutit à rien puisqu'il n'y avait aucune raison médicale d'ouvrir une enquête. Selon la version officielle, Timothy avait succombé au syndrome de la mort subite du nourrisson.

Carol Tinning donna une description très détaillée de son enterrement : « Marybeth avait les yeux secs, sans le moindre soupçon de tristesse. Je crois que Joe ressentait quand même quelque chose, mais il ne montra rien. C'était, je vous le rappelle, le quatrième enfant qui mourait, et Marybeth était là, posant calmement un petit jouet dans son cercueil avant de le refermer. N'importe quelle femme aurait sauté par la fenêtre. Elle était le centre d'attention, et elle semblait adorer ça. Quand nous nous sommes retrouvés chez elle après la cérémonie, elle allait d'un invité à l'autre à petits pas, s'assurant que tout le monde avait quelque chose à manger. On aurait dit qu'elle donnait une réception. Je suis allée dans la salle de bains et j'ai éclaté en sanglots. Je n'arrivais pas à m'arrêter. Andy est venu me chercher, et je lui ai dit qu'il y avait quelque chose de pas normal dans cette famille. Tout le monde semblait tellement heureux, et personne ne se souciait du fait que ce bébé venait de mourir. Nous sommes partis. Voilà, c'était la fin de Timothy. »

Quelques semaines plus tard, Carol invita Joe et Marybeth à dîner et à jouer aux cartes. Elle avait une jolie petite maison, qui lui venait de son premier mari, dans Coldbrook, une banlieue semi-rurale de Schenectady; Andy s'y était installé depuis peu. Carol, qui savait que les relations étaient tendues dans la famille Tinning, pensait que son invitation améliorerait les choses. Elle était désolée pour Joe et Marybeth, et tenait à les assurer de toute sa sympathie. Par ailleurs, elle espérait rapprocher Andy et son frère Joe, que divers conflits avaient éloignés. Elle avait également le désagréable sentiment que ses futurs beaux-parents ne l'appréciaient pas. Divorcée avec deux enfants, dont l'un gravement handicapé, elle n'était pas exactement le genre de bru qu'ils auraient choisie pour leur fils, d'autant qu'ils lui avaient fait comprendre qu'ils « avaient déjà trouvé une fille à l'église pour Andy ». Les parents Tinning étaient fervents protestants; Carol, elle, était catholique et ne pratiquait pas. Elle était aussi un peu plus âgée qu'Andy. Étant donné ces circonstances, elle comprenait leurs réticences à son égard. Mais c'était une femme chaleureuse et généreuse, et les années qu'elle avait passées en tant que chef de famille monoparentale lui avaient forgé le caractère. Carol avait tendance à faire face aux difficultés et à dire ce qu'elle pensait. Son arrivée dans une famille aussi introvertie que la famille Tinning bouleversa pas mal de choses. Mais Carol désirait s'entendre avec eux tous, et elle fit des efforts considérables pour se lier d'amitié avec Marybeth, même si ce n'était pas le genre de femmes qui habituellement l'attirait.

Avant même l'enterrement de Timothy, certains comportements chez Marybeth lui avaient paru bizarres, mais elle n'en avait rien dit. Elles se connaissaient à peine quand Marybeth lui demanda un jour si elle pouvait emmener Joel, alors âgé de douze ans, faire des courses au Mohawk Mall, un centre commercial de Schenectady. A cette époque, Joel portait un appareil orthopédique et avait des difficultés à marcher. Quand Marybeth le ramena chez Carol, elle lui raconta qu'elle avait été arrêté à trois reprises par des inconnus dans le centre commercial qui, pensant qu'elle était la mère, lui avaient dit : « C'est merveilleux ce que vous faites. Garder cet enfant avec vous dans l'état où il est... »

Carol eut du mal à croire à cette histoire. Depuis la naissance de Joel, ça ne lui était jamais arrivé, et pourtant Marybeth répétait que, par trois fois, trois personnes différentes lui avaient fait ce même compliment.

Le soir de la partie de cartes, Carol et Marybeth laissèrent leurs sacs à main sur le canapé et allèrent s'asseoir autour de la table de la salle de séjour. Il y avait quarante dollars en billets jetés en vrac dans le sac de Carol, une somme dont elle était absolument sûre car elle avait alors un budget serré et c'était tout ce qui lui restait pour finir la semaine. Le lendemain, quand elle partit faire des courses, l'argent avait disparu. Elle soupçonna Marybeth et lui en parla dès qu'elles se revirent.

– Comment oses-tu m'accuser ? s'indigna Marybeth. Si quelqu'un t'a pris cet argent, ça ne peut être que ta fille.

Carol fut scandalisée. Elle savait que jamais sa fille n'aurait fait une chose pareille. Mais elle ne put rien prouver.

Peu après, Marybeth fut de nouveau impliquée dans une histoire de vol d'argent. Le 1er mai 1974, elle se rendit à la police et déclara que sa maison de Cleveland Avenue avait été cambriolée. A l'époque, elle était la trésorière du club de bowling de Joe, et elle prétendit que les fonds du club, quelques centaines de dollars en liquide, avaient été dérobés. Il manquait également la boule et les tenues de bowling de Joe, ainsi que quelques bijoux appartenant à Marybeth. L'appartement était sens dessus dessous. Tout le contenu du réfrigérateur était renversé par terre et l'aquarium avait été vidé sur la moquette de la salle de séjour. Cependant, il n'y avait aucune trace d'effraction. On retrouva les équipements de bowling dans une petite rue de la banlieue de Rotterdam, à environ un kilomètre de la maison des Tinning, mais pas l'argent. Deux officiers de police interrogèrent Marybeth et décidèrent de ne pas donner suite à l'affaire. D'après leur rapport, ils « étaient arrivés à la conclusion que la femme était mentalement instable et qu'il était possible qu'elle ait elle-même commis ce vol ». Au bureau central de la police de Schenectady, on décréta qu'elle avait orchestré ce cambriolage pour couvrir le vol de l'argent du club, dont elle était probablement responsable.

L'argent était devenu une source de querelles perpétuelles entre Marybeth et Joe. Ce dernier se plaignait qu'elle dépensât aussi vite que l'argent rentrait. Dans l'espoir de la refréner, il cachait les chéquiers, mais Marybeth finissait toujours par les trouver et arrachait des chèques au milieu ou à la fin des carnets; Joe payait alors ses factures sans réaliser qu'il était à découvert, et il était furieux quand la banque lui renvoyait les chèques.

Au Flavorland, cependant, Marybeth montrait un tout autre aspect de sa personnalité. Là, elle comptait soigneusement ses pourboires et mettait son argent de côté. « Voilà qui va servir pour les études », disait-elle quand un client se montrait particulièrement généreux – dans la mesure, bien sûr, où elle avait un enfant en vie à ce moment-là. Mais, quand elle allait faire des courses, elle dépensait sans compter, achetant le même article dans différentes couleurs, n'étant jamais sûre d'avoir fait le bon choix. Elle acheta ainsi plus de draps, de linge et de vaisselle qu'elle n'en utiliserait jamais. Une année, à Noël, elle offrit à Carol deux pull-overs et un appareil photo alors qu'un seul de ces cadeaux aurait suffi. Son autre belle-sœur, Sandy Roe, eut une expérience encore plus étrange.

« Marybeth m'empruntait toujours mon unique combinaison blanche, se rappela Sandy. Après que ce petit manège eut duré pendant un certain temps, Buddy et moi avons pris part à une braderie avec Marybeth et Joe, et Marybeth a apporté un énorme carton rempli de combinaisons toutes neuves, avec encore les étiquettes! Il y en avait des longues, des courtes, des blanches, de toutes les couleurs. Quand je lui ai demandé pourquoi elle m'empruntait la mienne quand elle en avait autant, elle m'a répondu qu'elle n'aimait pas les siennes. »

Une partie de l'argent que dépensait Marybeth lui venait de l'assurance-vie qu'elle touchait après la mort de chaque enfant – environ mille dollars. C'était bien plus qu'il n'en fallait pour couvrir les frais du Daly Funeral Home, mais Marybeth estimait que l'argent de l'assurance était à elle et qu'elle pouvait l'utiliser à sa guise. Cette manière de dépenser cet argent tandis que Joe se chargeait de régler les frais d'enterrement semble avoir perduré enfant après enfant. Après le cinquième décès, Sandy se rappela qu'un jour Marybeth lui dit qu'ils venaient de toucher le chèque pour Nathan et qu'elle en profiterait pour changer les rideaux et refaire la tapisserie.

Bien que patient, Joe Tinning semble avoir craqué à diverses reprises. Au fil des ans, il devint évident pour plusieurs de leurs voisins que le couple n'était pas sans connaître quelques heurts. Dans les vieilles maisons mitoyennes de Schenectady, aux murs trop fins, il était difficile d'avoir une querelle conjugale en privé, et les disputes entre Joe et Marybeth Tinning étaient particulièrement bruyantes. Alors qu'ils étaient mariés depuis peu, une voisine se souvint d'avoir souvent entendu les cris hystériques de Marybeth.

« C'était vraiment à vous figer le sang, raconta-t-elle. Une ou deux fois, je suis allée sonner à leur porte parce que j'avais peur que Joe ne la tue, même si lui ne haussait jamais le ton. Et alors l'un ou l'autre ouvrait comme si de rien n'était, et si je rencontrais Marybeth le lendemain, elle n'y faisait pas allusion. » Dix ans et trois adresses plus tard, d'autres voisins relatèrent le même genre d'histoires.

Au printemps 1974, Joe et Marybeth se disputèrent plusieurs fois à cause de l'argent. Il y avait eu l'incident des quarante dollars de Carol, ce qui n'avait pas arrangé les relations déjà tendues entre les deux frères. Et il y avait eu le vol mystérieux des fonds du club de bowling. On ne sait ce que Joe dit à Marybeth à ce sujet, mais il semblait profondément troublé. Il confia un jour à Andy que, depuis quelque temps, tout ce qu'il mangeait avait un goût amer et qu'il ne comprenait pas pourquoi.

Inquiet, Andy conseilla à son frère de faire analyser son prochain repas par un laboratoire. Marybeth essayait-elle d'empoisonner son mari ? Andy savait qu'on lui avait prescrit du valium et il se demandait si elle n'en écrasait pas une petite quantité pour la mélanger ensuite à la nourriture de Joe. Ce dernier semblait incapable d'envisager une telle éventualité. Il éclata de rire et affirma qu'il n'y avait rien d'alarmant à tout ça.

Sur l'initiative d'Andy, les deux frères prirent l'habitude de déjeuner ensemble. « Comme j'avais accusé Marybeth d'avoir pris les quarante dollars de Carol, on s'était disputés, et du coup, on ne se voyait plus beaucoup, expliqua Andy. Mais je tenais absolument à me réconcilier avec mon frère. » Bien que plus jeune de trois ans, Andy était plus grand et plus extraverti que Joe ; par ailleurs, le fait d'avoir choisi pour femme une personne comme Carol l'avait définitivement éloigné de l'atmosphère confinée de leur enfance.

Tout cela avait entraîné un renversement des rôles entre les deux frères, Andy devenant le « protecteur ». Inquiet pour Joe, il lui conseilla vivement de quitter Marybeth. A son avis – et il semble qu'il n'eut pas tort –, ce mariage courait droit au désastre et Joe ferait mieux de partir avant que naissent d'autres enfants. Joe, cependant, paraissait condamné à l'inaction par son sens du devoir, et par une phrase prononcée par leur mère : « Les Tinning ne divorcent pas. »

Au cours de leurs nombreux déjeuners, les deux frères eurent souvent cette même conversation, mais Andy avait l'impression qu'elle ne menait nulle part. Un jour, il finit par s'écrier, exaspéré :

– Mon Dieu, Joe, fais-toi faire au moins une vasectomie!

Joe promit d'y réfléchir.

9

De par son éducation, Joe était incapable de s'opposer à Marybeth. On lui avait appris à se montrer toujours humble et respectueux. Et d'ailleurs, comment aurait-il pu élever le ton face à une femme qui bénéficiait déjà de la sympathie générale parce qu'elle avait perdu ses enfants ?

Un habitant de Duanesburg.

A cette époque, Carol était très préoccupée par son fils, Joel. Il devait prendre du phénobarbital pour prévenir les crises d'épilepsie, et ses crises d'asthme étaient devenues si graves que Carol était parfois obligée de l'emmener d'urgence à l'hôpital pour qu'on lui fasse une injection d'adrénaline. Un soir, elle appela la pharmacie Draper, sur Guilderland Avenue, pour le renouvellement d'une ordonnance de phénobarbital, mais avant qu'elle ait le temps de passer prendre les sédatifs, Joel eut une violente crise d'asthme. Elle téléphona aussitôt à Joe et à Marybeth, qui habitaient à une rue de la pharmacie, et leur demanda s'ils ne pouvaient pas aller chercher les médicaments à sa place. Avant de raccrocher, elle leur promit de passer les récupérer dans la soirée ou, si ce n'était pas possible – ce qui fut le cas –, très tôt le lendemain matin.

Vers 3 heures du matin, Carol fut réveillée par la sonnerie du téléphone. C'était Marybeth, qui hurlait :

– Joe est mort !

Retrouvant à grand-peine ses esprits, Carol demanda :

– Que veux-tu dire par Joe est mort ?

Marybeth sanglotait et semblait hystérique. Il était impossible d'obtenir quoi que ce soit de cohérent de sa part.

– On arrive, finit par dire Carol.

Carol et Andy n'oublieraient pas de sitôt les heures qui allaient suivre. « Avant qu'on file chez eux, j'ai dû réveiller ma fille pour lui demander de veiller sur Joel, raconta Carol. Puis nous avons roulé comme des fous jusqu'à Cleveland Avenue. Joe était par terre, dans la chambre, inconscient, le visage pourpre, et il était tout emmêlé dans les draps comme s'il avait roulé et roulé avant de tomber du lit. Il y avait du jus de raisin renversé dans toute la pièce. Marybeth se tenait dans un coin. Elle n'arrêtait pas de dire : " Je n'ai rien fait, je n'ai rien fait. "

« Elle était tout habillée, mais elle n'avait pas appelé l'ambulance ou la police. Nous nous en sommes chargés, pendant qu'elle restait dans son coin à répéter qu'elle n'avait rien fait et à nous supplier de ne rien dire à sa mère.

« La police est arrivée très vite. Ils ont fait du bouche-à-bouche à Joe en attendant l'ambulance. Je me sentais si mal que je suis sortie de la pièce. J'ai emmené Marybeth avec moi dans le salon et là, je lui ai demandé : " Marybeth, que s'est-il passé ? "

« Elle m'a répondu : " Je n'ai rien fait. " Elle avait peur, mais elle ne pleurait pas.

« Nous sommes arrivés à l'hôpital Ellis juste à temps pour sauver Joe. Le médecin a dit à Andy que Joe avait absorbé une dose mortelle de phénobarbital. L'ordonnance pour Joel était de soixante-dix comprimés et il n'en restait aucun. J'ai dit au médecin que nous étions sûrs que Joe ne les avait pas avalés tout seul, et Andy a ajouté que Joe s'était plaint récemment que sa nourriture avait un goût amer. Mais personne n'a interrogé Marybeth parce que Joe ne voulait pas porter plainte contre elle. »

Pour le personnel de l'hôpital, il s'agissait d'une tentative de suicide ; on proposa à Joe de s'entretenir avec un thérapeute et on le laissa partir au bout de quelques jours. Auparavant on lui demanda comment il en était arrivé à prendre autant de phénobarbital. Joe répondit qu'il ne se souvenait de rien. C'était sans doute vrai ; une telle dose de barbituriques provoque une amnésie. On lui demanda également s'il avait des soucis. Joe ne cacha pas qu'il avait du mal à joindre les deux bouts et que quatre de ses enfants étaient morts. Cela semblait suffisant pour qu'il cherche à attenter à sa vie. Joe ne fit rien pour corriger cette impression. Il préférait passer pour un homme qui a tenté de se suicider plutôt qu'accuser sa femme. Quant à Marybeth, elle ne s'inquiétait que d'une chose : que l'incident n'arrive pas aux oreilles de sa mère. Lorsque son frère fut mis au courant, elle le supplia de ne rien lui dire.

Joe retourna vivre avec Marybeth. Il semblait incapable d'envisager autre chose. Onze ans après, quand la police ouvrit l'enquête sur la mort de Tami Lynne, on lui demanda pourquoi il était resté avec elle après qu'elle avait tenté de le tuer. C'était une question non officielle, posée par un enquêteur marié et heureux de l'être, et qui trouvait la situation particulièrement incroyable. Il se rappela la réponse de Joe, bien qu'il en eût oublié les termes exacts. Joe avait compris que, s'il ne faisait rien qui contrariât Marybeth, cela ne se reproduirait plus. Par conséquent, de 1974 jusqu'à l'emprisonnement de celle-ci en 1987, il s'est soumis tant bien que mal aux désirs de sa femme, prenant soin de ne jamais la mécontenter, de ne jamais remettre en question le droit qu'elle s'était arrogé de prendre seule les décisions, fermant les yeux sur ses dépenses extravagantes, acceptant d'être ridicule aux yeux de leur entourage, lui faisant les enfants qu'elle désirait passionnément et pour qui il éprouvait les pires angoisses... et craignant sans cesse pour sa propre vie.

En de rares occasions, seulement, son opposition faisait surface. Lors d'une visite chez le frère de Marybeth, à Duanesburg, une dispute éclata et prit une tournure si violente que Marybeth devint hystérique. Alton gifla sa sœur. Joe ne chercha pas à intervenir, mais peu après il prit Alton à part.

– Je suis content que tu aies fait ça, dit-il. Moi, jamais je n'en serais capable. Mais ça lui pendait au nez depuis un moment.

Alton aimait bien son beau-frère. Avant de rencontrer Sandy, il avait été marié et ce premier mariage avait été un désastre. Il était donc bien placé pour comprendre ce qu'endurait Joe et n'avait aucun doute sur ce qu'il devait faire.

– Elle a essayé de te tuer, et toi, tu restes avec elle. Tu dois être fou, lui dit-il. Joe, si j'étais à ta place, je me débarrasserais d'elle. Je me suis déjà débarrassé d'une femme. Écoute, fais ce que tu veux, Joe, mais n'oublie pas que tu es toujours le bienvenu ici.

– Je ne sais pas, répondit Joe. Oui, il faut sans doute faire quelque chose.

Ce fut son seul commentaire sur la situation. Comme le dit Alton, « Joe n'était pas un bavard ».

Carol, elle, était franchement agacée par la docilité de son beau-frère. Elle en voulait aussi terriblement à Marybeth. Mais elle s'était juré, par amour pour Andy, de garder ses sentiments pour elle et d'essayer de préserver un semblant d'entente familiale. C'est pourquoi, bien qu'à contrecœur, elle réinvita Joe et Marybeth à dîner.

Dès le début de la soirée, cependant, elle se rendit compte que ce n'était pas une bonne idée. Tout le monde était tendu, et elle encore plus que les autres. Ils se trouvaient tous de nouveau assis autour de la table et jouaient aux cartes quand Carol n'y tint plus. Elle avait trop de choses sur le cœur. « Ça me démangeait », expliqua-t-elle. Interrompant la partie, elle demanda à Marybeth de la suivre dans la chambre. Là, elle la mena dans un coin de la pièce et se tint devant elle, la foudroyant du regard. Elle était un tout petit peu plus grande que Marybeth, et avec son épaisse chevelure auburn et ses yeux brillants, elle pouvait être très intimidante.

– Il y a deux ou trois choses que j'aimerais te dire, commença-t-elle. Je suis sûre que tu as fait quelque chose à Joe la nuit où il a failli mourir, et je sais que c'est toi qui as pris mon argent. Je ne crois pas à ton histoire de cambriolage. Pour moi, c'est toi qui l'as fait, et Dieu sait ce que tu as fait d'autre. Il y a quelque chose qui ne va pas chez toi, Marybeth.

Elle criait à présent, et depuis la salle de séjour on entendait tout ce qu'elle disait. Joe ne bougeait pas.

– C'est vrai, n'est-ce pas ? continua Carol.

Marybeth se mit à pleurer.

– Réponds-moi, insista Carol. C'est toi qui as volé mon argent ?

Acculée dans l'angle de la pièce, Marybeth continuait de sangloter. Puis, d'une toute petite voix, elle murmura :

– Oui, c'est moi qui ai pris l'argent, mais c'est tout. Je n'ai rien fait d'autre.

Dès lors que l'honnêteté de sa fille n'était plus en question, Carol adopta un ton plus calme.

– Tu as besoin de te faire soigner, Marybeth. La mort de tous ces bébés a dû te traumatiser. Personne ne peut rester normal après avoir vécu un drame pareil. Il existe des docteurs qui peuvent t'aider.

Marybeth ne répondit pas, et Carol prit son silence pour un assentiment. Si elle n'agissait pas immédiatement, une telle chance ne se représenterait peut-être jamais. Rejoignant les deux hommes, elle annonça :

– Marybeth est d'accord pour aller voir un psychiatre. Nous allons aller au St. Clare pour prendre rendez-vous. Tout de suite.

Pourtant, au-delà de toutes ses accusations, il n'était jamais venu à l'esprit de Carol que sa belle-sœur ait pu être en quoi que ce soit responsable de la mort de ses enfants. L'idée était bien trop monstrueuse pour qu'elle l'envisage un seul instant. Pour elle, les récents problèmes de Marybeth provenaient de la douleur qu'elle ne s'était jamais permis d'exprimer. Son comportement détaché et dénué de toute émotion à l'enterrement de Timothy n'en était-il pas la preuve ? C'était le premier enterrement auquel Carol avait assisté ; elle ne connaissait pas encore Marybeth quand celle-ci avait perdu ses trois premiers enfants.

Il était 10 heures du soir quand ils arrivèrent tous les quatre au St. Clare. Carol déclara au médecin des urgences qu'ils avaient besoin de voir tout de suite un psychothérapeute ou un psychiatre. Elle promit également à Marybeth de rester près d'elle. On appela Marybeth et on la conduisit dans une pièce à part. Carol, Joe et Andy attendirent dans le hall pendant très longtemps. Finalement, l'un d'eux se décida à aller voir ce qu'il était advenu de Marybeth.

« Elle avait filé, expliqua Carol. Elle n'a pas vu de médecin. Elle est allée appeler les parents de Joe et d'Andy, et elle leur a demandé de venir la chercher. Dieu sait ce qu'elle leur a raconté. On ne les a pas vus entrer, mais ils l'ont ramenée chez elle pendant qu'on attendait. Vous vous rendez compte ? Il se passe une chose pareille dans une famille et personne n'en parle ! »

Quelles que soient les raisons des parents Tinning, ils cherchaient avant tout à protéger leurs enfants. C'était une famille unie par un sens profond et tacite de la loyauté, et ils désapprouvaient tous ces docteurs qui jouaient avec la tête des gens. Et puis, Edna Tinning était très attachée à Marybeth ; elle la voyait un peu comme la fille qu'elle n'avait jamais eue.

Carol, qui ne remplirait jamais ce rôle, fut dégoûtée par toute l'histoire, et se rendit compte que sa tentative de venir en aide à Marybeth n'avait fait qu'aggraver la situation. Peu après, elle décida de renoncer pour se consacrer à la famille qu'elle venait de fonder avec Andy.

La vie de Marybeth prit alors une nouvelle direction. Après la mort de Timothy, elle était retournée au Flavorland où elle faisait plus d'heures qu'auparavant. Il régnait parmi les serveuses un sentiment de camaraderie que l'ambiance – gaie et propice aux bavardages – ne faisait qu'accentuer. Marybeth s'y sentait bien. C'était là qu'elle avait rencontré Sue Normington et d'autres femmes qui, si elles n'étaient pas des amies, étaient devenues de bonnes copines. A travailler ainsi le soir, elles finissaient toutes par connaître leurs maris respectifs, dans la mesure où la plupart des hommes passaient prendre un café en attendant leur femme. Pour les serveuses du Flavorland, Joe était « un type correct, silencieux et foncièrement gentil ».

– Il ne parlait jamais, fit remarquer l'une d'elles. Il commandait un café et quand vous lui disiez, « Salut Joe », il vous faisait un signe de tête, mais il ne disait rien. A mon avis, il avait peur de Marybeth.

Les employeurs de Marybeth la trouvaient nerveuse et légèrement craintive, mais toujours prête à terminer tard, à venir les jours où elle était de repos, et à donner un coup de main quand on avait besoin d'elle. « Elle ne supportait pas les critiques, mais elle abattait un travail phénoménal », déclara Michael Hovey, l'un des directeurs du Flavorland, qui alla jusqu'à la choisir pour prendre part à la formation du personnel.

Sara Barker, la cuisinière du Flavorland, partageait cette opinion. « Marybeth était une bonne employée. Elle faisait bien son travail. Elle était attentive aux clients et avait de bons rapports avec eux. En tant que collègue, elle était un peu bizarre, c'est vrai, mais sinon il n'y avait pas de problème avec elle. »

Cette bizarrerie fut remarquée par tout le personnel du restaurant. Les autres serveuses, qui la connaissaient mieux que ses employeurs, avaient remarqué qu'elle pouvait se montrer impatiente et sèche avec des clients sans raison apparente. Elle perdait des pourboires à cause de cela et en voulait ensuite à ses collègues de gagner plus d'argent qu'elle. Une serveuse doit toujours être de bonne humeur et disponible, quel que soit son état d'esprit. Marybeth n'en était pas toujours capable.

Cette bizarrerie se manifestait entre autre par un fait que ne manquèrent pas de noter tous ceux qui la rencontrèrent alors : Marybeth ne regardait jamais les gens dans les yeux. Elle pouvait avoir une conversation avec quelqu'un tout en regardant dans une autre direction, ou dans le vide. Parfois, elle donnait l'impression d'être perdue dans un autre monde, un monde imaginaire qui n'appartenait qu'à elle.

« C'était quelqu'un de pas comme les autres, dit une serveuse. Elle ne parlait jamais de choses graves, que de futilités. »

Les clients aussi s'interrogeaient sur son compte. « C'est elle qui a perdu tous ses bébés ? demandaient-ils. Pourquoi continue-t-elle à en avoir ? » C'était alors que Sue Normington intervenait, pleine de bonté et de sollicitude, servant ces clients indiscrets afin d'éviter à Marybeth d'avoir affaire à eux.

Pendant les pauses, Marybeth s'asseyait souvent seule dans un coin de la petite pièce réservée à cet effet au fond du restaurant, et lisait des romans de quatre sous. Elle aimait surtout les histoires d'horreur – particulièrement celles de Stephen King – mais aussi les romans d'amour. Cependant elle semblait particulièrement fascinée par un roman de Mary Higgins Clark intitulé *La Maison du guet*. Elle en avait un exemplaire dans son casier.

C'était une histoire peu susceptible de plaire à une mère qui vient de perdre son enfant. Beaucoup de femmes dans la situation de Marybeth l'auraient trouvée trop pénible, mais Marybeth semblait, d'une certaine façon, s'être identifiée à l'héroïne tragique du roman. Celle-ci, une jeune femme charmante et intelligente du nom de Nancy Harmon, mère de quatre enfants, est injustement accusée de les avoir tués. Seule sa mère la soutient et, lorsqu'elle meurt dans d'étranges circonstances, la jeune femme éprouve le sentiment d'être totalement abandonnée. Elle sera finalement disculpée, mais seulement au dernier chapitre.

La couverture de la version poche du roman proclame : « A nouveau Nancy lisait l'accusation dans les yeux de tous. Comment leur dire qu'elle aimait ses enfants... qu'elle ne leur avait jamais fait du mal... qu'un inconnu avait accompli cet acte diabolique... Comment protester de son innocence quand elle-même se mettait à en douter ? »

Marybeth estimait-elle que ces phrases s'appliquaient à son cas ? Était-elle, elle aussi, consciente des soupçons grandissants autour d'elle ? Est-ce que la mort soudaine d'un proche – en l'occurrence, son père – l'avait laissée avec le sentiment d'être abandonnée comme Nancy Harmon ? Pensait-elle plus ou moins consciemment qu'un « inconnu » avait fait mourir ses enfants ?

L'une des serveuses les plus âgées – celle qui n'avait pas hésité à parler à Marybeth de ses sourcils – avait son idée sur la question : « C'est peut-être comme dans ce film, *Les Trois Visages d'Ève*. Marybeth Tinning est une personne, mais il y a en elle une autre personne, qui fait partie d'elle et qui a tué ses enfants. »

Cette femme (elle n'est plus serveuse actuellement) avait si peur de ce qu'elle savait qu'elle insista pour rester anonyme, même après que Marybeth fut accusée du meurtre de Tami Lynne. Interviewée chez elle, elle raconta un incident étonnant qui la hanta pendant plus de douze ans.

« Je n'ai rien à gagner à raconter cette histoire, dit-elle. Si Marybeth sort de prison, je risque gros, parce qu'elle peut être, à mon avis, très dangereuse. Mais ça me hante trop. C'est comme un cancer, qui grandit en moi depuis des années.

« Quelques mois après la mort de Timothy, j'ai remarqué qu'elle commençait à avoir du ventre. Ma pause ne correspondait pas souvent à la sienne, mais ce soir-là, nous l'avons prise en même temps. Nous avions le droit de nous arrêter une demi-heure, et jamais plus de deux personnes à la fois. Nous allions alors dans cette pièce, au fond du restaurant, où on rangeait nos effets personnels. Il y avait une table et trois chaises. Quand Marybeth prenait sa pause, la plupart du temps, elle sortait de son casier son livre, *La Maison du guet*, et elle se mettait à lire. Combien de temps faut-il à quelqu'un pour lire un roman ? Marybeth gardait toujours ce livre dans son casier, et on aurait dit qu'elle le lisait et le relisait sans cesse. Elle venait de le sortir quand je lui ai demandé : “ Marybeth, est-ce que tu ne serais pas de nouveau enceinte ? ” Au début, elle a nié, puis elle a reconnu qu'elle l'était effectivement. Et elle a dit : “ Ne le répète à personne. ” Alors, elle a fait quelque chose de très bizarre. On était seules, toutes les deux, elle s'est penchée vers moi et a murmuré : “ Et Dieu m'a dit de tuer celui-là aussi. ”

« Je l'ai regardée, comme si je n'avais pas bien entendu, et j'ai dit : “ Quoi ? ”

« Elle a répondu : “ Il faut que ce soit fait. ”

« Quand elle vous parlait, elle regardait souvent dans le vide, mais ce soir-là, elle donnait l'impression d'être très loin, comme dans un autre monde. Ce n'était pas rare qu'elle entre dans une sorte de transe, mais je ne l'avais jamais vue ainsi. Puis elle m'a tourné le dos et ne m'a plus reparlé. Elle s'est assise et a repris sa lecture.

« J'étais abasourdie. Je me disais qu'elle était folle, qu'elle n'avait pas parlé sérieusement. La mort de tous ces bébés avait dû avoir des répercussions sur son équilibre mental, et elle devait avoir besoin d'aide. J'en ai parlé aux autres filles, et elles pensaient comme moi. L'une d'elle a dit : “ Elle est vraiment timbrée. ” On a pris ça à la légère, mais ça nous inquiétait. Toutefois, en voyant que sa grossesse se déroulait bien, on se disait qu'après tout, ça lui passerait. »

Et c'est effectivement l'impression que donnait Marybeth. Elle continua à travailler et réussit même à déménager au cours de son cinquième mois de grossesse. Du jour au lendemain, Joe et elle durent quitter Cleveland Avenue; sans prendre la peine de donner ses raisons, estimant certainement que Joe n'aurait aucun mal à les deviner, leur propriétaire leur avait déclaré qu'il voulait récupérer son appartement le plus vite possible. Ce n'était pas tant le soi-disant cambriolage qui avait eu lieu quelques semaines auparavant et qui n'avait causé que quelques dégâts mineurs dans l'appartement qui l'inquiétait, que le fait que la police pensait que Marybeth avait manigancé elle-même ce vol.

Les Tinning s'installèrent au 341 McClellan Street, près du centre ville, à l'étage d'une maison traditionnelle construite au début du siècle, et située dans la même rue que deux endroits où Marybeth était de plus en plus connue : le Daly Funeral Home et l'hôpital St. Clare. De chez elle, elle n'était qu'à cinq minutes à pied de l'un comme de l'autre.

Sara Barker, la cuisinière du Flavorland, ne se souvient pas que cette cinquième grossesse de Marybeth ait été différente des autres. « Chaque fois que Marybeth attendait un enfant, elle n'était pas particulièrement enthousiaste, ou abattue. Elle ne se plaignait jamais. Elle ne prenait pas de repos supplémentaire et s'arrêtait de travailler juste avant la naissance du bébé. Après, elle revenait comme si de rien n'était. »

Nathan est né le 30 mars 1975, un dimanche de Pâques. Comme pour les autres, Marybeth l'emmena au restaurant pour le présenter à ses collègues. Encore sous le coup de la confidence que Marybeth lui avait faite dans la salle de repos, la plus âgée des serveuses lui dit :

– Peut-être que le fait qu'il soit né à Pâques est un bon présage. Il ne lui arrivera rien.

Douze ans plus tard, assise chez elle dans son rocking-chair, elle se rappelait encore l'impression que lui fit Nathan ce jour-là : « Je vois encore son adorable petit visage. Il avait les cheveux tout blonds et de très grands yeux bleus. Et son sourire... Oui, c'était vraiment un très beau petit garçon. Il était tout simplement magnifique. »

Elle s'était trompée sur le présage du dimanche de Pâques : Nathan mourut brusquement à l'âge de cinq mois. Quelle fut sa réaction quand elle l'apprit ?

« J'étais dans la confusion la plus totale. J'avais des soupçons, mais je me disais que ce n'était pas possible. Quand je pense que j'ai vu arriver tout ça et que je n'ai pas voulu y croire, ça me rend malade. A présent, je lui en veux d'avoir fait ce qu'elle a fait, et j'en veux aux autorités de ne pas être intervenues plus tôt. Je m'en veux aussi d'avoir été si stupide et si crédule. Comment ai-je pu croire à toutes les histoires qu'elle nous racontait ? La plupart des personnes qui ont travaillé avec elle s'en veulent aussi, mais pas autant que moi. Et c'est à cause de ce qu'elle m'a dit ce jour-là, dans la salle de repos. Je n'oublierai jamais ces bébés, ces magnifiques bébés. Vous et moi, on serait prêts à mourir pour nos enfants. Mais, elle, elle se contentait de les éliminer les uns après les autres. »

10

Quand Nathan est mort, on avait oublié le nombre de bébés qu'elle avait eus. On ne savait vraiment plus où on en était.

Une serveuse du Flavorland.

Quelques années plus tard, Marybeth eut du mal à se rappeler qui était Nathan et qui était Timothy. Était-ce Nathan qui était mort dans son berceau et Timothy dans la voiture, ou le contraire ? Ou tous les deux étaient-ils morts dans leur lit ? Et quand était-ce arrivé ? Elle dut faire un effort de mémoire avant de pouvoir conter l'histoire de chacun.

Lorsque Marybeth finit par avouer qu'elle avait tué Tami Lynne, elle avoua aussi qu'elle avait étouffé Nathan et Timothy. « Deux de mes enfants sont morts parce que je leur ai mis un oreiller sur la figure, comme je l'ai fait pour Tami, dit-elle à la police. J'ai fait ça parce que j'avais l'impression de ne pas être une bonne mère. J'avais l'impression de ne pas être une bonne mère parce que mes autres enfants étaient morts. »

A l'époque, elle ne parla à personne, pas même à Joe, de ce qu'elle avait fait.

Elle expliqua que ces bébés pleuraient quand elle les avait étouffés, et qu'elle s'était servi de son oreiller ou d'un coussin. « Je le maintenais sur leur tête jusqu'à ce qu'ils se taisent. Après, j'appelais à l'aide. J'appelais une ambulance. »

Elle raconta qu'elle avait étouffé Timothy alors qu'il se trouvait dans son berceau et qu'il faisait « des drôles de bruit, comme des gargouillis » parce qu'il avait attrapé froid.

– Et c'est ça qui vous dérangeait ? lui demanda, douze ans

plus tard, l'enquêteur Joseph V. Karas, de la police de l'État de New York.

– Oui, répondit Marybeth.

– Et qu'est-ce que vous ressentiez?

– Eh bien, quoi que je fasse, ça n'allait pas.

C'était là un jugement sévère qu'elle portait sur elle-même trois semaines seulement après la naissance de Timothy. Elle était incapable de se rappeler si l'ambulance avait emmené son bébé au St. Clare ou au Ellis.

Son souvenir de la mort de Nathan était encore plus vague.

– Je voudrais à présent vous poser quelques questions sur Nathan, continua Karas.

– Ils se ressemblaient tous, répondit Marybeth.

– Parlez-nous de Nathan. Dites-nous tout ce que vous vous rappelez, s'il vous plaît.

– Je ne me rappelle rien.

– Marybeth, avez-vous eu un fils du nom de Nathan?

– Oui.

– Quand est-il né?

– Je ne me souviens pas.

– Vous ne vous en souvenez pas?

– Non.

– Vous rappelez-vous quand il est mort?

– Non. Je vous en prie.

– Je dois vous poser cette question. Essayez de vous ressaisir.

– Non.

– Vous rappelez-vous comment il est mort?

– Comme Tami.

– Et où cela s'est-il passé?

– A la maison.

– Qui était là?

– Je ne sais – Joe, je suppose. Je ne sais pas.

– Et vous?

– Oui.

– Personne d'autre?

– Je ne crois pas. Je ne me souviens pas.

– Lui avez-vous mis un oreiller sur la tête?

– Oui.

– Étiez-vous seule?

– Je ne me souviens pas.

– Vous rappelez-vous s'il y avait quelqu'un avec vous?

– Je ne crois pas. Je ne sais pas. Je ne sais pas.

En fait, ces premiers souvenirs de la mort de Nathan étaient faux. Nathan ne mourut pas à la maison. Le 2 septembre 1975, Marybeth l'emmena avec elle en voiture. Vers le milieu de l'après-midi, elle entra en trombe au Flavorland de Balltown Road et demanda du secours : Nathan avait cessé de respirer. Le directeur, Michael Hovey, était le nouveau patron de Marybeth. Elle avait été mutée dans ce restaurant plus récent et plus petit de la banlieue de Niskayuna après la naissance de Nathan. A cette époque, elle voulait travailler de jour et à mi-temps, et c'était impossible au Flavorland du centre Shoporama.

Hovey et l'une des serveuses se précipitèrent vers la voiture où ils trouvèrent Nathan inconscient. Tandis que la serveuse appelait une ambulance, Hovey coucha le bébé sur le capot de la voiture et commença à lui faire la respiration artificielle.

« J'étais incapable de dire s'il était vivant ou non, se rappela Hovey. Je ne voulais pas perdre de temps en l'emmenant à l'intérieur. Les secours sont arrivés au bout de quelques minutes et ils se sont empressés de le conduire au St. Clare. »

Hovey se souvint que Marybeth était très nerveuse. « Mais je ne me rappelle pas ce qu'elle disait. J'étais trop préoccupé par le bébé. »

La serveuse, qui était une amie de Marybeth à l'époque, put l'observer de plus près. « Quand Marybeth est arrivée, elle m'a cherchée. Elle paniquait, mais en même temps elle avait un petit sourire idiot aux lèvres, et elle évitait de me regarder dans les yeux. Je lui ai demandé ce qui s'était passé, et elle m'a raconté qu'elle faisait des courses et qu'elle s'était arrêtée chez le marchand de légumes de la Route 146 quand Nathan avait fait un drôle de petit bruit, comme des gargouillis. Elle pensait qu'il était mort. Moi aussi. Quand je l'ai vu, il avait déjà les lèvres et les ongles bleus.

« Je lui ai demandé pourquoi elle était allée si loin pour chercher de l'aide. Le marchand de légumes se trouvait à trois ou quatre kilomètres de là, et elle aurait pu s'arrêter dans n'importe quelle maison le long de la route pour appeler une ambulance. Elle m'a répondu qu'elle était venue ici parce qu'elle ne savait pas quoi faire d'autre. »

C'était une bien piètre explication. Ce n'était tout de même pas la première fois que Marybeth avait à appeler une ambulance ou à aller en toute hâte à l'hôpital. Pourquoi avait-elle perdu un temps précieux en prenant la route du Flavorland ?

« Je crois savoir pourquoi elle est venue chez nous, déclara son ancienne amie, longtemps après. A mon avis, elle voulait que je voie Nathan dans cet état. Elle savait que je le trouvais mignon, et elle voulait me faire du mal. Elle n'était pas bouleversée par ce qui lui était arrivé. Moi si. »

Nathan était inconscient quand il arriva aux urgences du St. Clare. Il était très certainement en état de mort cérébrale mais, dans l'espoir que peut-être il survivrait, on le plaça brièvement sous assistance respiratoire. Il ne reprit jamais connaissance.

Dix ans plus tard, quand elle avoua, Marybeth pensait avoir étouffé Nathan chez elle, dans son berceau, comme elle l'avait fait pour Timothy et Tami Lynne. Ce ne fut que lorsque l'enquêteur Karas la força à faire un effort de mémoire qu'elle se rappela être allée en voiture jusqu'au parking du Flavorland.

– Pensez à Nathan pendant une minute et rappelez-vous le moment où vous étiez dans Balltown Road, lui dit Karas. Est-ce que ça s'est passé dans la voiture ?

– Oui.

– Et vous avez emmené Nathan au Flavorland ?

– Sur le parking du Flavorland.

– Vous êtes entrée et vous avez téléphoné ?

– J'ai appelé les secours.

– Ce bébé est mort au St. Clare.

– Oui.

– Où était ce bébé quand vous conduisiez ?

– Dans le siège auto.

– A côté de vous ?

– Oui.

– Et l'oreiller était sur votre lit chez vous ?

– Non.

– Où était l'oreiller ?

– J'avais un petit coussin.

– Bien. Parlez-moi de ce coussin. De quelle couleur était-il ? Avait-il quelque chose de particulier ?

– C'était juste un coussin de canapé.

– Un coussin de canapé que vous gardiez dans la voiture ?

– Oui.

– Qu'est-ce que vous avez fait avec ?

– Je l'ai plaqué sur son visage.

– Quand il était assis dans le siège auto ?

– Quand il dormait, mais il pleurait aussi.

– Il pleurait dans son sommeil ?

– Il pleurait.

– Pendant combien de temps avez-vous maintenu ce coussin sur le visage de Nathan ?

– Jusqu'à ce qu'il s'arrête de pleurer.
– C'est-à-dire, combien de temps à votre avis?
– Je ne sais pas.
– Était-ce en 1975 juste après sa naissance?
– Je ne me rappelle pas l'année.
– Vous rappelez-vous quel âge il avait?
– Juste quelques mois.

Même cette seconde version paraît improbable. Quand Marybeth fut accusée du meurtre de Tami Lynne, une partie de sa défense reposait sur le fait que les enquêteurs lui avaient soufflé les réponses. En dehors du tribunal, l'un des experts cités comme témoin par la défense déclara aux journalistes qu'il était impossible de tenir le volant d'une voiture d'une main et d'étouffer un bébé de l'autre; selon lui, cette contradiction rendait les aveux de Marybeth douteux.

Mais il y avait une autre contradiction que la police ne releva pas. Nathan n'était pas assis à côté de Marybeth dans la voiture, il était attaché dans son siège auto à l'arrière. C'est là que Hovey et la serveuse du Flavorland le découvrirent. Si Marybeth lui a effectivement mis un oreiller sur la tête, elle n'a pas pu le faire tout en conduisant parce que, de sa place, elle ne pouvait l'atteindre. Elle a donc dû le faire avant, peut-être quand elle s'est arrêtée chez le marchand de légumes. Peut-être même avant de partir de chez elle.

Un autre facteur été négligé : à cause de l'histoire familiale, le pédiatre de Marybeth, le Dr Dominick Mele, avait préconisé l'utilisation d'un moniteur pour Nathan. Dans une ville comme Schenectady, qui plus est en 1975, c'était une précaution peu habituelle. Au moindre changement dans la respiration du bébé, une alarme se déclenchait. Cette alarme – une sonnerie doublée d'un voyant lumineux – émanait d'un petit appareil métallique dont les fils électriques étaient reliés au corps du bébé par des tampons adhésifs.

Si Nathan avait cessé de respirer alors qu'il se trouvait dans son berceau à la maison, comme se le rappela spontanément Marybeth dix ans plus tard, elle aurait été dans la difficile position de devoir expliquer au Dr Mele qu'elle n'utilisait pas le moniteur. Mais, si Nathan se trouvait avec elle dans la voiture, elle avait alors une bonne raison. Il est en effet assez malaisé d'équiper le bébé de cet appareil, alors qu'il est dans un siège auto avec des vêtements chauds. Dès le début, Marybeth avait rechigné à utiliser le moniteur. Dans la journée, c'était inutile, disait-elle, puisqu'elle surveillait Nathan. Elle se contentait donc de ne le brancher que la nuit; à ses yeux, c'était amplement suffisant.

La mort de Nathan demeure l'un des plus grands mystères de cette étrange affaire. La couleur violacée de ses lèvres et de ses ongles indiquait qu'il avait été privé d'oxygène depuis plusieurs minutes, peut-être même plus. Est-il possible que Marybeth l'ait étouffé chez elle avant de l'installer dans la voiture? Cela expliquerait pourquoi elle donna deux versions de sa mort. Et si elle n'était pas responsable de son état comateux, pourquoi n'a-t-elle pas essayé de le réanimer au lieu de perdre un temps précieux à le conduire au Flavorland? La raison qu'elle invoqua, qu'elle ne savait pas quoi faire d'autre, ne paraît guère plausible.

La mort de Nathan fut rapportée au Dr Robert Sullivan, le médecin légiste de Schenectady. L'un de ses assistants s'occupa de l'affaire et demanda une autopsie, qui fut pratiquée au St. Clare. On ne trouva aucune anomalie congénitale chez Nathan et l'anatomopathologiste déclara que la mort était due à un œdème pulmonaire aigu. Ce n'est pas une cause de mort, c'est seulement un état résultant d'une congestion pulmonaire. Et les poumons peuvent être congestionnés pour diverses raisons, dont l'asphyxie.

De toute évidence, cette autopsie n'apporta pas grand-chose. Elle fut pratiquée par un anatomopathologiste qui ne connaissait pas l'histoire de la famille et qui se contenta de fournir une cause médicale au bas d'un certificat de décès. Il semble qu'il n'ait guère cherché à comprendre pourquoi un bébé en bonne santé s'était brusquement éteint, tout comme l'assistant du médecin légiste ne s'interrogea pas sur les découvertes peu concluantes de l'anatomopathologiste du St. Clare.

A ce moment-là, tant de notices nécrologiques étaient parues dans la *Schenectady Gazette* qu'un nombre de plus en plus important de citoyens les remarquait. La famille de Joe étant les seuls Tinning en ville, les lecteurs n'avaient aucun mal à savoir de qui il s'agissait. Certains, même, s'étaient mis à suivre le drame, décès après décès, comme les épisodes d'un feuilleton à clé. A partir de la mort de Nathan, ils prirent l'habitude de s'arrêter au Daly Funeral Home et d'assister à la veillée mortuaire avant la messe d'enterrement.

Sara Barker, l'un des serveuses du Flavorland à être présente aux obsèques de Nathan, se rappela la scène très clairement : « Il y avait ce pauvre bébé dans son petit cercueil blanc, et Marybeth assise à côté de Joe. Il avait l'air un petit peu plus tendu qu'elle. Elle était le centre d'attention, une pauvre mère qui venait de perdre son enfant. Des gens qui ne la connaissaient pas allaient lui serrer la main, la prenaient dans leurs bras puis se retiraient. D'autres pleuraient, sans pouvoir se contrôler. Mais Marybeth, je ne me souviens pas qu'elle ait versé la moindre larme.

« Après l'enterrement, quand elle retourna travailler, on aurait dit qu'elle aimait bien parler de tout ça. Sinon, elle se comportait comme s'il ne s'agissait que d'un événement de plus dans sa vie. Pas une seule fois je n'ai senti l'ombre d'un regret en elle. »

Au Flavorland, les collègues de Marybeth ne comprenaient pas pourquoi elle ne retirait pas, après leur mort, les photos de ses enfants punaisées sur le tableau d'affichage. La plupart des serveuses étaient mères de famille, et la vue de ces bébés leur était insupportable. Pourtant, aucune n'osa suggérer à Marybeth de les ôter.

Après la mort de Nathan, l'une des serveuses lui demanda pourquoi elle ne renonçait pas à avoir des enfants.

La réponse de Marybeth fit le tour de la cuisine et du restaurant : « Parce que je suis une femme, et que c'est ce que sont censées faire les femmes. »

Si elles la soutenaient en public, certaines se mirent, en privé, à partir de cette époque, à appeler régulièrement la permanence téléphonique pour la Protection de l'enfance au Bureau d'aide sociale de Schenectady.

D'autres personnes à Schenectady commençaient aussi à faire part de leurs soupçons. L'une d'elles était Moira Coons; elle vivait sur Cleveland Avenue, juste en face de la dernière maison où les Tinning avaient habité. Elle avait été personnellement au courant de la naissance et de la mort de Timothy, et elle avait entendu parler des morts de Jennifer, Joseph et Barbara par une amie qui connaissait d'anciens voisins de Marybeth lorsqu'elle habitait Second Avenue. Elle savait, donc, que des gens de Second Avenue se demandaient si les trois premiers enfants n'avaient pas été empoisonnés. Ce soupçon fut renforcé quand elle apprit indirectement que Marybeth avait tenté d'empoisonner Joe. « Je suis sûre qu'elle a réussi à le convaincre qu'elle ne l'avait pas fait exprès, qu'elle avait perdu la tête après la mort de Timothy, et que cela ne se reproduirait plus jamais », déclara Moira.

Marybeth étant aux derniers mois de sa grossesse quand elle quitta Cleveland Avenue, Moira Coons se mit à surveiller elle aussi la notice nécrologique de la *Schenectady Gazette*. Après avoir lu que Nathan était mort, elle décida d'appeler Bernard « Barney » Waldron, le shérif du comté de Schenectady. Waldron et elle étaient voisins et elle le connaissait donc personnellement.

Le bureau du shérif se trouve dans le centre ville, dans le même bâtiment que la prison du comté, qui est reliée au palais de justice voisin par une passerelle au niveau du premier étage. Barney, un homme mince aux cheveux gris argentés, toujours disponible, était un policier à la retraite qui avait été élu et réélu au poste de shérif grâce à sa personnalité conviviale et facile. Il compensait largement son manque de qualités administratives par un grand charme personnel. Bien que plus de prisonniers s'évadent de la prison de Schenectady que de partout ailleurs dans l'État de New York, Barney avait toujours une explication plausible qui le disculpait ainsi que son équipe, et assez d'habileté pour la faire accepter. Comme le fit remarquer l'un de ses collègues : « Il finissait toujours par rattraper les prisonniers qui s'échappaient, même si ça lui prenait un an ou deux. »

Barney était un politicien consommé. Il avait toujours une histoire drôle à raconter sur ses opposants démocrates, et ne manquait aucune veillée mortuaire politiquement importante. Il connaissait bien l'entrepreneur des pompes funèbres, et alla même jusqu'à faire de Larry Daly son shérif adjoint pour un temps.

A partir de là, on comprend que Moira Coons soit allée le voir pour lui faire part de ses soupçons. Mais on comprend aussi que cet entretien n'ait eu aucun résultat. La plupart des membres de l'équipe du shérif étaient employés à mi-temps et sous-payés, et ils étaient surtout chargés de patrouiller dans le comté et de surveiller la prison. Bien que Barney Waldron soit habilité à ouvrir une enquête criminelle, il n'avait ni l'argent ni la compétence nécessaires. Il était aussi conscient des conséquences politiques qu'il y avait à trop se disperser. Procéder aux arrestations des citoyens de Schenectady n'était tout simplement pas dans sa ligne de conduite; d'ailleurs, ceux qui travaillaient avec lui auraient été bien en peine de se rappeler quand c'était arrivé pour la dernière fois.

Plusieurs années après, Moira se souvint très bien de la conversation qu'elle eut avec lui. « J'ai dit à Barney que je trouvais bizarre que tous ces bébés meurent comme ça. C'était tellement anormal. Je lui ai fait part de mes soupçons. »

– Vous devez connaître les gens de l'entreprise des pompes funèbres. Vous ne pensez pas qu'il faudrait voir s'il n'y a pas quelque chose de louche là-dessous ?

– Eh bien, si vous le pensez, Moira, pourquoi ne mèneriez-vous pas votre propre enquête ?

– Mais vous plaisantez, Barney, je lui ai répondu. Ce serait tellement plus simple si c'était vous qui alliez chez Daly.

« Je suis sûre que Barney connaissait Larry Daly. Tout le monde connaît Larry. Mais il n'a rien fait. Moi non plus. Et aujourd'hui, je me sens coupable. »

Au moment du procès de Marybeth en 1987, Barney Waldront fut interrogé à propos de cette conversation. Il répondit qu'il ne s'en souvenait pas, et qu'il se demandait même si elle avait jamais eu lieu.

11

Chaque fois que les gens commençaient à avoir des soupçons, elle cessait de les voir et se mettait à voir quelqu'un d'autre.

Une assistante sociale.

Le dernier déménagement des Tinning, alors que Marybeth était enceinte de Nathan, vit le début d'une nouvelle amitié tout à fait inattendue. Pressés par le propriétaire de Cleveland Avenue de trouver un autre appartement, ils avaient répondu à une petite annonce parue dans la *Schenectady Gazette.* Un rendez-vous avait été pris par téléphone avec Charles « Chuck » Ray, le propriétaire du 341, McClellan Street. Quand celui-ci leur ouvrit la porte de chez lui, un soir, Marybeth s'exclama, surprise : « Oh, mon Dieu ! Mais c'est le postier ! »

Chuck Ray avait l'habitude de s'arrêter au Flavorland du Shoporama pour sa pause de midi. Marybeth et lui se voyaient tous les jours, ils se tutoyaient et s'appelaient par leur prénom depuis un certain temps sans savoir grand-chose l'un sur l'autre. Chuck était chaleureux, extraverti, grand et bel homme. Marybeth se montrait toujours aimable et souriante avec des clients aussi bien disposés. A présent, elle découvrait avec surprise une autre facette de sa personnalité, celle d'un propriétaire astucieux.

Au début de leur mariage, Chuck et Janet Ray avaient acheté la maison de McClellan Street, occupant l'un des appartements et louant l'autre pour rembourser le prêt. Au bout de quelques années, ils emménagèrent dans la demeure de leurs rêves, une très belle maison moderne au milieu des bois dans la commune de Guilderland, à environ quatre kilomètres au sud de Schenectady. Au lieu de vendre McClellan Street, ils décidèrent de le garder et de le louer. Chuck tenait à avoir des locataires dignes de confiance, même s'il devait pour cela louer son appartement moins cher. Joe et Marybeth étaient, à ses yeux, exactement le genre de personnes qu'il cherchait, et il accepta de leur laisser l'appartement du premier étage contre un loyer qui équivalait environ aux deux tiers de ce qu'ils auraient payé ailleurs. Il ne savait pas, bien sûr, que leur ancien propriétaire les avait mis à la porte, et se doutait encore moins des raisons de son geste. Se fiant sur ce qu'il connaissait déjà de Marybeth, il ne jugea pas utile de leur demander des références.

Joe s'occupa du déménagement au moment où Marybeth se trouvait à l'hôpital pour la naissance de Nathan. Chuck Ray adorait les enfants, et donc, un dimanche matin après la messe, il emmena Janet et leurs petites filles à McClellan Street voir le nouveau bébé. Ce fut la seule fois où il vit Nathan. Cinq mois plus tard, alors que Chuck accomplissait son service dans la marine en tant que réserviste, Nathan mourut.

Chuck et Janet allèrent de nouveau rendre visite aux Tinning, cette fois pour présenter leurs condoléances. Après quelque temps, les deux familles finirent par faire du camping ensemble – dans les Catskills, et une autre fois sur les côtes du Maine et du Massachusetts. Les Ray possédaient une caravane familiale. Les Tinning en achetèrent une, plus petite et d'occasion. A plusieurs reprises, ils passèrent de bonnes vacances ensemble.

Joe avait souvent fait du camping avec ses parents quand il était petit, mais, pour Marybeth, c'était une nouvelle expérience qu'elle appréhendait terriblement. « Une fois, nous avons fait une randonnée et nous sommes arrivés à un endroit où nous avons dû escalader quelques rochers, se rappela Chuck. Elle n'arrêtait pas de dire qu'elle n'y arriverait pas, alors que je lui montrais, pas à pas, où mettre les pieds. Jamais je n'avais rencontré quelqu'un qui manque autant d'assurance. »

Les Ray trouvaient que leurs nouveaux amis formaient un couple sympathique; ils s'étaient bien entendu rendu compte que Marybeth dominait. Elle pouvait se montrer exigeante et irascible, et détestait qu'on se moque d'elle; mais, après tout ce qu'elle avait vécu, ils ne pouvaient que fermer les yeux sur ses petites manies. Elle leur avait raconté qu'avant Nathan, elle avait perdu son père et trois enfants dans une période de soixante jours – en fait, six mois s'étaient écoulés entre la première et la dernière mort. Elle ne leur parla jamais de Timothy, son quatrième enfant. Pour Chuck et Janet, Nathan était le quatrième.

Marybeth pouvait aussi être très attachante, préparant des surprises et offrant de superbes cadeaux à Chuck et à Janet, aussi bien qu'à Joe. Joe, lui, leur paraissait être quelqu'un sur qui l'on peut compter, d'humeur égale, et plus prudent dans ses dépenses que sa femme.

« Marybeth pouvait piquer des colères terribles, déclara Chuck, mais jamais je n'ai vu Joe en colère. »

Les Tinning semblaient très heureux dans leur nouvel appartement. Il était agréable et relativement spacieux, et Marybeth éprouva un grand plaisir à le décorer. Sans enfant, elle n'avait que son intérieur et son travail pour s'occuper. On la voyait souvent sur McClellan Street, vêtue de son uniforme – une robe bleu clair en polyester bordée d'une ganse blanche qu'elle portait avec des talons plats –, qui se hâtait vers le Flavorland. Dans cette tenue qui lui était imposée, elle avait l'air très à l'aise. Mais parfois, il lui arrivait de se mettre dans tous ses états parce qu'elle ne savait pas quels vêtements porter. Elle finissait généralement par adopter la mise classique de la ménagère : pantalon en polyester ou jupe portefeuille avec un haut en tricot ou un chemisier en coton.

Quand il lui fallait porter quelque chose de spécial, elle demandait conseil à Carol. Sa belle-sœur avait du style et une assurance que Marybeth lui enviait. Le goût de Carol se reflétait dans l'originalité de sa mise et dans la façon dont elle avait décoré son intérieur. Andy et elle avaient fait mettre des poutres en bois pour donner à leur banale maison moderne l'apparence d'un charmant cottage. Des plantes vertes à profusion la rendaient encore plus accueillante. C'était exactement le genre de touche personnelle dont Marybeth était incapable.

Les relations entre les deux belles-sœurs étaient tendues et difficiles. Marybeth donnait l'impression d'envier Carol tout en ne l'aimant pas. Sur ce point, cependant, elle avait l'avantage : elle était celle qui était acceptée, même chérie, par les parents de Joe. Elle était aussi la seule susceptible de leur donner les petits-enfants qu'ils désiraient tant. Joe et Andy étaient la sixième génération de Tinning à vivre dans cette région des États-Unis; leurs parents se targuaient d'avoir eu des ancêtres anglais, et c'était pour eux une question de fierté que de perpétuer le nom de Tinning. Quand Marybeth donnait naissance à un enfant, ils étaient aux petits soins pour elle, et quand l'enfant mourait, ils pleuraient avec elle et Joe. Edna Tinning persistait à croire qu'une incompatibilité génétique entre son fils et sa belle-fille était responsable de ces décès répétés et elle admirait Marybeth de continuer à vouloir des enfants.

Carol et Andy, eux, avaient décidé de ne pas en avoir. Entre la maladie dont souffrait Joel depuis la naissance et les problèmes génétiques qu'on soupçonnait dans la famille, ils avaient estimé qu'il était plus sûr d'adopter. Amanda, un joli petit bébé tout blond, n'avait que cinq jours quand elle arriva chez eux en septembre 1977, où elle fut immédiatement aimée et choyée. Sa présence les rapprocha des parents Tinning.

Deux ans s'étaient écoulés depuis la mort de Nathan. C'était, depuis le mariage de Marybeth douze ans plus tôt, sa plus longue période sans enfant. Elle semblait d'ailleurs s'en inquiéter et ne paraissait guère apprécier qu'Amanda soit aussi le centre d'attention. C'est pourquoi elle prit rendez-vous avec son ancien obstétricien, le Dr August Schwenk, et lui demanda de l'aider dans ce qu'elle lui décrivit comme un problème de stérilité. Elle avait une trentaine d'années et avait déjà mené à terme cinq grossesses.

« Quand elle est venue me voir, nous avons été tous très gentils avec elle, mais nous lui avons conseillé d'aller voir un autre médecin », se rappela-t-il.

Marybeth, qui voulait toujours faire mieux que Carol, décida d'adopter à son tour un enfant. Cependant, dans les années 70, il était devenu impossible de passer par les réseaux établis des agences d'adoption; cela signifiait une enquête sans fin sur la famille et une attente interminable pour obtenir un enfant blanc, en bonne santé et adoptable. La légalisation de l'avortement et le changement d'attitude de la société à l'égard des mères célibataires avaient pratiquement éliminé la source d'approvisionnement traditionnel, la fille-mère.

Il existait un autre moyen, que les agences d'adoption voyaient d'un mauvais œil. Des avocats et des médecins agissaient en tant qu'intermédiaires, encourageant des femmes enceintes non mariées à ne pas avorter mais à céder par écrit leur bébé à un couple sans enfant. L'argent, une somme forfaitaire pour la mère et une commission pour le courtier, passait de la main à la main. Dans la plupart des cas, le courtier ne révélait pas l'identité de la mère au couple et inversement.

Marybeth et Joe passèrent par une telle procédure. Marybeth en donna plusieurs versions. Dans l'une d'elles, l'intermédiaire était une femme médecin de Guilderland. Dans une autre, un avocat d'Albany. Et dans les deux cas, la personne était si touchée par ce que Marybeth avait vécu qu'elle s'arrangeait pour que l'adoption se fasse exceptionnellement vite. Marybeth annonça à une collègue du Flavorland qu'elle avait dû payer cinq mille dollars.

Joe et elle apprirent qu'un bébé les attendrait au début du printemps 1978. Mais, alors que la date approchait, une complication survint : Marybeth se retrouva enceinte.

La réaction de Marybeth fut tout autre que lorsqu'elle avait des enfants en nourrice. Bien qu'elle ait pu faire machine arrière, elle devint encore plus déterminée à adopter ce bébé. Elle craignait même qu'on le lui refuse parce qu'elle était enceinte.

En l'espace de trois mois, elle fut mère par deux fois. Michael, son fils adoptif, naquit le 3 août 1978. Une voisine se rappela le jour de son arrivée chez Marybeth, et le plaisir de celle-ci : « Elle était sur un petit nuage, aux anges. » Mary Frances, sa fille, vit le jour le 29 octobre. Comme ses cinq frères et sœurs décédés, c'était un joli petit bébé blond. Michael, lui, était très différent. Marybeth expliquait son teint mat et ses cheveux noirs par ses origines italiennes – son père était italien. Sa mère était, d'après elle, une jeune femme non mariée de Schenectady, d'origine anglo-saxonne. Les deux bébés étaient en pleine forme et très beaux – Michael avec son teint hâlé, et Mary Frances avec ses traits et son teint délicats.

– Avec ces deux bébés, tu dois être content, fit observer Chuck Ray à Joe.

– Oui. Je suis comblé maintenant, répondit Joe.

« Joe aimait autant les bébés que moi, raconta Chuck. Avec Janet, on a fini par s'attacher à Mary Frances et à Michael. Pour Noël, on est tous allés faire des courses ensemble au centre commercial, et je me souviens que Marybeth poussait Mary Frances dans sa poussette. Joe et elle semblaient tellement heureux de former à nouveau une famille. »

Marybeth emmena ses bébés au Flavorland pour les présenter au personnel. Sue Normington se rappelait encore avoir porté Mary Frances pendant que Marybeth bavardait. Elle était tellement occupée à parler qu'elle avait posé la petite fille sur un tabouret contre le comptoir. Quand Sue vit qu'elle pouvait facilement tomber, elle la prit dans ses bras et la cajola en attendant que Marybeth ait fini sa conversation. Mary Frances portait un ensemble rose en tricot, et avec ses cheveux blonds, on aurait dit une Marybeth enfant. Sue trouvait qu'elle était tout simplement adorable.

Le 20 janvier 1979, la tragédie frappa de nouveau. Marybeth partit en toute hâte avec Mary Frances pour les urgences du St. Clare. La petite fille était inconsciente et Marybeth raconta la même histoire que d'habitude : elle avait trouvé l'enfant immobile dans son berceau. L'équipe des urgences parvint à la réanimer en lui faisant respirer de l'oxygène avant que le cerveau ne soit atteint.

Mary Frances avait trois mois, un âge où l'on redoute souvent la mort subite du nourrisson. Par ailleurs, ses symptômes correspondaient à ce que l'on savait alors de ce syndrome, c'est-à-dire pas grand-chose. Comme on commençait tout juste à le comprendre à cette époque, la mort subite du nourrisson est due à un dysfonctionnement du tronc cérébral, lequel entraîne l'arrêt de la respiration. On estime que seul un très faible pourcentage d'enfants courait ce risque, et uniquement dans les premiers mois de leur vie. Dans certains cas, le mécanisme de la respiration peut n'être défectueux que momentanément. Tel le moteur d'une voiture qui crachotte, semble être sur le point de s'arrêter, puis repart, un bébé peut rester suspendu entre la vie et la mort puis se remettre à respirer normalement sans qu'il y ait la moindre séquelle. Vu de l'extérieur, c'était tout à fait ce qui avait pu arriver à Mary Frances. Bien qu'elle donnât tous les signes d'un complet rétablissement, les médecins du St. Clare insistèrent pour la garder sous surveillance pendant deux semaines.

Parmi les médecins et les infirmières qui travaillaient au service de pédiatrie, les avis divergeaient sur la cause de cette crise. Certains se méfiaient de Marybeth, d'autres estimaient qu'il devait y avoir une anomalie génétique dans la famille. Mais aucun ne voulait croire qu'elle ait pu faire quoi que ce soit à Mary Frances ou à ces cinq autres enfants ; un acte aussi diabolique était tout simplement impensable. Tous les membres de l'équipe médicale qui furent en contact avec elle la trouvèrent cependant bizarre et tous furent troublés par l'habitude déconcertante qu'elle avait de ne pas regarder les gens dans les yeux quand elle leur parlait. En même temps, Marybeth semblait être sincèrement attachée à ses bébés. Les infirmières qui travaillaient dans les maternités ou les services pédiatriques finissent par savoir d'instinct quand un enfant se sent sécurisé et aimé, ou au contraire quand il se sent isolé et abandonné, et plusieurs d'entre elles affirmèrent que tout chez Mary Frances indiquait qu'elle avait été aimée depuis le jour de sa naissance.

D'autres facteurs penchaient en faveur de Marybeth. Le fait d'abord qu'elle acceptât que les dossiers de ses enfants décédés à l'hôpital Ellis soient envoyés au St. Clare. Elle aurait pu refuser; elle ne chercha pas à discuter.

Et puis, elle avait aussi le soutien de son pédiatre. Le Dr Mele, chef du service pédiatrique de l'hôpital St. Clare, était l'un des médecins les plus respectés de Schenectady, et pour le Dr Mele, Marybeth était innocente. Il faisait partie de ces médecins de famille de la vieille école capables de passer la nuit au chevet d'un enfant malade, et qui ne refusent jamais de recevoir des patients sous prétexte qu'ils ne peuvent pas payer. De tous les médecins de la ville, il était probablement celui à qui l'on devait le plus d'argent et celui qui le réclamait le moins. Petit, nerveux, colérique, doté d'un fort accent italien, c'était un homme adorable et admirable, et pendant longtemps il refusa de croire que Marybeth puisse être en quoi que ce soit responsable de la mort de ses enfants. Les enfants de Marybeth lui avaient toujours paru heureux et choyés. Frustré de ne pas parvenir à diagnostiquer la cause de leur mort, Dominick Mele fouillait sa mémoire et ses ouvrages de médecine, à la recherche d'une maladie obscure ou d'une aberration génétique. Il était le pédiatre de Marybeth depuis la naissance de Nathan et, averti des antécédents familiaux, il avait espéré épargner l'enfant du syndrome de la mort subite du nourrisson en recommandant formellement une surveillance par moniteur. Mais même si un tel appareil avait été en marche au moment où Nathan avait cessé de respirer, il ne l'aurait peut-être pas sauvé. A présent, c'était Mary Frances qui venait tout juste d'échapper au même sort.

Lorsque certaines infirmières du St. Clare suggérèrent timidement que Marybeth avait peut-être fait quelque chose à ses enfants, il prit aussitôt sa défense et déclara que c'était une bonne mère. La seule conclusion à laquelle il était arrivé était qu'il y avait un « gène de la mort » dans la famille, et qu'il était bien déterminé à le trouver.

L'attitude de Marybeth quand Mary Frances fut hospitalisée fut ce qui joua le plus en sa faveur. Elle passait ses journées au chevet de sa fille, dormait sur place, parfois sur un lit de camp, parfois tout simplement sur une chaise dans la salle d'attente. Dès qu'une infirmière bienveillante voulait bien l'écouter, elle lui confiait ses angoisses. Elle parlait de sa solitude et de son isolement, de ses amis qui avaient cessé de la voir, des voisins qui changeaient de trottoir pour éviter de passer devant sa maison comme si elle était frappée par la peste, de leurs soupçons murmurés du bout des lèvres. Même sa propre mère, disait-elle, l'avait rejetée.

Elle avait l'air si bouleversée, si désespérément seule qu'il était difficile de ne pas avoir pitié d'elle. Ou de ne pas croire à son histoire. Pourtant, il y avait toujours cette bizarrerie en elle, cette façon dont elle évitait de regarder les gens dans les yeux, l'impression qu'elle ne pensait pas ce qu'elle disait.

« Vous aviez envie de la prendre dans vos bras et de lui dire " Ma pauvre petite ", raconta Trish McBreen, une infirmière qui travaillait dans le service à cette époque. Elle semblait tellement sans défense. Mais en même temps, vous ne pouviez pas vous empêcher de penser que c'était peut-être un cas à signaler au Bureau d'aide sociale. »

Pat Pilcher, l'infirmière en chef de l'équipe de jour, avait la même impression. « Chaque fois que je lui parlais, je ne savais que penser, dit-elle. J'étais au courant des précédents décès, et mon sentiment était qu'elle avait peut-être asphyxié ces bébés. Mais elle avait tellement le comportement d'une mère normale... Quand elle me racontait que les gens la soupçonnaient alors qu'elle était innocente, je finissais presque par en être convaincue. Pourtant, il y avait toujours quelque chose qui me retenait de la croire tout à fait. Elle ne me regardait jamais dans les yeux quand elle me parlait. Soit elle les baissait, soit elle regardait de côté. »

Depuis qu'une infirmière de l'hôpital Ellis s'était entendu dire par un médecin de garder pour elle ses soupçons sur Marybeth, il y avait eu des changements considérables dans le système. Un service pour la Protection de l'enfance avait été créé au sein du Bureau d'aide sociale de Schenectady. Les infirmières étaient donc libres de faire part de leurs soupçons, sans en avertir au préalable les médecins et sans courir le risque de représailles en cas d'erreur. Leur anonymat et leur réputation professionnelle étaient protégés. Si ce service était malheureusement loin d'être le plus compétent et le plus efficace, les gens qui y travaillaient étaient bienveillants et pleins de bonnes intentions. Et ils étaient tenus d'ouvrir une enquête dès que l'on suspectait les moindres sévices.

Pour Trish McBreen, cela ne faisait aucun doute que l'accident de Mary Frances Tinning était dû à une négligence de la part des parents, et son devoir était donc de le signaler. Pat Pilcher avait le même sentiment, et, puisqu'elle était l'infirmière en chef, elle proposa de s'en charger. Elle eut toutefois la courtoisie d'en discuter d'abord avec le Dr Mele et ne fut guère surprise par son total désaccord. Avait-elle des preuves de ce qu'elle avançait ? lui demanda-t-il en lui faisant remarquer que Marybeth se trouvait en ce moment même au chevet de sa petite fille.

Les infirmières avaient cependant eu, davantage que lui, l'occasion d'observer Marybeth. Comme Trish McBreen, Pat Pilcher avait noté ce qu'elle décrivit comme « une dichotomie entre ce qu'elle disait et la manière dont elle se comportait. » Ce n'était pas la première fois qu'elle discutait de Marybeth avec le Dr Mele, pour qui elle avait, par ailleurs, énormément de respect.

Elle se sentait en outre suffisamment à l'aise avec lui pour lui déclarer qu'à son avis sa théorie sur un « gène de la mort » était utopique. Pour elle, il y avait une explication bien plus sinistre au fléau qui dévastait la famille Tinning. Malgré ses arguments, le Dr Mele ne parvint pas à la dissuader d'appeler la permanence pour la Protection de l'enfance; elle accepta toutefois de prévenir Marybeth de sa démarche et, rassemblant tout son courage, elle alla la voir. Le calme de Marybeth la surprit. Elle n'exprima ni outrage ni peur, elle ne supplia pas, elle se résigna, tout simplement.

Pat décida de consigner soigneusement par écrit tout ce qui se passait entre la mère et la fille. Elle demanda donc aux infirmières de jour de noter le temps que Marybeth passait avec Mary Frances et son comportement à son égard. A mesure que les jours s'écoulaient, cela finit par devenir un catalogue de banalités : « Mère berçant son bébé pendant une demi-heure... Mère parlant à son bébé... Mère donnant à manger à son bébé... Mère inquiète que son bébé ne finisse pas son biberon... » C'était l'histoire de n'importe quelle mère au chevet de son enfant malade.

Comme autre précaution, une seconde équipe d'infirmières eut pour mission de surveiller Mary Frances jour et nuit. Certaines infirmières allèrent voir Pat pour lui expliquer qu'elles préféraient ne pas être mêlées à tout ça.

« Cette mission signifiait qu'elles seraient en contact perpétuel avec Marybeth, et certaines ne s'en sentaient pas capables parce qu'elles la soupçonnaient d'avoir essayé de faire du mal à son bébé, expliqua Pat. Elles avaient peur de ne pas pouvoir lui parler comme à une personne normale. J'ai très bien compris. »

En réponse à l'appel de Pat Pilcher, une assistante sociale vint au St. Clare et interrogea Marybeth ainsi que le personnel de l'hôpital. Les infirmières n'avaient que des soupçons et n'étaient pas toutes du même avis. Dans le service, un seul pédiatre la soupçonnait. Mais il semble que le plus catégorique fut le Dr Mele, et pour lui, il n'y avait pas l'ombre d'un doute que Marybeth était une bonne mère. Il n'y avait par conséquent tout simplement pas assez de preuves pour engager quoi que ce soit, et à ce moment-là Mary Frances se portait si bien qu'il était inutile de la garder à l'hôpital.

Toujours à l'affût d'une erreur génétique qu'il n'aurait pas vue, le Dr Mele décida toutefois de la faire examiner par les meilleurs spécialistes du pays. Il s'arrangea donc pour qu'on la conduise en ambulance au prestigieux Hôpital des enfants de Boston, à trois cent vingt kilomètres de Schenectady. Mary Frances y resta plusieurs jours, durant lesquels on lui fit des examens chromosomiques, des scanners, des rayons X et des tests cardiaques et sanguins. Tout était normal. Les médecins de Boston préconisèrent tout de même l'utilisation d'un moniteur. Et c'est avec cet appareil que Marybeth la ramena chez elle.

12

Nous avions envie de lui prendre son bébé. C'était une petite fille si mignonne, et nous savions qu'il lui arriverait quelque chose.

Une serveuse du Flavorland.

Le 20 février 1979, un mois jour pour jour après la première admission de Mary Frances au St. Clare, Marybeth la ramena aux urgences : son cœur s'était arrêté de battre. Elle raconta qu'elle lui avait donné à manger vers 6 heures 30, puis qu'elle l'avait recouchée. Une heure plus tard, elle avait entendu l'alarme du moniteur et avait trouvé son enfant inconsciente dans son berceau.

Cette fois-ci, il était trop tard pour faire quoi que ce soit. Les médecins parvinrent à la réanimer, mais le cerveau avait été atteint de manière irréversible. Elle fut emmenée au service de réanimation. Les infirmières qui s'étaient si scrupuleusement occupées d'elle lors de son premier séjour au St. Clare eurent le cœur brisé quand elles la virent dans cet état. Et elles se posaient mille questions.

Quel que soit le moyen par lequel Marybeth s'était rendue au St. Clare – à pied, en voiture ou en ambulance –, cela prenait cinq minutes. Un bébé peut mourir en cinq minutes. Pourquoi n'avait-elle pas essayé de sauver Mary Frances elle-même ? Pourquoi ces accidents survenaient-ils systématiquement quand elle était seule ? Mais, si elle en était d'une façon ou d'une autre responsable, pourquoi retournait-elle toujours au même hôpital ?

Le St. Clare se trouvait, bien sûr, plus près de chez elle.

Et, des deux hôpitaux de Schenectady, Marybeth s'y sentait le plus à l'aise. A une époque, elle avait semblé préférer le Ellis, mais après qu'elle y eut emmené Joey, Barbara et Timothy – trois épisodes mortels en l'espace de deux ans –, un membre de l'équipe médicale lui avait froidement déclaré qu'à moins que son intention soit de remplir le cimetière, elle ferait mieux de se faire ligaturer les trompes. Dans un hôpital catholique, il était peu vraisemblable qu'on lui fasse une telle remarque.

La plupart des médecins du St. Clare affichaient, du fait de leur culture, une attitude fataliste face à la mort infantile : en tant qu'Indiens, Philippins et Chinois, ils avaient appris à l'accepter comme faisant partie de la vie. C'est pourquoi, en présence d'une femme qui persistait à avoir des enfants quand ils mouraient tous les uns après les autres, ils hésitaient à poser des questions. Leurs collègues du Ellis se montraient, en revanche, plus méfiants. Quoi qu'il en soit, Marybeth préféra les éviter.

Chuck Ray se rappela avec tristesse les dernières heures de Mary Frances. Les amis de Marybeth ne l'avaient pas délaissée, comme elle le raconta aux infirmières, et sa mère ne l'avait pas rejetée – cela n'arriverait que bien plus tard. Pour l'heure, Chuck Ray passait la majeure partie de son temps libre à l'hôpital, il faisait les courses des Tinning, il tenait compagnie à Joe et à Marybeth dans la salle d'attente pendant que les parents de Joe gardaient Michael; comme lors du dernier séjour de Mary Frances à l'hôpital, tout le monde s'était proposé pour leur venir en aide. Joe rejoignait Marybeth tous les soirs après son travail, mais il était si replié sur lui-même qu'il était difficile de dire ce qu'il pensait.

Durant les deux jours qui précédèrent la mort de Mary Frances, Marybeth eut le comportement de n'importe quelle mère qui perd son enfant bien-aimé. Elle pleurait et demandait sans cesse si l'on ne pouvait rien faire pour sauver son bébé.

On lui annonça que le Dr Mele voulait transférer Mary Frances au centre médical d'Albany, à vingt kilomètres de là, où se trouvait une unité de réanimation et de pédiatrie néonatale.

– Pourront-ils faire quelque chose pour elle? demanda Marybeth.

– Non, lui répondit-on. Ce sera juste pour la soulager.

– Alors, je ne veux pas qu'on l'y envoie, répliqua-t-elle.

« Elle m'a demandé si à mon avis Mary Frances s'en sortirait, raconta Pat Pilcher, et je lui ai répondu : “ Non. Nous nous contentons simplement de la maintenir en vie. ” Elle semblait absolument bouleversée. Quand elle a fini par accepter que Mary Frances ne se réveillerait pas, elle m'a dit qu'elle voulait qu'elle meure ici. »

Dans la mesure où il n'y avait aucune activité cérébrale, l'hôpital catholique autorisait le débranchement de l'appareil qui maintenait le bébé en état de survie. C'était aux parents de prendre la décision, c'est-à-dire à Marybeth. Tous les membres de l'équipe médicale lui conseillèrent de le faire, mais elle ne parvenait pas à s'y résoudre.

Chuck Ray tenta également de la convaincre.

– La petite Mary Frances que nous avons tous connue est partie, lui dit-il. Mais il te reste Michael, et il a besoin de toi.

Marybeth était inflexible.

– J'attendrai que son cœur s'arrête de battre pour débrancher cette machine.

– Et pendant combien de temps penses-tu attendre ?

– Je ne sais pas. Mais je resterai ici le temps que cela prendra.

Cela, en fait, ne devait pas prendre longtemps. Mais Chuck ne le savait pas.

– Michael aura peut-être huit ans quand son cœur s'arrêtera de battre, dit-il.

Au bout de deux jours, Marybeth finit par accepter. « Les prêtres, les infirmières, tout le monde lui répétait qu'il était inutile de maintenir Mary Frances en vie, raconta Chuck. Si j'avais été à la place de Marybeth, je me serais battu comme elle. Ce qui ne veut pas dire qu'elle avait raison. A la fin, je crois que j'ai été pour une grande part dans sa décision de débrancher l'appareil. »

Le Dr Alan Lobovits, le pédiatre en chef du St. Clare, rédigea pour le Dr Mele un long résumé sur le cas de Mary Frances et recommanda que l'on procède à une autopsie minutieuse. Il exprima très franchement son point de vue selon lequel Mary Frances n'était peut-être pas morte naturellement. Tandis qu'elle était maintenue en vie, il avait consulté d'autres spécialistes qui lui avaient parlé de quelques rares maladies pouvant être responsables de sa mort. Mais aucune ne correspondait aux symptômes qu'il avait observés, ou au passé médical de l'enfant.

L'autopsie fut pratiquée au St. Clare par le Dr Janet Christmas, une anatomopathologiste expérimentée. « A cause de tout ce qui était arrivé, je me souviens très bien de lui avoir demandé d'être particulièrement attentive », déclara le Dr Lobovits.

Et c'est ce qu'elle fit. Mais, comme elle l'expliqua plus tard : « Chez un enfant, on ne peut pas savoir s'il y a eu étouffement ou non. Cela ressemble trop à une mort subite du nourrisson. »

Le Dr Christmas connaissait bien la famille Tinning. Sept ans plus tôt, elle avait procédé à l'autopsie de Jennifer et avait trouvé « d'énormes abcès au cerveau ». Au fil des années, elle s'était demandé si le choc dû à la mort de ce bébé âgé d'une semaine n'avait pas « perturbé l'équilibre mental de la mère ». Elle était donc tout à fait consciente de ce que la mort de Mary Frances pouvait impliquer.

A la fin de son examen, le Dr Christmas éprouva une immense frustration : « J'ai vérifié tout ce à quoi je pouvais penser, dit-elle. J'ai regardé le cœur, j'ai fait faire plusieurs cultures de bactéries, j'ai vérifié la présence de drogue ou de poison, et tous ces tests étaient négatifs. La seule possibilité, c'était un problème cardiaque qu'on n'aurait pu déceler. Et à cause des changements qui interviennent après la mort, on ne peut pas tout voir à une autopsie. On avait donc des soupçons, mais on ne pouvait rien prouver. »

Sur le rapport d'autopsie, elle écrivit : « Aucune cause anatomique de mort », avec l'intention de ne pas fermer le dossier. Mais le Dr Mele signa le certificat de décès et inscrivit comme cause de mort le syndrome de la mort subite du nourrisson. Bien que cela ne contredise pas réellement le verdict du Dr Christmas (puisque le syndrome de la mort subite du nourrisson n'est pas, au sens strict, un diagnostic), cela revenait tout bonnement à fermer le dossier et à mettre un terme à toute enquête par le médecin légiste, dans la mesure où il n'est pas obligatoire de lui signaler les cas de mort subite. Selon les rapports officiels, il n'y avait aucune raison de soupçonner quoi que ce soit dans la mort de Mary Frances Tinning et, comme le district attorney le dit aux officiers de police Dan O'Connor et John Zampella, aucune raison d'ouvrir une enquête.

Trois semaines après la mort de Mary Frances, Marybeth et Joe reçurent une lettre très émouvante du Dr William Berenberg, le spécialiste qui avait supervisé les examens métaboliques de Mary Frances à l'Hôpital des enfants de Boston. Le Dr Berenberg, professeur de pédiatrie à Harvard, n'était pas au courant des cinq morts précédentes et, comme il l'expliqua plus tard, il n'avait « aucune raison de soupçonner quoi que ce soit d'immoral dans cette affaire ». Le 15 mars 1979, il écrivit à Marybeth et à Joe : « J'ai appelé le Dr Mele hier et j'ai appris la triste nouvelle pour Mary Frances. Je sais que vous avez tous les deux fait votre possible pour éviter cette tragique fin. Tous les tests auxquels nous avons procédé ici ont été négatifs. Mais je persiste à penser que la première difficulté est due à une erreur métabolique inhabituelle, contre laquelle on n'aurait rien pu faire. Je vous prie d'accepter mes plus sincères condoléances. »

Mary Frances fut enterrée aux côtés de ses cinq frères et sœurs par une morne journée de février. Malgré l'hiver glacial, il n'y eut qu'un tout petit peu moins de monde que d'habitude au service célébré au Daly Funeral Home, et quinze personnes au moins se rendirent au cimetière. Chuck Ray, qui n'était pas accoutumé à l'absence d'émotion des enterrements Tinning, eut l'impression que « Marybeth se sentait plutôt bien ». Il fut également surpris qu'elle fût d'une autre confession. Comme Joe, Janet et lui-même, Chuck était persuadé que Marybeth était protestante.

La religion semblait bien moins importante aux yeux de Marybeth qu'elle ne l'avait été jusqu'alors. Le fait qu'elle n'en ait jamais parlé aux Ray en quatre ans d'amitié l'atteste. Son attitude presque désinvolte quant au baptême de Mary Frances également. Elle attendit en effet que la vie du bébé soit en danger pour la faire baptiser à l'hôpital. Onze ans auparavant, elle s'était donné un mal fou pour faire baptiser Barbara, son premier enfant. Dans la congrégation catholique qu'elle fréquentait alors, les prêtres et les fidèles étaient essentiellement des Italo-Américains, qui lui firent clairement comprendre qu'elle et sa fille, de souche anglo-irlandaise, n'étaient pas des leurs. « Nous avions alors un prêtre âgé qui refusa de baptiser Barbara parce que les Tinning n'étaient pas italiens. Il était d'accord pour que Marybeth fréquente son église et lui donne de l'argent, mais pas pour qu'elle reçoive les sacrements. Marybeth a donc emmené sa fille à l'église St. Thomas, à deux rues de là, et elle l'a fait baptiser », raconta par la suite un des paroissiens.

Marybeth tenait à ce que Barbara ait un baptême catholique, bien que cela n'enchantât guère ses beaux-parents. Elle invoquait sa religion pour expliquer le fait qu'elle continue à avoir des enfants. C'était, disait-elle, contre sa religion d'user de contraceptifs. Sur ce point, Edna Tinning était certainement plus proche de la vérité quand elle disait que sa belle-fille désirait être aimée, et qu'avoir des enfants l'aidait à assouvir ce besoin.

La mère de Marybeth, qui avait élevé sa fille dans la religion catholique, comprenait encore moins ses motivations. De temps en temps, elle demandait aux serveuses du Flavorland : « Pourquoi continue-t-elle à avoir des enfants ? »

La réponse était invariablement la même : « On n'en a aucune idée, madame Roe. »

A la naissance de Mary Frances, Marybeth promit toutefois que cette enfant serait la dernière. Puisque Joe ne s'était toujours pas fait faire une vasectomie, elle finit par se laisser convaincre par ses amis, parents et médecins, de se faire ligaturer les trompes ; du moins, c'est ce qu'elle prétendit. Au grand soulagement de tous ceux qui la connaissaient, Marybeth annonça donc, après la naissance de Mary Frances, qu'elle « s'était fait ligaturer les trompes ». Comme le St. Clare, en tant qu'hôpital catholique, était contre ce genre de procédé, Marybeth expliqua qu'elle était allée au Bellevue, où Timothy était né. Le fait qu'elle soit désormais stérile rendait la mort de Mary Frances, à l'âge de quatre mois, d'autant plus tragique. A présent, il n'y aurait plus d'enfants naturels pour perpétuer le nom de Tinning aux États-Unis.

A nouveau, elle lava les vêtements du bébé, les plia et s'en débarrassa rapidement. Elle n'avait, cette fois, aucune raison de les garder. Chuck et Janet Ray, toujours prêts à l'aider, se chargèrent de les apporter à une association caritative d'Albany. A la mort de Nathan, Marybeth avait tenu à donner ses effets à sa belle-sœur, Sandy Roe, qui était alors enceinte. Sandy s'empressa de donner les affaires de Nathan à une mère dans le besoin, sans lui dire où elle se les était procurés.

« Jamais je n'aurais pu m'en servir, dit-elle. Chaque fois que je les regardais, je voyais des bébés morts. »

Michael, lui, était un bébé resplendissant de santé. Il avait six mois et demi à la mort de Mary Frances. Parmi les serveuses du Flavorland et les voisines de McClellan Street, plusieurs femmes s'étaient tellement entichées de lui qu'elles l'auraient volontiers élevé comme leur propre enfant. Aucune ne manifestait le moindre préjugé devant les origines raciales de Michael qui, à mesure qu'il grandissait, devenaient de plus en plus visibles. Son visage était à présent encadré d'une masse de boucles noires serrées, son nez commençait à s'épater et ses lèvres à devenir charnues, autant de détails qui ne laissaient aucun doute sur ses ancêtres. Michael n'était pas italien, comme Marybeth continuait à l'affirmer, il était noir. Marybeth avait tant de mal à l'accepter que plus l'identité raciale de son fils adoptif devenait évidente, moins elle l'emmenait au Flavorland.

Néanmoins, elle semblait s'être profondément attachée à lui. L'adoption n'ayant pas encore été formellement enregistrée, elle craignait que la mère naturelle ne change d'avis et ne le réclame. Quand la vie de Marybeth n'était pas un drame, elle aimait s'en inventer. Ainsi, elle affirmait avoir surpris dans un restaurant une conversation entre deux femmes à propos du bébé que l'une d'elles avait abandonné : elle se demandait comment découvrir l'adresse des parents adoptifs afin d'aller le leur reprendre. Marybeth était convaincue qu'il s'agissait de la mère de Michael.

Chuck Ray adorait Michael. Il se comportait comme un oncle avec lui. Il essayait aussi de faire tout ce qu'il pouvait pour aider Marybeth et Joe à se remettre de la mort de Mary Frances. Au début du printemps, il leur proposa d'aller camper quelques jours à North Lake, dans les Catskills. Durant ces vacances, Michael devint très grognon. Cela ne lui ressemblait guère. A leur retour à Schenectady, Marybeth l'emmena chez le Dr Mele qui diagnostiqua une hernie.

Michael entra au St. Clare pour une opération de routine. Bien que l'on ne craigne aucune complication, l'équipe médicale se montra plus prudente que d'habitude en voyant le nom de Tinning. Les médecins remarquèrent que la peau, sur le dos de Michael, avait par endroits une pigmentation différente, signe manifeste de ses origines noires. Le chirurgien demanda aussitôt une analyse de sang pour déceler une éventuelle anémie à hématies falciformes, maladie congénitale qui touche uniquement la population noire, et déclara qu'il n'opérerait pas tant qu'il n'aurait pas les résultats.

Marybeth refusa de donner son accord. Malgré toutes les preuves physiques et médicales, elle persistait à dire que Michael n'était pas noir. On lui expliqua que la recherche d'anémie à hématies falciformes était une précaution indispensable car, si Michael était atteint de cette maladie congénitale, le traumatisme de l'opération risquait d'être fatal. Mais Marybeth demeura inflexible. Elle eut une violente dispute avec l'anesthésiste, et finalement, celui-ci renonça à la persuader et Michael fut opéré sans que l'on vérifie l'existence d'une anémie falciforme.

« On était tous sur des charbons ardents, se rappela Pat Pilcher. En tout cas, moi, je l'étais. Marybeth est restée à l'hôpital pendant l'opération et s'est occupée de Michael après. Il allait bien. A nouveau, elle s'est comportée comme une mère dévouée, mais elle ne semblait pas comprendre qu'elle avait pris un sacré risque. »

13

Je n'arrêtais pas de me demander comment mouraient ces bébés, mais qui étais-je pour la montrer du doigt ?

Une voisine.

L'entreprise de pompes funèbres de Larry Daly se trouvait pratiquement en face de chez les Tinning, sur McClellan Street. Larry connaissait bien Marybeth à présent, et il était frappé de voir qu'à chaque fois qu'elle passait devant chez lui, elle était enceinte ou poussait un landau. A la fin de l'été 1979, elle était enceinte *et* poussait un landau en même temps. Michael avait un an, et bien que Marybeth ait raconté à tout le monde qu'elle s'était fait ligaturer les trompes, elle attendait un autre enfant.

Il avait été conçu à peine un mois après la mort de Mary Frances. Les Ray n'avaient pas besoin de donner les vêtements de bébé et les beaux-parents Tinning de désespérer d'avoir des petits-enfants : Marybeth était assurément la femme la plus féconde de tout Schenectady. Si on lui avait vraiment ligaturé les trompes, son opération était l'un de ces très rares cas d'échec. Et c'était, d'après Marybeth exactement ce qui s'était passé. Elle donnait plusieurs versions de sa mésaventure. Dans l'une, l'obstrétricien qui l'avait opérée, consterné par les piètres résultats de son travail, lui avait offert de l'accoucher gratuitement. Dans une autre, c'était une obstétricienne qui s'était chargée de l'opérer. Au dire de Marybeth, elle l'avait invitée à dîner quand elle avait appris qu'elle était enceinte, et avait promis de la réopérer sans frais après la naissance de ce prochain bébé. Quant à la version que Marybeth donna à sa mère, qui était loin d'être enchantée par cette nouvelle grossesse, elle ne s'était fait que « partiellement ligaturer ».

Aucun de ces récits ne correspond aux souvenirs des médecins nommés par Marybeth. L'obstétricien qui lui avait offert de « l'accoucher gratuitement » n'avait pas opéré Marybeth. Il avait tenté de la persuader de le faire, mais elle avait refusé. Quant à l'obstétricienne, elle n'avait jamais vu Marybeth, bien que celle-ci ait vraiment pris rendez-vous pour discuter d'une éventuelle ligature des trompes. Marybeth arriva à son cabinet où on lui annonça que le médecin serait très en retard. Elle attendit quelque temps, puis, excédée, partit et ne revint jamais.

Cette fois, les serveuses du Flavorland se refusèrent à faire une collecte pour Marybeth. Elles étaient trop déconcertées par cette nouvelle grossesse et ne pouvaient s'empêcher de se demander quand serait le prochain enterrement. Certaines étaient très fâchées de se rendre compte que Marybeth leur avait menti au sujet de son opération. Elle leur avait si souvent répété que ces décès successifs étaient dus à un problème génétique qu'elles ne comprenaient pas pourquoi Marybeth persistait à avoir des enfants. Mais c'était l'un des rares points sur lesquels Marybeth excellait : ses grossesses se déroulaient toujours à merveille, et ses bébés étaient toujours très beaux. Elles semblait aussi tirer un plaisir pervers à être ainsi le sujet d'un mystère médical. Quand Mary Frances fut envoyée à l'Hôpital des enfants de Boston, Marybeth annonça avec fierté à qui voulait l'entendre que l'un des plus grands spécialistes du pays procédait à une étude génétique de sa famille. « Et ils ont un dossier sur nous gros comme ça. »

Elle était généralement discrète sur ses grossesses jusqu'au moment où celles-ci devenaient visibles; cela lui était facile dans la mesure où elle ne prenait pas trop de poids. Certaines personnes de sa connaissance la soupçonnaient de cacher son état jusqu'au jour où il était trop tard pour que quiconque puisse lui suggérer d'avorter. A l'évidence, Marybeth tenait à avoir des enfants pour le sentiment d'importance et d'accomplissement que lui procurait cet état.

Elle accoucha de Jonathan, son septième enfant naturel, à l'hôpital St. Clare le 19 novembre 1979. Il était prématuré d'un mois et pesait moins de deux kilos. A l'exception de Jennifer, tous les enfants de Marybeth étaient venus au monde en parfaite santé, mais comme le dit simplement un médecin de Schenectady, Jonathan n'était pas « fini ». Aucune de ses imperfections physiques n'était cependant suffisamment grave pour l'empêcher de mener une vie normale, et les plus sérieuses pouvaient être corrigées par la chirurgie. Toutefois, c'était un beau bébé, blond comme ses six frères et sœurs décédés, mais, sur une photo prise alors qu'il n'avait que quelques jours, il a le regard vide et paraît fatigué.

Parce qu'il était prématuré, et encore plus parce que c'était un Tinning, les infirmières se montrèrent particulièrement vigilantes. L'une d'elles fut frappée par l'attitude de Marybeth.

« C'était différent, dit-elle. D'habitude, les mères de prématurés sont très touchées par l'attention qu'on accorde à leur bébé. Mais Marybeth Tinning, elle, ne réagissait pas comme ça. Quand je lui amenais son bébé, elle ne souriait pas. Elle ne me regardait même pas. C'était rare d'établir un contact visuel avec elle. »

Comme beaucoup d'autres infirmières de la maternité, cette femme était en proie à des sentiments contradictoires. « Quand Marybeth ne se comportait pas normalement, ça ne m'étonnait pas parce que je me disais que n'importe quelle femme ayant perdu autant d'enfants aurait été comme ça. Elle me faisait pitié, mais en même temps je n'arrivais pas à croire que tous ces bébés aient pu mourir, comme ça, du jour au lendemain. Et puis, elle n'arrêtait pas de dire que tout le monde la haïssait parce que les gens pensaient qu'elle avait fait quelque chose à ses enfants. Elle était vraiment étrange. Au début, j'ai même pensé que c'était une sorcière. »

Jonathan resta une semaine de plus que sa mère à l'hôpital. Quand il sortit, il allait beaucoup mieux et le Dr Mele promit de le suivre de près. Ayant dans l'idée que les anomalies de naissance de Jonathan pourraient fournir une indication quant aux problèmes de la famille, il était encore plus déterminé à comprendre leur nature.

Dans un rapport à un autre spécialiste, il écrivit : « J'ai expliqué en détail la situation à la mère. Bien sûr, c'est une telle énigme pour nous tous que je ne peux affirmer qu'elle comprenne vraiment de quoi il s'agit, mais elle est prête à participer et à procéder à tous les tests que j'ai demandés. Elle ne veut pas que ce nouvel enfant lui soit repris. »

Toujours à la recherche d'un éventuel désordre génétique, il passa en revue les dossiers médicaux de tous les enfants Tinning. C'est alors qu'il découvrit quelque chose d'étrange. Chez presque tous on avait noté, lors de leur mort, un excès de carbonate d'ammoniaque dans le sang. L'hyperammoniémie est une complication généralement due à des maladies du foie, comme l'hépatite et la cirrhose. Elle peut provoquer des convulsions et être mortelle, mais elle est rare chez les enfants à moins que l'on ait diagnostiqué chez eux un dysfonctionnement du foie.

Barbara et Joey avaient eu tous deux des convulsions, dont seule Marybeth fut témoin. A leur arrivée aux urgences, on avait constaté un taux de carbonate d'ammoniaque élevé. Ces deux symptômes combinés conduisirent les médecins à diagnostiquer un syndrome de Reye. Quand le Dr Mele consulta leurs dossiers sept ans plus tard, on en savait alors beaucoup plus sur le syndrome de Reye. Les convulsions et l'hyperammoniémie en sont un signe, mais les enfants atteints de ce syndrome ont d'autres symptômes visibles qui n'étaient présents ni chez Barbara ni chez Joey. Quelle que soit la cause de leur mort, il ne pouvait s'agir du syndrome de Reye.

Ils avaient cependant un point commun avec Timothy, Nathan et Mary Frances. Ces trois derniers étaient également atteints d'hyperammoniémie. Étant donné les circonstances de sa mort le taux de carbonate d'ammoniaque de Jennifer n'avait pas été mesuré.

Une fois les pièces de ce puzzle rassemblées, on pouvait théoriquement en conclure que, puisque sur six enfants cinq étaient atteints d'hyperammoniémie, tous les enfants de Joe et de Marybeth avaient peut-être une anomalie génétique de la synthèse de l'urée provocant un excès de carbonate d'ammoniaque dans le sang. Cela avait pu être toxique pour leur cerveau et provoquer leur mort. Des spécialistes de l'Hôpital des enfants de Boston qui avaient examiné Mary Frances avaient songé sérieusement à cette éventualité. Bien que les deux parents soient en bonne santé et qu'on ne leur connaisse aucun trouble génétique, ils pouvaient, l'un ou l'autre, être porteur d'un gène récessif. Mais, même si c'était le cas, il était statistiquement improbable que tous leurs enfants aient été déficients. De plus, les enfants atteints d'anomalies congénitales de la synthèse de l'urée sont malades dès la naissance. Ils ont de fréquentes diarrhées, vomissent beaucoup, et ont un poids insuffisant. Ce n'était le cas d'aucun des enfants de Marybeth. Avant d'être victimes d'une attaque soudaine, ils étaient apparemment en bonne santé. Un autre facteur ne manqua pas de dérouter le Dr Mele : bien que le taux de carbonate d'ammoniaque de Mary Frances fût excessivement élevé lors de son admission à l'hôpital, il redevint normal trois heures plus tard, alors qu'elle était maintenue en état de survie dans la salle de réanimation.

Le Dr Mele était assisté dans ses recherches par une infirmière dévouée, Sandy Ross, qui travailla pour lui pendant vingt et un ans. Sandy adorait les bébés et était très inquiète par ce qui se passait dans la famille Tinning.

« Pensez-vous que quelque chose dans leur appartement puisse tuer ces bébés ? demanda-t-elle un jour au Dr Mele. Un produit chimique dont personne ne soupçonne la présence ? Quelque chose dans l'isolation thermique de la maison ? »

La réponse était non. Il était sûr d'avoir tout vérifié.

Le Dr Mele soignait également les enfants des belles-sœurs de Marybeth. Carol Tinning et Sandy Roe lui parlèrent de leur désarroi face à la mort de tous leurs neveux et nièces, et de leur frustration de ne pas savoir ce qui se passait. Carol pleura à chaudes larmes dans son cabinet après la mort de Timothy. « Ne pouvez-vous pas faire quelque chose pour empêcher que ces bébés meurent ? » le supplia-t-elle.

Comme Chuck Ray le fit remarquer quelques années plus tard : « Nous étions tous si proches que nous ne pouvions pas voir ce qui se passait. »

Chuck eut l'impression qu'après la naissance de Jonathan, Marybeth et Joe les évitaient, Janet et lui. Il pensa qu'ils agissaient de la sorte par égard pour la douleur qu'il avait éprouvé à la mort de Mary Frances.

« Ils savaient que j'étais très attaché à ce bébé, et ils savaient aussi qu'il y avait un risque que Jonathan ne survive pas. Marybeth nous avait raconté que Mary Frances était née sans amygdales, et je m'étais dit que, si son corps ne s'était pas développé parfaitement, peut-être son cerveau ne fonctionnait-il pas correctement, et que c'était pour ça qu'elle était morte. J'étais très naïf. J'ai accepté l'hypothèse d'une maladie génétique. Marybeth nous avait dit que Jonathan était né avec un seul rein, et j'ai pensé qu'elle cherchait à nous épargner au cas où il lui arriverait quelque chose. Ils savaient tous les deux à quel point j'aimais Mary Frances et à quel point j'avais été bouleversé par sa mort. »

Il semble que Chuck eut une prémonition. Un soir, alors que Jonathan avait onze semaines, il reçut un coup de fil de Marybeth.

« Joe ne va pas tarder à arriver chez vous avec Michael, annonça-t-elle. Il faut qu'on emmène Jonathan à l'hôpital. »

Quelques minutes plus tard, Joe sonnait à la porte des Ray,

avec Michael et un sac de jouets dans les bras. Janet et les enfants étaient allés faire des courses. Seul à la maison, Chuck ne savait pas très bien que faire d'un bébé de dix-huit mois. Mais Joe était déjà reparti, et Michael était assis au milieu du séjour avec ses jouets. « Joe devait sans doute savoir qu'il pouvait compter sur nous », remarqua Chuck.

La première crise de Jonathan fut pratiquement identique à celle de Mary Frances. Marybeth l'amena, inconscient, aux urgences du St. Clare. Certaines des infirmières présentes dans la salle frémirent en le voyant. Elles savaient pourquoi Marybeth était là et avaient du mal à se comporter normalement avec elle. Cette fois, celle-ci donna une version légèrement différente de ce qui s'était passé, en ce sens que c'était Joe qui avait le premier remarqué que Jonathan n'avait pas l'air bien. Elle raconta qu'il était allé voir le bébé et qu'il avait vu du sang dans sa bouche. Il avait téléphoné au cabinet du Dr Mele mais il n'y avait personne, et il avait dû attendre un certain temps avant que le service du secrétariat médical contacte un des confrères du Dr Mele. A ce moment-là, Marybeth était arrivée et avait trouvé Jonathan pâle et inerte.

Comme Mary Frances, Jonathan répondit aux tentatives de réanimation des urgences du St. Clare. Son état fut stabilisé et, s'il s'était agi d'un autre enfant, il aurait été maintenu sous surveillance pendant quelque temps avant d'être renvoyé chez lui. Mais, parce qu'il était le septième et unique bébé Tinning en vie, on fit appel à un spécialiste en génétique, le Dr Mary Eleanor Toms, qui demanda aussitôt son admission à l'Hôpital des enfants de Boston afin que l'enfant y subisse des examens approfondis. Le Dr Toms y avait fait son internat et elle était sûre que, si Jonathan avait un problème génétique, les spécialistes du Boston le trouveraient.

On estimait que c'était un tel cas d'urgence qu'un avion de la Garde nationale de New York fut réquisitionné. Accompagné par le Dr Toms, Jonathan fut conduit en toute hâte à l'aéroport d'Albany, un trajet d'une quinzaine de minutes en ambulance. Là, un bimoteur attendait, prêt à décoller. Il se posa à Boston à minuit. Le lendemain, les journaux locaux faisaient leurs gros titres sur cet événement.

A Boston, Jonathan subit divers examens, mais les généticiens obtinrent des résultats normaux. Ils estimèrent que les anomalies dont il souffrait à la naissance n'avaient rien à voir avec cette crise. Dans son dossier médical, l'un des médecins le décrit comme étant « aussi agile et tonique que n'importe quel bébé ». Mais, comme pour Mary Frances, il fut renvoyé chez lui avec un moniteur.

Trois jours plus tard, Marybeth le ramena aux urgences du St. Clare. Cette fois, comme pour Mary Frances lors de sa seconde crise, le cerveau avait été atteint et il n'y avait pratiquement plus aucun espoir de le sauver. Les similitudes entre les deux cas étaient mystérieuses. Les médecins et les infirmières du St. Clare avaient l'impression de revivre le même cauchemar, jusque dans les moindres détails.

Ce fut certainement le cas de Trish McBreen. En tant qu'infirmière du service pédiatrique, elle s'était énormément occupée de Mary Frances dans les jours précédant sa mort, et elle fut consternée quand elle fut appelée dans la salle des urgences pour aider à réanimer un autre bébé Tinning.

« Il faisait très froid dans la pièce, se rappela-t-elle. Nous avons réchauffé le bébé, nous l'avons enveloppé dans des couvertures. Ça n'a pas été facile d'installer la perfusion, et après, nous sommes restés devant le moniteur à l'affût du moindre signe de vie. Il était en état d'arrêt cardiaque total. En bref, il était mort. Nous avons réussi à le réanimer un peu et à le mettre sur respirateur. Il est resté dans la salle de réanimation pendant deux heures. Puis il a été envoyé à l'unité de réanimation et de pédiatrie d'Albany. »

Ce furent les médecins du St. Clare qui insistèrent pour transférer Jonathan. Marybeth ayant refusé de donner son accord quand il s'était agi de Mary Frances, il est possible qu'elle ait pensé qu'il était dans son intérêt d'accepter cette fois. Quoi qu'il en soit, elle ne fit aucune objection.

Les médecins du St. Clare ne pensaient pas que les moyens plus sophistiqués du Centre médical d'Albany puissent sauver le bébé. Mais leur unité de réanimation et de pédiatrie était bien mieux équipée pour le maintenir en vie aussi longtemps qu'il le faudrait pour permettre aux spécialistes de trouver une explication. Toutes les personnes du St. Clare qui s'étaient penchées sur le cas d'un enfant Tinning étaient profondément troublées, et ils étaient de plus en plus nombreux à se demander si Marybeth n'était pas l'unique responsable. D'autres persistaient à croire à la théorie génétique. Mais, malgré toutes les recherches et malgré les soupçons grandissants, les preuves faisaient toujours défaut.

Les médecins d'Albany ne se contentèrent pas d'examiner

Jonathan; comme pour les cas où l'on soupçonne qu'il y a eu négligence ou sévices sur enfant, ils firent un rapport au Bureau d'aide sociale.

Le Dr Richard Cimma, qui était interne dans le service de pédiatrie à cette époque, se rappela que « l'on a eu des entretiens avec les parents et l'on a ouvert une enquête. On avait des soupçons, mais rien dans le comportement ou les réponses des parents ne les confirmait. Ils étaient tous les deux bouleversés, et la mère est restée avec son fils la plupart du temps, comme n'importe quelle mère.

« Elle racontait qu'il n'avait pas été malade, qu'il n'avait pas eu d'accident. C'était arrivé, voilà tout. Le bébé avait le cerveau atteint et il était dans le coma. Nous l'avons mis sous appareil respiratoire et cardiaque, et il a vécu suffisamment longtemps pour que tous nos spécialistes puissent l'examiner. Nous lui avons fait des analyses pour essayer de déceler des traces de poison, de toxines. Bien plus que ce qu'on fait normalement. Mais nous n'avons rien trouvé.

« Deux de mes collègues au moins avaient déjà vu des enfants Tinning et avaient eu, à l'époque, des soupçons. Toute la communauté médicale se doutait de quelque chose, et nous n'avons jamais cessé d'essayer de résoudre ce mystère.

« Nous avons pratiqué de nombreux examens sur Jonathan, et malgré tout, nous n'avions pas suffisamment de preuves sérieuses pour contacter la police ».

Tout comme les spécialistes qui avaient essayé de comprendre pourquoi Mary Frances était morte, les médecins d'Albany furent inévitablement frustrés.

« Avant que Jonathan arrive chez nous, tout ce qui était possible avait été tenté pour le sauver, expliqua le Dr Cimma, et ce genre d'intervention masque les signes d'étouffement qui peuvent ou non être visibles. Quand un enfant arrive aux urgences dans le même état que Jonathan, les médecins ne perdent pas de temps à chercher à comprendre ce qui s'est passé. Ils essaient uniquement de le sauver. »

Grâce aux divers appareils, Jonathan fut maintenu en vie pendant quatre semaines. Cette fois, les médecins ne demandèrent pas à Marybeth de débrancher les appareils. Tant que le moindre signe de vie demeurait, ils pouvaient poursuivre leurs recherches, car une fois Jonathan mort, il ne restait plus que l'espoir d'une découverte par un anatomopathologiste.

Pendant ces quatre tristes et épuisantes semaines, Marybeth vint tous les jours à Albany. Son comportement était le même qu'à l'époque de la mort de Mary Frances : d'abord en larmes et paniquée, elle devint bientôt calme et détachée. Dès qu'une infirmière lui prêtait l'oreille, elle lui répétait la même histoire selon laquelle ses amis l'avaient abandonnée parce qu'ils la soupçonnaient d'avoir tué ses enfants. Elle avait à présent un autre sujet de conversation qui ne manquait pas de surprendre : son rêve de diriger une entreprise de pompes funèbres. Quelques années auparavant, quand elle était passée chez Larry Daly pour demander quelles étaient les qualifications nécessaires, celui-ci ne l'avait pas prise au sérieux. Mais, alors que Jonathan était dans un coma dépassé, elle sidéra l'un des médecins en lui avouant qu'elle aurait adoré devenir entrepreneur de pompes funèbres.

Jonathan mourut le 24 mars 1980. Il vécut dix jours de plus que sa sœur Mary Frances. Leurs brèves vies furent étonnamment similaires. Jonathan fut conçu peu après la mort de Mary Frances. Tous deux naquirent à la fin de l'automne, étaient en pleine forme à Noël, tombèrent malades au début de la nouvelle année et moururent au printemps. Tous deux furent également conduits à deux reprises aux urgences du St. Clare, puis transférés à l'Hôpital des enfants de Boston après la première crise ; s'ils semblèrent l'un et l'autre se remettre, quelques jours après leur retour chez eux, ils entrèrent dans un coma qu'aucun des médecins de Boston n'avait prévu. Dans les deux cas, la seconde crise atteignit le cerveau de manière irréversible. Et enfin, ils furent soumis à des examens approfondis qui ne menèrent à rien.

L'anatomopathologiste d'Albany, le Dr Assaad Daoud, procéda à l'autopsie de Jonathan. Parce que les dossiers des précédents enfants Tinning se trouvaient dans le comté voisin, à Schenectady, il n'eut aucun moyen de les consulter. Pour la même raison, le médecin légiste de Schenectady ne vit pas son rapport, classé dans les archives du comté d'Albany. Chacun fut en fait limité à sa propre aire de juridiction, et bien que leurs bureaux soient situés à une vingtaine de kilomètres l'un de l'autre, c'était comme s'ils s'étaient trouvés de chaque côté de la terre.

N'ayant découvert aucune cause évidente de mort, le Dr Daoud inscrivit « étiologie indéterminée » dans son rapport. Il nota, pour les besoins du certificat de décès, que la mort était due à un arrêt cardiopulmonaire. Ce n'était une nouvelle pour personne. Le cœur et les poumons de Jonathan avaient cessé de fonctionner un mois avant sa mort.

Quand l'unité de pédiatrie du St. Clare apprit que Jonathan était mort, « tout le monde se posa des questions, déclara Trish McBreen. Mais on n'avait pas de réponse, et personne n'avait envie de porter des accusations fondées sur de simples soupçons. On a interrogé les médecins pour savoir quelle était leur théorie mais ils répondaient qu'il leur fallait procéder à de nouvelles recherches, et que, si Marybeth avait fait quoi que ce soit à ses enfants, on l'aurait découvert depuis longtemps. Les médecins n'ont pas envie d'être impliqués dans une affaire judiciaire. S'ils vont au tribunal et s'ils ne peuvent pas prouver ce qu'ils avancent, ils s'exposent à des poursuites juridiques.

« Et puis, il y avait le fait qu'ils avaient déjà envoyé les deux derniers enfants Tinning à Boston pour qu'ils y subissent des examens. Des autopsies avaient été pratiquées. Tout le monde avait des soupçons, et pourtant tout portait à croire que ces morts étaient naturelles. Le problème, c'est que, quand un médecin doit établir un diagnostic ou certifier la cause d'une mort, il ne peut pas dire : « Je ne sais pas. » On lui a appris qu'il est un spécialiste, qu'il doit tout savoir. Il ne peut pas faire autrement. Il faudrait un médecin très courageux pour oser prendre le risque d'accuser une mère d'infanticide.

« Entre nous, nous évoquions comme cause possible l'étouffement, mais aux autopsies, il n'y avait aucune trace d'asphyxie. Nous ne nous rendions pas compte à quel point un enfant peut mourir facilement quand il est trop petit pour se débattre ».

La mort subite du nourrisson n'était pas une explication valable. « Il est rare qu'on découvre un bébé victime du syndrome de la mort subite juste avant qu'il ne meure, expliqua Trish. Généralement, l'enfant est sur le ventre, coincé contre un côté du berceau, et dans la plupart des cas un certain temps s'est écoulé avant que les parents ne se rendent compte de ce qui s'est passé. A ce moment-là, la morbidité s'est installée, et il y a des ecchymoses. On n'a trouvé aucun de ces signes sur les bébés de Marybeth. »

Devant toutes ces preuves contradictoires, plusieurs membres de l'équipe médicale continuaient à donner à Marybeth le bénéfice du doute, et certains allèrent même jusqu'à assister à l'enterrement de Jonathan.

« En tant que mère de famille moi-même, je voulais soutenir cette femme qui était, dirons-nous, malade, raconta un médecin. J'avais le sentiment que quelque chose n'allait pas depuis le début, parce que jamais je ne l'ai vue exprimer la moindre émotion. Même l'enterrement n'était pas un événement douloureux. Jonathan était dans son petit cercueil et les parents ne donnaient pas l'impression de le pleurer. La mère aurait tout aussi bien pu se trouver dans un supermarché. »

Une infirmière se rappela que Marybeth avait les yeux rouges, mais que cela ne l'empêchait pas de bavarder aimablement avec les invités. « On aurait dit qu'elle avait l'habitude de faire ça. »

Chuck Ray n'assista pas à l'enterrement. Après son unique expérience de baby-sitting avec Michael – Marybeth l'avait confié pendant tout le temps que dura l'agonie de Jonathan aux parents de Joe –, il n'eut que très peu de nouvelles des Tinning, si peu d'ailleurs que la brève vie de Jonathan ne le toucha guère. « Ils nous ont épargné la fin de Jonathan », expliqua-t-il. A ses yeux, Joe et Marybeth faisaient preuve de gentillesse.

Marybeth savait qu'elle aurait encore besoin de Chuck et de Janet, et il semble qu'elle ait senti jusqu'où elle pouvait aller. Les Ray la croyaient et Chuck adorait Michael. Cette fois, elle ne leur demanda pas de l'aider à se débarrasser des vêtements du bébé. C'était inutile. Les affaires de Jonathan avaient mystérieusement disparu.

D'après Marybeth, quelqu'un qui ne voulait plus qu'elle ait d'enfant les lui avait volées. Mais, comme pour le vol des fonds du club de bowling six ans auparavant, il n'y avait aucune trace d'effraction. Le père de Joe les retrouva dispersées sur le pont qui enjambe l'autoroute à un kilomètre environ de chez Marybeth. D'une manière ou d'une autre, il avait su où les chercher. Même au sein de la famille Tinning, on savait que Marybeth était responsable, et qu'à cause d'une émotion qu'ils appelaient chagrin elle avait perdu la raison et se comportait d'une façon que ni elle ni eux ne pouvaient expliquer.

14

On savait tous ce qui allait arriver au prochain bébé, mais on ne pouvait rien faire parce que les autorités ne nous écoutaient pas.

Le pasteur.

Les voisins de McClellan Street n'évitaient pas Marybeth, comme elle le raconta. D'après eux, c'était elle qui leur battait froid. Elle ne les invitait pas chez elle, et, quand elle bavardait avec eux, c'était rarement de choses personnelles. Leur seul contact était Michael. « C'était un petit garçon si adorable et si peu sauvage qu'il courait les bras tendus vers quiconque lui souriait », se souvenait Dorothy Posluszny, qui vivait en face de chez Marybeth et Joe.

C'était l'été 1980; l'enterrement de Jonathan avait eu lieu plusieurs semaines auparavant, et Michael était le dernier enfant vivant de la famille. Il y avait eu trois autres enfants depuis que les Tinning s'étaient installés dans McClellan Street, et les Posluszny, qui avaient toujours vécu là, les avaient presque oubliés. « On connaissait mieux Michael, parce que c'est celui qui a vécu le plus longtemps », déclara par la suite Dorothy Posluszny.

Nathan arriva et repartit sans qu'elle l'ait vu, et elle remarqua à peine Mary Frances et Jonathan. « Je voyais Marybeth sortir avec un landau et, du jour au lendemain, je ne voyais plus son bébé et j'apprenais qu'il était mort. Puis, je la voyais de nouveau enceinte, et elle avait un autre bébé. A nouveau, elle le promenait dans le landau ou s'asseyait avec lui sur le porche. Et puis celui-là aussi disparaissait. Un jour, je lui ai demandé ce qui s'était passé et elle m'a répondu qu'ils étaient tous les deux morts d'un trouble cardiaque congénital. Je ne savais pas qu'elle avait eu d'autres enfants. Elle n'en parlait jamais. Je lui ai dit que si j'étais à sa place, je ne pourrais pas avoir d'autres enfants, que ce serait trop douloureux. C'est pour ça que ça m'a paru être une très bonne idée quand elle a adopté Michael. Il était si mignon avec ses petites boucles noires. »

Les origines de Michael semblaient le protéger du sort des précédents enfants Tinning. Génétiquement, il n'avait rien de commun avec eux. A deux ans, il avait déjà fait ses preuves en survivant à deux enfants Tinning nés après lui, et en se remettant parfaitement de son opération d'une hernie. Si une substance toxique empoisonnait l'atmosphère de l'appartement de McClellan Street, comme l'avait suggéré l'infirmière du Dr Mele, la santé de Michael aurait décliné depuis longtemps. Au lieu de cela, assis sur le porche et souriant aux voisins, il était la confirmation vivante de ce que persistait à répéter Marybeth, à savoir que ses enfants étaient tous atteints d'une maladie génétique. Tant qu'il survivait, elle était crédible.

« Mes collègues du St. Clare et moi-même avions surnommé Michael " le joker de Marybeth ", se rappela Trish McBreen. Nous nous disions qu'il la protégeait, parce qu'il était en vie, car cela revenait à dire qu'il y avait un problème génétique avec les autres et que Marybeth était une bonne mère. Nous nous disions qu'elle ferait en sorte qu'il ne lui arrive rien. »

Michael était un enfant si robuste et toujours de si bonne humeur qu'il semblait en fait improbable qu'il lui arrive quoi que ce soit. Il débordait d'énergie, et Marybeth demandait parfois à ses beaux-parents de le prendre pour quelques jours. Si la mère de Marybeth était trop souffrante pour s'occuper de son petit-fils, Edna Tinning, elle, était une grand-mère sur qui elle pouvait compter. Elle avait passé la majeure partie de sa vie entourée d'enfants, d'abord comme enseignante à l'école primaire de Duanesburg, puis, après son départ à la retraite, comme catéchiste à l'Église réformée de Princetown. Avec ses valeurs à l'ancienne mettant l'accent sur Dieu et la famille, c'était une femme bonne, patiente, et inébranlable. Pendant tout le temps que dura l'agonie de Jonathan, elle garda Michael, et, chaque fois que Marybeth en avait besoin elle proposait de le prendre chez elle. Son mari, un homme calme et gentil, disait souvent à ses amis qu'il avait hâte que Michael grandisse afin de pouvoir l'emmener à la pêche avec lui.

En tant que matriarche de la famille Tinning, il semble qu'Edna ait toujours considéré Marybeth comme une enfant ayant besoin d'être protégée, parfois grondée, mais surtout comprise, et les relations entre les deux femmes allèrent en s'approfondissant.

Edna fut énormément touchée quand Marybeth se mit à l'interroger sur ses croyances religieuses. Pendant des années, Edna s'était sentie mal à l'aise face au catholicisme de sa belle-fille, craignant en son for intérieur que cette religion finisse par influencer son fils. Mais Marybeth semblait s'en éloigner, et Edna était enchantée de constater chez elle un intérêt grandissant pour sa propre religion fondamentaliste. Sur ses conseils, Marybeth avait même inscrit Michael au jardin d'enfants de l'école du dimanche. L'école se trouvait près de la maison d'Edna, à Duanesburg, à une bonne vingtaine de minutes en voiture de chez Marybeth.

Michael passait également beaucoup de temps en compagnie de Chuck et de Janet Ray et de leurs deux filles, qui étaient à présent suffisamment grandes pour le garder. Après la mort de Jonathan, l'amitié entre les Tinning et les Ray reprit de plus belle et Chuck fabriqua pour Michael une marionnette représentant son héros favori. Chuck se la rappelait encore des années après.

« Michael adorait Superman, raconta-t-il. Il y en avait sur les draps de son lit, sur les rideaux de sa chambre. Je lui ai donc fabriqué un Superman en jersey bourré de mousse, j'ai confectionné un collant bleu, des bottes et une cape rouge en tissu, et j'ai cousu ses jambes et ses bras de sorte qu'il puisse se tenir debout avec les mains sur les hanches. Je l'ai montré à tous les gens que j'ai rencontrés en chemin. J'étais fou de Michael, et je tenais tellement à ce qu'il ait cette poupée. »

A l'âge de deux ans et demi, Michael eut un accident. D'après Marybeth, il tomba dans l'escalier. Elle raconta qu'il avait entendu le postier et qu'il avait couru l'accueillir. Voulait-elle parler de Chuck ? On ne l'a jamais su. La chute avait entraîné des ecchymoses et une entaille à la tête, suffisantes pour justifier une visite aux urgences du St. Clare, de l'autre côté de la rue.

De toute évidence, c'était le genre d'accidents sans gravité auxquels toutes les mères ont à faire face un jour ou l'autre, et étant donné l'exubérance de Michael, ce n'était rien d'extraordinaire, mais Marybeth céda à la panique. Peut-être devinat-elle ce que le personnel du St. Clare penserait ? Quoi qu'il en soit, elle avait bien trop peur pour rester seule. Elle appela une ambulance et, tandis que les brancardiers emmenaient Michael, elle aperçut Dorothy Posluszny et sa mère sur le trottoir d'en face.

« Je suis si nerveuse et si bouleversée que je ne pourrai jamais aller à l'hôpital toute seule, leur dit-elle. L'une de vous ne voudrait-elle pas m'accompagner ? »

La mère de Dorothy, Judy Lionarons, accepta. Ce n'était évident ni pour l'une ni pour l'autre de s'absenter, car elles étaient toutes les deux au chevet de la mère de Judy qui était gravement malade. Comparé à ce qu'elles vivaient, l'angoisse de Marybeth était dérisoire, mais elle tremblait tant et parlait si vite qu'elle était à peine compréhensible.

Michael n'avait qu'une légère commotion et on se contenta de lui mettre un simple pansement au front, mais l'inquiétude de Marybeth ne diminua pas pour autant. Le soir, le petit garçon demanda à aller chez Dorothy, et, alors qu'il était gentiment assis à manger des gâteaux, Marybeth raconta aux deux femmes que quelqu'un à l'hôpital lui avait dit qu'une enquête serait ouverte. Reconnaissant le nom de Tinning, une infirmière avait aussitôt appelé la Protection de l'enfance au Bureau d'aide sociale. Judy lui répondit de ne pas se faire de souci. « Pour moi, c'était normal qu'un hôpital fasse un rapport quand un enfant a un accident, dit-elle. C'est pourquoi je ne me suis pas posé de questions. »

Une assistante sociale vint chez Marybeth. Dans l'appartement agréablement décoré des Tinning, elle ne trouva rien qui puisse suggérer que Michael ait été victime de sévices, et ne vit qu'une mère anxieuse et un petit garçon grassouillet et si remuant qu'elle ne s'étonna guère qu'il soit tombé dans l'escalier. Elle ne jugea donc pas utile de poursuivre son enquête, et de nouveau le Bureau d'aide sociale classa l'affaire. Mais plus les jours passaient, plus l'état de santé de Michael empirait. Alton et Sandy Roe s'inquiétèrent à son sujet quand ils le virent une semaine après sa chute, alors que Marybeth et Joe étaient en visite.

« Il avait encore des séquelles de sa blessure à la tête, dit Sandy. Pendant toute la semaine, il avait vomi, et chez nous il criait tout le temps, il se tenait la tête, il perdait l'équilibre. Marybeth nous a raconté qu'il avait heurté en tombant le conduit de chauffage au pied de l'escalier et qu'après sa chute elle l'avait emmené un jour faire des courses et qu'il avait été intenable. Je lui ai dit qu'à mon avis, il devait y avoir autre chose et qu'elle ferait mieux de le ramener à l'hôpital. Mais elle ne voulait pas retourner au St. Clare. »

Les jours suivants, les vertiges s'atténuèrent, mais Michael attrapa froid. Le dimanche 1er mars 1981, Edna et son mari allèrent chez Joe et Marybeth. C'était une réunion de famille un peu spéciale. Face aux suppliques de sa belle-mère, Marybeth avait enfin accepté de se joindre à l'Église réformée de Princetown, celle-là même qu'avaient fréquentée Joe et Andy pendant toute leur enfance; les parents Tinning comptaient parmi ses membres les plus respectés.

Au cours des trois années précédentes, Edna et son mari avaient consacré une grande partie de leur temps et de leur énergie à la reconstruction de l'église, qui avait été pratiquement détruite lors d'un mystérieux incendie survenu en mars 1978. Le feu s'était déclaré dans un local attenant à l'église, sans doute provoqué par le système de chauffage défectueux. A cause de l'absence d'eau dans les environs, les pompiers n'avaient pu sauver grand-chose du bâtiment. Bouleversés comme beaucoup d'autres par la perte de leur église, les parents Tinning œuvrèrent avec diligence pour qu'une nouvelle église soit reconstruite. Le souhait de leur belle-fille à se joindre à leur congrégation ne pouvait, dès lors, que les remplir de joie.

Durant la visite de ses grands-parents, Michael se montra bien plus enjoué que les jours précédents. Son jeu préféré consistait à vider le sac à main de sa grand-mère par terre et de faire le tri des trésors qu'il contenait, ce qu'il fit ce dimanche sous le regard bienveillant de la vieille femme, qui en conclut qu'il allait beaucoup mieux.

A 7 h 30, le lendemain matin, juste après le départ de Joe, Marybeth appela Sandy. Elle semblait en proie à la plus vive panique.

– Je n'arrive pas à réveiller Michael. Qu'est-ce que je dois faire ?

C'était, pour une femme qui avait déjà eu huit enfants, une étrange question à poser à une femme qui n'en avait que deux. Sandy lui redit ce qu'elle lui avait déjà dit la semaine précédente, mais cette fois sur un ton plus ferme.

– Emmène-le tout de suite aux urgences du St. Clare.

Au lieu d'écouter sa belle-sœur, Marybeth appela le cabinet du Dr Mele. Les médecins de ce cabinet médical tenaient à être présents tous les jours de la semaine à 10 heures précises afin d'être disponibles pour voir les enfants tombés malades pendant la nuit. On répondit donc à Marybeth d'amener son fils à cette heure-là. Si elle avait précisé qu'il s'agissait d'une urgence, ce qu'elle ne fit pas, on lui aurait immédiatement ordonné de le conduire à l'hôpital. Mais Marybeth attendit plus de deux heures pour se rendre au cabinet du Dr Mele, de l'autre côté de la ville. Il semble qu'elle n'ait pas particulièrement tenu à voir le Dr Mele en personne – elle savait qu'il était en vacances en Floride – mais qu'elle ait voulu éviter de retourner au St. Clare. Presque cinq ans plus tard, quand la police l'interrogea sur cet épisode, voici ce qu'elle répondit d'une voix hésitante : « Pendant la nuit, il [Michael] a eu une forte poussée de fièvre et je suis restée à son chevet. Puis je suis allée me recoucher et je suis retournée plusieurs fois le voir dans la nuit. Quand je suis allée dans sa chambre le matin pour l'emmener chez le médecin, il était... il réagissait mais il était tout mou. Au lieu d'appeler une ambulance, je suis sortie sur McClellan Street, je l'ai installé dans la voiture, en fait je l'ai littéralement jeté dans la voiture, et je suis allée au St. Clare, euh... je veux dire chez le Dr Mele. Là, je suis entrée dans le cabinet, et les brancardiers sont arrivés et ils l'ont emmené. »

Le cabinet médical se trouvait à dix bonnes minutes en voiture de McClellan Street alors que le St. Clare était si près. Deux semaines auparavant, Marybeth avait éprouvé le besoin d'appeler une ambulance et de demander à une voisine de l'accompagner pour aller aux urgences, mais à présent que la situation était bien plus grave elle choisissait une destination plus lointaine et s'y rendait seule.

Marybeth arriva au cabinet médical avant même le pédiatre de garde. Sandy Ross, la fidèle assistante du Dr Mele, était seule au cabinet et se préparait à recevoir l'afflux de patients. Elle ne devait pas oublier ce qui se passa dans les minutes qui suivirent l'arrivée de Marybeth.

« Il était 9 h 30 environ, et j'étais seule dans la petite pièce du fond où je préparais les injections anti-allergiques. J'ai entendu la porte d'entrée s'ouvrir, je suis allée voir et j'ai vu Marybeth avec son bébé enveloppé dans une couverture. Elle hurlait : " Aidez-moi, aidez-moi ! "

« Jusqu'alors, je ne l'avais jamais soupçonnée d'être en quoi que ce soit responsable de la mort de ses enfants. Mais quand j'ai vu qui c'était, j'ai eu envie de fuir. C'est la seule fois de toute ma carrière où j'ai eu envie de fuir. Je savais qu'il s'était passé quelque chose. J'ai installé Michael sur le petit banc de bois où s'assoient généralement les enfants, et à peine l'avais-je posé là que Marybeth s'est mise à courir dans tous les sens, à se tordre les mains et à hurler.

« Je savais à quoi m'en tenir avant même de soulever la couverture. Michael était mort. J'ai décroché le téléphone, qui m'a échappé des mains et qui a heurté le sol, j'ai appelé l'opératrice et je lui ai dit que j'étais avec un enfant qui ne réagissait plus à rien. Elle m'a répondu que les secours arrivaient. Les pompiers se trouvaient au bout de la rue, et en quelques minutes ils étaient là avec le personnel paramédical. En les attendant, j'avais pratiqué la respiration artificielle sur Michael.

« Entre-temps, les autres patients avaient commencé à arriver à leur tour. Je leur ai dit à tous de retourner dans leur voiture et d'attendre dehors. L'un des médecins est enfin arrivé, il lui a injecté un stimulant cardiaque et il a fait son possible pour le réanimer. Puis l'ambulance l'a emmené au St. Clare.

« Nous savions que Marybeth habitait pratiquement en face de l'hôpital et nous lui avons demandé pourquoi elle n'y était pas allée directement au lieu de parcourir une dizaine de kilomètres pour venir ici. Elle a répondu qu'elle avait parlé à un médecin tôt dans la matinée et qu'il lui avait dit d'amener Michael ici à 10 heures. En chemin, elle avait entendu Michael qui faisait un drôle de gargouillis. Au lieu de s'arrêter pour voir ce qu'il avait, elle s'est dit qu'elle devait se dépêcher. »

Quand elle eut plus de temps pour y réfléchir, Sandy Ross se rendit compte que la raison pour laquelle elle avait eu envie de fuir n'était pas seulement la peur que Michael fût mort, mais l'intuition que cette mort n'avait pas lieu d'être. C'était une infirmière d'un certain âge qui avait de l'expérience et qui avait été confrontée maintes fois à la mort, mais jamais de cette manière. « Il avait la peau grise, très, très grise, et du mucus avait coulé de sa bouche. Il avait l'air d'être mort depuis un moment, et c'est pour ça que j'avais du mal à croire que ça s'était produit en chemin. Il était encore chaud, c'est vrai, mais il était enveloppé dans de grosses et épaisses couvertures, et elles ont très bien pu maintenir la température de son corps. »

La mort de Michael fut d'autant plus difficile à supporter pour Sandy qu'elle le connaissait bien. Pendant deux ans et demi, Marybeth l'avait amené à la consultation du Dr Mele pour des visites de routine et pour les vaccins. « Il arrivait les deux bras tendus. Il était si mignon. C'était un si bel enfant. »

Sandy suivit l'ambulance avec Marybeth. Quand elles arrivèrent à l'hôpital, Marybeth s'était un peu calmée. Quelqu'un avait prévenu Joe à son travail et il retrouva les deux femmes à l'hôpital. Depuis des années que le Dr Mele s'occupait des enfants Tinning, Sandy n'avait jamais rencontré le mari de Marybeth. Elle fut frappée par son absence d'émotion, et par l'absence de chaleur entre les deux époux. Ils ne s'étreignirent pas, n'eurent aucun geste de réconfort l'un vis-à-vis de l'autre, ne s'embrassèrent même pas. C'était le huitième enfant qu'ils voyaient mourir, et ils étaient soit complètement hébétés par ce qui leur arrivait, soit si accablés par toutes ces morts qu'il ne leur restait plus une seule larme.

Chuck Ray apprit la nouvelle en rentrant chez lui le soir après sa journée de travail. Il s'arrêta chez Knapp Service, sur Steuben Street, la station-service où il avait ses habitudes. Doug Knapp et sa femme habitaient Duanesburg et fréquentaient la même église que les parents de Joe.

« Mrs. Knapp était là et elle avait l'air si triste qu'on avait envie de la prendre dans ses bras et de la consoler, se rappela Chuck. Je lui ai demandé ce qui se passait et elle m'a répondu : " Vous n'êtes pas au courant pour Michael ? " " Que voulez-vous dire ? j'ai rétorqué. Il est tombé dans l'escalier, mais il va bien maintenant. " C'est alors qu'elle m'a annoncé qu'elle venait d'apprendre de la bouche du pasteur que Michael était mort.

« Je n'arrivais pas à y croire. J'ai immédiatement appelé Joe et Marybeth, mais il n'y avait personne chez eux. Alors, j'ai appelé Rick et Laurie. Rick travaille avec moi. On avait l'habitude de déjeuner ensemble, et à cette époque, son fils habitait juste en dessous de chez Joe et Marybeth. C'est Laurie qui a décroché et elle m'a dit : " Michael est à l'hôpital. Je crois qu'il est mort. "

« Je me suis retourné vers Mrs. Knapp et je l'ai serrée contre moi.

« Je ne savais pas comment l'annoncer à Janet, mais quand je suis arrivé à la maison, je l'ai trouvée en larmes et j'ai compris qu'elle savait. »

Marybeth l'avait appelée dans l'après-midi. « J'ai quelque chose à te dire, Janet. Je crois qu'il vaut mieux que ce soit moi qui te l'annonce. Michael est mort. » C'était, presque mot pour mot, la façon dont elle avait annoncé la mort de ses autres enfants.

« Elle était très calme, déclara Janet. Elle m'a dit qu'elle l'avait emmené chez le médecin et qu'il était mort là-bas. »

Plus tard, Marybeth expliqua à ses amis que Michael était mort d'une pneumonie virale. Chuck en parla à son collègue Rick, qui en parla à son tour à sa fille, une infirmière d'Albany. Une pneumonie virale pouvait tout à fait être mortelle, lui répondit-elle. Chuck accepta cette explication. Il ne pouvait faire autrement. « Une fois que j'ai su que la pneunomie virale était foudroyante, je n'ai plus posé de questions. »

Michael eut un enterrement protestant célébré par le révérend Harold Irish, le pasteur de l'Église réformée de Princetown. Certaines des personnes présentes furent surprises qu'il ne convie pas Marybeth à dire une prière quand on descendit le cercueil dans la tombe, et qu'il parte brusquement à la fin de la cérémonie. Peut-être avait-il un rendez-vous, peut-être était-il pressé, mais ça ne lui ressemblait guère de ne pas rester pour offrir ses condoléances à la famille. Après coup, plusieurs paroissiens se demandèrent si la mort de Michael ne le troublait pas davantage qu'il ne voulait bien l'admettre.

Chuck Ray dut se faire violence pour se rendre au service funèbre. « J'étais dans un tel état, dit-il. Marybeth s'est approchée de moi, je l'ai serrée dans mes bras et j'ai pleuré. J'ai serré Joe dans mes bras et j'ai pleuré. Je leur ai dit que je ne pouvais pas aller au cimetière. Ils étaient plus calmes que moi. Je suis parti et j'ai rencontré Rick en chemin. Je lui ai demandé s'il ne voulait pas prendre un café avec moi. Je ne pouvais pas rester seul et je ne pouvais pas m'appuyer sur Janet. Elle était déjà tellement bouleversée. Nous sommes allés dans un petit restaurant sur Albany Street, et j'ai pleuré pendant que Rick attendait, assis à côté de moi. »

Un geste touchant, de la part de Marybeth, l'aida à surmonter son immense chagrin. Chuck était persuadé que le Superman serait donné en même temps que les autres jouets de Michael, et, parce qu'elle symbolisait la relation très forte qui avait existé entre eux deux, l'idée lui en était pénible. Il fut tenté de la réclamer, mais Janet le persuada de n'en rien faire. Ce serait un souvenir trop douloureux pour eux.

Il alla au Daly Funeral Home pour dire une dernière fois au revoir au petit garçon, et là, dans le cercueil, il vit quelque chose qui lui fit monter les larmes aux yeux. « C'était la poupée Superman. Je voulais tellement que Michael l'ait, et de la voir là m'a fait énormément de bien. »

15

Après la mort de Michael, je ne voulais même plus me trouver dans la même pièce qu'elle. Je ne le supportais pas.

Une ancienne amie.

« L'autopsie a permis de découvrir que l'enfant souffrait d'une pneumonie aiguë. L'histoire de cette famille est bizarre. »

C'est avec ce commentaire que le médecin légiste de Schenectady, le Dr Robert Sullivan, ferma le dossier concernant la mort de Michael Raymond Tinning. Parmi les officiers de police, les médecins et les infirmières du St. Clare, les assistantes sociales, les serveuses du Flavorland et les voisins des divers quartiers de Schenectady où Joe et Marybeth avaient habité, nombreux étaient ceux qui avaient espéré une autre conclusion « Au fil du temps, on était devenus de plus en plus soupçonneux, mais maintenant, on savait. » Tel était le sentiment général.

Certains appelèrent le Bureau d'aide sociale et demandèrent l'ouverture immédiate d'une enquête. George Barker, le mari de Sara Barker, la cuisinière du Flavorland, était si en colère qu'il téléphona à plusieurs reprises.

« J'ai appelé la permanence téléphonique pour la Protection de l'enfance, les services sociaux, le shérif Barney Waldron, la police de Schenectady et l'entreprise de pompes funèbres Daly. Barney m'a dit que, s'il y avait eu quoi que ce soit de louche, le médecin légiste l'aurait trouvé. Larry Daly, lui, m'a assuré qu'il n'avait rien remarqué sur l'enfant, aucune trace, rien. Je leur ai dit qu'il devait pourtant bien y avoir une raison pour que tous ces gosses meurent. Je n'ai pas mâché mes mots. Je peux être très direct quand je suis en colère, et j'étais en colère parce que j'adore les gosses. La seule personne qui m'ait écouté, c'était une femme de la permanence pour la Protection de l'enfance. J'ai fait une scène de tous les diables. »

Plusieurs serveuses appelèrent la permanence téléphonique pour la Protection de l'enfance. Le Dr Kevin Karpowicz tenta lui aussi de se mobiliser. Après avoir assisté à la mort de Jonathan au Centre médical d'Albany, il avait décidé d'avoir la famille Tinning à l'œil mais, n'étant pas le pédiatre de Marybeth, il ne pouvait pas faire grand-chose. Malgré tout, il réagit immédiatement à l'annonce de la mort de Michael en exigeant que le Bureau d'aide sociale procède à une enquête.

Comme Chuck et Janet Ray, la plupart des proches de Marybeth furent profondément troublés par la mort de Michael, mais ils l'acceptèrent. Bien que terriblement choquée, Edna Tinning continua à soutenir sa belle-fille, tout comme son mari. Sandy Roe, elle, était convaincue qu'un caillot s'était formé au niveau du cerveau et avait provoqué la mort de Michael, et elle en voulait à Marybeth de ne pas avoir pris plus au sérieux sa blessure à la tête. Carol Tinning fut la seule de la famille à appeler la permanence téléphonique pour la Protection de l'enfance.

Depuis qu'elle avait reconnu avoir volé le portefeuille de Carol, sept ans auparavant, Marybeth avait peur de sa belle-sœur. Elle racontait à qui voulait l'entendre que celle-ci était à l'origine des coups de fil anonymes qu'elle recevait systématiquement à la mort de chacun de ses enfants, et que Carol agissait de la sorte parce qu'elle la haïssait. Marybeth reçut, il est vrai, quelques coups de fil anonymes, mais il semble qu'elle en ait imaginé plus d'un. Aucun n'émanait de Carol, ou de quelqu'un qu'elle aurait chargé de cette mission, comme le prétendit également Marybeth. Ce n'était pas son style. Quand Carol avait des critiques à émettre, elle le faisait sans ménagement et directement à la personne concernée. Si, d'ailleurs, elle avait été plus diplomate, ses relations avec la famille Tinning auraient peut-être été moins houleuses.

Ce ne fut qu'à la mort de Michael qu'elle se mit vraiment à avoir des soupçons. Pendant des mois, elle refusa de voir Marybeth.

Tous ceux qui connaissaient Marybeth n'appelèrent pas la

permanence téléphonique pour la Protection de l'enfance. Certains se contentèrent d'en parler simplement entre eux. Au restaurant, au téléphone, ou dans les queues aux caisses des supermarchés. Dans sa rue, Marybeth tenta de devancer les commérages en se rendant chez les Posluszny à la première heure, le lendemain de la mort de Michael.

– As-tu déjà lu le journal ? demanda-t-elle à Dorothy sur un ton presque désinvolte.

Dorothy secoua la tête. Marybeth était tendue mais calme, plus calme d'ailleurs que le jour où Michael était tombé dans l'escalier.

– Eh bien, je préfère te prévenir avant que tu ne le lises dans le journal. Michael est mort.

– Que s'est-il passé ?

– Il a eu une pneumonie virale.

Après son départ, Dorothy se tourna vers son mari.

– Je n'arrive pas à y croire, dit-elle. C'est la troisième mort qu'elle nous annonce. Il doit y avoir quelque chose qui ne va pas.

Elle ne parvenait pas à comprendre comment Marybeth pouvait rester ainsi maîtresse d'elle-même. « A sa place, je crois que je serais devenue folle. »

C'est avec un mélange de réticence et de soulagement que le Dr Thomas Oram, l'anatomopathologiste en chef de l'hôpital Ellis, le doyen des anatomopathologistes de Schenectady, déclara qu'une pneumonie virale avait entraîné la mort. Le Dr Sim, son ancienne élève, l'avait prié de procéder à l'autopsie de Michael, tout comme elle l'appela cinq ans plus tard pour celle de Tami Lynne.

Quand le Dr Oram se pencha sur le corps de Michael, le médecin légiste en lui était impatient de résoudre un mystère, mais sa longue expérience d'anatomopathologie en milieu hospitalier l'avait davantage habitué aux morts naturelles. Il avait en outre du mal à concevoir qu'une femme puisse se débarrasser de ses enfants, les uns après les autres, de sang-froid et sans raison apparente. Inconsciemment, il se refusait plus ou moins à chercher la preuve d'un homicide.

Pratiquer l'autopsie de Michael était d'autant plus délicat que beaucoup de choses dépendaient de ce qu'il allait découvrir. Après le déluge d'appels à la permanence téléphonique pour la Protection de l'enfance, la police, le bureau du médecin légiste et l'Aide sociale attendaient avec impatience ses conclusions.

Le Dr Oram écarta d'emblée l'hypothèse de lésion cérébrale. Michael avait encore un hématome au visage dû à sa chute dans l'escalier, et Oram pensait qu'il y avait probablement eu commotion, mais il n'en restait plus aucune trace et elle n'avait certainement pas entraîné de troubles au niveau du cerveau.

La seule découverte étrange qu'il fit était une petite tâche sur l'un des poumons, caractéristique de la broncho-pneumonie. Il ne s'en rendit compte qu'à l'examen microscopique, et ce qu'il vit lui semblait bien trop bénin pour avoir provoqué la mort d'un enfant aussi robuste que Michael. « Nous ne comprenions plus rien, admit le Dr Oram. Nous pensions tous que l'enfant avait pu être étouffé, mais, à cause de la pneumonie, il devenait impossible de porter le cas devant les tribunaux. La défense aurait allégué la pneumonie comme cause de mort, et nous n'avions aucune preuve du contraire. C'est pourquoi cette affaire a été classée. La pneumonie nous a empêchés d'aller plus loin. »

Cette découverte dut être un immense soulagement pour Marybeth. Elle devait se douter que le Bureau d'aide sociale ne croyait pas à son histoire de chute dans l'escalier, et sentait de même que le personnel médical du St. Clare la regardait d'un œil de plus en plus soupçonneux. Et voilà que, de manière tout à fait inattendue, elle était lavée de tout soupçon. L'anatomo-pathologiste le plus réputé de la ville n'avait-il pas déclaré que Michael était mort de pneumonie et le bureau du médecin légiste n'avait-il pas accepté ses conclusions ? Elle était donc libre... pourtant son comportement ne cessait de montrer qu'elle avait senti le filet se resserrer sur elle.

Une semaine environ après la mort de Michael, elle alla chez le Dr Mele et insista pour qu'il la reçoive en présence de Sandy Ross. Elle leur déclara que plusieurs personnes l'avaient critiquée pour ne pas avoir emmené directement Michael aux urgences du St. Clare et elle tenait à expliquer pourquoi elle avait agi ainsi. C'était l'un des pédiatres du cabinet qui lui avait dit de venir. Elle voulait que ce soit bien clair. Cependant, elle ne précisa pas qu'elle avait omis de décrire la gravité de l'état de Michael. Elle se comportait en fait comme si, injustement accusée, elle était décidée à rétablir la vérité.

La mort de Michael la vulnérabilisait. La théorie d'une maladie génétique dans la famille Tinning n'était plus convaincante, et les dernières formalités concernant l'adoption du petit garçon n'avaient toujours pas été accomplies. Quelque part dans la région de Schenectady, Michael avait encore une mère qui pouvait poser des questions embarrassantes. Elle ne se fit jamais connaître, cependant.

Peu de temps après les funérailles, tous les jouets de Michael et tout le mobilier d'enfant furent chargés dans une camionnette et emmenés à l'Église réformée de Princetown pour être donnés à la garderie. Quelques semaines plus tard, Marybeth et Joe déménageaient; ils quittèrent McClellan Street sans même dire au revoir aux Posluszny. A ce moment-là, Dorothy avait appris par d'autres voisins que ce n'était pas trois enfants qui étaient morts mais huit. Elle n'en croyait pas ses oreilles. « Je n'arrivais pas à concevoir que le destin puisse frapper autant de fois la même famille. »

Quant aux autres habitants du quartier, ils se demandaient tout haut pourquoi Joe n'avait rien fait pour empêcher cette succession de tragédies. « Les gens disent qu'on aurait pu alerter les autorités, mais pourquoi pas lui ? On ne vivait pas avec elle vingt-quatre heures sur vingt-quatre », se défendit l'un d'eux avec véhémence.

Marybeth leur avait paru lunatique, Joe distant. Quand il faisait beau et que les fenêtres étaient ouvertes, toute la rue était témoin de scènes de ménage. Les voisins avaient également remarqué qu'au cours des six années que Joe et Marybeth avaient passées là, ils n'avaient eu que peu de visites, à l'exception de leurs proches parents. Tout cela s'ajoutant à l'horreur de ce qui leur était arrivé, personne ne regretta leur départ.

Chuck et Janet Ray comprirent très bien leur désir de quitter une maison qui avait vu tant de tragédies, et ils se doutaient qu'après leur déménagement ils n'entendraient plus guère parler d'eux. « Ils avaient trop de mauvais souvenirs ici, et on en faisait partie », reconnut Chuck qui, émotionnellement vidé par les tensions et les exigences d'une telle amitié, était soulagé du répit que lui offrait leur départ.

En quinze ans de mariage, Joe et Marybeth avaient loué quatre appartements dans Schenectady, et ils ne se sentaient toujours pas prêts à acheter. Pourtant, Joe occupait un poste qualifié à la General Electric que certains de ses voisins lui enviaient. Nombre d'entre eux étaient payés à l'heure tandis que lui percevait un salaire mensuel, ce qui le plaçait immédiatement dans une catégorie sociale plus élevée, même s'il ne gagnait en réalité guère plus qu'eux. En fait, entre les frais médicaux, les enterrements, et une femme qui aimait dépenser, il s'en sortait probablement moins bien.

Comprenant que leur fils avait besoin de mettre de l'argent de côté et que leur belle-fille avait hâte de quitter McClellan Street, Edna et Joe Tinning proposèrent à Marybeth et à leur fils de venir vivre chez eux, à Duanesburg, afin qu'ils puissent économiser suffisamment d'argent pour envisager enfin d'acheter leur propre maison. Comme chez Joe et Marybeth, c'était Edna qui « portait la culotte » chez les Tinning senior, et c'est donc d'elle que venait cette proposition. Elle était persuadée que cela allait résoudre beaucoup de leurs problèmes.

« Je pensais qu'il était plus sain qu'elle quitte l'appartement où elle avait perdu tant d'enfants, expliqua-t-elle. Je ne comprenais pas d'ailleurs comment elle faisait pour y vivre encore. »

Duanesburg, le village où Marybeth avait grandi, n'était qu'à une vingtaine de kilomètres de Schenectady, mais on y menait une tout autre vie. Pour y arriver, il fallait traverser les quartiers pauvres de Schenectady, passer le pont qui enjambait l'autoroute puis continuer à travers les champs et les collines de la vallée du Mohawk parsemés des traditionnelles maisons à charpentes de bois. Alors, on arrivait à Duanesburg, « la dernière frontière », précisait un panneau à l'entrée du village.

Duanesburg était surtout peuplé de gens qui tous les jours faisaient l'aller-retour entre leur domicile et leur lieu de travail, à Schenectady ou à Albany. Les employés de la General Electric attendaient tous les matins le car de ramassage de l'usine à divers carrefours du village, tandis que les fonctionnaires prenaient leur voiture pour aller travailler dans le vaste complexe administratif d'Albany, la capitale de l'État. Quant au reste de la population, elle travaillait sur place.

Duanesburg était une communauté refermée sur elle-même, et quiconque vivait là depuis une seule génération était toujours considéré comme un nouveau venu. C'était un village où l'on ne fermait pas sa porte à clé la nuit et où, quand quelque terrible événement survenait, ce qui arrivait de temps à autre – il y avait eu un meurtre et des présomptions de meurtre, plusieurs cas d'inceste, un pasteur renvoyé à cause d'un comportement inacceptable –, les gens serraient les rangs et se refusaient à tout commentaire en public. Plus on vivait à Duanesburg, plus on savait de choses et moins on en parlait. Cet état d'esprit remontait en partie à l'époque où Duanesburg était une ville de pionniers et où l'on était persuadé que la survie de ses habitants dépendait des bons rapports de voisinage que les gens entretenaient les uns avec les autres.

Lorsque Marybeth retourna à Duanesburg, elle y découvrit un monde totalement différent de celui qu'elle avait connu. Son enfance solitaire s'était déroulée à Delanson, un hameau à l'ouest du village, entre l'école et l'église Notre-Dame-de-Fatima. Elle n'avait alors que peu d'amis et ne fit pas grande impression ; les gens se rappelaient tout au plus une fillette peu avenante et timide que l'on voyait toujours assise à côté de sa mère le dimanche à l'église. Les Roe ne participaient pas aux diverses activités du village, où on les connaissait d'ailleurs à peine.

Les Tinning, en revanche, s'étaient toujours énormément impliqués dans la vie communautaire. Ils habitaient le hameau de Princetown, de l'autre côté de Duanesburg, tout près de l'église pour laquelle ils se dévouaient tant. Héritage direct de la tradition des premiers pionniers hollandais, cette église était comme un second foyer pour Edna et son mari, et ils se donnèrent beaucoup de mal pour que Marybeth y soit la bienvenue. Edna la présenta à l'association des dames patronnesses, et Marybeth en fit bientôt partie au grand dam de certaines parmi les plus âgées. Trop bien élevées pour soulever la question en public, elles estimaient cependant qu'une nouvelle venue devait d'abord accomplir pendant plusieurs années des tâches subalternes au sein de l'église avant de prétendre occuper un poste important. En tant que secrétaire, Marybeth était responsable de l'organisation du buffet pour les réunions mensuelles de l'association, des réceptions pour les enterrements et d'une multitude de petites tâches comme le renouvellement des fleurs sur l'autel. Il est à noter qu'elle fit son travail consciencieusement et bien.

Le beau-père de Marybeth lui trouva une autre activité au sein de la communauté qui prit bientôt le pas sur tout le reste. Depuis qu'il était à la retraite Joe Tinning senior n'avait jamais été aussi occupé. Il travaillait à mi-temps comme chauffeur, était un membre actif de sa congrégation et faisait partie du Duanesburg Volunteer Ambulance Corps, une association de secouristes bénévoles. Cette association était particulièrement importante pour lui ; il y travaillait un jour entier par semaine, en fut pendant tout un trimestre président, et profita de ses talents de charpentier pour améliorer l'installation du poste d'ambulance.

L'association possédait une ambulance qui desservait une zone rurale d'une centaine de kilomètres carrés et comptait entre trente et cinquante volontaires qualifiés. Le beau-père de

Marybeth était l'un des plus constants. Se rappelant que sa belle-fille avait été aide-soignante dans sa jeunesse, il pensa que cette occupation pourrait lui changer les idées.

Marybeth accepta avec joie. Elle sentait qu'une nouvelle phase de sa vie démarrait. Ce n'était pas ce dont elle avait toujours rêvé – vivre avec ses beaux-parents n'est jamais idéal – elle vivait à présent dans une maison où elle se sentait aimée et encouragée comme jamais elle ne l'avait été, loin des regard entendus des voisins de McClellan Street. Elle y était aussi en sécurité. Chez les Tinning, le sens de la famille était si fort et si inébranlable que, malgré les soupçons, malgré le comportement étrange de Marybeth, malgré les preuves de plus en plus manifestes de sa culpabilité, tant qu'elle protestait de son innocence, ils la croyaient.

Entre le départ et le retour de Marybeth à Duanesburg, une célèbre famille de la région avait été frappée par une tragédie qui rendait d'une certaine manière la mort des enfants de Marybeth moins remarquable. Un médecin et sa femme, le Dr et Mrs. James K. Cooley, un couple apprécié de tous, avaient brusquement perdu trois de leur cinq enfants, l'un après l'autre, alors qu'ils étaient apparemment en bonne santé. Quelques années plus tard, un quatrième enfant devait également mourir.

Après le second décès, le Dr Cooley insista pour que toute sa famille subisse un examen médical approfondi, lequel révéla que tous ses enfants avaient hérité d'une très rare anomalie cardiaque qui risquait d'entraîner la mort après un gros effort physique. Ce mystère était à peine résolu que son troisième enfant succombait à la maladie.

Tous les habitants de Duanesburg furent bouleversés par la mort des enfants du docteur et partagèrent profondément sa peine. Lorsque Marybeth, victime d'une tragédie similaire, revint au village, ils évitèrent avec tact de lui poser des questions. Ils acceptaient, plus facilement que ses voisins de Schenectady, qu'un enfant puisse mourir naturellement. Certains évoquèrent même la main de Dieu qui, de temps en temps, s'abat sur la même famille, comme si ces tragédies répétées faisaient partie de quelque impénétrable volonté divine.

En revenant à Duanesburg, Marybeth tourna le dos à une bonne partie de sa vie à Schenectady. Une fois de temps en temps, elle allait au Flavorland, mais en tant que cliente; elle accompagnait parfois Joe au bowling. Elle eut plusieurs petits emplois dans la région de Duanesburg – comme dame de compagnie, serveuse dans le restaurant d'un motel, emballeuse d'œufs à la ferme d'élevage de poulets des Jewett –, mais jamais pendant très longtemps. Les Jewett, membres de la même congrégation que les Tinning, furent étonnés par la tension qu'ils sentaient en elle. Chaque fois qu'un œuf tombait du tapis roulant et s'écrasait au sol, ce qui était parfois inévitable, elle éclatait en sanglots, comme un enfant pris en faute.

Plus le temps passait, plus elle consacrait toute son énergie à l'association des secouristes et à la recherche d'une maison dans la région de Duanesburg. Marybeth avait quarante ans et comme il était peu probable qu'elle ait un nouvel enfant, ses beaux-parents la poussaient à se construire une nouvelle vie.

Le danger de l'enquête sur la mort de Michael était passé, et ses nouvelles connaissances à Duanesburg évitaient d'en parler. A Schenectady, cependant, l'assistante du Dr Mele, Sandy Ross, ne parvenait pas à oublier. Pendant des années, elle devait être hantée par le souvenir de ce matin d'hiver où elle avait allongé Michael sur le petit blanc de bois bleu dans la salle d'attente et avait soulevé la couverture. Chaque fois qu'elle voyait ce banc, tout lui revenait en mémoire. Souvent, elle se réveillait, au milieu de la nuit, l'esprit torturé par ce qu'elle aurait pu faire pour sauver le petit garçon.

« Je me réveillais et je me disais, si seulement j'avais eu un respirateur... si seulement j'avais eu de l'oxygène. Pendant des jours et des jours, j'ai pleuré en y repensant. Pourtant, dès que j'ai soulevé la couverture, j'ai su qu'il était mort et que je n'aurais rien pu faire. J'ai pensé aussi que c'était une mort inutile. C'était pour moi un terrible sentiment de frustration. »

Comme on lui rappelait un jour qu'elle n'aurait rien pu faire pour sauver Michael, elle répondit tristement : « C'est ce que me dit ma tête. Mais mon cœur dit le contraire. » Sandy Ross fit ce commentaire six ans après la mort du petit garçon, et la douleur était encore si forte en elle que tout à coup elle s'écria : « Je n'arrive plus dormir la nuit. Comment fait-elle, elle, pour dormir ? »

16

Elle était si nerveuse et si craintive que, lorsqu'elle vous parlait, on avait l'impression qu'un petit voyant rouge clignotait quelque part.

Un bénévole de l'association
des secouristes de Duanesburg.

Depuis qu'elle avait travaillé comme aide-soignante, Marybeth était attirée par tous les métiers où l'on s'occupe des autres et qui apportent une reconnaissance immédiate. Au service pédiatrique de l'hôpital, elle avait eu la satisfaction de voir des enfants malades guérir, au Flavorland, il y avait eu les pourboires et les sourires; aujourd'hui à l'association des secouristes de Duanesburg, elle était fière de se dévouer pour une noble cause.

La plupart des gens ont des métiers où on ne les remercie guère mais où la reconnaissance s'exprime autrement; Marybeth, elle, avait besoin de gratification. Persuadée d'être une incapable, elle cherchait constamment à être rassurée, et quels que soient ses efforts ou la qualité de ses résultats, il était impossible d'apaiser ses doutes.

« Quoi que je fasse, ça finit mal. » Elle répétait cette phrase si souvent et dans des situations si diverses qu'il semble qu'elle ait effectivement échoué partout dans sa vie. Enfant, Marybeth avait dû s'entendre dire, non pas une fois mais souvent, qu'elle n'était bonne à rien; depuis, elle en était tellement persuadée que cette conviction avait fini par faire partie de sa personnalité. Après le décès de chacun de ses enfants, elle répétait qu'elle n'était pas une bonne mère parce qu'ils mouraient, comme si le fait de leur avoir donné la vie les avait condamnés d'avance. Ce qui, d'une certaine façon, était le cas.

Que, dans leur tentative pour aider leur belle-fille à prendre un nouveau départ dans la vie, Edna et Joe Tinning l'aient ramenée à Duanesburg, justement là où était né son complexe d'infériorité, tient de l'ironie. Ce retour fut un moment décisif dans la vie de Marybeth, mais il n'eut pas l'effet espéré par les parents Tinning. S'il lui permettait d'échapper aux douloureux souvenirs de McClellan Street, il ne faisait qu'accentuer l'immense sentiment d'échec qui la rongeait : la plupart de ses camarades de classe vivaient encore là, ils avaient tous réussi professionnellement, ils avaient tous pratiquement fini de payer les traites de leur maison, ils avaient fini d'élever leurs enfants, et parfois même, ils étaient sur le point de devenir grands-parents. Marybeth ne pouvait guère se mesurer à eux.

Même au sein de l'association des secouristes, Marybeth avait un sérieux handicap. Bien qu'elle suivît tous les cours et ait lu tous les ouvrages nécessaires, elle était incapable d'obtenir le diplôme d'auxiliaire médicale. L'examen se déroulait en deux temps : il y avait d'abord une partie pratique, qu'elle obtint, puis une partie écrite, plus difficile et qui nécessitait de suivre environ une centaine d'heures de cours. Pour être reçu, il fallait une moyenne de soixante-dix; Marybeth dépassa à peine les soixante. Elle avait tellement honte d'avoir échoué qu'elle le cacha à ses collègues le plus longtemps possible. Elle leur raconta qu'elle n'avait pas reçu les résultats, puis qu'ils avaient été perdus. Elle finit par leur avouer, en larmes, qu'elle avait été recalée. Elle se présenta deux fois au test écrit, sans parvenir à améliorer sa note.

Son beau-père, un homme aimé et respecté par tous les autres volontaires de l'association, expliquait son échec avec bienveillance : « Elle veut toujours tout faire trop vite, et c'est peut-être pour ça qu'elle n'a pas été reçue. S'il y a un raccourci, elle le prend. » Edna disait même : « Elle était capable de le faire, mais pas de l'expliquer par écrit. »

Pour obtenir ce diplôme, il fallait également connaître les techniques de sauvetage, et c'était, là aussi, au-dessus des capacités de Marybeth. Les cours avaient lieu dans la piscine du YWCA de Schenectady, où elle réussit à faire tous les exercices jusqu'au moment où le moniteur lui demanda de mettre la tête sous l'eau. Marybeth céda brusquement à la panique. Refusant même d'essayer, elle se mit à hurler : « Je ne peux pas! Je vais m'étouffer! » Sa réaction fut si violente et le choix de ses mots si inattendu que l'incident resta gravé dans la mémoire d'un des secouristes présents. Marybeth n'avait pas dit « me noyer », mais « m'étouffer ». Pourquoi, en un moment pareil, ce mot lui était-il venu à l'esprit ? Et pourquoi, en présence de sauveteurs professionnels, avait-elle eu si peur ?

Elle fut toutefois reçue au brevet de secouriste de la Croix-Rouge, ce qui signifiait qu'elle pouvait travailler avec une équipe d'ambulanciers mais seulement sous les ordres d'auxiliaires médicaux qualifiés. Elle avait également le droit de conduire l'ambulance, ce qu'elle adorait faire. Elle était surexcitée comme un enfant quand elle s'engageait à toute allure sur l'autoroute, le doigt sur le bouton de la sirène, et, à plus d'une reprise elle fit durer le plaisir en prenant un chemin plus long pour rejoindre l'hôpital.

Dans les petites villes américaines, la brigade des sapeurs pompiers et les associations de secouristes rassemblent un nombre étonnant de gens à l'esprit civique qui se chargent de faire fonctionner ces services. Les secouristes de Duanesburg formaient une association particulièrement conviviale, et donnaient une grande partie de leur temps libre pour une tâche souvent désagréable et épuisante. Ils travaillaient par équipe de trois, la plupart des volontaires s'arrangeant pour être disponibles douze heures d'affilée par semaine, durant lesquelles ils tenaient une permanence téléphonique pour répondre à n'importe quel appel d'urgence. Ceux qui occupaient un emploi à plein temps devaient renoncer à leur jour de repos pour se consacrer à l'association. Même pour les femmes au foyer, ce n'était pas toujours évident ; en effet, quelle que soit la tâche qu'elles entreprenaient, elles savaient qu'il leur faudrait peut-être l'interrompre pour partir sur-le-champ. Marybeth consentait volontiers à ces petits sacrifices : elle était toujours disponible quand on avait besoin d'elle et assumait de bon cœur les tâches ingrates.

Pendant un temps, elle s'occupa du tableau de service. « Ce n'est pas un travail facile, expliqua l'un des ambulanciers. On est d'ailleurs obligé de désigner quelqu'un pour le faire, parce que jamais personne ne veut s'en charger. Il faut organiser à l'avance l'emploi du temps pour un mois complet, vingt-quatre heures sur vingt-quatre, sept jours sur sept, et ce pour tous les volontaires, sachant que certains ne sont disponibles que quelques heures par jour. Et Marybeth tenait à le faire. Quand j'y repense, je me dis qu'elle voulait surtout se faire remarquer.

« Elle a eu très vite des problèmes. Il y avait des trous qui devaient être remplis et, bien qu'elle passât un temps fou au téléphone à essayer de persuader les gens, c'était un désastre. Elle voulait continuer mais on a dû s'arranger pour qu'elle n'en ait plus la responsabilité l'année suivante. »

Marybeth appartenait à l'équipe du lundi, de service de 6 heures à 18 heures. Les deux autres membres, l'un et l'autre auxiliaires médicaux qualifiés, étaient le révérend Burnham H. Waldo, pasteur de l'Église méthodiste unie à Delanson, et Barbara Munson, une enseignante anglaise qui venait de prendre sa retraite. Aimables et d'un caractère facile, ils étaient tous deux bien plus tolérants vis-à-vis des bizarreries de Marybeth et de ses problèmes que certains de ses collègues qui avaient tout bonnement refusé de faire équipe avec elle.

Barbara Munson pensa pendant longtemps que Marybeth n'avait jamais eu d'enfant, dans la mesure où les deux femmes n'avaient jamais abordé le sujet. Puis, un jour, alors qu'elles rentraient en voiture, Marybeth lui raconta qu'elle avait eu huit enfants et qu'ils étaient tous morts.

« Je ne savais pas quoi répondre, sauf que j'étais absolument désolée pour elle, déclara Barbara. Qu'est-ce qu'on peut dire à quelqu'un qui vous annonce ça ? C'était tellement incroyable. Et puis, elle me l'avait annoncé de manière si désinvolte, comme si c'était normal. »

Burnham Waldo eut la même réaction. A cette époque, il pensait que Marybeth n'avait perdu que deux enfants, mais quand il apprit la vérité, il alla la vérifier auprès de Joe Tinning senior. « Et quand il m'a dit que c'était vrai, je lui ai immédiatement suggéré de prélever des échantillons de l'atmosphère dans l'appartement de McClellan Street, pour voir si elle n'était pas contaminée par un virus quelconque. » Le père de Joe lui répondit que cela avait déjà été fait.

Sensibles au traumatisme qu'elle avait dû vivre, les deux collègues de Marybeth tentèrent de se montrer particulièrement compréhensifs avec elle, mais leur patience fut parfois à rude épreuve.

« Quand nous devions nous retrouver au poste d'ambulance parce qu'il y avait eu un appel d'urgence, je ne savais jamais quelle Marybeth allait arriver, expliqua Waldo. Elle pouvait être calme, posée, efficace et fiable, ou bien avoir un comportement bizarre, se tapir à l'intérieur de l'ambulance ou tourner en rond, incapable de servir à quoi que ce soit. Ça n'avait rien à voir avec le type d'urgence qu'on devait assurer. C'était complètement imprévisible. Quand elle était bien, elle était très efficace et ne reculait devant rien. Mais à d'autres moments, elle était si peu fiable que j'avais peur qu'elle mette en danger la vie des blessés. »

Barbara Munson n'oublia jamais la première fois où elle fut confrontée aux réactions de terreur de Marybeth. « Il y avait un homme allongé par terre, qui venait d'avoir une crise cardiaque. J'étais à genoux, à côté de lui, et j'ai demandé à Marybeth de me tendre le ballon d'oxygène. Quand j'ai remarqué qu'elle ne répondait pas, j'ai levé les yeux vers elle et j'ai vu qu'elle serrait ses bras contre elle et qu'elle tremblait. Elle était figée par la peur, et j'ai dû hurler pour qu'elle bouge. »

Lorsqu'ils rentraient de l'hôpital, Marybeth demandait toujours à Waldo ou à Barbara Munson s'ils étaient contents d'elle. S'ils la félicitaient, elle était aussitôt soulagée et heureuse. Mais lorsque la conversation dérivait sur un autre sujet, elle s'assombrissait et se repliait sur elle-même. Waldo avait constamment l'impression d'être en présence d'une petite fille malheureuse, qui cherchait toujours l'approbation des autres et qui n'était jamais en paix avec elle-même.

Avec le temps, Marybeth se mit à prétendre qu'elle aimait vraiment son travail de secouriste, et que « plus il y avait de sang, mieux c'était ». Comme s'en rendaient compte ses coéquipiers, c'était loin d'être le cas.

Elle soutenait également s'être trouvée sur le lieu de plusieurs accidents en l'absence du révérend Waldo et de Barbara Munson, et racontait en détail, aux réunions de l'association, comment elle s'était servi de sa maigre expérience pour sauver la vie de quelqu'un. C'était généralement spectaculaire et toujours à son honneur.

Il y avait ainsi l'histoire du banquet, au club de bowling de Joe, où un homme s'était brusquement mis à vomir du sang. Elle raconta qu'en attendant l'arrivée des secours elle avait diagnostiqué une rupture d'anévrisme, lui avait administré les premiers soins et avait eu la présence d'esprit de chercher dans son portefeuille sa carte de groupe sanguin. Grâce à la promptitude de ses réactions, les secours avaient pu transfuser l'homme sur place et le sauver.

Une autre fois, elle faisait des courses au Mohawk Mall quand une femme enceinte qui marchait à quelques pas devant s'était effondrée, perdant les eaux. Marybeth raconta qu'elle l'accoucha sans l'aide de personne, empêcha que la température du corps du nouveau-né ne baisse en enveloppant l'enfant dans le papier d'aluminium qu'elle venait d'acheter.

Chacune de ces histoires avait ce que l'une des bénévoles de l'association appelait la « touche Marybeth », un détail révélateur et explicite qui donnait à ses récits un certain réalisme, comme le fait d'avoir fouillé dans le portefeuille de l'homme malade ou d'être en possession de papier d'aluminium. Des années plus tard, quand ses collègues de l'association des secouristes de Duanesburg lurent dans la presse ses aveux, ils reconnurent immédiatement le passage où elle décrivait comment elle avait pris l'oreiller du lit où Joe dormait, l'avait posé sur le canapé avant de le tapoter pour donner l'impression qu'elle y avait posé la tête en s'allongeant. C'était encore la « touche Marybeth ».

« On ne pouvait pas vérifier ses récits, et puis ils étaient crédibles, déclara le révérend Burnham Waldo. Mais quand elle était confrontée à la vérité, elle admettait qu'elle avait menti, et on avait brusquement une petite fille devant soi. Ce n'était pas seulement sa voix qui changeait, qui devenait un murmure effrayé, c'était tout son corps qui semblait rétrécir.

« Elle nous a fait croire que, tout en faisant partie de notre association, elle travaillait aussi pour une compagnie d'ambulances privée et qu'elle aidait parfois en cas d'urgence. Et chaque fois, il s'agissait de bébés ou d'enfants. »

Certaines des personnes qui l'écoutaient ne pouvaient pas s'empêcher de manifester une certaine incrédulité. Comment se faisait-il que Marybeth se trouve aussi souvent sur le lieu d'accidents ? Marybeth se contentait de hausser les épaules, un léger sourire aux lèvres. « Je ne sais vraiment pas pourquoi ça n'arrive qu'à moi », disait-elle alors.

Lorsqu'elle racontait ces histoires au cours des réunions de l'association des secouristes de Duanesburg, elle était vive et enthousiaste. Mais, si elle arrivait en retard, elle se mettait dans un coin, la tête baissée, les bras croisés sur les genoux et, levant timidement les yeux, murmurait : « Excusez-moi. » Devant cette attitude de contrition exagérée, ses collègues avaient l'impression d'être face à un enfant pris en faute et qui a peur de recevoir une fessée.

Mais Marybeth pouvait aussi être très touchante. « C'était quelqu'un de très attentionné, de très affectueux, dit Pat Wall, présidente de l'association au moment où Marybeth en était membre. Elle ne vous saluait jamais d'un simple bonjour. Non, elle vous prenait dans ses bras. Elle était aussi très consciencieuse. Et souvent, quand elle conduisait un malade à l'hôpital, elle allait ensuite lui rendre visite. »

Pat, épouse d'un cadre de la General Electric, possédait une très jolie maison à l'extérieur de Duanesburg. Elle invita plusieurs fois Marybeth à venir prendre un café sentant qu'elle devait avoir besoin de se détendre hors de la maison de ses beaux-parents. Lors de ces rencontres, Marybeth ne lui parla que de Michael, et le récit qu'elle lui fit de sa mort différait quelque peu de la réalité.

« D'abord, elle m'a raconté qu'il s'était fait une bosse à la tête, puis qu'il avait attrapé froid, et que c'était pour ça qu'elle l'avait emmené chez le médecin. Elle l'avait laissé dans la voiture en attendant son tour. Quand le médecin était prêt à la recevoir, ils étaient sortis tous les deux pour aller jusqu'à la voiture, et là, ils l'avaient trouvé mort. »

Marybeth raconta à plusieurs membres de l'association qu'après la mort de Michael elle avait reçu des coups de fil anonymes où on l'accusait d'avoir tué son fils. L'un de ses mystérieux correspondants lui avait déclaré que, pour la punir d'avoir embrassé une autre religion que celle dans laquelle elle avait été élevée, Dieu lui avait repris ses enfants. Marybeth recevait ces coups de fil chez ses beaux-parents, et il semble que leur auteur ait toujours su quand elle s'y trouvait seule – coïncidence extraordinaire. Parfois, disait-elle, elle décrochait le téléphone et une voix lui rappelait que c'était l'anniversaire de l'un de ses enfants. Mais, de tous ces prétendus coups de fil anonymes, le plus étrange eut lieu lors d'un déjeuner de bienfaisance que les dames patronnesses de Duanesburg avaient organisé. A la fin du repas, le révérend Burnham Waldo, qui avait pris part au déjeuner, la félicita pour ses talents culinaires, et Marybeth en profita pour lui conter l'étrange aventure qui venait de lui arriver : alors qu'elle se mettait à la cuisine, elle s'était rendu compte qu'elle n'avait pas assez de viande et était allée en toute hâte chez le boucher voisin. Tandis qu'elle attendait, l'un des employés lui annonça qu'on la demandait au téléphone. Quand elle prit le combiné, un homme lui dit « On sait que vous avez tué vos enfants » et raccrocha.

Waldo était habitué à recevoir toutes sortes de confidences, mais il resta perplexe en écoutant Marybeth. Son histoire paraissait improbable, pourtant elle avait presque réussi à le convaincre que quelqu'un l'épiait constamment, l'avait suivie jusque chez le boucher et avait appelé d'une cabine téléphonique. D'après elle, et cela ne semblait absolument pas fondé, il s'agissait de Carol et Andy Tinning.

Cet incident le troubla davantage qu'il ne troubla Marybeth.

Il y réfléchit longuement et finit par trouver trois explications possibles. Soit l'histoire était vraie, et il existait effectivement quelqu'un qui s'obstinait à persécuter Marybeth. Soit elle avait tout inventé, par pure paranoïa, ou pour qu'on s'intéresse à elle et qu'on la plaigne. Quant à la troisième possibilité, Waldo préférait ne pas trop y songer : et si elle avait vraiment tué ses enfants ? Était-ce alors un moyen caché de décharger sa conscience ? Elle devait savoir qu'elle pouvait compter sur lui et qu'il ferait tout pour l'aider. Mais où serait alors son devoir ? Prévenir la police ou respecter le secret de la confession ?

En tant qu'aumônier de l'association, il avait eu maintes fois l'occasion de discuter avec elle ; elle était de toute évidence très perturbée, et il voulait l'aider autant qu'il voulait connaître la vérité. Mais, à mesure que les semaines s'écoulaient, il sentit qu'il n'arriverait à rien. « J'ai essayé de découvrir ce qui, à son avis, avait provoqué la mort de ses enfants, mais plus elle me parlait d'eux, plus son histoire devenait compliquée. Elle rajoutait des détails, l'embellissait. »

Pendant des années, Marybeth avait rejeté toutes les suggestions d'aide thérapeutique ; à présent, elle semblait prête à parler des heures avec Burnham Waldo. Le révérend n'avait que peu de temps libre entre son travail à l'église et au sein de l'association. De plus, il avait de graves problèmes de santé et son médecin lui avait fortement conseillé de se ménager. Mais il n'avait jamais refusé d'aider qui que ce soit et son dévouement était extraordinaire. Malgré tous ses efforts, cependant, il eut toujours l'impression de n'avoir eu aucune influence sur Marybeth.

L'une des raisons pour laquelle Marybeth se sentait si à l'aise avec lui tenait au fait que, lors de leur première rencontre, elle était en position de force – du moins, avait-elle ainsi perçu les choses. C'était au début des années 1980, peu de temps avant qu'elle commence à travailler pour l'association. Waldo venait de se faire opérer d'un anévrisme de l'aorte dont il avait failli mourir. En tant que capitaine de l'association de secouristes de Duanesburg, le père de Joe était venu lui rendre visite à l'hôpital Ellis, et avait emmené avec lui sa belle-fille. Waldo ne garda qu'un souvenir très vague de cette visite. « On venait de me ramener dans ma chambre, et il y avait tellement de gens qui étaient venus me voir qu'on aurait dit l'ouverture des soldes chez Macy. » Marybeth lui raconta par la suite qu'elle était restée assise à son chevet dès sa sortie de la salle d'opération.

Comme d'autres avant lui, il eut plus tard l'occasion de

remarquer que toutes les histoires de Marybeth, même les plus invraisemblables, contenaient un élément de vérité. Elle était effectivement allée le voir à l'hôpital, mais probablement pas à sa sortie de la salle d'opération.

La seconde rencontre entre Burnham Waldo et Marybeth fut le fait du hasard. Alors qu'il était en convalescence, sa femme l'emmena chez le médecin pour qu'il lui ôte les points de suture. Sur le chemin du retour, ils s'arrêtèrent prendre un café au Flavorland de Shoporama. Marybeth s'y trouvait : elle était venue présenter au personnel du restaurant son dernier enfant, Jonathan. Elle bavarda un moment avec le révérend et sa femme. On était en janvier 1980; Jonathan, qui avait huit semaines, avait encore un mois à vivre, et Michael avait à peine dix-huit mois. Waldo assista aux deux enterrements, essentiellement par égard pour les grands-parents Tinning. Et c'est en faisant ainsi preuve de sollicitude qu'il devint douloureusement impliqué dans la vie complexe de Marybeth Tinning.

17

Elle me donnait l'impression d'être possédée. Je ne dis pas que je crois aux sorcières, mais parfois elle avait un regard tel qu'elle faisait peur. Un regard que je ne peux décrire que comme diabolique.

Une assistante sociale.

En tant qu'aumônier de l'association des secouristes de Duanesburg, le révérend Burnham Waldo était tout indiqué pour venir en aide à Marybeth. Lorsqu'elle s'installa chez ses beaux-parents et entra dans l'association, il pensait n'avoir affaire qu'à une femme désemparée par le chagrin, mais fondamentalement équilibrée. En tant qu'homme d'Église, il avait souvent été confronté à des personnes en deuil, et se savait capable de les aider. Mais très vite, il s'aperçut que le cas de Marybeth Tinning dépassait ses compétences.

D'abord, elle parlait peu de ses enfants, et quand elle le faisait, c'était sans aucun signe extérieur de tristesse. Elle récitait leurs noms et leurs dates de naissance d'une voix monotone, racontait comment ils étaient morts les uns après les autres, mais n'avait rien d'autre à dire à leur sujet. Aucune anecdote, aucun souvenir qui leur aurait donné quelque substance, aucun sens de la tragédie que représentait leur perte. Ils semblaient être allés et venus dans sa vie tels des spectres et ne lui avoir laissé aucune impression. C'était d'autres choses, plus personnelles, qui la mettaient dans des situations paroxysmiques de souffrance.

Elle arriva ainsi un jour au poste d'ambulance si désemparée, les yeux rouges et si gonflés, que ses collègues s'empressèrent d'appeler le révérend. Dans d'autres circonstances, ils auraient peut-être appelé le mari, mais même dans le petit village de Duanesburg où tout le monde se connaissait, Joe Tinning junior semblait ne pas exister. Il allait travailler et il allait au bowling : on n'en savait pas plus sur lui. On le voyait rarement en public et Marybeth ne parlait presque jamais de lui.

Les larmes de Marybeth concernaient l'une des rares occasions où on la verrait justement avec Joe. La date du banquet annuel de l'association – l'un des grands événements de la vie sociale de Duanesburg – approchait, et elle voulait y faire sensation. Elle avait raconté à certaines de ses collègues qu'elle s'était spécialement acheté une robe, « une robe magnifique », et elle la leur décrivit en détail : plutôt osée, très décolletée, avec des bretelles très fines. Ses beaux-parents ne l'appréciaient guère.

« Si elle te plaît, porte-la », s'étaient-elles contenté de lui dire.

Les collègues de Marybeth entendirent de nouveau parler de cette robe quand Marybeth arriva en larmes au poste d'ambulance. Elle leur raconta que la robe se trouvait dans une penderie chez ses beaux-parents, et qu'en la sortant elle avait découvert qu'elle était tachée avec de l'encre indélébile. Il n'était pas difficile de deviner qui elle accusait, mais quiconque connaissait Edna et Joe Tinning ne pouvait imaginer qu'ils aient quoi que ce soit à voir avec cela. L'histoire de la robe osée semblait aussi peu probable que l'histoire des coups de fil anonymes, qu'elle relatait l'un et l'autre d'une manière particulière, propre à la mettre en valeur, et peut-être à communiquer quelque chose qu'elle était incapable d'exprimer autrement. Était-elle en train d'essayer de dire qu'elle aurait pu être la plus belle de la soirée si seulement quelque chose qu'elle ne pouvait pas contrôler n'était venu tout gâcher d'avance ? Si cette magnifique robe dont elle s'était vantée n'existait pas, elle devait trouver le moyen d'expliquer son absence. L'histoire de la tache d'encre était encore un autre de ces petits détails révélateurs qui donnaient du réalisme à son récit tout en faisant d'elle une héroïne ou une martyre – la « touche Marybeth ». Le révérend, qu'on avait appelé pour la calmer, ne savait qu'en penser.

A mesure qu'il lui parlait, il se sentait de plus en plus débordé par la complexité des problèmes de cette femme. Et plus il tentait de l'aider, plus Marybeth se montrait exigeante. Elle lui téléphonait du poste d'ambulance pour lui annoncer qu'il y avait une urgence et qu'il devait venir sur-le-champ. quand il arrivait, souvent aux dépens d'un autre appel, la seule urgence était le besoin de parler de Marybeth. Elle avait rarement quelque chose de vital à lui dire, son discours ne tenait pas debout et les détails de ses histoires ne cessaient de changer. Néanmoins, elle se comportait comme si ce contact lui était indispensable. Waldo était probablement le premier homme dans sa vie à chercher à comprendre ce qui se passait dans son esprit confus, et à se soucier sincèrement de son bien-être.

Joe Tinning, qui était d'une timidité excessive et qui avait énormément de mal à s'exprimer, semblait bien trop déphasé pour avoir jamais pu l'aider sur le plan affectif. La maison de son enfance était un lieu où l'on ne se mettait jamais en colère, et où l'amour était quelque chose qui allait de soi plutôt que quelque chose qu'on manifestait. De plus, son éducation religieuse fondamentaliste ne l'avait nullement préparé à comprendre les tempêtes émotionnelles qui tourmentaient parfois l'esprit de Marybeth. Leur mariage était une union où les deux partenaires avaient à peine conscience de leurs propres émotions et de leurs propres désirs, et encore moins de ceux de l'autre ; c'était, en bref, l'association de deux êtres vivant ensemble par habitude, par devoir et par peur de l'inconnu.

Burnham Waldo dut apparaître comme un sauveur aux yeux de Marybeth. Elle pouvait se confier à lui comme jamais elle ne s'était confiée à Joe. Mais, bien sûr, Waldo attendait autre chose de leur relation – la santé mentale de Marybeth – et, après avoir passé des semaines à essayer de la conseiller, il fut pris de découragement.

« J'ai senti que je n'arrivais nulle part, dit-il. C'était trop pour moi. Je lui ai dit qu'il lui fallait plutôt un psychiatre ou un psychologue, et je lui ai donné un nom. Mais elle a refusé. »

Il pensa alors qu'il pourrait peut-être s'adresser au Haven, à Schenectady. C'était un centre qui offrait un soutien moral et matériel aux familles en deuil et à tous ceux dont les parents étaient sur le point de mourir, et auquel il lui arrivait de collaborer. Il s'arrangea pour que Marybeth y obtienne un emploi de bureau bénévole, espérant que, s'il glissait un mot à l'oreille de la personne adéquate, elle pourrait y rencontrer un psychologue travaillant comme consultant au centre. Il suffisait que ce dernier, préalablement prévenu, gagne sa confiance et fasse appel à ses talents professionnels pour aller au fond du problème.

Mais, à son grand désarroi, son message ne passa pas. La personne à qui il s'adressa, le supérieur hiérarchique de Marybeth, ne jugeait pas qu'elle ait besoin d'une thérapie. Loin de l'aider, son travail au Haven lui permit en fait de créer une nouvelle image d'elle-même : de retour à Duanesburg, elle raconta, notamment à ses beaux-parents qui, semble-t-il, la crurent, à quel point son expérience et son savoir-faire étaient appréciés au Haven de Schenectady. Elle conseillait de plus en plus souvent des parents affligés par un deuil, leur dit-elle, et les directeurs du centre lui avaient rapidement reconnu la capacité de comprendre la douleur de ceux qui venaient de perdre un enfant ; étant donné la manière dont elle-même avait survécu à ce drame, ils étaient heureux de pouvoir compter sur elle quand des parents frappés par la même tragédie avaient besoin d'être aidés. Elle décrivait en détail certains des cas qu'on lui avait demandé de suivre. Le plus représentatif concernait les parents d'une petite fille qui avait été renversée par une voiture. L'accident s'était réellement passé, mais le reste était le fruit de l'imagination de Marybeth.

« Vous vous rendez compte que les parents ne supportent pas de toucher à quoi que ce soit chez eux depuis que leur fille est morte ? disait-elle. Il y a encore sur la table son assiette avec les restes de son dernier repas. » Elle raconta qu'elle était allée leur rendre visite et qu'elle les avait persuadés de ranger toutes ses affaires et de continuer à vivre.

Alors que ces histoires commençaient à circuler, plusieurs membres de l'association des secouristes allèrent voir Burnham Waldo et lui demandèrent s'il trouvait sage que Marybeth joue ce rôle de conseillère. « C'était quelqu'un de si malheureux, se rappela une femme. La plupart du temps, elle semblait tendue, nerveuse et sur le point de s'effondrer. »

Waldo fut atterré d'apprendre que Marybeth prétendait être conseillère, et il insista pour que sa collaboration bénévole au Haven cesse sur-le-champ. Ce qu'il ne savait pas, c'est que Marybeth sortait souvent tard le soir pour aller visiter, soi-disant à la demande du Haven, des familles dans le besoin, mais que ses visites étaient tout autres et n'avaient rien de charitable.

Il est difficile de mener une double vie dans une petite ville comme Duanesburg, non seulement à cause de sa taille et du fait que, les habitants étant tous plus ou moins parents, les commérages vont vite, mais aussi parce que les gens ont une étonnante mémoire visuelle des voitures de chacun. Tout se sait, tout est noté, jusqu'au moindre détail, et les seules fois où l'on ne fait aucun commentaire, c'est quand la voiture a été vue en un lieu où elle n'aurait pas dû être. Mais alors, tout le village est au courant.

C'est ainsi que, alors qu'il rentrait tard chez lui après une course dans Schenectady, l'un des membres de l'association aperçut à plusieurs reprises la voiture de Marybeth garée à quatre ou cinq kilomètres de Duanesburg, près du Kathy's Motel, un établissement miteux doté d'un bar et d'un restaurant. Le bruit courait depuis peu que Marybeth fréquentait les routiers. Elle avait travaillé quelques jours au restaurant, où il semble qu'elle ait laissé un souvenir mémorable. L'une des clientes permanentes du motel – une veuve solitaire du nom de Connie, aux cheveux teints et au maquillage outrancier – sympathisa avec elle et décrivit de la sorte ses activités : « Elle traînait dans différents bars de la région, chez Kathy's, chez Giovanni's, elle allait aussi au bar de l'aéroport. Elle ne buvait pas, elle prenait juste un verre de vin, et je la présentais aux hommes qui étaient là. Comme elle m'avait raconté que son mari avait ramené à la maison sa petite amie, je ne pouvais pas la blâmer de ce qu'elle faisait. Elle m'avait même dit que c'était une jolie fille, d'origine espagnole. Marybeth avait l'air très tolérante, elle faisait même son éloge. » Connie la crut, mais rien ne prouvait la véracité de cette histoire.

« Elle était censée divorcer, continua Connie, et quand je lui demandais où en était le procès, elle me répondait que le jugement serait prononcé d'un jour à l'autre. Quand je l'ai rencontrée, elle m'a dit qu'elle avait eu trois enfants et qu'ils étaient tous morts d'un empoisonnement du sang.

« Je l'aimais bien. Elle allait me faire mes courses, m'offrait des cadeaux. » Dans le privé, Connie surnommait sa nouvelle amie Marybeth-couche-toi-là.

On vit également la voiture de Marybeth, parfois très tard le soir, devant la Giovanni's Hilltop Tavern, un bar qui se trouvait sur une route peu fréquentée de l'autre côté du village. En semaine, quand il n'y avait pas beaucoup de monde, des membres de l'association y prenaient parfois un verre à la fin de la journée, mais le week-end, le Giovanni's devenait un bar mal famé d'où s'échappait une musique bruyante jusqu'à ce que, aux premières heures de l'aube, les clients sortent en titubant pour regagner leur voiture ou leur camion.

Parmi les membres de l'association, certaines avaient la réputation d'être des femmes plutôt « légères », et il semble que Marybeth leur ait confié quelques détails explicites sur ses rencontres sexuelles. Celles qui auraient pu être choquées par un tel comportement n'en eurent jamais vent et ne connurent qu'un seul aspect de Marybeth, celui de la femme socialement correcte, voire légèrement collet-monté.

Lorsqu'Alton Roe apprit ce qu'on racontait sur sa sœur – ce qui était inévitable puisqu'il vivait à Duanesburg –, il décida d'en parler à son beau-frère et de lui dire le fond de sa pensée. Alton avait déjà des griefs contre Marybeth. A plusieurs reprises, elle était allée le voir pour lui emprunter de l'argent, en le faisant jurer de ne pas en souffler mot à Joe. C'était chaque fois quelques centaines de dollars qu'elle mettait des mois à lui rembourser par billets de dix prélevés sur le budget de la maison. Depuis son retour à Duanesburg, Alton en avait assez de ses harcèlements, de ses pleurs de petite fille quand tout n'allait pas comme elle le voulait, et des bruits qui couraient à présent sur elle. Il profita d'un jour où, avec Joe, il coupait du bois pour aborder le sujet.

– Joe, commença-t-il, je voudrais te parler, non pas comme à un beau-frère, mais comme à un ami. On raconte en ville que Marybeth sort avec un autre homme. Je l'ai d'ailleurs déjà vue avec lui plusieurs fois, et j'ai pensé qu'il fallait que tu le saches.

Joe lui fit comprendre que des collègues l'avaient déjà mis au courant et qu'il avait cessé de s'en faire depuis longtemps. Les deux beaux-frères ne mentionnèrent plus jamais l'intérêt de Marybeth pour d'autres hommes. Alton avait l'impression « qu'il n'y avait plus rien entre eux depuis des années... C'était comme si Joe était paralysé ».

Pendant ce temps, il devenait de plus en plus évident aux yeux du révérend que Marybeth était attirée par lui. Bien que cela fasse partie des risques inévitables pour les pasteurs qui cherchent à réconforter des femmes aussi désemparées, cette situation peut être très délicate à gérer. Là où d'autres hommes n'auraient aucun scrupule à se dégager d'une telle situation, un pasteur, de par les obligations de son ministère, a le devoir de continuer à leur venir en aide. A ce moment-là, il n'y avait plus aucun doute dans l'esprit de Burnham Waldo qu'il avait affaire à une malade mentale qui avait peu de chance de trouver de l'aide ailleurs. Afin de se protéger, il cessa de recevoir Marybeth dans son bureau et l'invita à passer le voir au presbytère quand il savait que son épouse y était. Les deux femmes se rencontrèrent un jour, et Ann Waldo n'oublia jamais le regard chargé de haine que lui adressa Marybeth.

A d'autres occasions, il lui proposait de le retrouver pour un café chez Gibby's, un petit restaurant proche de son église. C'était le seul restaurant à la ronde; situé à cinq ou six kilomètres du centre de Duanesburg, il était tout près de l'ancienne école de Marybeth et n'avait d'ailleurs guère changé depuis. L'ambiance y était chaleureuse et accueillante, la cuisine familiale. On y voyait souvent Marybeth et le révérend, elle parlant sans pouvoir s'arrêter, et lui silencieux, l'écoutant, plein de compassion... mais avec le sentiment d'être pris au piège.

Waldo était persuadé que Marybeth avait été l'objet de violences et d'humiliations durant son enfance; comment expliquer autrement qu'elle fût devenue aussi peu sûre d'elle, qu'elle se dévalorise autant et qu'elle cherche systématiquement à être acceptée et à être acceptable au point d'éprouver si souvent le besoin de mentir ? D'après le peu qu'elle lui confia, il était convaincu qu'elle avait été une petite fille malheureuse et inquiète. Enfant unique jusqu'à l'âge de cinq ans, une période durant laquelle son père, sous les drapeaux à cause de la Seconde Guerre mondiale, était la plupart du temps absent, elle avait été confiée à droite à gauche – du moins était-ce l'impression qu'elle en gardait – tandis que sa mère travaillait pour joindre les deux bouts.

L'une des tantes qui s'occupa d'elle manqua suffisamment de tact pour lui dire qu'elle n'avait pas été désirée et que ses parents auraient préféré attendre encore un peu avant d'avoir un enfant. Marybeth n'oublia jamais ces paroles. Quand son frère fut assez grand pour comprendre, elle l'accusa d'être « celui qu'ils avaient voulu ».

Leur père était le parent dominant, celui qu'elle redoutait mais voulait pourtant imiter. Alton se rappelait qu'il la punissait quand « elle se mettait à pleurer » et qu'il la chassait à coups de tapette ou de règle, l'enfermant dans sa chambre jusqu'à ce qu'elle se « tienne correctement »; puis il racontait au petit frère ce qu'elle avait fait et la punition qu'elle avait reçue afin que celui-ci puisse tirer profit de ses erreurs.

Bien que Waldo n'ait pas appris ces détails de la bouche de Marybeth, qui défendait toujours son père, il sentait qu'elle était en proie à des sentiments très ambivalents à son égard. Même après sa mort, elle continuait à rechercher son approbation. Elle semblait avoir enfoui au plus profond de son subconscient les problèmes qu'elle avait eus avec lui et était incapable de les exprimer. Waldo ne pouvait dès lors qu'émettre des

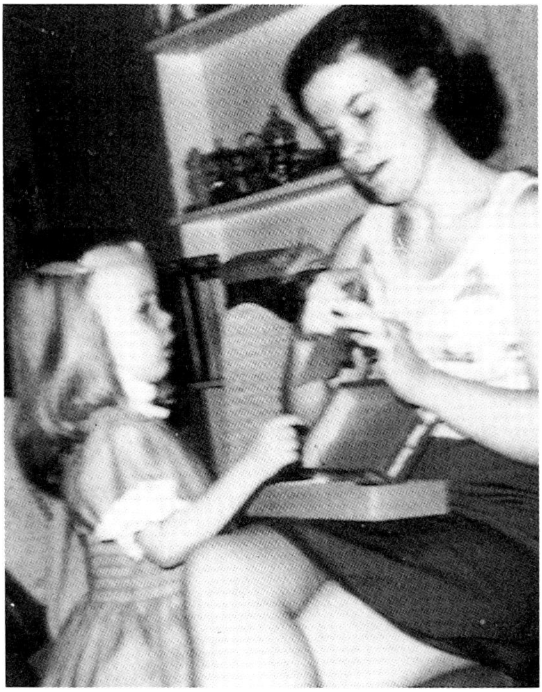

Marybeth avec son premier enfant, Barbara.

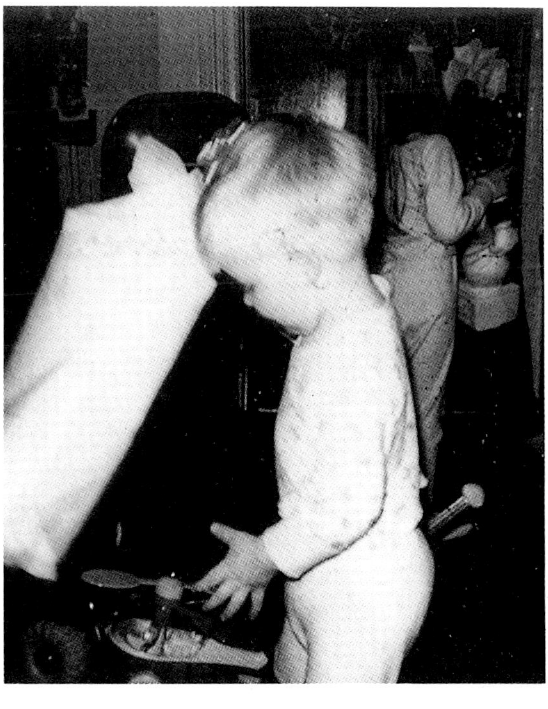

Son deuxième enfant, Joseph, et, derrière, Barbara. La photo fut prise peu avant leur mort.

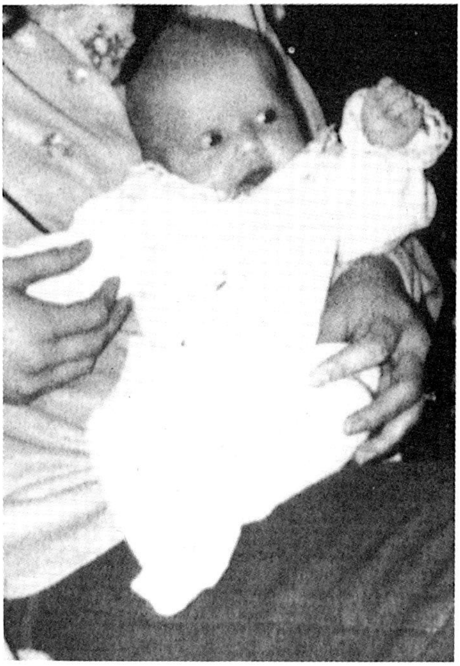

Mary Frances.

Jonathan, âgé de 15 jours.

Michael à l'âge d'un an, lors de vacances dans le Maine.

Tami Lynne.

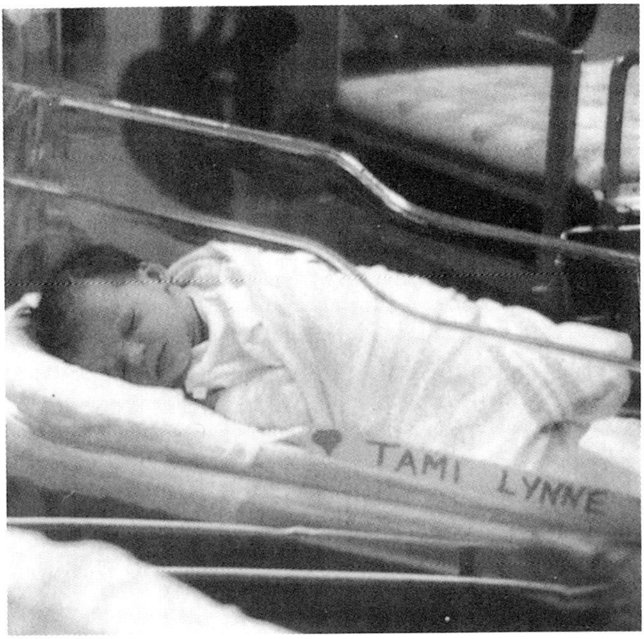

Marybeth et Joe avec Tami Lynne.

La maison de la rue McClellan, où Marybeth et Joe vivaient à l'époque de la mort de Nathan, Mary Frances, Jonathan et Michael. (Stephen Longmire.)

La maison sur l'avenue Michigan où mourut Tami Lynne. La baie vitrée au-dessus du porche est celle de l'alcôve du salon où elle dormait. (Sid Brown, *Schenectady Gazette.*)

Cynthia Walter, la voisine qui tenta de sauver la vie à Tami Lynne.

Le révérend Burnham H. Waldo.

Le district attomey John Poersch. (Garry Brown, *Schenectady Gazette.*)

Paul Callahan, l'avocat de la défense. (Sid Brown, *Schenectady Gazette.*)

Le docteur Thomas F.D. Oram.

L'enquêteur William W. Barnes.

L'enquêteur Joseph V. Karas.

Marybeth et Joe attendant le verdict du jury devant la cafétéria du palais de justice.
(Garry Brown, *Schenectady Gazette.*)

Immédiatement après que le jury l'a déclarée coupable, le shérif Barney Waldron conduit Marybeth en prison.
(Garry Brown, *Schenectady Gazette.*)

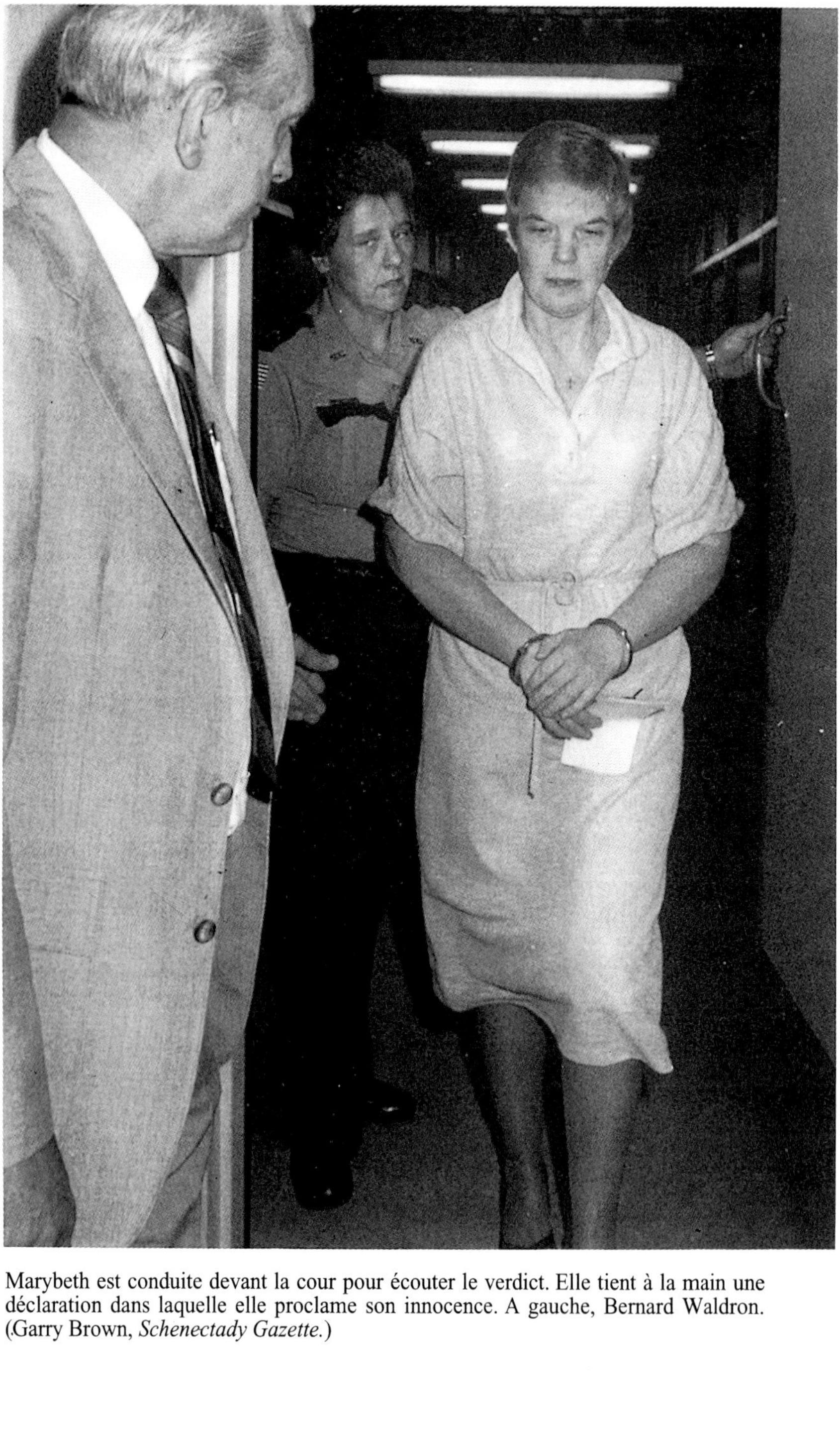

Marybeth est conduite devant la cour pour écouter le verdict. Elle tient à la main une déclaration dans laquelle elle proclame son innocence. A gauche, Bernard Waldron. (Garry Brown, *Schenectady Gazette.*)

hypothèses sur les raisons de cette ambivalence. Quand, en de rares occasions, elle faisait allusion à quelque expérience traumatisante de son enfance, c'était toujours de manière indirecte, de sorte qu'on pouvait l'interpréter de différentes façons.

Lorsque Marybeth avoua à la police qu'elle avait tué trois de ses enfants, on lui demanda si elle avait été sévèrement punie quand elle était petite. C'est un fait reconnu que les parents qui maltraitent leurs enfants ont souvent été eux-mêmes victimes de mauvais traitements dans leur enfance. Bizarrement, de tels enfants protègent souvent leurs parents, ayant été conditionnés à croire que leur propre méchanceté plutôt que la cruauté des parents était à l'origine de la punition. Cette manière perverse de penser rend possible, voire excusable, le fait qu'à leur tour ils exercent des sévices sur leurs propres enfants.

D'après les réponses que Marybeth donna aux enquêteurs de la police, il était évident qu'elle correspondait à ce schéma, mais elle refusa de s'en servir dans sa défense. William W. Barnes, l'enquêteur en chef de la police de l'État de New York, décrivit une conversation qu'il eut avec Marybeth après qu'elle avait admis avoir tué sa fille.

– Je lui ai demandé pourquoi elle avait fait ça et ce qui s'était passé, dit-il.

– Et qu'est-ce qu'elle a répondu ?

Sa réponse fut peut-être la déclaration la plus significative jamais faite au sujet de Marybeth Tinning.

– Elle m'a répondu que, quand elle était petite, son père l'enfermait dans le placard, qu'il la frappait avec une tapette, qu'elle avait toujours eu l'impression d'être bonne à rien, qu'elle avait eu un enfant et que son premier enfant était mort, et qu'elle n'était pas digne d'être mère. Elle m'a répondu que les enfants des autres ne pleuraient pas comme les siens, qu'elle n'était pas une bonne mère. Qu'elle n'arrivait pas à faire taire ses enfants et qu'elle les étouffait, elle cita les noms de trois enfants, et que, pour les autres, elle ne savait pas ce qui leur était arrivé, mais qu'elle en avait étouffé trois avec un oreiller.

Quand, au cours du même interrogatoire, on lui donna l'occasion de corroborer le fait qu'elle ait subi des sévices dans son enfance, elle prit aussitôt la défense de son père.

– L'enquêteur Barnes a dit qu'il pensait que mon père était un homme brutal et peut-être méchant, mais mon père était un homme bon, déclara-t-elle.

Cette réponse était révélatrice, non seulement des mauvais traitements en eux-mêmes mais aussi de sa promptitude à les excuser.

– Il me frappait avec la tapette parce qu'il avait de l'arthrite et qu'il ne pouvait pas se servir de ses mains, et quand il m'enfermait dans ma chambre, c'est que je l'avais sans doute mérité.

De tous les inspecteurs qui l'interrogèrent, Barnes fut le seul à lui poser des questions sur son enfance. Il agit de la sorte parce qu'il était au courant de certaines choses, et Marybeth, le sachant, ne chercha pas à démentir la sévérité de son père. Alors qu'il était adolescent, plus de trente ans auparavant, Barnes était chargé de surveiller les enfants qui prenaient le bus de ramassage scolaire; après être descendu cahin-caha de la grande butte dominant la colline, au nord de Duanesburg, où la famille Barnes habitait, le bus s'arrêtait à mi-pente devant une maison isolée pour prendre la petite Marybeth Roe. Depuis, il gardait le souvenir du père Roe regardant du porche sa fille aller lentement jusqu'au bus. Les autres parents accompagnaient leurs enfants en les tenant par la main avant de les embrasser tendrement. Alton Roe, lui, se contentait de rester sur le pas de sa porte.

Ce souvenir resta si vif dans sa mémoire que des années plus tard, alors qu'il était devenu enquêteur en chef de la police et qu'il avait de grands enfants, Bill Barnes ne pouvait pas passer devant la maison Roe, ce qu'il faisait tous les matins en allant à son travail, sans y repenser. Quand, à la mort d'Alton Roe senior, la mère de Marybeth déménagea pour un appartement à Schenectady, Alton et Sandy Roe décidèrent de s'y installer et la maison parut bien plus accueillante. Avec ses pots de fleurs accrochés aux murs, elle avait l'air lumineuse et claire. Mais Barnes voyait toujours, en surimpression, l'image de la maison telle qu'elle était avant, sombre, sinistre et interdite, avec un homme frêle qui se tenait sur le porche, aux aguets.

C'est dans cette maison que le jeune Joe Tinning vint chercher Marybeth pour la première fois. Les deux jeunes gens ne se connaissaient pas. Un ami avait arrangé leur rendez-vous, et Marybeth confia des années plus tard que, lorsqu'elle avait ouvert la porte, elle avait espéré que ce serait son prince charmant qui serait là, beau, brun et ténébreux. Mais, à son grand désarroi, l'homme qui se tenait devant elle était d'une maigreur excessive et d'une timidité maladive; de presque deux ans son cadet, il n'était jamais sorti avec une fille et ne savait pas exactement ce qu'on attendait de lui.

– J'ai failli me sauver en courant et dire à mon père que je ne pouvais pas, raconta-t-elle.

Il est significatif de noter que c'est vers son père plutôt que vers sa mère que Marybeth fut tentée de se tourner, qu'elle ne suivit pas son instinct, et que très vite Joe et elle se marièrent.

Après la mort de son père, Marybeth parla rarement de lui. Mais quand elle retourna à Duanesburg à l'âge de quarante ans, sa belle-mère remarqua qu'à chaque fois qu'elle prenait la tapette pour chasser une mouche, Marybeth se raidissait.

Un jour, alors que Burnham Waldo et l'une des auxiliaires médicales de l'association rentraient d'une urgence, celle-ci rassembla tout son courage : « Cela faisait un moment que je voulais lui en parler, dit-elle, mais ce n'était pas évident. Comme on s'était mis à parler de Marybeth, ça a été plus facile, et je lui ai dit qu'il y avait des bruits qui couraient sur son compte parce que Marybeth clamait sur tous les toits qu'elle avait une aventure avec lui. Il s'est contenté de m'écouter, mais il était manifestement bouleversé. Après, j'ai été très triste, parce que je savais que ce genre de commérages pouvaient nuire à sa réputation. »

Quelques années plus tard, alors qu'il était à la tête d'une autre église, il reconnut que cette histoire, que Marybeth n'avait pas manqué d'embellir comme elle le faisait pour toutes les histoires qu'elle racontait, avait failli ruiner sa carrière. Certaines personnes y crurent, citant pour preuve le nombre de fois où on les avait vus ensemble chez Gibby's. Cela avait été un véritable cauchemar pour lui et les siens. Pour mettre un terme à ces commérages, il demanda à Marybeth de le retrouver une dernière fois au poste d'ambulance.

Il était en colère, mais pas autant qu'elle après qu'elle entendit ce qu'il avait à lui dire.

« Je lui ai dit qu'elle m'avait fait assez de mal comme ça, qu'elle devait se faire soigner, et qu'à l'avenir elle ne devait plus m'appeler. C'était pour elle comme un rejet, et elle est devenue folle de rage. On aurait dit une petite fille qui fait brusquement une colère, mais avec bien plus de violence, bien plus de profondeur. Et son regard était si noir, il y avait une telle expression de haine dans ses yeux, c'était la première fois que je voyais quelque chose d'aussi violent. J'avais peur qu'elle se jette sur moi. Et puis elle m'a dit : “Je ne pardonne pas et je n'oublie pas non plus. Je me venge.” C'était une menace et je l'ai prise au sérieux. »

Bien qu'il ne la revît jamais seule par la suite, il ne cessa de se reprocher sa désintégration morale qui allait se poursuivre pendant longtemps encore. « La pire attitude, en médecine, déclara-t-il quelques années plus tard, c'est de prétendre qu'une maladie va disparaître d'elle-même si l'on ne tente rien. C'est comme ça que les métastases se développent. Et Marybeth souffrait d'un cancer de l'esprit.

« Ce qu'il y a eu de plus frustrant pour moi, c'est d'avoir voulu venir en aide à cette femme, qui était très malade, et de ne pas en avoir été capable. Je lui en veux encore d'avoir terni ma réputation, mais je me sens mal aussi, très mal quand je me dis que, pendant toutes ces années, personne n'a rien pu faire pour elle. Les assistantes sociales, la police, les médecins, les infirmières, l'église, tout le monde a échoué. Tout le monde. »

18

Quand Marybeth n'aimait pas quelque chose, elle s'en débarrassait.

Une ancienne amie.

Au début de l'année 1982, alors qu'il distribuait le courrier dans le centre de Schenectady, Chuck Ray vit une voiture se garer près de lui et Marybeth en sortir d'un bond. Devant les regards amusés des passants, elle prit Chuck dans ses bras et l'embrassa. « Tu peux me féliciter ! s'écria-t-elle. Je suis propriétaire ! »

Elle était de nouveau la Marybeth pétillante de joie et affectueuse, celle qu'il aimait se rappeler, aussi enjouée qu'une enfant à une fête. Cela lui réchauffa le cœur de la voir aussi heureuse. Elle lui raconta qu'avec Joe, ils avaient acheté une caravane près de Duanesburg, à deux kilomètres environ de la maison de ses beaux-parents, et qu'ils emménageaient bientôt. Son comportement ne laissait rien transparaître des conflits intérieurs qui l'affligeaient. Au contraire, Chuck s'émerveilla de sa capacité à surmonter les coups durs et à continuer à vivre.

Marybeth n'avoua pas à Chuck que cette caravane n'était pas la maison de ses rêves. Elle aurait sans doute préféré la petite maison qui était à vendre à Duanesburg, mais Joe s'était plaint que la pelouse tout autour était trop vaste et qu'il ne se voyait pas la tondre tous les week-ends. Le prix était peut-être aussi trop élevé pour lui. Bien que Joe gagne relativement bien sa vie, une caravane d'occasion était probablement le maximum qu'il puisse s'offrir. Grâce à la générosité de ses parents qui lui avaient permis d'économiser plusieurs mois de loyer, il avait réussi à rembourser quelques-unes de ses dettes, sans parvenir toutefois à résoudre tous ses problèmes. Il est tout de même étrange qu'un homme avec de si belles perspectives d'avenir au début de sa vie d'adulte se retrouve, à l'approche de la quarantaine, à devoir encore tirer le diable par la queue et à dépendre toujours de ses parents retraités.

La caravane était agréablement située dans un lotissement, avec une belle vue sur la campagne alentour. Joe la rénovait le week-end avec l'aide de son frère et de son beau-frère, mais plus la date d'emménagement approchait, plus l'enthousiasme de Marybeth baissait. L'idée de s'installer là, loin de tout, ne lui plaisait pas, disait-elle, et si elle devait vivre dans une caravane, elle en aurait préféré une neuve. Sandy Roe lui répétait qu'il n'y avait rien qu'ils ne puissent réparer sans un peu d'huile de coude, mais ce n'était pas ce que Marybeth avait envie d'entendre.

Elle y alla seule, un jour en début d'après-midi, pour prendre les mesures des fenêtres afin d'y mettre des rideaux. Un ouvrier était passé dans la matinée pour réparer le four et certifia qu'à son départ il marchait très bien. Il faisait très froid, ce jour-là, et Marybeth retourna chez ses beaux-parents où Edna Tinning recevait les dames patronnesses. Quelques minutes après qu'elle eut quitté la caravane, une femme qui habitait à côté remarqua que de la fumée s'en échappait; elle appela aussitôt la brigade de pompiers la plus proche, à Pine Grove, puis téléphona à Edna Tinning. Marybeth enfila son manteau en toute hâte et partit sur-le-champ. La caravane avait pris feu très vite et de gros nuages de fumée montaient dans le ciel. Alors que les pompiers essayaient d'éteindre l'incendie, un voisin invita Marybeth chez lui. Elle semblait bouleversée et n'avait pas pris le temps de mettre un chapeau ou des gants. Elle paraissait contente de pouvoir se réchauffer les mains autour d'une tasse de café.

Il ne resta rien de la caravane. Officiellement, on déclara que l'incendie avait été provoqué par un défaut dans le système électrique, mais certains pompiers se demandèrent s'il ne s'agissait pas d'un acte criminel. Bien que le feu ait pris sur le mur où se trouvait le compteur électrique, l'un des hommes remarqua que les premières flammes semblaient émaner du sol, juste sous le compteur. Quand un incendie se déclare, les flammes ont tendance à monter. Là, le plancher avait brûlé avant le mur. « Je n'aurai pas juré devant la cour que c'était un acte criminel, dit-il. Mais ça en avait tout l'air. » Le four, situé sur le mur opposé, était intact.

Il est pratiquement impossible de prouver qu'un incendie a été allumé volontairement quand il ne reste que des décombres. La compagnie d'assurances auprès de laquelle Joe venait d'assurer la caravane ouvrit aussitôt une enquête mais ne put rien prouver, et après un délai de plusieurs mois, indemnisa Joe. Mais à Duanesburg, les doutes demeurèrent. On racontait dans le village que lorsque Marybeth était rentrée chez sa belle-mère après avoir quitté la caravane, elle sentait la fumée. A moins que ce ne soit l'essence ?

Edna, cependant, affirma n'avoir rien observé d'étrange dans le comportement de sa belle-fille ce jour-là. Dans sa version des faits, Marybeth était au courant de l'incendie quand elle était arrivée chez elle. « Je crois qu'il s'est déclenché alors qu'elle était là-bas en train de nettoyer », dit-elle. Elle raconta que Marybeth était rentrée en toute hâte et avait appelé les pompiers de chez elle. Pourquoi alors avait-elle éprouvé le besoin de retourner chez ses beaux-parents pour téléphoner quand elle aurait pu le faire d'une des maisons voisines ? Cela n'avait aucun sens.

Les gros incendies, du genre de ceux qui détruisent entièrement un édifice, sont rares dans les communautés rurales, et ce sont des événements si exceptionnels dans la vie des pompiers qu'ils en parlent longtemps après. L'incendie de l'Église réformée de Princetown, en mars 1978, presque quatre ans plus tôt, était le plus important de ces dernières années. Deux mois après, un autre incendie détruisit entièrement l'un des poulaillers des Jewett.

On déclara à l'époque qu'un défaut dans l'installation électrique était à l'origine de ces deux incendies, mais il y avait de telles coïncidences que les gens s'interrogèrent. Les Jewett étaient membres de l'Église réformée de Princetown, et après l'incendie qui l'avait ravagée, ils avaient fait don d'un terrain pour la reconstruction, et avaient proposé en attendant d'utiliser l'une de leurs granges comme lieu de culte. Personne n'osa déclarer en public que les deux incendies étaient le fait d'un acte criminel, mais, à cause de leur proximité dans le temps et dans l'espace – l'élevage de poulets des Jewett se trouvait non loin de l'église –, plusieurs pompiers se demandèrent si quelqu'un ne cherchait pas à nuire à la congrégation.

L'incendie de la caravane ranima les soupçons. Si un incendiaire avait mis le feu à l'église et au poulailler quatre ans auparavant, était-il possible que ce fût Marybeth ? Il y avait des points communs dans la manière dont ces trois incendies s'étaient déclarés. Mais qu'avait Marybeth à reprocher à cette église ? Quelques années plus tard, elle confia à Cynthia Walter que des membres de la congrégation l'avaient accusée d'avoir tué ses enfants. Peut-être avait-elle aussi senti une certaine désapprobation de la part du révérend Harold Irish, qui s'était montré d'une excessive froideur lors de l'enterrement de Michael.

L'incendie du Kathy's, le restaurant où Marybeth rencontrait des hommes et où elle avait brièvement travaillé, fut perçu comme étant plus qu'une coïncidence. En effet, comment ne pas remarquer que Marybeth avait systématiquement un lien avec tous les endroits qui avaient mystérieusement brûlé ? Cependant, sauf pour l'incendie de la caravane, il n'y eut jamais aucune preuve contre elle. En 1986, à la suite de la mort de Tami Lynne, la police de Schenectady se mit à surveiller sérieusement les activités de Marybeth Tinning, et conclut bientôt qu'elle avait probablement mis le feu à sa caravane mais il était trop tard pour la poursuivre en justice, car il y avait prescription.

A partir de là, ils furent nombreux à la soupçonner d'être mêlée aux autres incendies – sans pouvoir toutefois rien prouver. Le nom de Marybeth fut de plus en plus lié aux précédents sinistres, d'abord de manière diffuse, puis, au fur et à mesure que les gens parlaient entre eux, aussi assurément que si on l'avait surprise une boîte d'allumettes dans les mains.

A première vue, Marybeth fut victime de commérages malveillants, mais s'ils furent si facilement acceptés, c'était à cause de la peur qu'elle inspirait chez quiconque la contrariait. Et c'est de cette peur que sont nées et que se sont répandues toutes ces histoires selon lesquelles elle était possédée par l'esprit du mal. Le pompier qui la soupçonna d'avoir mis le feu à sa caravane accepta d'être interviewé à condition que son nom ne soit pas cité. Plusieurs serveuses du Flavorland, voisines et infirmières eurent la même réaction, ainsi que nombre de personnes qui avaient eu l'occasion de la connaître à un moment ou un autre de sa vie; même après qu'elle fut condamnée à vingt ans de prison, elles avaient encore peur qu'elle se venge si elles parlaient.

« Ne me faites pas dire ce que je ne dis pas. Je n'ai pas peur d'elle, expliqua l'une des serveuses du Flavorland. Mais j'ai peur qu'elle s'en prenne à mes enfants, maintenant qu'ils sont grands et qu'ils ont leur maison à eux. Je pense aux incendies. Et qui sait ce qu'elle peut faire d'autre ? »

Une autre serveuse exprima très franchement ses craintes : « Je n'oserais même pas lui envoyer un petit mot. Je ne veux même pas qu'elle pense à moi. Si elle a été capable de tuer ses enfants, elle est capable de tout. Elle n'est pas du genre à tuer les gens de sang-froid. Mais les gens finissent un jour ou l'autre par payer, et je suis sûre qu'elle fera en sorte de les faire payer. »

Même Burnham Waldo eut peur quand elle le menaça au poste d'ambulance. Malgré sa croyance innée en la bonté des hommes, il eut parfois l'impression d'être en présence d'un être si diabolique qu'il se demanda si elle n'était pas possédée. C'était une expression fugitive qu'on n'oubliait pas ; une telle rage couvait dans son regard qu'il en devenait presque inhumain.

Nombre d'histoires étranges, dont la plupart relevaient de la pure fiction, circulèrent au sujet de Marybeth durant son séjour à Duanesburg. Leur valeur tient moins à leur absence de fondement qu'au fait que Marybeth fut justement le genre de personnes sur qui courait ce genre de bruits. A une époque, on raconta qu'elle appartenait à une secte de sorcières de Central Bridge, un village à huit kilomètres environ au sud-ouest de Duanesburg. Il n'y a jamais eu aucune preuve de son appartenance à cette secte, ni même de l'existence de la secte, mais il avait suffi d'un rien pour que les gens associent Marybeth, ses humeurs sombres et la malédiction qui frappait ses enfants aux sorcières qui jettent des sortilèges et dansent nues au clair de lune.

Cette Marybeth de légende semblait n'avoir aucun rapport avec la femme au foyer de Schenectady qui portait des pantalons en polyester et donnait l'impression d'avoir les pieds sur terre. Les gens qui la voyaient ainsi se sentaient coupables d'avoir pensé du mal d'elle. C'est pourquoi, quand elle retourna à Duanesburg, elle n'eut aucun mal à persuader deux hommes qui ne se connaissaient pas qu'il lui fallait une arme. Elle présenta sa requête de manière si rationnelle – il était important, leur dit-elle, qu'elle soit armée quand elle circulait sur ces routes de campagne désertes – qu'ils furent incapables de refuser. Ce n'est qu'après qu'elle eut signé sa demande de permis de port d'arme qu'ils se rappelèrent que la personnalité de Marybeth recelait une part d'ombre – l'un la décrivit comme « plutôt excentrique », l'autre comme « profondément troublée ».

Ils furent si consternés par ce qu'ils venaient de faire que l'un contacta la police locale, et l'autre le bureau du shérif Barney Waldron, à Schenectady, où l'on délivrait les permis de port d'arme. Sans s'être concertés, ils déclarèrent l'un et l'autre qu'après réflexion ils trouvaient Marybeth bien trop instable affectivement pour posséder une arme et demandèrent à ce que son permis lui soit retiré.

Malgré leur intervention, Marybeth obtint son permis, et quelque temps plus tard on la vit s'exercer au tir dans le jardin derrière la maison de ses beaux-parents. Elle ne l'a apparemment jamais utilisé à autre chose, bien qu'un jour elle ait menacé de tuer sa belle-sœur Sandy Roe.

Sandy l'avait surprise en train de mentir à sa mère, et ce mensonge pouvait se retourner contre elle. Elle rétablit donc la vérité, mettant Marybeth dans l'embarras.

– Si tu recommences, je me pointe chez toi avec mon pistolet, lui dit Marybeth au téléphone. Oh, je ne te tuerai pas, mais je te ferai sacrément mal.

Sandy prit la menace au sérieux. « Marybeth ne m'a jamais aimée parce que je voyais clair dans son jeu », reconnut-elle. Par ailleurs, le fait que la mère de Marybeth cite souvent Sandy en exemple n'arrangeait rien à leurs relations. « Mais pourquoi n'es-tu pas comme Sandy ? disait-elle à Marybeth d'un ton plaintif. Pourquoi n'es-tu pas plus réfléchie et plus consciencieuse ? » Marybeth, qui se sentait déjà mal à l'aise vis-à-vis d'Edna Tinning et de ses tendres mais fermes efforts pour la guider dans la vie, avait envie d'exploser quand sa mère la critiquait. Mais elle ne déchargea pas sa colère sur Sandy, comme elle l'en menaça. D'après Alton, Marybeth aurait plutôt utilisé son arme contre elle-même.

Au cours des onze mois où Marybeth vécut chez ses beaux-parents, son comportement devint de plus en plus autodestructeur. « On aurait dit qu'elle aimait être sur le point d'être démasquée, fit remarquer l'une des femmes de l'association des secouristes. Pendant longtemps, elle nous a tous trompés. Elle pouvait être si convaincante quand elle mentait, elle donnait l'impression d'être sincère et incomprise. Mais au bout d'un moment, elle ne savait plus ce qu'elle avait dit. »

L'épisode le plus bizarre qui survint durant cette période n'avait, au dire de Marybeth, rien à voir avec elle. Il concerna le vol d'une poupée en celluloïd de la taille d'un nouveau-né, appelée le bébé Resusci, que les secouristes utilisent pour s'entraîner aux techniques de respiration artificielle. La tête de la poupée pouvait s'enlever et se remettre, par sa bouche légèrement ouverte on pouvait insuffler de l'air, et sa poitrine élastique répondait aux compressions de la respiration artificielle. Pendant longtemps, la compagnie d'ambulance n'avait eu à sa disposition qu'un mannequin de taille adulte surnommé Annie, et ils venaient d'acquérir le bébé Resusci.

Les deux poupées étaient rangées dans un placard au premier étage du poste d'ambulance. Au début de l'hiver 1982, un professeur du lycée de la région les emprunta pour une démonstration auprès de ses élèves. Quand il les rapporta, il les laissa dans le garage sans les ranger dans le placard habituel. Une semaine plus tard, alors que des membres de l'association en avaient besoin pour un cours de secourisme, ils s'aperçurent que le bébé Resusci avait disparu.

Il était peu probable que cette poupée, bien que d'une valeur de trois à quatre cents dollars, ait attiré le genre de voleur qui cherche à se procurer rapidement du liquide. Il y avait d'autres équipements dans le garage qui coûtaient bien plus cher et qui étaient plus faciles à écouler sur le marché. Par ailleurs, personne parmi les membres de l'association n'avait de raison de commettre un vol aussi étrange, personne à l'exception de Marybeth – et la plupart des membres l'en croyaient capable.

« Cette idée nous a tous traversé l'esprit, mais personne n'a osé le lui dire, déclara l'un des secouristes. Nous savions qu'elle avait perdu tous ses enfants, et elle avait souvent eu devant nous un comportement si bizarre... Il n'y avait pas d'autre explication. »

« Ce n'est pas que nous la soupçonnions d'avoir volé la poupée. Nous en étions sûrs. Mais nous n'avions aucune preuve », déclara un autre membre de l'association.

Mais pourquoi Marybeth aurait-elle commis ce vol ? Était-ce pour remplacer les vrais bébés qu'elle avait perdus, pour pouvoir tenir dans ses bras une poupée et imaginer qu'elle était vivante ? On pouvait insuffler de l'air dans la bouche en plastique de cette poupée : était-il possible que Marybeth se rappelât toutes les fois où elle n'avait pas réussi à sauver ses enfants ? Ou cette poupée représentait-elle le seul genre de bébé qui ne posait jamais de problème, qui ressemblait aux bébés des autres, ceux qui ne pleuraient pas ?

Après que d'autres équipements disparurent à leur tour, Marybeth fut de nouveau soupçonnée. Son dernier emploi au sein de l'association consistait à vérifier l'approvisionnement des fournitures médicales et à passer les commandes nécessaires. Au bout d'un moment, les gens commencèrent à remarquer que certains produits n'étaient pas réapprovisionnés comme ils le devaient. Lorsqu'ils interrogeaient Marybeth à ce sujet, elle répondait qu'elle avait passé une commande mais qu'elle ne les avait toujours pas reçus ou que l'entreprise à qui elle s'était adressée était en rupture de stock. « Nous commandions du glucose, des pansements, et rien de tout cela n'arrivait », se plaignit l'un des membres du conseil.

Toutes les explications de Marybeth étaient plausibles. Les commandes pouvaient s'être mélangées, le courrier avoir du retard, l'équipement avoir été volé. Ce genre de choses se produit, tout comme des nouveau-nés peuvent brusquement mourir ou une caravane prendre feu. Mais ce qui rendait ces incidents et ces drames si difficiles à accepter, c'était qu'ils arrivaient toujours à la même personne.

« Au début, on avait tous pitié de Marybeth. Elle semblait tellement ne pas avoir eu de chance dans la vie. Mais, après avoir travaillé avec elle pendant un petit moment, on a fini par se demander si elle ne s'arrangeait pas pour que ce genre de choses lui arrive. »

Tous, à l'association, poussèrent un soupir de soulagement quand Marybeth annonça que Joe et elle avaient l'intention de retourner vivre à Schenectady. Ils n'avaient toujours pas de quoi acheter une maison, mais l'heure était venue pour eux de quitter la maison des parents Tinning. Edna et son mari, qui les avaient accueillis pendant onze mois, envisageaient de s'installer dans une maison plus petite. Joe et Marybeth répondirent donc à une annonce de la *Schenectady Gazette* pour une location sur Michigan Avenue; l'appartement était pratiquement identique à celui qu'ils avaient quitté après la mort de Michael : l'étage d'une maison à charpente en bois construite au début du siècle, dans une rue où toutes les maisons se ressemblaient. C'était, certes, un aveu d'échec, mais ils n'avaient pas le choix.

Cette nouvelle maison était moins plaisante que celle qu'ils occupaient sur McClellan Street. Toute la journée, des camions passaient dans la rue pour rejoindre l'autoroute et la chaussée était en partie défoncée. Marybeth annonça à son nouveau propriétaire, Steven McGiffin, que Joe et elle n'avaient pas d'enfant et qu'ils n'avaient pas l'intention d'en avoir.

Après son retour à Schenectady, elle continua à travailler pour l'association des secouristes de Duanesburg douze heures par semaine. A la demande de son beau-père, l'association renonça à la clause de proximité du lieu de domicile, à condition que Marybeth passe la journée chez lui, au village, quand elle était de service. En vérité, plusieurs membres auraient préféré la voir démissionner, mais aucun n'osait contrarier le père de Joe. « C'était un homme bon, aimé de tous... il n'y avait pas meilleur que lui », dit l'un d'entre eux. Une fois par semaine, elle quittait donc Schenectady à 5 heures et demie du matin pour arriver chez ses beaux-parents à 6 heures, heure à laquelle commençait son service. Sur ce point, on ne peut la critiquer : Marybeth n'a jamais manqué une seule permanence. A la fin de la journée, on la voyait parfois traîner dans ses anciens lieux de prédilection, la Giovanni's Hilltop Tavern ou le Kathy's Motel.

Sa collaboration avec l'association des secouristes de Duanesburg se poursuivit encore deux ans après qu'elle emménagea à Michigan Avenue, et prit brusquement fin durant l'été 1984. Ce fut un incident dû au hasard qui précipita son départ : on découvrit, sur un terrain de sport près de sa nouvelle maison, une caisse contenant du matériel de premier secours, comme celles qu'utilisaient les volontaires de l'association; la caisse appartenait à Marybeth, mais le contenu portait les étiquettes de l'association des secouristes de Duanesburg. L'homme qui découvrit la caisse la rapporta au poste d'ambulance. Aussitôt, une enquête fut ouverte pour savoir comment un tel équipement s'était retrouvé en possession de Marybeth.

La caisse contenait entre autres une dizaine au moins de petits masques à oxygène pour bébé. Or, Marybeth n'était pas qualifiée pour s'en servir. Comment expliquer alors qu'elle en possédait autant – l'association en avait rarement plus d'une douzaine en réserve – et tous de la taille bébé ?

Quand on lui demanda de s'expliquer sur leur présence, Marybeth répéta qu'ils lui appartenaient tous, qu'on les lui avait donnés à l'hôpital chaque fois qu'elle y avait emmené en urgence l'un de ses enfants. Personne ne la crut. Les masques à oxygène étaient encore tous dans leur enveloppe de plastique, ils étaient tous identiques et neufs. Quant aux autres instruments trouvés dans la trousse et qu'elle n'était pas autorisée à utiliser, elle ne donna aucune explication sur leur présence.

Les membres de l'association l'accusèrent de les avoir volés et l'obligèrent à démissionner si elle ne voulait pas être poursuivie en justice, puis ils la convoquèrent à une réunion afin qu'elle s'explique sur tout le matériel manquant.

C'était une situation pénible pour les membres de l'association. Ils étaient désolés pour « le vieux Joe », qui avait toujours jusqu'alors pris la défense de sa belle-fille. Cette fois, il n'avait rien à dire. Marybeth ne se présenta pas à la réunion. Quelques heures plus tôt, elle était passée au poste d'ambulance et y avait laissé une lettre de démission sur la table dans laquelle elle exprimait l'espoir que le conseil accepterait le don de sa trousse de premiers secours et de son contenu.

On ne retrouva jamais le bébé Resusci.

19

Je ne crois pas qu'elle soit coupable. C'est quelqu'un de très gentil. J'aime beaucoup Marybeth.

Son dernier employeur.

Schenectady n'avait guère changé pendant l'absence des Tinning. Fondée à la fin du XIXe siècle, quand les chemins de fer et l'industrie électrique y florissaient, c'est une ville triste et morne malgré ses vaines tentatives d'embellissement et ses imposantes maisons victoriennes. Les styles architecturaux se sont mélangés au fil des ans, et les inévitables ornements des villes industrielles ont suivi : câbles électriques au-dessus des petites rues du centre, voies ferrées où les trains grondent à chacun de leur passage entre New York et Montréal. La tristesse des vitrines, où les articles sont jetés en vrac plutôt qu'élégamment disposés, semble souligner le caractère utilitaire de l'endroit.

Cela n'a cependant pas toujours été le cas. Schenectady est un mot indien qui signifie « le chemin à travers les pins ». A l'origine, c'était un comptoir commercial, puis les Hollandais s'installèrent dans la région, suivis des Anglais – parmi lesquels l'ancêtre de Joe Tinning. Ils ont laissé derrière eux quelques magnifiques vestiges d'architecture prérévolutionnaire. Au début du XIXe siècle, la construction d'une voie de chemin de fer et l'excavation du canal Erie provoquèrent une brusque croissance de la ville. Mais ce fut Thomas Edison qui tira définitivement Schenectady de l'anonymat en s'y installant le 20 août 1886 et en décidant d'y établir son royaume.

Les inventions d'Edison devaient bientôt mener à la création de la vaste usine de la General Electric, laquelle domine la vie de Schenectady depuis 1892. Dès les premières années de son implantation, l'usine attira une multitude d'immigrants – Irlandais, Italiens, Allemands, Polonais et Juifs fraîchement débarqués d'Europe –, et à la fin du siècle la population de la ville avait plus que doublé. On construisit en vitesse de quoi loger toute cette nouvelle main-d'œuvre, sans oublier d'aménager un secteur – connu sous le nom de GE Plot – spécialement pour les cadres de l'usine, avec de larges avenues ombragées.

Le couple de Marybeth et Joe Tinning était typique : fille d'un ouvrier de la General Electric qui épouse un ouvrier de la General Electric, lui-même fils d'ouvrier de la General Electric. Le jeune Joe Tinning s'était élevé au statut de col bleu en suivant pendant trois ans et demi des cours de formation au sein de l'entreprise, où il avait appris les techniques d'engineering. Il avait auparavant essayé de préparer un diplôme universitaire mais avait abandonné au bout de deux ans. Son travail consistait, comme il l'expliqua lui-même, « à développer les installations nécessaires à la fabrication d'un produit, ainsi qu'à concevoir les différentes étapes de sa fabrication ». En termes plus simples, il traduisait les croquis des ingénieurs en objets réels, calculant point par point comment les mécaniciens allaient fabriquer un outil ou une pièce à partir du croquis d'un dessinateur industriel. C'était un travail de technicien spécialisé, qui requérait une connaissance très précise du matériel de l'usine, mais dont les perspectives étaient limitées. Joe n'avait en effet guère de chances d'être muté à un poste de cadre ou de gagner plus d'argent.

A la grande époque de la prospérité, il semblait que ce qui était bon pour la General Electric l'était aussi pour Schenectady. En d'autres termes, tant que l'usine dominait le marché international, elle garantissait un emploi à la plupart des habitants de la ville. Grâce à ses largesses, les institutions sociales et culturelles florissaient. Le gouvernement local était aussi solide et progressiste qu'elle le permettait.

En 1983, quand les Tinning revinrent vivre à Schenectady, ce système « féodal » commençait à péricliter. Pendant des années, la General Electric avait dominé non seulement la ville mais aussi le marché international. L'usine de Schenectady fabriquait des turbines et des générateurs qui alimentaient des centrales électriques dans le monde entier et tant que la demande en électricité continuait d'augmenter, le marché de la General Electric était assuré et immensément profitable.

Quand survint la crise du pétrole en 1974, les ventes internationales de l'usine chutèrent brusquement. Avant que les prix se stabilisent, des mesures pour la conservation de l'énergie furent prises et la demande mondiale en électricité décrut. Pour la première fois dans son histoire, la General Electric était confrontée à une aride compétition de la part du Japon et de l'Europe. Elle lutta tant qu'elle put pendant quelques années, puis se résolut à fermer certains secteurs de l'usine de Schenectady. En 1983, les licenciements commencèrent par vagues immenses. Tout comme ses collègues, Joe Tinning était inquiet quant à son avenir. Alors qu'elle était au sommet de sa production, l'usine avait employé jusqu'à 29 000 personnes ; à la fin de l'année 1988, ils n'étaient plus que 11 700.

Joe travaillait aux turbines, un secteur particulièrement vulnérable. Bien que son statut de salarié lui garantisse une certaine sécurité, il savait qu'il ne pouvait plus compter travailler à la GE jusqu'à sa retraite.

Au début de l'été 1984, un coup de fil inattendu lui permit de vendre son terrain et donna en même temps à Marybeth l'occasion de trouver du travail. Madeline Harding, une femme d'affaires de Schenectady, cherchant un terrain où installer sa caravane, passa devant le site où l'incendie avait eu lieu deux ans auparavant. Comme l'endroit lui plaisait, elle chercha le nom des propriétaires, rencontra les Tinning et fit affaire avec eux.

Madeline leur expliqua qu'elle dirigeait une compagnie privée de ramassage scolaire. Marybeth raconta à son tour qu'elle avait travaillé pour une compagnie d'ambulance. Le reste suivit naturellement. Puisque Marybeth avait conduit des ambulances, que pensait-elle de conduire à présent un car de ramassage scolaire ?

Marybeth n'hésita pas longtemps. C'était exactement le genre de travail qui l'avait toujours attirée : elle aimait être en contact avec des gens, et être responsable d'un autocar rempli d'enfants lui donnait le même sentiment d'importance que conduire une ambulance. Elle commença à travailler pour la Dubb Transportation en septembre 1984, trois ans et demi après la mort de Michael. A ce moment de sa vie, elle semblait être vouée à rester sans enfants. Elle ne dit mot à ses nouveaux collègues de ses huit enfants décédés, et, quand elle se sentit un peu plus en confiance, elle n'en mentionna qu'un ou deux.

L'une de ses tâches consistait à conduire de jeunes enfants à une école maternelle de Schenectady. Plusieurs mois après son embauche, elle ne remarqua sans doute pas un jeune homme à la barbe châtain clair et aux cheveux longs qui l'observait d'un œil mauvais un jour qu'elle déposait les enfants devant l'école. Kevin Karpowicz n'avait certainement pas l'allure d'un médecin, mais, de tous les pédiatres de Schenectady, il était le plus virulent dans la lutte contre les mauvais traitements à enfants. Il se souvenait très bien de Marybeth Tinning qu'il avait connue à l'époque de la mort de Jonathan, au Centre médical d'Albany.

La voir à l'école maternelle où il travaillait comme médecin consultant fut un choc, pas tant à cause des sombres souvenirs que sa présence évoquait que de ce qu'il devina : Marybeth était de nouveau enceinte. C'était incroyable et terrifiant à la fois, car il savait que, lorsque cet enfant naîtrait, ni lui ni personne ne serait autorisé à faire quoi que ce soit pour le protéger.

Marybeth elle-même semblait en proie à des sentiments partagés quant à cette nouvelle grossesse à l'âge de quarante-deux ans. Bien qu'elle ne cachât pas son état à la fête organisée pour le baptême de la fille adoptive de Carol et d'Andy, elle attendit d'être enceinte de cinq mois pour appeler, en larmes, le cabinet de son obstétricien afin d'y prendre rendez-vous. Après ce premier rendez-vous, elle revint régulièrement, mais arrivait souvent dans un état de grande nervosité. Lors d'une de ces visites, elle confia en sanglotant à une infirmière qu'elle avait très peur. L'infirmière pensa qu'elle voulait parler de son âge et du fait que tous ses autres enfants étaient morts. En ce qui concernait sa santé, elle n'avait eu jusque-là que quelques problèmes mineurs, et se portait plutôt bien.

Elle était de nouveau en larmes quand elle annonça la nouvelle à son propriétaire, Steven McGiffin.

– Steven, je suis enceinte, dit-elle en pleurant. Vous n'allez pas nous mettre à la porte, n'est-ce pas ?

– Bien sûr que non.

– Mais quand nous avons pris l'appartement, nous vous avons dit que c'était que pour nous deux, lui rappela-t-elle d'une voix tremblante.

– Il n'y a aucun problème, Marybeth, lui assura Steven. Vous pouvez rester.

Elle fit preuve de la même réticence vis-à-vis de sa belle-sœur Carol comme si elle avait anticipé la mise en garde que celle-ci ne manquerait pas de lui faire : « Tu as intérêt à ce qu'il ne lui arrive rien. » Elle prétendit également qu'elle redoutait de mettre sa voisine, Sue Lencewicz, au courant, bien que Sue ne lui ait jamais fait la moindre critique. A nouveau, elle avait une attitude ambiguë, se comportant comme si elle avait peur d'être enceinte quand, en fait, elle avait peur de ce qu'on allait penser d'elle. Il semble en fait qu'elle ait réellement désiré avoir un enfant. A ses yeux, un enfant était une extension de sa propre personne, et quand on s'extasiait devant lui, c'était elle qui recevait les compliments. A chacune des naissances (comme à chaque décès), elle se sentait entourée, et cette affection comblait un vide énorme dans sa vie. De toutes ses expériences de mère, il semble qu'elle n'ait jamais compris qu'un bébé ne donne pas de l'amour mais en exige énormément, de sorte que l'impression de vide revenait toujours une fois la nouveauté passée.

L'accouchement était prévu pour le mois d'août 1985. Marybeth continua de travailler jusqu'à la fin de l'année scolaire. Elle partait très tôt le matin et revenait pour de brefs moments dans la journée, se garant devant chez elle quand elle faisait une pause. Un jour, lors de l'une de ces pauses, une voisine remarqua qu'un homme l'accompagnait. Étonnée, elle accepta néanmoins l'explication que lui donna Marybeth : un enfant, en vomissant dans l'autocar, avait taché ses vêtements et l'homme, l'un de ses collègues, l'avait reconduite chez elle pour qu'elle se change.

Marybeth rencontra Cynthia Walter peu de temps après avoir arrêté de travailler. Cynthia aussi était enceinte, et elles devaient accoucher plus ou moins à la même date. Marybeth semblait aussi heureuse que Cynthia à l'idée d'attendre un enfant. Durant tous ces mois où elles se fréquentèrent, pas une seule fois Cynthia ni ses autres voisines ne soupçonnèrent l'existence d'une autre Marybeth – l'enfant apeurée, ou la femme en colère, à moitié folle que d'autres avaient trouvée si inquiétante.

Par une chaude soirée d'août, quelques jours avant la naissance de Tami Lynne, l'une des anciennes serveuses du Flavorland rencontra Marybeth par hasard dans un restaurant et fut encore plus choquée que le Dr Karpowicz. C'était la serveuse à qui Marybeth avait confié, le regard perdu dans le lointain alors qu'elle était enceinte d'un autre enfant, que « Dieu lui avait ordonné de tuer celui-là aussi ».

Cette femme ne devait jamais oublier ce moment où, horrifiée, elle s'était sentie si impuissante. La vue de Marybeth de nouveau enceinte la terrifia. Elle était sortie dîner en ville avec un ami, et cette brève rencontre lui gâcha la soirée.

« Marybeth était plongée dans une conversation avec son mari et un autre homme, se rappela-t-elle. Nous sommes arrivés après elle, mon ami et moi, et nous nous sommes installés à une table un peu plus loin. Brusquement, Marybeth s'est levée et s'est dirigée vers les toilettes, et c'est à ce moment-là que je me suis rendu compte qu'elle était enceinte, et sur le point d'accoucher. Je suis devenue blanche comme un linge. Mon ami m'a aussitôt demandé ce qui n'allait pas et je lui ai répondu que Marybeth était de nouveau enceinte et qu'elle allait encore tuer son bébé.

« Quand elle est passée près de notre table, je l'ai appelée. Elle a essayé de faire comme si elle n'avait pas entendu, mais j'ai appelé plus fort. Elle s'est arrêtée et m'a saluée, mais je sentais bien qu'elle aurait préféré ne pas me rencontrer. Je lui ai dit : " Marybeth, mais tu es de nouveau enceinte ! " et elle m'a répondu : " Oui. Qui sait si je ne vais pas accoucher ici, d'ailleurs ? " Elle a eu un grand sourire en disant ça. Puis elle est partie.

« Je n'ai rien pu avaler de toute la soirée. Je n'arrêtais pas de dire à mon ami que Marybeth allait tuer cet enfant, et il me regardait comme si j'étais devenue folle. " Un petit séjour à l'asile te ferait du bien ", me disait-il. Il ne comprenait pas ce que je voulais lui dire. »

Quelques jours plus tard, Joe Tinning senior annonça timidement à l'un des membres de l'association des secouristes qu'il avait une nouvelle petite-fille. Plus d'un an s'était écoulé depuis la démission de Marybeth. A présent que l'enfant était né, Joe Tinning senior sentait que cette naissance ne serait pas accueillie avec l'enthousiasme de rigueur en pareille circonstance.

La nouvelle fit très vite le tour de Duanesburg. Connie, la vieille cliente du Kathy's Motel, l'apprit de la bouche d'une jeune femme qui fréquentait souvent le bar à l'époque où Marybeth y allait.

– Marybeth vient d'avoir une jolie petite fille, lui dit-elle. (Anticipant la question de Connie, elle ajouta :) Je me demande qui est le père.

Chuck et Janet Ray ne virent pas le faire-part de naissance dans la *Schenectady Gazette*; quelle ne fut alors la surprise de Chuck quand il croisa un jour Marybeth poussant un landau sur Michigan Avenue.

– Je te présente Tami Lynne, lui dit Marybeth.

– Qui est-ce ? demanda Chuck en se penchant sur le bébé, persuadé que Marybeth gardait l'enfant d'une voisine.

– Notre petite fille, répondit Marybeth, un large sourire aux lèvres.

Chuck eut du mal à attendre le soir pour annoncer la nouvelle à sa femme.

Il avait l'impression d'être revenu en arrière, avec les Tinning de retour en ville et de nouveau fiers de leur enfant. Michigan Avenue ne se trouvant qu'à quelques rues de la poste où il travaillait, il décida un jour, vers la fin de l'année 1985, d'aller leur rendre visite à l'heure du déjeuner. « Après tout, on avait été amis pendant un paquet d'années. Je n'avais aucun scrupule à sonner chez eux et à m'asseoir à leur table. »

Marybeth et Joe étaient tous les deux à la maison. Après avoir jeté un coup d'œil à Tami Lynne, Chuck s'installa dans la cuisine et ils se mirent tous trois à bavarder. Ils lui annoncèrent qu'ils venaient d'acheter une petite maison à Ballston Spa. Ils semblaient tous les deux très heureux à l'idée de déménager et envisageaient de partir au début de la nouvelle année. Ils avaient déjà commencé à faire les cartons.

La veille de Noël, Chuck se retrouva de nouveau sur Michigan Avenue où il distribuait le courrier. Lorsqu'il arriva devant le numéro 367, il sonna. Ce fut Joe qui ouvrit la porte.

– Joyeux Noël à toi et à toute ta petite famille, dit-il en souriant. Comment va Tami Lynne ?

Chuck était fier de se rappeler le prénom de la petite fille.

Joe ne lui rendit pas son sourire.

– Elle est morte dans la nuit de mardi. Nous l'avons enterrée hier, répondit-il.

Il y eut un long silence pendant lequel Chuck tenta de se ressaisir.

– Je suis désolé, Joe, murmura-t-il. Je ne savais pas.

Il retourna à pied à son bureau de poste, où il annonça la nouvelle à un ami, mais ne put guère s'étendre sur le sujet tant il était bouleversé. Il n'arrivait pas à croire à la mort de ce neuvième bébé, il n'arrivait pas à le supporter, il n'arrivait plus à se concentrer sur son travail. Au bout d'un moment, il décida de rentrer chez lui.

TROISIÈME PARTIE

MARYBETH

20

Pendant toutes ces années, personne n'a rien fait. Il a fallu que ce dernier bébé meure pour que les autorités passent à l'action, et à ce moment-là elles ne pouvaient pas faire autrement, parce qu'il y avait trop de gens qui savaient.

Une ancienne collègue.

Le Dr Thomas Oram n'avait jamais procédé à une autopsie aussi détaillée que celle de Tami Lynne Tinning. Mais, quand les examens revinrent du laboratoire, ils étaient tous négatifs. « Nous avons tout vérifié et nous n'avons rien trouvé », déclara Oram. Rien, à l'exception d'une congestion cérébrale et pulmonaire caractéristique de l'asphyxie, laquelle est ce qu'il y a de plus visible dans les cas de mort subite du nourrisson. Ou de mort par suffocation.

Quand il avait procédé à l'autopsie de Michael, cinq ans auparavant, Oram n'était pas au courant des subtiles différences entre ces deux formes de mort par asphyxie, différences que les chercheurs de l'époque qui travaillaient sur le syndrome de la mort subite du nourrisson avaient à peine commencé à mettre à jour. Même s'il avait pu prouver que Michael était mort par suffocation, la présence d'une petite tache à la base de l'un des poumons aurait découragé n'importe quel avocat d'attaquer Marybeth en justice.

La mort de Tami Lynne était moins compliquée, et pour la première fois dans l'histoire de la famille, on ne l'étudia pas isolément. Le passé médical des autres enfants Tinning fut pris en compte dans son intégralité. Quand l'on considérait les diverses causes de décès officiellement déclarées – syndrome de

Reye, arrêt cardiopulmonaire, œdème pulmonaire aigu, mort subite du nourrisson, et même la pneumonie de Michael –, on pouvait tout à fait concevoir que tous les enfants Tinning, à l'exception de Jennifer, étaient morts par suffocation. Sept des huit diagnostics précédents étaient soit inadéquats, soit douteux. On attribua à Barbara, puis rétrospectivement à Joseph, un syndrome de Reye sur la seule foi des déclarations de Marybeth selon lesquelles ils avaient eu des convulsions. Alors qu'il consultait les dossiers, le Dr Oram remarqua que personne, hormis Marybeth, n'avait été témoin de ces convulsions. Si ces deux enfants avaient bien eu des convulsions, étaient-elles une réaction à une tentative d'étouffement avortée ? Car s'il est relativement simple d'étouffer un nourrisson, ce pouvait être un « sale boulot » d'étouffer un enfant de presque cinq ans.

Les sept autres enfants Tinning – Joseph, Timothy, Nathan, Mary Frances, Jonathan, Michael et Tami Lynne – avaient peut-être été étouffés eux aussi. Les diagnostics qui les concernaient étaient tous douteux, et il n'y avait pas toujours eu d'autopsie. Jennifer fut manifestement la seule enfant Tinning à mourir de cause naturelle, et il semble que sa mort, la première des neuf, ait joué le rôle de catalyseur pour toutes les morts suspectes qui suivirent.

Cette théorie vit le jour lors des discussions entre Oram et les membres de la Tinning Task Force. Elle collait aux faits connus, mais prouver qu'elle était vraie allait être difficile. Si Marybeth Tinning devait être accusée de meurtre, l'accusation aurait alors à prouver qu'elle avait délibérément tué Tami Lynne. Le travail de l'avocat de la défense serait facile : il lui suffirait de semer le doute dans l'esprit des jurés pour qu'au moins l'un d'eux hésite à rendre un verdict de culpabilité. Marybeth était la seule personne à avoir été aux côtés de Tami Lynne juste avant sa mort, et elle n'avait aucune raison apparente de vouloir la tuer. Dans ce cas, toute action engagée contre elle devait reposer sur des preuves médicales. Et cela signifiait que le Dr Oram devait être absolument sûr qu'il s'agissait bien d'un homicide.

Bien qu'il y ait nombre de preuves indirectes entourant la mort de Tami Lynne, ce n'était pas suffisant. C'était cependant intrigant. Après avoir appris auprès de la police et des assistantes sociales certains détails de la vie de Marybeth, Oram se demanda pourquoi une femme qui avait perdu huit enfants plaçait le berceau de son bébé à un bout de l'appartement quand elle et son mari dormaient à l'autre. Il l'aurait plutôt imaginé surprotégeant son bébé et ne le quittant pas des yeux un seul instant. Et pourtant, rien ne laissait entendre que Marybeth n'était pas une bonne mère. Le Dr Oram estimait même que « d'une certaine façon, elle aimait être entourée d'enfants ».

Un autre point qui l'intriguait était qu'à chaque fois que l'un de ces enfants tombait subitement malade ou mourait, seule Marybeth était présente. Si elle donnait des descriptions tout à fait crédibles des symptômes dont elle avait été témoin, on ne savait jamais ce qui les avait provoqués. Par ailleurs, son estimation de l'heure à laquelle la mort était survenue était discutable. Quand il procéda aux autopsies de Michael puis de Tami Lynne, Oram avait le sentiment qu'ils étaient morts une heure ou deux avant l'heure indiquée par la mère.

Il se rappelait que Michael était très froid lors de l'autopsie, un peu plus d'une heure après son arrivée à l'hôpital Ellis. Cela l'avait surpris. Si, comme le disait Marybeth, Michael était vivant quand elle l'avait installé dans la voiture pour l'emmener chez le Dr Mele, son corps n'aurait pas dû être si froid quand il avait commencé à l'examiner.

Afin de déterminer l'heure approximative de la mort de Tami Lynne, Oram décida d'analyser le liquide des globes oculaires connu sous le nom d'humeur vitreuse. Normalement retenue derrière le cristallin, l'humeur vitreuse, après la mort, est pénétrée par le potassium des cellules du globe oculaire. Plus un individu est mort depuis longtemps, plus l'humeur vitreuse est chargée de potassium. Dans le cas de Tami Lynne, le niveau de potassium indiquait qu'elle était morte deux heures avant l'heure indiquée par Marybeth.

« Le problème, c'est que ce n'est pas un test très précis, admit Oram. Mais à mon avis, Tami Lynne est morte vers 22 heures, et non pas à minuit, quand sa mère a appelé les secours. »

Bien qu'il ait de plus en plus de soupçons, il hésitait encore à conclure. Oram n'était pas familier du syndrome de la mort subite du nourrisson, et, comme certains des résultats de l'autopsie de Tami Lynne le troublaient, il décida d'appeler un ancien collègue, le Dr J. Bruce Beckwith, chef du département de pathologie de l'Hôpital des enfants de Denver et professeur d'anatomopathologie à l'École de médecine de l'Université du Colorado.

« Ce fut l'un des plus longs coups de fil que j'ai jamais passé, dit le docteur Oram. Je lui ai raconté l'histoire depuis le début. On s'était connus en 1964 quand on était tous les deux internes.

A cette époque, on ne savait pas grand-chose sur le syndrome de la mort subite du nourrisson, et ça l'intéressait. Au cours des vingt années suivantes, il est devenu l'un des plus grands spécialistes du pays sur la question.

« Quand je l'ai appelé au sujet de Tami Lynne, j'étais encore obnubilé par la présence dans le sang de carbonate d'ammoniaque et je me demandais si ça pouvait entraîner des perturbations du mécanisme de synthèse de l'urée. Je lui ai décrit l'autopsie en détail et je lui ai fait part des résultats auxquels j'étais arrivé, et aussi de ce que je n'avais pas trouvé. Dans les cas de mort subite, on note souvent la présence de petites hémorragies faciales ou oculaires, mais il n'y avait rien de tel chez Tami Lynne. En revanche, il y avait eu une hémorragie gastrique, et il m'a expliqué qu'elle avait probablement dû se produire lors des tentatives de réanimation. A part ça, il ne m'a pas dit grand-chose d'autre et a attendu que je finisse ma description. Alors, il a déclaré : " Il n'y a qu'une seule explication. L'enfant a dû être étouffé. " »

« C'est en fait une question de logique, fit observer plus tard le Dr Beckwith. Je suis intimement convaincu que le syndrome de la mort subite du nourrisson n'est pas un problème familial. On a cité plusieurs cas dans des familles, mais la plupart pouvaient être expliqués par des maladies génétiques dont l'issue ressemble apparemment au syndrome de la mort subite. Sur mille nouveau-nés qui meurent, deux seulement sont victimes du syndrome de la mort subite, ce qui signifie que statistiquement il y a peu de chance que cela arrive deux fois de suite dans la même famille.

« Sur les douze cents cas de mort subite que j'ai étudiés, sept seulement étaient les seconds au sein de la même famille, et l'on s'est rendu compte plus tard que cinq d'entre eux étaient des cas de maladie héréditaire que l'on n'avait pas réussi à identifier au départ. Le syndrome de la mort subite du nourrisson possède également des traits distinctifs. Il survient rarement au cours du premier mois de la vie d'un enfant, jamais au-delà du sixième. Dans la plupart des cas, le bébé meure entre le deuxième et le troisième mois; jamais après un an. Le Dr Oram décrivait quelque chose qui s'étalait sur une période qui ne correspondait pas à ce que l'on savait du syndrome de la mort subite.

« S'il ne s'agissait par conséquent pas de la mort subite du nourrisson, l'autre possibilité était une maladie héréditaire, et il existe deux sortes de maladies génétiques : celles qui sont dominantes, et il y a cinquante pour cent de chances pour qu'elles surviennent, et celles qui sont récessives. Si elle est dominante, on trouve les mêmes anomalies chez l'un des parents. Dans la mesure où les deux parents Tinning étaient en bonne santé, elle ne pouvait donc être que récessive, auquel cas ce n'est pas un enfant sur deux qui risque d'en hériter, mais un sur quatre. Dans la famille Tinning, tous les enfants étaient morts, y compris l'enfant adopté. Statistiquement, la possibilité que cela arrive à tous les enfants d'une famille de cette importance est si infime qu'on peut l'exclure.

« Par conséquent, il ne pouvait s'agir d'une maladie génétique. Et les circonstances de ces morts étaient si variées et elles étaient survenues à des âges si différents que cela ne pouvait tout simplement pas être des cas de mort subite. Et puis, il faut savoir que l'on assiste rarement à un cas de mort subite du nourrisson. Cela survient généralement pendant le sommeil du bébé et la mort n'est découverte qu'après. Il est très inhabituel qu'un parent voie son enfant mourir du syndrome de la mort subite. Quant à en voir deux, c'est carrément impensable.

« Il ne restait donc plus qu'une seule possibilité : ils avaient été assassinés. Mais comme je l'ai dit au Dr Oram, la question n'était pas de savoir si c'était la mère qui avait tué ses enfants, mais comment elle les avait tués.

« Il m'a demandé si l'on pouvait voir la différence entre une mort par suffocation et une mort due au syndrome de la mort subite du nourrisson. Ma réponse était que, si l'on place un oreiller sur le visage d'un nouveau-né, on arrive à imiter la mort subite, mais imparfaitement. En effet, il y a dans les cas de mort subite des hémorragies de la taille d'une tête d'épingle au niveau de la face et de la poitrine qui ne peuvent être provoquées que par l'obstruction des voies respiratoires à la fin d'une expiration. C'est quelque chose que l'on a observé dans quatre-vingt-cinq pour cent des cas de mort subite du nourrisson. Mais si vous étouffez un enfant avec un oreiller, vous obstruez les voies respiratoires à n'importe quel moment du cycle, et chez les bébés morts par suffocation, vous ne trouverez pas ce type d'hémorragie. Chez le bébé que me décrivait le Dr Oram, on ne les voyait pas. Tout comme elles n'étaient pas mentionnées dans les dossiers médicaux des autres enfants de la famille. Tout cela ne faisait que renforcer l'hypothèse de la mort par suffocation. »

Oram n'avait jamais vu auparavant d'enfant mort par suffocation, et dans un premier temps l'absence d'hémorragie l'étonna. Il était habitué à en constater chez les personnes mortes par strangulation, et il pensa que, si Tami Lynne avait été étouffée, il y aurait eu de même rupture de vaisseaux sanguins au niveau des yeux et du visage. Beckwith lui expliqua que cela ne pouvait être le cas que si quelqu'un l'avait effectivement étranglée. Mais si le bébé avait été étouffé avec un oreiller, la pression sur le visage aurait été égale à la pression interne, et donc il n'y aurait pas d'hémorragie à la surface de la peau. Par conséquent, ce fut l'absence de marques sur le visage de Tami Lynne qui éveilla les soupçons.

Après avoir parlé avec le Dr Beckwith, Oram s'entretint avec le Dr Michael M. Baden, le directeur de l'institut médico-légal de la police de l'État de New York. Baden, ancien médecin légiste de la ville de New York, demanda à consulter les dossiers des neufs enfants Tinning et arriva à la même conclusion que Beckwith.

« J'avais le sentiment qu'ils étaient tous morts par suffocation, à l'exception de la première, et que les causes de décès qui avaient été déclarées étaient fausses, déclara-t-il. C'était impossible que toutes ces morts soient naturelles. Hormis quelques rares exceptions, les morts naturelles n'arrivent jamais brusquement, et s'il y en a plus d'une au sein de la même famille, il faut se méfier.

« Tandis que je passais en revue chaque cas, le seul qui me semblait clair était celui de Jennifer, parce qu'on avait diagnostiqué une méningite et des abcès au cerveau. Mais il est rare qu'un bébé développe une méningite *in utero*, sauf s'il y a eu injection de bactéries. D'habitude, nous rencontrons ce genre de cas chez les femmes qui se droguent, et Marybeth ne se droguait pas. Il devait par conséquent y avoir une autre explication. Nous avons pensé à une tentative d'avortement, mais il n'y en avait aucune trace dans les dossiers. Nous n'avons jamais pu résoudre l'énigme de cette première mort.

« On savait que Marybeth Tinning avait été très entourée au moment de cette mort, et on s'est dit qu'elle avait dû apprécier tous ces témoignages de sympathie. Cela avait dû lui donner une identité, en quelque sorte, l'impression d'être importante. »

Beckwith avait une autre théorie sur les effets de la mort de Jennifer. Il se rappelait le cas de deux autres femmes qu'il avait connues et qui avaient toutes les deux réagi à la mort de leur premier enfant en cherchant à étouffer les enfants qu'elles avaient eus par la suite. « Dans certains cas, les mères sont si choquées par cette première mort qu'elles deviennent complètement obsédées, et il semble qu'elles éprouvent le besoin de revivre la douleur en recréant l'expérience de la mort. Comme si elles cherchaient à s'autopunir de la mort de ce premier enfant. »

Oram fit des recherches extensives dans toute la littérature médicale et tomba sur un cas qui ressemblait étrangement à celui de Marybeth. Il s'agissait d'une certaine Martha Woods, la femme d'un officier de carrière qui, entre 1946 et 1969, avait vu sept enfants mourir alors qu'elle était seule avec eux. Trois étaient d'elle, trois autres étaient un neveu, une nièce et l'enfant d'une voisine et le dernier un enfant adopté. Deux survécurent, mais furent victimes d'accidents, également alors que Mrs. Woods était seule avec eux. Ce qui se passait au moment des crises était étrangement identique à ce que décrivait Marybeth. Mrs. Woods se précipitait aux urgences avec un enfant inconscient dans les bras et racontait qu'elle l'avait trouvé bleu et sans vie. Le bébé était sauvé et renvoyé chez lui ; puis, quelques heures ou quelques jours plus tard, elle revenait avec l'enfant dans le coma. Comme pour les enfants Tinning, les médecins procédèrent à une multitude d'examens à la recherche de quelque maladie rare. Aucun de ces médecins n'étaient au courant de la totalité de l'histoire, la famille Woods déménageant sans cesse d'une base militaire à l'autre. Il ne leur vint pas à l'esprit que cette femme puisse faire du mal à ses enfants. Ce ne fut qu'à la septième mort – celle du bébé adopté, Paul – que Martha Woods fut accusée de meurtre. Après un procès de cinq mois à Baltimore, ell fut reconnue coupable du meurtre de Paul et condamnée à la prison à perpétuité.

Oram trouva une description détaillée du cas Woods dans un numéro de 1974 du *Journal of Forensic Sciences.* Le récit lui parut étrangement familier, non seulement de par la façon dont ces enfants étaient morts mais également de par le comportement de la mère. Comme Marybeth, Martha Woods fabulait. Après avoir adopté une petite fille du nom de Judy, elle raconta qu'elle avait reçu des menaces des parents qui voulaient reprendre leur enfant, tout comme Marybeth avait raconté avoir surpris une conversation où la mère de Michael disait qu'elle voulait reprendre son fils. Martha Woods prétendit qu'un couple (apparemment les parents de Judy) était venu la menacer à sa porte ; qu'un homme en voiture tournait sans cesse autour de chez elle ; que quelqu'un avait l'intention de mettre le feu à sa maison. Le Bureau des enquêtes criminelles de l'armée ne trouva aucun fondement à ces plaintes. A cette époque, les parents de Judy vivaient à des kilomètres de là, dans un autre État. Mais les enquêteurs découvrirent qu'un liquide inflammable avait été renversé sur tout le côté de la maison des Woods. Ils en conclurent que Martha Woods avait inventé de toutes pièces cette histoire et s'était même fabriqué des preuves. Cela ressemblait étonnamment à l'histoire du cambriolage de Marybeth et du mystérieux incendie de sa caravane.

L'article sur le cas Woods avait été écrit par le Dr Vincent J. M. DiMaio, à l'époque jeune médecin légiste de Baltimore, et par Charles G. Bernstein, qui était l'adjoint de l'attorney chargé du procès. DiMaio était depuis devenu médecin légiste en chef à San Antonio, Texas, et Bernstein travaillait à présent dans le privé. Le procès Woods, qui dura cinq mois et donna lieu à un dossier de seize cents pages, leur avait laissé une telle impression que plus de dix ans après, Bernstein se promettait encore d'en faire un livre, si seulement il en avait le temps. Quant à DiMaio il s'était spécialisé dans les cas d'infanticide et avait longuement étudié un état psychologique rare connu sous le nom de « syndrome de Münchhausen par procuration », qui, il en était persuadé, s'appliquait au cas de Martha Woods.

Le syndrome de Münchhausen par procuration auquel faisait allusion DiMaio a été décrit pour la première fois en 1977 par un pédiatre anglais, le professeur Roy Meadow. Vingt-six ans auparavant, un autre médecin anglais, le Dr Richard Asher, donna le nom de syndrome de Münchhausen pour décrire des gens qui s'inventent ou se fabriquent des maladies dans le seul but qu'on s'occupe d'eux ou qu'on leur témoigne de la sympathie. Bien que les médecins connaissent depuis des siècles ce type de personne qui recherche tant la sympathie des autres – et certaines sont même parvenues à tromper les plus grands spécialistes –, le Dr Asher fut le premier à donner un nom au syndrome. Il l'emprunta à un baron allemand du XIXe siècle, Karl Friedrich Hieronymus von Münchhausen, célèbre pour les histoires incroyables qu'il racontait.

Dans son travail dans un grand hôpital de Leeds, en Angleterre, le Dr Meadow rencontra des cas où les fabricants des symptômes n'étaient pas les patients mais ceux qui prodiguaient les soins, ce qui, dans sa pratique médicale, signifiait les mères des patients. Ces femmes faisaient tout pour que leur enfant tombe malade, ou donne l'impression d'être malade, en leur administrant des substances empoisonnées, en essayant de les étouffer ou en faussant les examens sanguins ou des urines. Elles se précipi-

taient alors à l'hôpital avec leur enfant et retiraient une satisfaction indirecte de l'attention qu'on leur témoignait ou du rôle d'héroïne qu'elles jouaient dans ce drame médical au cours duquel les enfants, soumis à des traitements médicaux inutiles, finissaient par vraiment tomber malades.

Il s'agit d'une forme complexe et presque incroyable de sévices à enfant dans lequel la mère, qui cherche par tous les moyens à attirer l'attention sur elle, se sert de son enfant comme d'un pion en jouant au plus fin avec les autorités médicales. De telles femmes aimaient se trouver dans un univers hospitalier, discuter avec les infirmières et les médecins, se sentir importantes. Nombre d'entre elles, comme Marybeth, ont eu des professions para-médicales et possèdent une certaine connaissance des procédures médicales.

Après plusieurs tentatives répétées, leur enfant finissait par mourir. Il est à noter que, dans les cas de syndrome de Münchhausen par procuration, les mères cessent immédiatement de faire du mal à leur enfant dès qu'elles sont confrontées à des médecins.

Le Dr Oram décida d'appeler le Dr DiMaio, à San Antonio.

« Ces cas d'infanticides répétés se ressemblent tous beaucoup, déclara DiMaio. Au cours de toute ma carrière, j'en ai vu trois. L'un était Martha Woods. Dans les deux autres cas, les mères n'ont jamais été poursuivies. Les district attorneys n'aiment pas trop traîner ces femmes en justice parce que les preuves contre elles sont indirectes et qu'il n'y a pas de témoin. La seule façon de prouver qu'il y a eu meurtre, c'est de montrer qu'il s'agit d'un comportement type. »

Il n'y avait là rien d'encourageant pour Oram. D'après les certificats de décès, les huit premiers enfants Tinning étaient morts de cause naturelle. C'était également vrai des six premiers enfants Woods, mais le procès de Martha Woods avait créé un précédent, qui pouvait influer sur l'issue de l'affaire Tinning. Bien que Martha Woods ne fût accusée que du meurtre de son fils adoptif, Paul, à l'âge de sept mois, un juge fédéral de Baltimore autorisa que l'on porte à la connaissance des jurés le fait que neuf enfants avaient été victimes en tout de vingt crises respiratoires ayant mis leur vie en danger alors qu'ils étaient sous la surveillance de Mrs. Woods. Sept de ces crises avaient été fatales; et toutes avaient pu être provoquées par une tentative d'étouffement même si, à l'époque, on les avait attribuées à des causes naturelles. Mais, comme pour Marybeth, il n'y avait aucune preuve tangible et suffisante. Ce ne fut que lorsqu'on aborda l'histoire familiale dans son ensemble qu'un schéma apparut. Alors, malgré la diversité des causes invoquées pour expliquer ces sept morts, il apparut clairement que tous ces enfants étaient probablement morts de la même manière.

Martha Woods fit appel mais sa demande fut rejetée et la Cour suprême des États-Unis refusa de revoir son dossier. Dès lors, il fut reconnu que la partie civile pouvait en cas d'infanticide utiliser le fait que l'accusée avait commis antérieurement des actes similaires pour étayer l'acte d'accusation. C'était un point capital qui, si Marybeth devait être accusée de meurtre, faciliterait le travail du district attorney.

DiMaio avait sa propre idée quant au motif qui pousse certaines femmes à tenter à plusieurs reprises de tuer leur enfant, et sur la manière dont elles parvenaient à échapper à la justice.

« C'est un schéma classique, dit-il. Une mère arrive aux urgences et déclare que son enfant a cessé de respirer. Les médecins sauvent l'enfant et le renvoient chez lui, mais la mère revient au bout d'un jour ou deux avec la même histoire. Cette fois, l'équipe médicale, inquiète, procède à des tas d'examens sans rien trouver. Peu de temps après, la mère est de nouveau là, et cette fois, tous les spécialistes sont mis à contribution. Tout le monde se met à chercher une maladie mystérieuse, et pendant ce temps personne ne soupçonne la mère d'être responsable de ces crises.

« Bien qu'elle tente à plusieurs reprises d'étouffer son enfant, la mère ne cherche pas à se débarrasser de lui. Ce n'est pas une psychopathe. Tout ce qu'elle veut, c'est qu'on s'intéresse à elle. Certaines viennent à l'hôpital un nombre incroyable de fois. Si seulement les pédiatres soupçonnaient ce qui se passe, ils arriveraient à empêcher un certain nombre de morts.

« Alors, on décrit ces morts comme des cas de mort subite du nourrisson, mais c'est un diagnostic bon à jeter à la poubelle. Il ne veut dire qu'une chose : que le bébé est mort et qu'on n'a trouvé aucune cause de mort évidente. Nous autres, les médecins légistes, nous savons que certains bébés ont été tués, mais leurs morts passent inaperçues.

« Beaucoup de médecins, et en particulier les pédiatres, sont très naïfs devant des cas pareils. La plupart viennent de la petite ou moyenne bourgeoisie et n'ont jamais été exposés à la violence ou au crime. Ils ont si peu conscience du côté sordide de la vie qu'ils n'arrivent pas à croire qu'il existe des mères qui battent leur bébé. Tout ça est une question de mentalité. La plupart de ces médecins sont allés dans de bonnes universités, dans de bonnes écoles de médecine, ils vivent dans des banlieues riches et ils pensent que tout le monde mène le même genre de vie protégée qu'eux. Ils pensent que toutes les mères sont de bonnes mères, et il leur est très difficile d'admettre que certaines ne le sont pas. Un médecin légiste a une approche différente du problème. Dans mon travail, j'ai affaire à un meurtre par jour, et je peux comprendre un cas comme celui-là en trente secondes. Je sais tout de suite quand une mère a tué son enfant, tandis qu'un médecin classique hoche la tête en répétant que ce n'est pas possible.

« Ce ne sont pas des cas fréquents, mais ça arrive. Et l'expérience m'a appris que ces femmes avouent si vous leur dites que vous les avez démasquées. Très peu cependant sont condamnées parce que c'est le genre d'affaires que la partie civile peut facilement perdre, et les district attorneys n'aiment pas perdre leur procès. C'est pourquoi la justice ne fait pas grand-chose contre ces mères qui tuent leurs enfants, et il y en a beaucoup qui s'en tirent à bon compte.

En janvier 1986, un mois après la mort de Tami Lynne, toutes les personnes qui travaillaient sur l'affaire Tinning se réunirent au quartier général de la police de l'État de New York à Albany pour mettre en commun les informations recueillies et définir une stratégie. Oram décrivit en détail ce qu'il avait découvert aux médecins légistes de l'institut médico-légal.

« Après avoir passé en revue toutes les études et tous les résultats des laboratoires, nous sommes arrivés à la conclusion – je fus le dernier à être d'accord, mais à la fin j'étais le plus virulent – que la suffocation était la seule explication, et que la seule méthode d'approche était de faire parler la mère. »

21

Je veux qu'elle soit punie pour ce qu'elle a fait. Je veux qu'on l'enferme pendant longtemps.

Une serveuse du Flavorland.

Marybeth avait hâte de quitter Schenectady, d'être libérée des bruits qui couraient sur elle, des regards méfiants qu'on lui adressait, des questions que lui posaient ses voisins comme de celles qu'ils n'osaient lui poser, en bref, de la manière subtile dont la mort de son neuvième enfant avait modifié ses relations avec les autres.

Ses deux belles-sœurs l'ignoraient. Une voisine voulut savoir s'il y avait eu une enquête médicale pour découvrir la cause de la mort de Tami Lynne, et sinon, pourquoi Marybeth ne passait-elle pas ses journées à faire le siège du cabinet du médecin légiste. Même Cynthia Walter l'évitait. En surface, elle donnait l'impression d'être aussi chaleureuse et attentionnée qu'avant, mais une tension s'était développée entre les deux femmes et Cynthia ne pouvait réprimer un mouvement de recul quand Marybeth, comme elle le faisait souvent du vivant de Tami Lynne, prenait son fils dans ses bras. Cynthia se reprochait d'être ridicule et méchante. Comment pouvait-elle frustrer une mère qui avait été aussi cruellement dépossédée ? Mais on aurait dit que Marybeth semblait vouloir porter Aaron plus souvent qu'auparavant, comme si elle le voulait à présent pour elle. Cynthia laissait faire à contrecœur, et se sentait terriblement mal à l'aise jusqu'au moment où elle le lui rendait.

Elle était incapable de dire pourquoi. Il ne lui avait pas traversé l'esprit que Marybeth puisse en quoi que ce soit être responsable de la mort de Tami Lynne. Mais, en cette soirée du 20 décembre, alors qu'elles se trouvaient toutes les deux à l'hôpital St. Clare, Cynthia avait pris à part le Dr Bradley Ford, qui était aussi son pédiatre, et lui avait demandé si, à son avis, il y avait un risque à confier son fils à Marybeth.

C'était une question étrange de la part d'une infirmière expérimentée. Cynthia savait que le syndrome de la mort subite du nourrisson n'est pas contagieux, mais cette question lui était venue aux lèvres avant qu'elle ait réfléchi à ce qu'elle impliquait, comme si un sixième sens lui avait dit de se méfier de Marybeth. Le Dr Ford avait tenté de la rassurer, mais à l'époque il ne savait pas grand-chose sur Marybeth. Cynthia l'avait conseillé à son amie parce que Marybeth lui avait dit qu'elle cherchait un pédiatre. Elle se garda bien d'ajouter que le Dr Dominick Mele, qui s'était jusqu'alors occupé de ses enfants, avait décidé de refuser sa clientèle après la mort de Michael.

Un jour, malgré sa réticence, Cynthia confia tout de même Aaron à Marybeth. C'était à la fin du mois de janvier, un mois environ après la mort de Tami Lynne, et Cynthia devait aller chez le coiffeur avant de partir pour une dizaine de jours en Floride, chez des amis. A peine le coiffeur avait-il commencé à s'occuper d'elle qu'elle céda brusquement à la panique.

– Dépêchez-vous, je vous en prie, le supplia-t-elle. Il faut que je parte. La femme à qui j'ai laissé mon fils vient de perdre sa petite fille, et je ne suis pas tranquille à l'idée de l'avoir laissé seule avec lui.

Elle rentra en toute hâte chez elle, où elle trouva Aaron et Marybeth de très bonne humeur. « Pourtant, je n'étais pas complètement rassurée. Quelque chose me disait qu'il fallait que je reprenne mon bébé », dit-elle, longtemps après.

Le 30 janvier, Marybeth la conduisit à l'aéroport et lui souhaita de bonnes vacances.

– Appelle-moi quand tu rentreras. Je viendrai te chercher.

Cynthia retrouvait là la Marybeth généreuse et serviable qu'elle avait connue. Elle s'en voulut des pensées qui lui avaient traversé l'esprit, et serra son amie très fort dans ses bras avant de monter dans l'avion. Ni l'une ni l'autre n'aurait pu deviner que c'était la dernière fois qu'elles se voyaient en amies.

Le mardi 4 février 1986, cinq jours après le départ de Cynthia, Marybeth empaquetait ses affaires. La salle de séjour de Michigan Avenue était sens dessus dessous, avec des piles de linge sur les chaises et le canapé, et des cartons partout. Marybeth était lasse, échevelée, et s'arrêta un moment pour regarder son feuilleton télévisé préféré, *Days of Our Lives*. Vers 13 heures 30, on frappa à la porte.

En descendant pour aller ouvrir, elle vit les silhouettes de deux hommes à travers la porte vitrée. L'un était Bob Imfeld, l'enquêteur de la police de Schenectady qui, en compagnie de Betsy Mannix, l'assistante sociale, était déjà venu les voir, Joe et elle, juste après la mort de Tami Lynne. L'autre homme, à la carrure tout aussi imposante, était l'enquêteur Joseph Karas, de la brigade criminelle de la police de l'État de New York. Ils étaient en civil, et la Chevrolet grise de Karas était garée devant la maison.

Marybeth dut dégager le canapé et les chaises pour qu'ils puissent s'asseoir. Ils lui dirent qu'ils désiraient s'entretenir avec elle de la mort de Tami Lynne mais qu'ils préféraient le faire au poste de police, où ils avaient leurs notes. Voulait-elle bien les accompagner ?

Marybeth ne le savait pas, mais elle n'était pas tenue de les suivre. Ils n'avaient pas de mandat d'arrêt, et elle était tout à fait en droit de refuser de leur ouvrir la porte. Comme elle aurait très bien pu répondre à leurs questions dans la salle de séjour. Ce n'était pas parce que leurs notes étaient au poste de police qu'ils voulaient l'emmener ; c'était pour l'effet psychologique que le lieu aurait sur elle – ils pensaient qu'il lui serait plus difficile d'y esquiver certaines questions déplaisantes –, et pour la raison pratique qu'un détecteur de mensonges s'y trouvait. Marybeth raconta plus tard qu'elle avait suivi Imfeld et Karas parce qu'elle n'avait pas le choix. Les gens réagissent souvent de la sorte en présence de la police, et Karas, qui avait eu l'idée de cette stratégie, avait compté dessus.

D'une voix timide, Marybeth demanda si elle pouvait d'abord appeler Joe. Les deux hommes acceptèrent, mais Imfeld la suivit jusque dans la cuisine où se trouvait le téléphone. Elle tremblait tant qu'elle dut s'y reprendre à deux fois pour obtenir le poste de Joe à la General Electric. Imfeld l'entendit dire à Joe que deux hommes de la police étaient là et qu'ils voulaient l'emmener au poste pour lui poser des questions sur Tami Lynne. Joe dut lui répondre de les suivre car la question suivante de Marybeth fut : « Est-ce que je dois appeler Paul ? »

Paul Callahan était l'avocat de Duanesburg qui avait représenté les Tinning lors de l'achat de la maison à Ballston Spa. De cinq ans plus jeune que Marybeth, c'était un camarade de classe d'Alton Roe, et c'était aussi le seul avocat que les Tinning connaissaient.

La réponse de Joe surprit Imfeld, Karas, Callahan lui-même, et plus tard le jury qui condamnerait Marybeth.

– Est-ce qu'ils t'ont lu tes droits?

Bien que cela ne soit guère le moment de plaisanter, Joe expliqua plus tard qu'il avait dit cela à moitié pour rire. (« Mon mari est comme ça, il faut le connaître », déclara Marybeth.)

– Non, répondit-elle.

– Alors ce n'est pas la peine d'appeler Paul.

Joe la pressa de se calmer et de ne pas se faire de souci.

Imfeld assista à l'intégralité de cette conversation téléphonique. « Plus elle parlait, plus elle était tendue. Elle s'était mise à trembler. Elle bégayait. J'avais peur qu'elle ait une crise de nerfs. Puis elle m'a tendu le téléphone et m'a dit que Joe voulait me parler, qu'il voulait savoir ce qui se passait. »

Imfeld répéta à Joe qu'il enquêtait sur la mort de Tami Lynne et qu'il emmenait Marybeth « au bureau » pour qu'elle réponde à quelques questions. Joe répondit qu'il n'y voyait aucun inconvénient, mais il demanda s'il lui était possible d'être présent à l'interrogatoire. Imfeld l'assura que cela pouvait s'arranger.

En fait, il s'en était déjà occupé. Passer prendre Joe à son travail pour le conduire au poste de police faisait partie de la stratégie. La police avait pris soin de choisir un moment où il se trouvait à la General Electric et Marybeth à la maison. Ils devaient être tous les deux interrogés séparément. Joe n'était pas un suspect sérieux, et de toute évidence il n'avait jamais pensé que sa femme pût l'être. Même ainsi, il est extraordinaire qu'après l'avoir entendue lui annoncer au bord des larmes que la police était là, qu'après l'avoir vue dans tous ses états la première fois qu'Imfeld était venu chez eux, après s'être certainement demandé comment et pourquoi tous ses enfants étaient morts en son absence, il n'ait pas jugé utile qu'elle fasse appel à son avocat.

Imfeld et Karas demandèrent à Marybeth si elle était prête à partir. Elle voulait savoir combien de temps cela durerait et ils lui répondirent qu'elle serait de retour dans une heure ou deux. Marybeth émit le désir de se changer et alla dans sa chambre, en laissant la porte entrouverte. Imfeld et Karas l'attendirent en faisant les cent pas dans le couloir. Quelques minutes plus tard, elle les rejoignit ; elle avait changé de chemisier et s'était donné un coup de peigne. Elle ramassa son sac à main, prit son manteau et suivit les deux hommes.

Il faisait froid et on avait annoncé de la neige. Karas prit le volant de sa Chevrolet et, tout comme elle aurait fait pour une promenade, Marybeth s'installa à côté de lui. Quelque peu surpris, Imfeld monta à l'arrière. Marybeth s'était attendue à ce qu'ils aillent au poste de police de Liberty Street, à quelques kilomètres de chez elle, mais Karas partit dans la direction opposée.

– Où allons-nous ? demanda-t-elle.

Ce n'est qu'à ce moment-là que Karas lui annonça qu'ils l'emmenaient au poste de police de Loudonville, dans la banlieue d'Albany, à une demi-heure de route. On ne lui en donna pas la raison, à savoir que le détecteur de mensonges se trouvait là, ainsi que d'autres enquêteurs de la Tinning Task Force.

Marybeth ne connaissait pas le bâtiment qui abritait le poste de police, un immeuble moderne au milieu d'un parc. Karas la conduisit au premier étage et, alors qu'il montait l'escalier, il se tourna vers elle et lui demanda si elle était armée.

– Bien sûr que non. Je ne suis pas autorisée à porter d'arme sur moi. Seules certaines personnes le sont.

Avait-elle son permis ?

– Oui.

– Puis-je le voir ?

Elle fouilla dans son sac et sortit le permis de son portefeuille. En tant qu'enquêteur de la police de l'État, Karas était sur son territoire ; il les emmena, Imfeld et elle, dans une petite pièce et prit place derrière le bureau. Il y avait deux autres chaises, dans la pièce, où Marybeth et Imfeld s'installèrent.

Karas commanda du café et, pendant une heure, Imfeld et lui laissèrent Marybeth parler d'elle, de sa famille, de son éducation et des différents emplois qu'elle avait occupés. Tout cela faisait partie de leur stratégie. Au cours des derniers jours, ils en avaient discuté en détail avec le Dr Oram, et avec le Dr Virgil January, le comportementaliste de la police de l'État ; son travail, dans cette affaire, consistait à comprendre la psychologie de Marybeth à partir de ce qu'il observait, afin de conseiller les officiers de police sur la meilleure façon de procéder.

January fut frappé par la manière dont Marybeth pouvait passer de la passivité craintive à la force manipulatrice, et ce en fonction de la situation dans laquelle elle se trouvait. Il voyait en Marybeth une femme qui aimait être entourée d'enfants tout en ne supportant pas la tension inhérente à une relation d'éducation, et il se demanda si elle n'avait pas subi de sévices – mentaux, physiques ou sexuels – dans sa propre enfance. Duanesburg était exactement le type de communauté rurale où de telles choses pouvaient se produire. Une récente étude de la police de l'État de New York montrait qu'on y avait enregistré plus de cas d'incestes que dans n'importe quelle autre ville de l'État.

En complément des observations du Dr January, la Tinning Task Force avait récemment reçu de nombreuses informations sur Marybeth. Persuadés que Tami Lynne n'était pas morte naturellement, Andy et Carol Tinning étaient allés à la police de Schenectady. Alton et Sandy Roe les avaient imités quelques jours plus tard. Les deux couples avaient passé plusieurs heures à raconter ce qu'ils savaient de leur sœur et belle-sœur.

Cette démarche audacieuse avait créé un profond désaccord entre les générations des parents et des enfants. Les parents de Joe et la mère de Marybeth les désapprouvèrent fortement. Carol fut la première à prendre la décision d'aller à la police ; c'est sa conscience, dit-elle plus tard, qui lui dicta de le faire. « Je pensais avoir tout fait pour éviter qu'il arrive quoi que ce soit à Tami Lynne, expliqua-t-elle, mais ça n'a pas suffi. Après sa mort, j'ai dit à Andy : " Il faut que ça cesse. Je n'en peux plus de me taire. " Il était très important pour moi que justice soit faite. Et du coup, on est devenus les méchants de la famille. »

Sandy partageait ses sentiments. « Je me sentais coupable depuis la mort de Michael, admit-elle. Le matin où Marybeth m'a appelée pour me dire qu'elle n'arrivait pas à le réveiller, j'ai su que quelque chose n'allait pas, non seulement avec Michael, mais avec toute l'histoire qu'elle racontait. »

C'est pourquoi, lorsque Marybeth fut conduite au poste de police de Loudonville, Karas et Imfeld en savaient plus qu'elle ne le pensait. On leur avait raconté qu'elle avait tenté d'empoisonner Joe, on leur avait décrit son impassibilité lors de la mort de chacun de ses enfants, les funérailles théâtrales qu'elle semblait tant apprécier, les larcins qu'elle avait commis.

Ayant appris cela, Karas et Imfeld s'étaient longuement entretenus avec le Dr January. Ce dernier leur avait conseillé de laisser Marybeth parler d'elle-même avant d'aborder le sujet de la mort de Tami Lynne, en commençant par des questions générales sur ses sentiments à l'égard de la mort, sur le fait qu'elle ait persisté à vouloir des enfants.

Après plus d'une heure, Karas estima que Marybeth était suffisamment détendue pour passer à un interrogatoire plus sérieux. Il fit alors ce que Joe Tinning avait suggéré en plaisantant à moitié : il lui lut ses droits. En fait, il lui tendit une carte sur laquelle ils étaient inscrits et la lut avec elle :

Vous avez le droit de garder le silence et vous n'êtes tenu à aucune déclaration si vous ne le désirez pas. Si vous renoncez à ce droit, tout ce que vous direz pourra être utilisé contre vous devant un tribunal. Vous avez le droit de vous entretenir avec un avocat avant de parler et vous avez le droit à sa présence au cours de l'entretien. Si vous n'avez pas les moyens de prendre un avocat, il vous en sera désigné un pour vous défendre avant tout interrogatoire. Vous avez le droit d'interrompre cet interrogatoire à tout moment et de ne parler qu'en présence de votre avocat.

Karas déclara par la suite sous serment, qu'il avait demandé à Marybeth si elle avait compris ce qu'elle venait de lire et qu'elle avait répondu par l'affirmative. Marybeth soutint le contraire. Bien que l'énoncé des droits soit suffisamment clair, il semble qu'elle n'en ait pas tout à fait compris la portée. Elle expliqua à Karas qu'elle se refusait à toute déclaration écrite, mais qu'elle voulait bien lui parler de Tami Lynne et qu'elle ne tenait pas spécialement à la présence d'un avocat. Interprétant correctement la loi, Karas en conclut qu'en acceptant de parler elle renonçait à ses droits. Dans l'esprit de Marybeth, cependant, tant qu'elle ne signait aucun papier, tout ce qu'elle raconterait à Karas et à Imfeld serait en quelque sorte confidentiel.

« Lecture des droits de Marybeth Tinning, nota Karas dans son carnet. Y renonce à 16 heures 30. »

Puis, avec Imfeld, il commença à l'interroger sur la nuit du 19 au 20 décembre.

Bien qu'ils y revinssent à plusieurs reprises, Marybeth s'en tint à sa première version. Elle était allée se coucher mais n'avait pas réussi à trouver le sommeil. Elle s'était alors levée, laissant Joe endormi, et avait regardé la télévision pendant un petit moment dans la salle de séjour. Puis elle était allée voir Tami Lynne et avait remarqué qu'elle ne respirait plus. Alors qu'elle la sortait de son berceau, elle avait aperçu du sang sur le drap. Elle avait tenté de la réanimer, avait réveillé Joe, téléphoné à Cynthia et appelé une ambulance. Ce récit différait de la version originale sur un point capital : à l'époque, elle avait déclaré que Tami Lynne était devenue bleue. A présent, elle disait qu'elle était « toute grise ».

Karas demanda à Marybeth de lui expliquer comment elle avait essayé de la réanimer. Elle lui raconta qu'elle avait appris à pratiquer la respiration artificielle quand elle travaillait pour l'association des secouristes de Duanesburg.

« Elle m'a expliqué... qu'elle était qualifiée à le faire parce qu'elle avait réussi le test sur Annie, le mannequin qui servait aux exercices d'entraînement, qu'elle avait également réussi le test écrit, et qu'elle était qualifiée à intervenir sur des bébés comme sur des adultes », rapporta Karas.

C'était faux. Marybeth n'était pas qualifiée. Karas tenta ensuite de la faire parler de ses autres enfants. Elle raconta qu'ils pleuraient tous beaucoup, qu'ils la rendaient nerveuse, et qu'à cause d'eux elle avait le sentiment de ne pas être une bonne mère. Elle se rappelait que Tami Lynne avait beaucoup pleuré et était très agitée dans la soirée précédant sa mort. Barbara, qui était morte juste avant de fêter ses cinq ans, pleurait tant, dit-elle, qu'elle avait été obligée de la punir en l'enfermant dans sa chambre. Nathan, lui, avait été un enfant très sage... puis la conversation revint sur elle et sur ce qu'elle aimait, les histoires d'horreur et les romans d'amour.

Mis au courant par les révélations de Carol Tinning à la police de Schenectady, Karas l'interrogea alors sur l'intoxication au phénobarbital de Joe.

« Elle m'a dit qu'elle avait un problème avec son mari. Cela faisait un petit moment qu'ils se disputaient à cause de l'argent. Il lui reprochait d'être trop dépensière, et c'était un sujet de désaccord entre eux. Elle avait une ordonnance chez elle pour son neveu, je crois, pour du phénobarbital... Elle m'a dit qu'il devait y avoir environ cinquante à soixante comprimés dans le flacon, et qu'elle les avait tous mis dans du jus de raisin, à moins que ce ne soit dans du thé glacé – elle ne savait plus très bien –, et qu'elle l'avait donné à son mari.

« Je lui ai demandé ce qui s'était passé après. Elle m'a répondu qu'il s'était couché sur le canapé du salon – ils habitaient alors Cleveland Avenue. Quand je lui ai demandé ce qu'elle avait fait ensuite, elle m'a regardé et m'a dit : “ Eh bien, je l'ai laissé dormir ”. »

Après avoir raconté comment elle avait essayé d'empoisonner son mari, Marybeth devint agitée, elle se mit à parler plus vite et plus fort, en se tordant les mains. Brusquement, elle refusa de poursuivre et demanda à voir son mari. On lui avait dit que la police était allée le chercher à la General Electric et qu'il attendait, de l'autre côté du couloir. Il était 18 heures 30 et, au cours des deux heures qui avaient suivi la lecture des droits de Marybeth, Karas et Imfeld n'avaient pas appris grand-chose. Son seul aveu était d'avoir tenté d'empoisonner son mari, mais cela s'était passé plus de douze ans auparavant et il y avait prescription.

Les deux hommes décidèrent de faire une pause. Karas resta à son bureau et Imfeld alla chercher des sandwiches. Marybeth ne commanda qu'un café. Il était entendu que l'interrogatoire reprendrait tout de suite après la pause.

Pendant l'après-midi, les deux policiers qui étaient allés chercher Joe en avaient profité pour s'entretenir avec lui. Répondant à leurs questions par monosyllabes, il leur déclara qu'il ne pensait pas que sa femme fût en quoi que ce soit responsable de la mort de leurs enfants, et qu'il estimait que ce qui était arrivé « faisait partie des choses de la vie. »

« Je suis resté avec lui cinq heures, dit l'un des policiers plus tard, et je n'ai rien appris. Absolument rien. »

L'affaire en serait peut-être restée là si, tard dans l'après-midi, l'enquêteur William Barnes n'était arrivé au poste de police de Loudonville. Le capitaine Looney, de la brigade criminelle, l'avait gardé en réserve, et Looney, qui avait orchestré l'interrogatoire de Marybeth, savait que c'était précisément le moment de faire appel à lui. Si quelqu'un était capable de faire parler Marybeth, c'était Bill Barnes, l'un des enquêteurs les plus habiles de tout le département.

Looney avait planifié le déroulement de l'interrogatoire de Marybeth après avoir reçu une note du Dr Baden, le directeur de l'institut médico-légal, déclarant : « D'un point de vue médical, je suis quasi certain que les enfants Tinning ont été intentionnellement asphyxiés. »

Cette seule remarque élargissait brusquement le champ de l'investigation, car Marybeth ne risquait plus seulement d'être accusée d'avoir tué Tami Lynne. Elle devenait tout à coup la principale suspecte de la mort de sept de ses huit autres enfants.

22

Marybeth agissait en désespoir de cause, sans se rendre compte des conséquences de ses actes. Si un bébé pleurait, j'imagine très bien qu'elle ait pu lui mettre un oreiller sur la tête, juste pour le faire taire et pouvoir dormir.

Une ancienne amie.

La participation de Bill Barnes à l'affaire Tinning ne dura que quelques heures dans l'après-midi du 4 février, mais ces quelques heures furent cruciales.

C'était Alan Gebell, l'adjoint du district attorney, qui avait fait appel à lui. John Poersch, le district attorney avait demandé à Gebell d'instruire le dossier contre Marybeth Tinning; après avoir procédé à une grande partie des recherches, Gebell savait que ce qu'il fallait, à présent, c'était une rencontre entre Marybeth et Barnes, qu'il tenait en très haute estime.

« Bill est champion pour ce genre d'affaires, expliqua Gebell. C'est un fin psychologue. Quand vous parlez avec lui, ce n'est pas une simple conversation. Rien ne de ce que vous dites ne lui échappe, et en même temps il observe vos réactions. C'est un type sans prétention, mais il n'y a plus brillant que lui pour mener un interrogatoire. Une fois, à travers une glace sans tain je l'ai vu recueillir la déposition d'un type. C'était un meurtrier, et au bout d'un moment, il était à genoux et suppliait Bill de l'écouter. Une autre fois, on avait passé trois heures à interroger un type accusé d'avoir commis un crime sexuel, on n'était arrivé à rien, et pourtant on savait tous qu'il était coupable. Bill est entré et a obtenu sa confession en dix-sept minutes. Il est tout simplement extraordinaire. Il a résolu plus d'homicides que n'importe qui dans l'histoire de la police. Je pense que je suis assez bon comme enquêteur, mais je ne lui arriverai jamais à la cheville. »

Gravissant peu à peu les échelons de la police de l'État, Barnes était devenu un expert dans le maniement du détecteur de mensonges. Au fil du temps, il avait acquis une telle adresse à évaluer les processus mentaux des criminels qu'il était capable, avec énormément de gentillesse, de trouver leur point faible, par où atteindre leur conscience. Alors, sans se rendre compte de ce qui leur arrivait, ils parlaient. Barnes était si fort qu'il avait rarement besoin de recourir au détecteur de mensonges. Sa présence d'ailleurs le gênait, car elle créait une espèce de barrière entre lui et celui à qui il parlait, comme un magnétophone entre un journaliste et la personne interviewée.

Le physique de Barnes jouait en sa faveur. D'une taille et d'une carrure moyennes, il avait les cheveux prématurément gris et les yeux d'un bleu très clair, et son visage était si ouvert qu'il semblait presque naïf. Même dans sa façon d'aborder des criminels, il restait doux et cordial. « Si vous avez fait quoi que ce soit d'illégal, disait-il à ses amis, je n'hésiterai pas à vous livrer à la police. Mais je ferai mon possible pour vous aider. »

Tels étaient en fait ses sentiments à l'égard de Marybeth. Il la connaissait depuis l'enfance, avait grandi dans le même village, était allé à la même école et entretenait de bonnes relations avec son frère, Alton. Il se souvenait très bien de leur mère, fragile et menue, « une femme très douce ». Quant au père, il gardait de lui l'image d'un homme imposant dont la silhouette se dressait sur le porche de leur maison à Duanesbourg surveillant sa fille tandis qu'elle marchait jusqu'à l'arrêt du bus scolaire. Il se rappelait aussi le comportement de Marybeth dans ce même bus, la façon dont elle éveillait l'hostilité des autres enfants en recherchant leur attention. Il n'avait pas de mal à deviner le genre de vie familiale qu'elle avait dû avoir.

Il était au courant des très courtes vies de ses enfants et de leurs morts mystérieuses, et il savait aussi qu'elle avait tenté d'empoisonner son mari et qu'elle avait été soupçonnée d'avoir volontairement mis le feu à leur caravane. S'il estimait qu'il était temps pour Marybeth de dire la vérité, cela ne l'empêchait pas d'avoir pitié d'elle.

Il connaissait déjà son point faible. Marybeth était une femme très dépendante, et si elle était accusée de meurtre, la plupart de ses amis et de ses proches rompraient avec elle. Le seul qui continuerait à la soutenir envers et contre tout était

Joe. Barnes en était sûr. Au cours de leur vingt ans de mariage, Marybeth s'était souvent montrée méprisante à son égard, et elle avait même essayé de le tuer; mais à présent elle avait terriblement besoin de lui. Barnes était persuadé qu'elle mentirait et continuerait à mentir sur la mort de ses enfants plutôt que de perdre Joe, et il avait aussi sa petite idée sur l'étonnante loyauté de Joe vis-à-vis des serments du mariage. Il savait donc ce qui lui restait à faire.

Il arriva au poste de police de Loudonville vers 16 heures 30, trouva Joe dans une pièce à l'étage et lui proposa d'aller prendre un café à la cafétéria au sous-sol. L'interrogatoire de Marybeth venait juste de commencer. Cela signifiait que Joe avait encore longtemps à attendre, et il parut reconnaissant à Barnes de lui tenir compagnie.

A peine s'étaient-ils installés à l'une des tables de la cafétéria que Barnes alla droit au but.

– Joe, vous n'êtes pas obligé de me parler. Vous avez le droit de garder le silence, commença-t-il, et il lui récita ses droits.

Joe lui répondit qu'il les connaissait mais qu'il acceptait de parler.

– Vous devez sans doute savoir que la police pense que Tami Lynne n'est pas morte naturellement. Et que ce n'est pas le seul homicide dans la famille. La police de l'État possède maintenant un institut médico-légal, qui s'est penché sur l'affaire. Certains de ses experts sont célèbres pour avoir résolu des affaires très compliquées. Ils ont passé en revue les dossiers de vos enfants et sont arrivés à la conclusion qu'ils n'étaient pas morts du syndrome de Reye ou du syndrome de la mort subite du nourrisson, mais qu'ils avaient été tués. On en sait beaucoup plus sur ce genre de syndrome qu'il y a quelques années. D'après eux, la preuve est concluante.

Bill se pencha par-dessus la table et se mit à parler très doucement en regardant Joe droit dans les yeux.

– Maintenant, si c'est vrai, il y a deux possibilités. Marybeth était toujours seule avec les enfants quand ils tombaient brusquement malades ou qu'ils mouraient, ce qui pousse à conclure qu'elle seule est responsable de leur mort, à moins que quelqu'un l'ait aidée.

« Vous savez, Joe, que l'on n'a pas à commettre effectivement un crime pour être considéré comme coupable. C'est comme pour le vol d'une banque. Le type qui conduit la fourgonnette est tout aussi coupable que celui qui entre dans la banque et vole l'argent. Si un enfant est étouffé, la personne qui tient l'oreiller et celle qui tient l'enfant pendant que l'autre lui met l'oreiller sur la tête sont des meurtriers au même titre. »

Il marqua une pause pour donner à Joe le temps de digérer cette information. Il ne pensait pas qu'il fût d'une façon ou d'une autre impliqué dans la mort de ses enfants, mais il voulait en être sûr. Et il le fut en observant sa réaction et en écoutant sa réponse. Joe lui confirma qu'il n'était jamais là quand les drames survenaient, et que, bien qu'il ait chaque fois accepté la version des faits que lui donnait Marybeth, il lui était arrivé d'avoir des doutes. Étant donné son caractère renfermé et sa réticence à s'impliquer dans quoi que ce soit, Joe n'avait rien fait et rien dit. A présent que la vérité était sur le point de surgir, Barnes était persuadé qu'il devait se sentir coupable de s'être tu si longtemps.

– Si Marybeth a fait quoi que ce soit aux enfants, il faut l'aider, fit remarquer Barnes. Mais avant, nous devons savoir ce qui s'est vraiment passé avec Tami Lynne. Autrement, cela peut continuer et ne jamais s'arrêter. Je suis sûr que vous ne voudriez pas qu'il arrive quelque chose au petit Bucky ou à Linda.

Bucky et Linda étaient les enfants de Sandy et d'Alton. Barnes les connaissait bien car sa femme les avait souvent gardés.

– Si l'on découvre que Marybeth est effectivement responsable, d'une manière ou d'une autre, de la mort de Tami Lynne, la défendriez-vous ? Je pense que c'est très important pour elle de le savoir.

Sans la moindre hésitation, Joe répondit que oui. Bill n'en fut pas étonné ; il avait soigneusement étudié l'affaire et il aurait pu parier sur la réponse de Joe. Marybeth avait peut-être tué ses enfants, elle avait tenté de l'empoisonner, mais Joe ne l'abandonnerait jamais. Le fait qu'il reste à ses côtés et se taise pendant toutes ces années le liait définitivement à elle, et, étant donné l'éducation religieuse qu'il avait reçue, son sens inné du devoir et sa personnalité introvertie, il n'était pas du genre à la laisser affronter seule une accusation de meurtre.

Une heure plus tard environ, les deux hommes remontèrent ensemble. Barnes venait de franchir le premier obstacle. Quelque temps après, il fit le commentaire suivant : « En vingt-quatre ans de carrière, je ne me suis jamais trouvé en présence d'une affaire où les pièces du puzzle s'assemblaient aussi parfaitement les unes avec les autres. » Barnes songeait non seulement à la passivité avec laquelle Joe avait accepté la mort de tous ses enfants, mais aussi aux divers facteurs qui avaient façonné la personnalité de Marybeth. Elle avait grandi en étant persuadée qu'elle n'avait pas été désirée et qu'elle était bonne à rien, et pendant tout le reste de sa vie elle s'était battue pour qu'on s'intéresse à elle et qu'on l'accepte. Barnes était consterné qu'elle n'ait pas été soignée plus tôt.

Il laissa Joe dans le bureau, à l'étage. Dans la pièce à côté, Karas et Imfeld finissaient d'interroger Marybeth et s'apprêtaient à faire une pause. Barnes apprit que, pendant les deux heures qu'avait duré l'interrogatoire, elle n'avait cessé de répéter qu'elle n'avait pas fait de mal à ses enfants. Il profita de la pause pour aller lui parler.

– Bonjour, Marybeth, dit-il. Vous vous souvenez de moi ? Bill Barnes.

Bien sûr, Marybeth se souvenait de lui. Billy Barnes, le surveillant du car de ramassage scolaire, toujours cordial et bien habillé, l'un des garçons les plus populaires de Duanesburg. Plus de trente ans auparavant, alors qu'il était au collège et qu'elle était encore à l'école primaire, elle avait eu le béguin pour lui. Bien qu'elle ait très certainement deviné pourquoi il se trouvait au poste de police, elle le vit comme son sauveur. Plus tard, elle raconta qu'elle l'avait embrassé, « tellement j'étais contente de voir un ami ». Pour Barnes, qui n'en a gardé aucun souvenir, Marybeth a dû imaginer la scène. Il la conduisit gentiment dans la pièce où se trouvaient le détecteur de mensonges et Joe.

– Vous n'êtes pas obligée de me parler, commença-t-il en s'adressant à Marybeth. Vous avez le droit de garder le silence, et vous n'êtes tenue à aucune déclaration si vous ne le désirez pas...

Barnes était tellement habitué à prononcer ces phrases d'usage qu'il ne prit même pas la peine de consulter la carte sur laquelle étaient notés les droits des citoyens, carte qu'il portait toujours sur lui.

Quand il eut fini, il demanda à Marybeth si elle voulait appeler un avocat, et il se souvint qu'elle lui répondit par la négative. Marybeth prétendit par la suite que Barnes ne lui avait pas fait part de ses droits et ne lui avait pas posé cette question. Barnes s'installa à la table ; Marybeth se trouvait en face de lui, Joe était à la droite de sa femme. Barnes ouvrit la conversation de la même manière qu'avec Joe, en lui annonçant que l'institut médico-légal avait déclaré que Tami Lynne n'était pas morte de cause naturelle, et que le médecin légiste avait de très forts soupçons sur la mort des autres enfants.

Marybeth eut la même réaction que lorsque Carol et Andy trouvèrent Joe dans le coma après son absorption massive de phénobarbital.

– Je n'ai rien fait, je n'ai rien fait, dit-elle à Barnes.

Après lui avoir rappelé qu'elle était toujours seule avec ses enfants juste avant qu'ils ne meurent, il décida de jouer sa carte maîtresse. S'adressant à Joe, il répéta la question qu'il lui avait posée à la cafétéria :

– Si, pour une raison qu'elle ne peut comprendre, Marybeth est en quoi que ce soit responsable de la mort de Tami Lynne et des autres enfants, que feriez-vous, Joe ?

– Je resterais à ses côtés, répondit Joe.

– Je voulais que vous le sachiez, Marybeth, reprit Barnes. Je sais que c'est très important pour vous. A présent, j'aimerais que vous disiez la vérité à Joe sur ce qui est arrivé à Tami Lynne.

– Je n'ai rien fait, répéta Marybeth.

– Allons, Marybeth, insista Barnes. Vous ne pouvez pas continuer comme ça. Ça suffit maintenant. Combien d'autres enfants vont devoir mourir ?

Joe resta silencieux.

Marybeth sursauta. Ses yeux étaient remplis de larmes.

Alors, d'une voix très basse, elle dit :

– Je les ai tués. J'ai tué mes enfants.

Puis elle se mit à sangloter. Joe ne bougea pas de sa chaise. Il semblait incapable de saisir la signification de ce qu'il venait d'entendre, et encore moins de réagir. Barnes dut lui suggérer de prendre sa femme dans ses bras.

Se tournant vers Marybeth, il nomma ses neufs enfants et lui demanda d'expliquer comment chacun était mort. Aux noms de Jennifer, de Joseph et de Barbara, Marybeth déclara qu'ils étaient morts naturellement. Quand Barnes arriva à Timothy et à Nathan, elle admit les avoir étouffés avec un coussin, mais avait du mal à se rappeler qui était qui. Elle nia avoir fait quoi que ce soit à Mary Frances, à Jonathan et à Michael. Quant à Tami Lynne, elle expliqua qu'elle pleurait tant qu'elle avait dû lui mettre un oreiller sur la tête jusqu'à ce qu'elle se taise.

– Pourquoi avez-vous fait ça ? demanda Barnes.

C'est à ce moment-là que Marybeth parla de son père ; comment, alors qu'elle n'était qu'une enfant, il la frappait avec une tapette et l'enfermait dans un placard. Hochant la tête avec compassion, Barnes lui dit qu'il se rappelait bien son père, un homme sévère, et Marybeth lui confia que, quand elle était petite, elle était persuadée qu'elle ne ferait jamais rien de bien. En conséquence, quand elle eut à son tour des enfants et qu'ils tombaient malades ou qu'ils se mettaient à pleurer, elle pensait que c'était parce qu'elle n'était pas une bonne mère. Et parce qu'elle n'était pas une bonne mère, elle avait étouffé Tami Lynne avec un oreiller.

C'était à la fois simple et totalement illogique. Marybeth paraissait soulagée, et, tout comme une petite fille, elle semblait penser qu'à présent qu'elle avait dit la vérité on lui pardonnerait, et qu'elle pourrait rentrer chez elle. Elle expliqua à Bill que Joe et elle étaient sur le point d'emménager à Ballston Spa, et qu'elle ne voulait pas que leurs projets tombent à l'eau. Elle était inquiète de ce que les gens allaient penser d'elle et de ce qui pourrait éventuellement lui arriver. Avec beaucoup de prudence, Barnes lui répondit qu'il lui faudrait passer en jugement et que des hommes de loi examineraient son cas ; alors, la cour déciderait.

Au bout d'une demi-heure, Barnes mena Marybeth dans le bureau voisin où l'attendait Karas.

– Marybeth a quelque chose à vous annoncer, dit-il.

Elle entra dans la pièce et déclara :

– Tami, c'est moi.

Les larmes coulaient le long de ses joues, elle était écarlate et tremblait légèrement.

– Que voulez-vous dire par « Tami, c'est moi » ? demanda Karas.

– Je l'ai tuée, répondit Marybeth.

– Comment vous y êtes-vous prise ?

– Je l'ai étouffée avec un oreiller.

– Et les autres enfants ?

– Je n'ai rien fait, sauf pour Timothy et Nathan.

C'étaient là les révélations qu'espérait tant Karas.

– J'aimerais mettre tout ceci par écrit en reprenant exactement les termes que vous avez employés, dit-il.

Puis, avec les inspecteurs Barnes et Imfeld comme témoins, il prit une feuille de papier à en-tête et écrivit à la main : « Je n'ai rien fait à Jennifer, à Joseph, à Barbara, à Michael, à Mary Frances et à Jonathan. Juste les trois autres, Timothy, Nathan et Tami. Je les ai étouffés avec un oreiller parce que je ne suis pas une bonne mère, et je ne suis pas une bonne mère à cause des autres enfants. »

Marybeth signa de son écriture maladroite de gauchère qui, parce que sa main tremblait, ressemblait encore plus à l'écriture d'une petite fille : Marybeth Tinning, le 2/4/86, 20 heures. Alors qu'elle reposait le stylo, elle eut un profond soupir.

Livré à lui-même dans la pièce voisine, Joe demanda aux policiers qui l'avaient amené ici combien de temps, à leur avis, « tout ça » prendrait; il voulait parler de l'interrogatoire de Marybeth, qui devait mener à une déposition plus détaillée. Joe regardait fixement par la fenêtre; il tombait de nouveau de la neige fondue.

– Il faut que je rentre pour déblayer l'allée, dit-il.

Il se faisait également du souci parce qu'on était le 4 du mois et qu'il n'avait pas encore payé la traite de février pour le pick-up Isuzu que Marybeth l'avait persuadé d'acheter récemment. On aurait dit qu'il se concentrait sur ses problèmes domestiques afin de ne pas avoir à réfléchir aux aveux de sa femme.

Il fit toutefois remarquer au même officier de police qu'ils auraient, Marybeth et lui, besoin d'aide.

– Vous voulez parler d'une aide psychiatrique? demanda-t-il.

– Oui, répondit Joe.

23

Il arrive que des gens confessent des crimes qu'ils n'ont pas commis. Mais alors leurs aveux ne sont pas aussi détaillés que ceux de Marybeth.

Un officier de police.

– Je vous en prie, ne me demandez pas de le raconter encore une fois.

Ce ne fut pas avant 21 heures que la police put recueillir la déposition de Marybeth. Elle était de retour dans le bureau où Joe Karas et Bob Imfeld avaient commencé son interrogatoire six heures plus tôt. Le travail de Bill Barnes était terminé, mais elle le supplia de rester, ce qu'il fit de bon cœur. Bill était très triste : l'arrestation de Marybeth aurait un effet dévastateur sur sa famille. Quand il rentrerait chez lui, ce soir, il passerait en voiture devant la maison d'Alton, là où Marybeth avait grandi, et il savait qu'il serait en proie à des sentiments partagés. En attendant, il voulait s'assurer que ce dernier et capital interrogatoire serait conduit avec le plus de délicatesse possible. Non pas qu'il se méfie de ses collègues – il connaissait Joe Karas depuis des années et le respectait professionnellement – mais il se sentait personnellement impliqué dans cette affaire.

Marybeth ne voulait pas répéter son histoire, pourtant il était essentiel qu'elle le fît et qu'elle donnât le maximum de détails. Plusieurs points étaient encore obscurs.

Ils durent tous les quatre, Karas, Imfeld, Barnes et Marybeth, attendre près d'une heure l'arrivée de la greffière, Margot Bernhardt. En s'installant, cette dernière nota que Marybeth pleurait un peu mais qu'elle était plus ou moins maîtresse d'elle-même. Pour la troisième fois de la journée, on lui fit part de ses droits – de nouveau, ce fut Karas qui s'en chargea –, et pour la troisième fois Marybeth acquiesça quand on lui demanda si elle les comprenait.

– Êtes-vous d'accord pour parler à ces gens ? C'est à vous de décider, Marybeth, insista Barnes.

– Je suis d'accord, répondit-elle.

– Vous avez bien compris quels étaient vos droits et vous y renoncez volontairement ? demanda Karas.

De nouveau, Marybeth hocha la tête.

Cet échange de paroles, noté par Margot Bernhardt, devait avoir par la suite une importance capitale. En effet, Marybeth déclarerait plus tard qu'on ne lui avait jamais lu ses droits et que les enquêteurs l'avaient brutalisée avant de lui souffler les réponses à leurs questions. En tant qu'observateur impartial, Margot Bernhardt eut une tout autre impression. Selon elle, les policiers traitèrent Marybeth avec beaucoup de gentillesse, ils lui parlaient doucement, et celle-ci semblait vouloir coopérer. L'interrogatoire dura plus d'une heure et résulta en un dossier de trente-six pages qui commençait par la description, quelque peu modifiée, de la nuit où Tami Lynne était morte.

« Je suis rentrée des courses vers 20 heures 30. J'étais allée chez Toys for Joy avec mon amie Cynthia Walter qui habite, je crois, au 371, Michigan Avenue, la maison voisine de la mienne. Quand je suis arrivée chez moi, la mère de Joe et son père étaient là. Ils avaient gardé Tami Lynne pendant mon absence. Cynthia est restée un peu, et finalement ils sont tous partis vers 21 heures 30.

« Après leur départ, j'ai joué avec Tami Lynne pendant une heure environ. J'étais assise dans un fauteuil et Tami était sur mes genoux. Ensuite, je l'ai mise au lit. Elle était très agitée et a pleuré pendant une demi-heure, mais pour finir elle s'est endormie. Je suis alors allée me coucher. Je suis restée allongée tout en regardant la télévision, à moitié assoupie. Joe est rentré vers 23 heures. On a parlé pendant une dizaine de minutes, et puis il s'est couché à son tour et s'est endormi. Nous étions au lit et nous parlions...

« J'étais sur le point de m'endormir moi aussi quand Tami Lynne s'est réveillée et s'est mise à pleurer. Je me suis levée, je suis allée la voir et j'ai essayé de la calmer et de faire en sorte qu'elle cesse de pleurer. J'ai fini par prendre l'oreiller de mon lit et je le lui ai mis sur la figure. Je l'ai maintenu comme ça jusqu'à ce qu'elle arrête de pleurer. J'ai pris l'oreiller dans mon lit. Joe dormait toujours et ne savait pas que j'étais revenue dans la chambre pour prendre l'oreiller. Quand j'ai retiré l'oreiller, Tami ne bougeait plus. J'ai posé l'oreiller sur le canapé et j'ai fait comme si je m'étais endormie sur le canapé, et alors j'ai hurlé. Joe s'est réveillé et je lui ai dit que Tami ne respirait plus.

– Racontez-nous ce qui s'est passé après, demanda Karas.

– Je lui ai fait la respiration artificielle, ça paraît peut-être idiot, mais je savais, je savais qu'elle était morte. Ils ont appelé une ambulance et, je ne sais pas pourquoi, mais ils n'ont rien compris avec le nom et l'adresse, ou peut-être qu'ils m'ont dit ça pour que je ne sache plus où j'en étais. Pourtant, je leur ai bien donné mon nom et mon adresse, et je leur ai dit qu'ils devaient m'envoyer une ambulance tout de suite. Ils m'ont demandé pourquoi, et je leur ai répondu que mon bébé ne respirait plus. Après, j'ai appelé Cynthia, elle savait faire la respiration artificielle, les secours sont arrivés, ils ne m'ont pas adressé la parole, ils l'ont juste emmenée avec eux, et moi je les ai suivis... »

On lui demanda pourquoi elle avait placé un oreiller sur la tête de son enfant.

– Parce qu'elle pleurait tout le temps et que tout ce que je faisais, ça n'allait pas.

– Quoi que vous fassiez, ça n'allait pas? demanda Barnes.

Marybeth hocha la tête.

– C'est bien ça que vous voulez dire, Marybeth? insista Barnes.

– Elle pleurait tout le temps, répondit Marybeth.

– Et vous n'arriviez pas à la calmer? C'est ça?

– Euh... oui, fit-elle.

– Est-ce que vous vous êtes rendu compte d'un seul coup que vous n'arriviez à rien avec elle? continua Barnes.

– Oui, d'un seul coup.

– N'était-ce pas quelque chose qui couvait en vous depuis quelque temps?

– Non.

– Joe dormait?

– Oui.

– Et à ce moment-là, parce que le bébé pleurait, ce sentiment vous a envahie. C'est bien ça?

De nouveau, Marybeth hocha la tête.

– Pour que cela soit bien clair pour tout le monde, pour tous les gens ici présents, vous êtes en train de dire que vous aviez l'impression de ne pas être une bonne mère.

– Oui.
– Pouvez-vous m'expliquer ce que vous entendez par « ne pas être une bonne mère » ? Que ressentez-vous exactement ? Qu'est-ce que vous voulez dire ? Comment est-ce arrivé ? Quand vous êtes-vous dit que vous n'étiez pas une bonne mère ?
– Les autres, le bébé de Cynthia et le petit garçon, ne pleuraient jamais. Mais Tami, elle, elle pleurait tout le temps, et j'ai pensé que c'était parce qu'il y avait quelque chose que je ne faisais pas bien. »
Par « le petit garçon », Marybeth voulait certainement parler de Brian, le fils de Sue Lencewicz. Bill Barnes, par cet interrogatoire, cherchait des aveux qui leur permettraient peut-être de comprendre la psychologie de cette femme profondément troublée et de plaider la démence temporaire.
Revenant sur le sentiment qu'elle avait de ne pas être une bonne mère, Barnes déclara :
– On ressent tous un jour ou l'autre ce genre de choses, Marybeth. Mais qu'est-ce qui vous a poussée à agir ainsi à ce moment-là, quand vous avez vu qu'elle ne se comportait pas comme vous l'auriez voulu, c'est-à-dire qu'elle ne cessait pas de pleurer ?
Marybeth garda le silence.
– Est-ce que vous comprenez bien ce que je vous demande ? continua Barnes.
Marybeth hocha la tête.
– J'aimerais que vous nous expliquiez pourquoi vous avez tué Tami Lynne. Qu'est-ce qui vous a poussée à le faire ?
– Je pensais que je n'étais pas une bonne mère.
Barnes et ses collègues l'interrogèrent ensuite sur Timothy et Nathan, qu'elle avait déjà avoué avoir tués. Marybeth avait du mal à se rappeler quoi que ce soit à leur sujet, comme leur date de naissance ou même qui était qui. Dans son premier récit, elle avait raconté qu'elle avait trouvé Timothy mort dans son berceau alors qu'il n'avait que trois semaines, et que Nathan, à l'âge de cinq mois, avait brusquement sombré dans le coma un jour où il se trouvait à côté d'elle dans la voiture. A présent, elle les mélangeait et, en réponse à la question de Karas qui lui demandait comment ils étaient morts, elle répondit :
– C'était toujours pareil.
Puis, quand il lui demanda de leur parler de Nathan et d'essayer de se souvenir de lui, elle se mit à décrire, semblait-il, les derniers instants de Timothy.

– Quand est-il né ? demanda Karas, en faisant référence à Nathan.
– Je ne me rappelle pas.
– Vous ne vous rappelez pas ?
– Non.
– Vous rappelez-vous alors quand il est mort ?
– Non. Je vous en prie.
– Je dois vous poser cette question. Essayez de vous ressaisir.
– Non.
– Vous rappelez-vous comment il est mort ?
– Comme Tami.
– Et où cela s'est-il passé ?
– A la maison.
– Qui était là ?
– Je ne sais pas – Joe, je suppose. Je ne sais pas.
– Et vous ? Vous étiez là ?
– Oui.
– Personne d'autre ?
– Je ne crois pas. Je ne me souviens pas.
– Lui avez-vous mis un oreiller sur la tête ?
– Oui.
– Étiez-vous seule ?
– Je ne me souviens pas.
– Vous rappelez-vous s'il y avait quelqu'un avec vous ?
– Je ne crois pas. Je ne sais pas. Je ne sais pas.

Elle devenait si vague que Karas décida de lui rafraîchir la mémoire en lui rappelant ce qu'elle avait déclaré à Barnes.

Reprenant ses mots, il dit :

– « J'avais deux enfants, Nathan et Timothy, qui sont morts tous les deux parce que je leur ai mis un oreiller sur la tête, comme je l'ai fait pour Tami. »
– Oui, c'est ça, répondit Marybeth.
– « Je pensais que je n'étais pas une bonne mère parce que les autres enfants étaient morts. »
– C'est vrai.
– Vous étiez seule quand vous l'avez fait ?
– Euh... oui. Enfin, Joe était là, mais il dormait.
– Joe dormait. Il était à la maison mais il dormait ?

Elle acquiesça. Après avoir confondu la mort de Nathan et celle de Timothy, il semblait à présent qu'elle confonde leurs morts avec celle de Tami.

– En avez-vous parlé à qui que ce soit ? continua Karas.
– Parlé de ce que j'avais fait ?

– Oui.
– Non.
– Vous n'en avez jamais parlé à personne ?
Marybeth fit non de la tête.
– Les enfants pleuraient quand vous l'avez fait ?
– Oui.
– Est-ce qu'ils vous énervaient, est-ce qu'ils pleuraient, vous agaçaient ?
– Ils pleuraient.
– Vous n'arriviez pas à les calmer ?
– Non.
– Vous êtes-vous servie de l'oreiller de votre lit à chaque fois ?
– Oui.
– Et vous le remettiez en place après ?
– Oui.
– Ensuite, vous appeliez une ambulance ?
– Oui.
– A moins que ce ne soit quelqu'un d'autre qui s'en charge ? Est-ce que vous vous souvenez ?
– Joe, peut-être. Je ne sais pas.
Karas lui fit alors remarquer que Nathan n'était pas mort à la maison, comme elle venait de le dire.
– Pensez à Nathan pendant une minute, et rappelez-vous le moment où vous étiez dans Balltown Road. Est-ce que ça s'est passé dans la voiture ?
– Oui, répondit-elle en contredisant ses précédentes déclarations.
Elle raconta alors l'improbable histoire selon laquelle elle avait mis le coussin du canapé, qu'elle gardait dans la voiture, sur la tête de Nathan tout en conduisant. « Nathan dormait, il pleurait. » Elle ajouta qu'elle l'avait maintenu ainsi « jusqu'à ce qu'il arrête de pleurer ». Karas lui demanda quand cela s'était passé, mais elle ne parvenait pas à s'en souvenir. Tout comme elle ne se souvenait pas de l'âge de Nathan, mis à part le fait qu'il devait avoir « juste quelques mois ».
– Et Timothy, poursuivit Karas. Vous souvenez-vous de lui ?
– Oui.
– Était-il à la maison ?
– Timothy ? répéta Marybeth, comme si elle fouillait dans sa mémoire pour se rappeler où il se trouvait.
– Est-ce que c'est arrivé chez vous ?
– Oui.

– Il était dans son berceau ?
– Oui.
– Est-ce qu'il faisait de drôles de bruits ?
Marybeth ne répondit pas.
– Il pleurait peut-être, alors, suggéra Karas.
– Il faisait de drôles de bruits.
– Quelle sorte de bruits ?
– Comme des gargouillis... Il avait attrapé froid.
– Et ça vous embêtait ?
– Qu'il ait attrapé froid ?
– Qu'il fasse ces bruits.
– Oui.
– Et qu'est-ce que vous ressentiez ?
– Tout ce que je faisais, ça n'allait pas.
– Vous voulez dire, tout ce que vous faisiez pour l'aider ?
Marybeth hocha la tête.
– Étiez-vous seule avec lui, ou Joe se trouvait-il à la maison à ce moment-là ? Essayez de vous souvenir.
– Je ne me rappelle pas, mais je crois que Joe était à la maison.
– Et qu'avez-vous fait cette fois ?
– Pareil.
– Quand vous dites « pareil », expliquez-nous ce que vous entendez par là.
– Je lui ai mis un oreiller sur la figure.
– Vous rappelez-vous où vous avez pris cet oreiller ?
– Sur mon lit.
– Vous l'avez mis sur sa figure ?
– Oui.
– Jusqu'à ce qu'il se taise ?
– Oui.
– Et ensuite, qu'avez-vous fait ?
– J'ai appelé les secours.
– Qu'avez-vous fait exactement pour l'aider ?
– J'ai appelé une ambulance.
Mais elle ne se souvenait pas si on l'avait emmené au St. Clare ou au Ellis.
Karas l'interrogea ensuite sur ses autres enfants.
– Il y en a qui sont morts à la maison et d'autres à l'hôpital, répondit-elle.
– Était-ce parce que vous leur aviez mis un oreiller sur la tête ?
– Non.

– Vous n'êtes pas responsable de leur mort ?

La réponse de Marybeth fut ferme et énergique :

– Non.

Elle raconta alors ce qui leur était arrivé. Un soir, alors que Barbara avait presque cinq ans, elle avait eu des convulsions. Marybeth l'avait emmenée aux urgences du Ellis où « ils m'avaient laissé le choix : soit ils la gardaient, mais ils ne l'examineraient pas avant le lendemain matin, soit je rentrais avec elle, je la surveillais pendant la nuit et je la ramenais le lendemain pour que le docteur la voie. C'est ce que j'ai fait. Je suis rentrée et j'ai fait les cent pas dans sa chambre, et puis elle a eu une autre convulsion, alors je l'ai ramenée à l'hôpital – l'ambulance l'a ramenée – et elle est morte vers 4 heures 20 environ, le lendemain ».

– Avez-vous tué Barbara ? demanda Barnes.

– Non, je ne l'ai pas tuée.

– Avez-vous fait quelque chose qui aurait pu contribuer à sa mort ?

– A part lui mettre une petite cuillère dans la bouche pour l'empêcher d'avaler sa langue, non.

– Avez-vous fait des études d'infirmière ? continua Barnes.

– Oui... J'ai été aide-soignante.

Ils parlèrent ensuite de Jennifer, le premier bébé Tinning à mourir. Marybeth n'avait aucun mal à se souvenir d'elle, à l'inverse des autres enfants nés après et qui avaient vécu plus longtemps. Quatorze ans après sa mort, Marybeth ne l'avait pas oubliée.

– Jennifer est née, je crois, le 26 décembre, le lendemain de Noël, en 1971. (Ce fut la seule date de naissance qu'elle mentionna, et elle ne se trompait pas.) Elle est morte sept jours après. Elle allait bien au début, et puis j'ai su qu'il y avait quelque chose, mais personne ne faisait rien. Elle a fini par avoir une méningite et elle est morte, paraît-il, d'un abcès au cerveau.

– C'est ce qu'on vous a dit ? demanda Barnes.

– Oui.

– Avez-vous fait quoi que ce soit pour provoquer, directement ou indirectement, sa mort ?

– Non, je n'ai rien fait pour provoquer la mort de Jennifer. Je n'ai rien fait.

Elle n'eut aucun mal à se rappeler que Joseph, âgé de deux ans, fut le second à mourir. C'était à mesure que les années s'écoulaient que sa mémoire lui jouait des tours.

– Qu'est-il arrivé à Joseph ?
– Je ne sais pas.
– Pouvez-vous me décrire les circonstances de sa mort ?
– Il faisait la sieste. Il allait avoir deux ans et il avait dormi plus longtemps que d'habitude. Je ne suis pas allée le voir tout de suite, et quand je l'ai fait, on aurait dit qu'il avait du mal à respirer, mais je n'y étais pour rien.

Elle raconta ensuite qu'elle l'avait emmené à l'hôpital où il était mort.

– Tout ce que le certificat de décès disait, c'était qu'il avait succombé à un arrêt respiratoire et un arrêt cardiaque, je crois. Je me trompe peut-être. Ils n'ont peut-être mis qu'une des deux causes, ou les deux, je ne sais plus... Mais je n'ai rien à voir avec sa mort.

Elle omit toutefois de dire qu'elle avait emmené Joseph deux fois au Ellis, et les deux fois pour la même raison.

Barnes lui demanda alors de leur parler de Mary Frances et de Jonathan.

– Il n'y a pas grand-chose à dire, déclara-t-elle au sujet de Mary Frances. Je l'ai trouvée inconsciente dans son berceau.
– Avez-vous tenté de la sauver ? demanda Barnes.
– J'ai essayé, oui.
– Qu'avez-vous fait ?
– La respiration artificielle.
– Vous lui avez fait la respiration artificielle ?
– Euh... oui, acquiesça-t-elle.
– Y avait-il quelqu'un à la maison quand Mary Frances...
– Joe devait être là. Je ne me rappelle pas...
– Avez-vous appelé une ambulance ?
– L'un de nous a dû le faire.
– Et le bébé a été emmené à l'hôpital ?
– Oui, au St. Clare, je crois.
– Vous a-t-on dit de quoi Mary Frances était morte ?
– Je ne me souviens pas. Je crois que c'était pareil.
– Pareil ? Que voulez-vous dire ?
– Un arrêt cardiaque et un arrêt pulmonaire. Je n'ai rien à voir avec sa mort.
– C'est quelqu'un d'autre alors, qui était avec vous à la maison ?
– Non, personne.
– A votre insu ?
– Non, pas que je sache.
– Jonathan Tinning a été le septième à mourir ?

– Euh... oui.
– Pouvez-vous me parler des circonstances de sa mort ?
– C'est pareil que pour les deux autres, et je n'ai rien à voir avec sa mort... A ma connaissance, Jonathan est mort de la même manière que Mary Frances.
– Mais pas comme Nathan ou Timothy ?
– Non.
– Pouvez-vous me dire – vous venez de dire que Jonathan est mort de la même manière que Mary Frances ?
– Oui.
– Et comment ça s'est passé ?
– Je l'ai couché et quand je suis allée le voir, il ne bougeait plus.
– C'était pendant la nuit ou le jour ?
– La nuit, je crois.
– Qu'avez-vous fait à ce moment-là ? S'il se trouvait à la maison, est-ce que vous ou votre mari avez essayé de le sauver ?
– Oui, moi. Joe aussi.
– Qui a appelé l'ambulance ?
– Joe, probablement.
– Vous a-t-on dit de quoi il était mort ?
– Non.
– Qu'est-ce qu'on vous a dit alors ?
– Pas grand-chose. La même chose que pour les autres. Un arrêt respiratoire et un arrêt cardiaque. Parfois, ils disaient les deux, parfois l'un ou l'autre, mais ça n'a pas vraiment d'importance.

Sa façon d'en parler laissait croire que ces deux dernières morts n'avaient guère été compliquées. Marybeth omit toutefois de dire que Mary Frances et Jonathan avaient eu deux crises, que la première avait été considérée comme si sérieuse que les deux enfants avaient été envoyés à Boston où plusieurs spécialistes les avaient examinés, et que la seconde les avait laissés dans un état comateux précédant une mort lente au sein du service de réanimation. La réponse qu'elle fit à la question de Barnes donnait, au contraire, l'impression qu'ils étaient morts brusquement et sans souffrir.

Finalement, Marybeth fut interrogée sur Michael, son fils adoptif.

– Il avait attrapé un rhume, expliqua-t-elle. Je m'apprêtais à... J'avais appelé le médecin et il m'avait dit de l'amener à sa consultation du lundi, ce que j'ai fait. Au cours de la nuit du dimanche au lundi, Michael avait eu beaucoup de fièvre, et je suis restée à son chevet. Puis, je suis allée me coucher et je suis retournée le voir quelque temps après, et ainsi de suite pendant toute la nuit. Quand je suis allée le réveiller pour l'emmener chez le médecin, il était... c'est-à-dire qu'il réagissait, mais il était tout mou. Au lieu d'appeler une ambulance, je suis sortie, à l'époque, on habitait McClellan Street, et je l'ai installé dans la voiture, en fait, je l'ai littéralement jeté dans la voiture et je suis allée au St. Clare – non, je veux dire je suis allée chez le Dr Mele, et là les brancardiers l'ont emmené. Mais avant, l'un des médecins, je crois que c'était le Dr Mele, m'a prise à part et m'a annoncé qu'ils pensaient que Michael avait succombé à une pneumonie virale.

Que sa langue ait fourché au sujet du St. Clare peut tout à fait être un lapsus. Sandy Roe avait insisté auprès de Marybeth pour qu'elle emmène Michael au St. Clare, mais Marybeth avait préféré aller jusque chez le Dr Mele, qui habitait beaucoup plus loin.

Barnes lui demanda si elle-même ou quelqu'un d'autre dans la maison avait provoqué la mort de Michael.

– Ni moi, ni personne, répondit-elle.

– Je voulais juste savoir si vous aviez mis un oreiller...

– Non. Ni moi, ni personne à ma connaissance, répéta-t-elle.

A nouveau, il revint sur le cas de Tami Lynne, et pour la troisième fois, Marybeth admit qu'elle l'avait étouffée.

– Ce que vous êtes en train de dire, c'est que... commença-t-il.

Marybeth finit sa phrase.

– Oui, que je l'ai tuée en lui mettant un oreiller sur la tête.

L'interrogatoire durait à présent depuis presque une heure et demie. Barnes avait encore deux questions à poser. Est-ce que quelqu'un l'avait aidée à tuer Timothy, Nathan et Tami Lynne ? Et est-ce qu'elle avait provoqué la mort de ses autres enfants ?

– Non. Non, répondit Marybeth fermement.

L'épreuve était presque terminée. On demanda à Marybeth de jurer que tout ce qu'elle avait dit était vrai, et sans la moindre hésitation elle jura.

– Maintenant que vous avez eu le temps de réfléchir à ce que vous avez dit dans votre déposition, y a-t-il quelque chose que vous aimeriez changer ? lui demanda Karas.

– Non, répondit Marybeth.

– Y a-t-il quelque chose que vous aimeriez ajouter ?

– Non.
– C'est toute la vérité ?
– Oui.

C'était là le maximum qu'elle leur dirait jamais. Pendant des mois, les membres de la Tinning Task Force se demanderaient pourquoi Marybeth avait admis avoir étouffé Timothy et Nathan alors qu'elle niait avoir fait quoi que ce soit aux autres. Elle savait que les preuves contre elle dans le cas de Tami Lynne étaient accablantes. Pourquoi alors, des neuf enfants, avait-elle choisi ces deux-là ? Qu'y avait-il de différent dans les morts de Timothy et de Nathan ? Il existe, à ce sujet, une seule théorie valable. Lorsqu'elle apprit que la police pensait qu'elle avait tué tous ses enfants à l'exception de Jennifer, Marybeth comprit sans doute que la justice allait la poursuivre. Mais elle avait besoin du soutien de Joe, et certains aveux risquaient d'ébranler sa loyauté à son égard, même s'il avait promis de ne jamais l'abandonner. Joe adorait les enfants, et trois d'entre eux avaient vécu suffisamment longtemps pour qu'il s'y attache : Barbara, Joseph et Michael. Quant à Mary Frances et à Jonathan, ils avaient tellement souffert et étaient restés si longtemps à l'hôpital qu'il y avait de fortes chances pour que leur lente agonie lui soit un souvenir extrêmement douloureux. Si l'une ou l'autre de ces morts avait pu être évitée, elle savait que Joe aurait probablement du mal à lui pardonner.

Ce qui laissait Timothy et Nathan. Ils avaient vécu peu de temps et étaient morts très vite; il était donc facile de les oublier. Marybeth avait du mal d'ailleurs à se rappeler qui était qui, et, d'après une assistante sociale qui l'interrogea une fois, Joe aussi. Le soir du 4 février 1986, il avait déjà accepté le fait que sa femme ait tué Tami Lynne. Si elle devait être responsable de quelque autre mort, celle de Timothy et celle de Nathan étaient sans doute les plus faciles à admettre pour lui.

Une fois son crime confessé, Marybeth parut fatiguée mais calme. Pendant les neuf heures qu'avait duré l'interrogatoire, elle avait bu quatre cafés et refusé toute nourriture. Physiquement et émotionnellement, elle était vidée. Alors que Margot Bernhardt finissait de préparer sa déposition pour qu'elle la signe, Marybeth demanda à Barnes, pour la seconde fois, de rester auprès d'elle.

Quand on lui tendit ses aveux, elle se troubla parce qu'elle avait oublié ses lunettes. Barnes proposa de lui prêter les siennes. Elle les essaya, trouva qu'elles lui convenaient et se mit à lire sa déposition. Ce fut là leur dernier rapport amical.

Après avoir signé sa déposition, Marybeth fut officiellement accusée du meurtre de sa fille Tami Lynne. On releva ses empreintes digitales et on la conduisit, sous la tempête de neige, à la prison du comté de Schenectady.

Joe rentra seul pour dégager l'allée devant chez lui.

24

D'après la police, Marybeth Tinning, accusée d'infanticide, semble avoir développé « deux personnalités » et avoir eu des attitudes contradictoires face à la mort de ses neuf enfants.

Albany Times Union,
quatre jours après l'arrestation.

Ce fut la première chose que l'on annonça aux informations du matin à la radio. Le journaliste commença par déclarer qu'une femme de Michigan Avenue avait été accusée d'avoir tué son bébé sans donner de nom, mais tout le monde en ville sut de qui il s'agissait. Ses voisins de Michigan Avenue, de McClellan Street, de Cleveland Avenue, de Second Avenue, de Duanesburg, ses anciennes collègues du Flavorland et de la compagnie de ramassage scolaire, les membres de l'Église réformée de Princetown et de l'association des secouristes de Duanesburg, les infirmières du St. Clare, les collègues de Joe à la General Electric et ses compagnons du club de bowling – tous surent immédiatement, avant même que le journaliste ne prononce son nom, que la femme en question n'était autre que Marybeth Tinning. Pour une femme qui se plaignait de ne pas avoir d'amis, elle avait fait une forte impression sur beaucoup de gens.

« Enfin, ils l'ont attrapée ! » pensa une serveuse du Flavorland, une ancienne collègue de Marybeth, tout en préparant le petit déjeuner de ses enfants. Quatorze ans auparavant, alors que Marybeth n'était qu'une cliente du restaurant, elle lui avait exprimé toutes ses condoléances à la mort de ses trois premiers enfants, et s'était reproché de ne pas l'avoir davantage soutenue.

Une autre collègue de Marybeth, elle aussi serveuse au Flavorland, entendit la nouvelle peu de temps avant d'être admise au St. Clare pour une pneumonie. « J'étais très malade, j'avais quarante de fièvre, mais je ne parlais que de ça, se rappela-t-elle. J'étais aux urgences, et je n'avais que son nom à la bouche. L'une des infirmières m'a demandé si je la connaissais. " J'ai travaillé avec elle pendant quatorze ans ", je lui ai répondu. Alors, elle m'a raconté qu'elle avait surpris Marybeth en train d'essayer d'étouffer son dernier bébé, juste après la naissance, et qu'elle l'avait signalé aux autorités. »

Troublé par la nouvelle, Mark Walter se demanda comment l'annoncer à sa femme. Cynthia était encore en Floride, et il pensa qu'il valait mieux attendre son retour. Sue Lencewicz, elle, fut réveillée par le bulletin d'information de 6 heures quand son radio-réveil sonna. Elle n'en crut pas ses oreilles. Un peu plus tard, alors qu'elle s'apprêtait à partir travailler, elle rencontra Joe sur le trottoir.

– Joe, que se passe-t-il ? lui demanda-t-elle.

– Marybeth a avoué qu'elle avait tué Tami Lynne et deux autres enfants, répondit-il.

Il n'était pas particulièrement bouleversé, il donnait l'impression d'accepter les choses. Le soir, cependant, il alla chez Sue et son mari et leur demanda s'il pouvait rester un peu avec eux.

« Il était là, assis, et ne disait rien. J'étais tellement mal à l'aise que j'ai fini par lui demander : " Joe, est-ce que tu savais que Marybeth avait un problème ? " Il m'a répondu : " C'est vrai qu'à cause de Tami, on ne dormait pas beaucoup. " Et c'est tout ce qu'il a dit. »

Pour Sue, la réaction de Joe était incompréhensible. Les collègues de Joe, à la General Electric, le comprenaient mieux.

« Il faut le connaître, dit l'un d'entre eux. Joe, c'est un type qui est capable d'ignorer totalement ce qui ne va pas. Il est au courant de ce qui se passe, mais il l'enfouit si profondément qu'il arrive à vivre comme si de rien n'était. »

« C'est pareil dans son travail, ajouta un autre. Il fait son boulot, et après, c'est de l'histoire ancienne. Il n'en parle plus jamais. »

Effectivement, la semaine qui suivit l'arrestation de Marybeth, il ne changea rien à ses habitudes et alla jouer au bowling, tout comme il le ferait pendant tout le procès. Ses prouesses au sein des différents clubs de bowling de la région lui valaient d'être souvent cité dans les pages sport de la *Schenectady Gazette,* tandis que l'enquête au sujet de sa femme faisait la une du même numéro.

En ville, tout le monde pensait que Marybeth était coupable. Dans les journaux, aux informations télévisées locales, on employait systématiquement l'expression « Marybeth Tinning, accusée d'infanticide », et ceux qui ne parvenaient pas à se rappeler son nom disaient « la femme qui a assassiné tous ses enfants ». Pendant des jours et des jours, des journalistes et des cameramen rôdèrent autour de ses deux dernières maisons, sur Michigan Avenue et sur McClellan Street, et interviewèrent les voisins. Au grand désarroi de Sue Lencewicz, des journalistes interrogèrent même son fils. Brian resta ensuite des heures assis devant le poste de télévision dans l'espoir de se voir à l'écran. Mais il ne fit qu'apprendre que la femme qui le gardait autrefois avait tenté d'empoisonner son mari, ce qui lui donna des cauchemars à propos des gâteaux qu'il avait mangés chez elle. « Maman, tu crois que j'aurais dû accepter ? » demandait-il à sa mère. En l'espace d'une nuit, Marybeth était devenue un monstre.

Pourtant, Sue n'arrivait pas à la considérer comme telle. « Elle était tellement attentive, se précipitait vers le bébé dès qu'elle gémissait. Quoi qu'elle lui ait fait, elle n'a pas dû se rendre compte de son geste. »

Pendant des mois, cette pensée la tortura. « Si j'avais eu le moindre soupçon, j'aurais pris le bébé avec moi et j'aurais aidé Marybeth. Mais pas une seule fois elle ne m'est apparue comme quelqu'un qui pourrait faire du mal à un enfant. » Puis elle se rappela qu'un jour Marybeth l'avait indirectement mise en garde : « Ma belle-sœur m'a appelée... Elle sait que je garde Brian, et elle veut te prévenir parce qu'elle a peur que je lui fasse du mal. » Bien sûr, Carol Tinning n'appela jamais. Si elle avait voulu prévenir Sue, elle l'aurait fait sans passer par Marybeth. Était-ce alors pour Marybeth une manière de dire à Sue qu'elle avait peur de ce qu'elle était capable de faire une fois seule avec Brian ? Après son arrestation, Sue raconta à Joe que son fils était inquiet au sujet des gâteaux qu'il avait mangés chez eux. « De quoi as-tu peur ? demanda-t-il. Tu sais très bien que Marybeth ne lui aurait jamais fait de mal. »

Sue n'en était plus aussi sûre. Marybeth lui avait donné, au moment où elle triait ses affaires en prévision de son prochain déménagement, des céréales et une boîte de cacao en poudre, qu'elle avait achetées quand elle gardait Brian. Quand elle apprit que Marybeth avait tenté d'empoisonner Joe, Sue jeta les céréales et le chocolat à la poubelle. Puis elle réfléchit, alla les rechercher et les envoya à la police pour les faire analyser. « Le rapport du laboratoire était négatif. Ça m'a soulagée », dit-elle. Mais elle ne savait toujours pas que penser de sa voisine.

Sue n'était pas la seule à douter de la culpabilité de Marybeth. D'autres personnes, qui l'avaient connue récemment, partageaient ce sentiment. C'était Joe qu'ils trouvaient bizarre. Cependant, ceux qui la connaissaient depuis la mort des premiers enfants furent plus prompts à la juger. L'opinion générale à Schenectady était que Marybeth avait commis un crime atroce et méritait d'être sévèrement punie. Richard Nelson, le chef de la police, d'habitude un homme affable et chaleureux, n'avait, lui, aucun doute. « J'aimerais qu'elle écope du maximum, et j'aimerais être celui qui exécutera la sentence. Avec un oreiller. Quand on pense à ces bébés qui devaient lutter pour vivre... » Il secoua la tête. « Je réagis peut-être de manière un peu excessive, mais c'est ce que je ressens quand je pense à cette femme. » (A cette époque, la peine de mort dans l'État de New York avait été déclarée contraire à la Constitution.)

De nombreuses mères étaient tout aussi en colère contre Marybeth. Quelques-unes avouèrent qu'il leur était arrivé d'être si fatiguées et si énervées à cause de leur enfant qu'elles avaient été tentées de faire n'importe quoi pour les faire taire. Certaines allèrent même jusqu'à dire que seule la grâce de Dieu les séparait de Marybeth. D'autres, en revanche, affirmèrent que ce que Marybeth avait fait était impardonnable. D'une manière ou d'une autre, l'affaire Marybeth Tinning déclenchait les passions, et ce bien avant qu'elle ne passe en justice.

Ayant été accusée du meurtre de Tami Lynne, Marybeth fut envoyée à la prison du comté située à Oneida. Pendant son séjour, elle envoya une lettre à Cynthia Walter dans laquelle elle lui jurait qu'elle était innocente et priait pour qu'elles restent amies. Cynthia, en état de choc, ne lui répondit pas. Marybeth écrivit aussi à son frère Alton et à sa femme Sandra :

Chers Bud et Sandy,

Avant de commencer cette lettre, je veux que vous sachiez que j'ai appris que vous m'avez tous les deux dénoncée. Il n'y a rien à présent que je puisse faire si ce n'est m'en remettre à la pitié de la cour, et espérer qu'un jour vous pourrez me pardonner un peu. Je sais que Dieu le fera.

Marybeth.

Marybeth passa six semaines à la prison d'Oneida avant d'être remise en liberté provisoire. Joe et ses parents durent payer une caution de cent mille dollars et ils remuèrent ciel et terre pour rassembler cette somme. Joe appela toutes les personnes à qui il pouvait penser, et les parents Tinning tous les gens qu'ils connaissaient à Duanesburg. Cela dut être un moment pénible pour eux, habituellement si discrets, mais ils s'étaient engagés à soutenir Marybeth envers et contre tout, d'autant qu'elle protestait à présent de son innocence. Joe, qui sollicitait rarement une faveur de qui que ce soit, supplia un ancien collègue de prendre une hypothèque sur un bien immobilier qu'il possédait. Gêné, l'homme refusa. Les appels du père de Joe étaient moins directs. « Il n'allait pas droit au but, raconta l'un des hommes que le vieux Tinning contacta. Il expliquait à quel point il était difficile de se procurer l'argent de la caution, et que ce n'était pas nécessaire que ce soit en liquide, que d'autres gens pouvaient se porter garants. Il me racontait tout ça pour que je lui propose de lui prêter de l'argent, mais j'ai évité d'en arriver là en lui demandant où en était Marybeth. Quelque temps après, c'est son fils qui m'a appelé. Lui m'a tout de suite demandé si je ne pouvais pas les aider. » Plus de cent personnes furent contactées. La plupart refusèrent.

Bien que leur propre famille soit divisée depuis qu'Andy et Carol avaient décidé de collaborer avec la police, Joe et ses parents étaient loin de soupçonner ce que pensaient la plupart des habitants de Schenectady de l'arrestation et des aveux de Marybeth. Finalement, avec l'aide de quelques amis, ils parvinrent à réunir la somme, et Joe réussit à persuader Paul Callahan de défendre Marybeth.

Ruth Roe, la mère de Marybeth, garda le silence. Elle refusa de parler à la police, aux enquêteurs du bureau du district attorney et à la presse. En revanche, Edna Tinning fut claire sur ses positions : « A moins que Marybeth ne vienne me dire qu'elle est effectivement coupable, je continuerai à croire à son innocence. Pour moi, c'est une victime du corps médical. Au lieu de l'aider à avoir des enfants en bonne santé, ils l'ont condamnée. »

Alors que Marybeth se trouvait à la prison d'Oneida, le bruit courut qu'elle était de nouveau enceinte. Tout le monde pensa aussitôt que c'était une plaisanterie de mauvais goût jusqu'à ce que l'on se rende compte que l'information venait de Marybeth en personne. Sur un formulaire qui lui demandait, entre autres, si elle était enceinte, elle répondit oui. « C'est une erreur idiote, expliqua Joe. Elle n'a pas compris la question et a coché la mauvaise case. » D'autres, qui connaissaient Marybeth, eurent une opinion différente. Si elle s'était effectivement trompée, c'était un joli lapsus.

A l'audience pour la mise en liberté provisoire de Marybeth, lecture fut faite du rapport d'un psychiatre, le Dr James F. Cunningham :

La patiente se présente comme une femme relativement jeune et vive; elle pleure beaucoup et veut sortir de prison. C'est une femme passive et dépendante qui ne fuirait pas de manière intentionnelle pour éviter les poursuites judiciaires. Il est possible qu'elle cède à la panique et cherche à fuir, mais elle serait incapable de se débrouiller seule une fois sa destination atteinte. Elle prendrait alors la mesure de sa situation et retournerait chez elle ou appellerait à l'aide. Mrs. Tinning ne témoigne d'aucun sentiment d'hostilité, d'aucune pulsion qui la pousserait à commettre un crime si elle était remise en liberté.

Ce bref texte fut le seul rapport psychiatrique sur Marybeth présenté à la cour. La caution fut versée le 1er mars 1986. Quinze jours plus tard, Marybeth était relaxée.

A cette date, Joe avait fini de déménager pour Ballston Spa. Les amis et les voisins qui l'aidèrent furent aussi surpris que lui devant la quantité de vaisselle et d'ustensiles ménagers que Marybeth avait accumulés au fil des ans et qu'elle n'avait jamais utilisés. « Elle a amassé trop de cochonneries, murmura Joe en portant carton après carton. Il va falloir en jeter. »

Pendant ce temps, la Tinning Task Force était au travail. John Poersch annonça aux journalistes qu'une enquête avait été ouverte sur les morts de tous les autres enfants de Marybeth Tinning, et qu'il était possible qu'il y ait de nouvelles accusations contre elle. Poersch, un homme cordial et expansif, aimait à donner l'impression qu'il était à la tête de toute l'affaire, mais c'étaient en réalité ses adjoints, Alan Gebell, Gary McCarthy et plusieurs fonctionnaires à Schenectady – comme Dan O'Connor et Bob Imfeld de la police, Joe Karas et Bill Sprague de la police de l'État, et Betsy Mannix, du Bureau d'aide sociale – qui frappaient aux portes, interrogeaient les témoins et s'occupaient de rassembler les pièces nécessaires au dossier de l'accusation. Les médecins de l'institut médico-légal de la police de l'État furent également pour beaucoup dans sa constitution, mais ils étaient loin d'enquêter sur les morts des neuf enfants Tinning. Pour l'instant, ils se concentraient sur les trois enfants que Marybeth avait avoué avoir tués, et avaient du mal à se mettre d'accord entre eux.

Le Dr Michael Baden, le directeur de l'institut médico-légal, voulait exhumer les corps de Timothy et de Nathan. On ne peut accuser quelqu'un de meurtre sur la seule foi de ses aveux. Ceux-ci doivent être appuyés par des preuves médicales, et Baden espérait trouver des traces de suffocation sur les dépouilles des deux enfants. Pour lui, il y avait un risque à vouloir condamner Marybeth pour le seul meurtre de Tami Lynne, et il pensait que le district attorney devait rassembler le maximum de preuves médicales sur les autres bébés.

John Poersch hésitait à donner son accord pour l'exhumation des corps. Il déclara qu'on ne récolterait aucune information nouvelle en allant déterrer des bébés morts, et que la défense ne manquerait pas de souligner l'horreur de leur geste. Cela donnerait à son bureau, qui devait délivrer l'ordre d'exhumer, une très mauvaise image aux yeux du public. Malgré la déclaration qu'il fit selon laquelle il avait l'intention d'enquêter sur la mort de tous les enfants Tinning, il devint clair qu'il préférait limiter l'accusation à la mort de Tami Lynne. Cela signifierait moins de témoins, un procès plus court, et moins de frais. Par ailleurs, si le juge acceptait le précédent juridique créé par l'affaire Martha Woods, il pourrait toujours évoquer les autres morts suspectes.

« Tout ce que nous avons à faire, dit-il, c'est prouver qu'elle a tué Tami Lynne, afin qu'elle écope de vingt-cinq ans, ce qui est le maximum de toute façon. Qu'on fasse tout un cirque autour de cette affaire ne peut qu'embrouiller les pistes. Ça pourrait même embrouiller l'esprit des jurés et elle risquerait d'être relâchée. »

Ce fut lors d'une réunion à Albany que les experts de la police de l'État discutèrent âprement de la marche à suivre. Le Dr Michael Baden insistait pour exhumer les corps de Timothy et de Nathan. Poersch s'y opposait en prétextant que ces nouvelles recherches seraient un fardeau injustifié pour les contribuables de Schenectady. Le colonel Hank Williams, qui venait de mettre sur pied la brigade médico-légale, tenait tant à ce que son équipe démêle avec brio cette affaire qu'il se tira de son lit pour assister à la réunion. Cela faisait plusieurs semaines qu'il était en arrêt-maladie pour un cancer en phase terminale, et il allait si mal qu'on dut le soutenir jusqu'à la salle de conférence. Les ressources de sa brigade étaient bien supérieures à celles de la police de Schenectady ou du bureau du district attorney, et le fait que des considérations locales bloquent les recherches le rendait fou de rage. John Poersch fit les frais de sa colère.

– Si vous ne voulez pas payer pour l'exhumation des corps, c'est moi qui paierai, et avec mon argent! s'écria Williams.

Poersch ne put que s'incliner.

Et c'est ainsi qu'un matin, de bonne heure, deux anatomopathologistes, les Drs Baden et Oram, se retrouvèrent au Most Holy Redeemer Cemetery dans la banlieue de Schenectady. Le Dr Jack N.P. Davies, d'Albany, qui avait été retenu par la défense, se joignit à eux. Quand l'avocat de Marybeth, Paul Callahan, était allé le trouver, sa première réaction avait été de refuser. L'infanticide lui répugnait et, à première vue, Marybeth paraissait coupable. Mais à mesure qu'il consultait les dossiers des huit autres enfants Tinning, il se rendit compte qu'il pouvait peut-être prouver qu'il y avait une aberration génétique chez chacun d'eux. L'enfant adopté n'était-il pas mort différemment ? Tout comme le Dr Oram, Davies fut intrigué par les fortes quantités de carbonate d'ammoniaque dans le sang observées chez plusieurs des enfants de Marybeth. Paul Callahan lui avait présenté le cas de sa cliente de la façon suivante : ayant été intimidée par les questions des trois inspecteurs de la police, elle avait déclaré avoir tué ses enfants parce qu'elle pensait que c'était ce qu'ils voulaient entendre, et qu'alors ils la laisseraient rentrer chez elle.

Davies pouvait tout à fait accepter cela. Il ne savait pas grand-chose sur Marybeth, mais il imaginait bien qu'une femme à l'éducation et à l'expérience limitées pouvait être à ce point terrorisée par plusieurs heures d'interrogatoire qu'elle avait fini par confesser n'importe quoi. Les aveux de Marybeth compliquaient sa défense, mais Davies aimait relever les défis. Ce serait un grand succès pour lui s'il parvenait à démontrer aux jurés qu'elle avait été faussement accusée, et que tous ses enfants souffraient d'un problème métabolique passé inaperçu aux yeux de tous les médecins, y compris Oram.

Arrivés devant le caveau de la famille Tinning, les deux hommes se saluèrent chaleureusement. Davies et Oram étaient connus dans la région et ils avaient énormément de points communs. Tous deux étaient anglais et avaient commencé à travailler aux colonies. Alors qu'Oram dirigeait un hôpital en Malaisie, Davies était médecin militaire en Ouganda. Comme Oram, il était rentré en Angleterre dans les années 50 et avait émigré aux États-Unis au début des années 60. Leurs carrières parallèles convergèrent quand ils s'installèrent l'un et l'autre dans l'État de New York, où ils vivaient et travaillaient depuis vingt ans, Oram à Schenectady, Davies à Albany.

Après avoir été pendant plusieurs années au service du coroner du comté d'Albany, Davies s'était installé comme médecin légiste et consultant. Oram et lui témoignaient souvent dans les procès, parfois en tant qu'adversaires, parfois en tant qu'alliés. Une rivalité tout amicale existait entre eux, au grand amusement des étudiants de l'École de médecine d'Albany, où ils enseignaient tous les deux l'anatomopathologie. « Pour rien au monde on n'aurait manqué l'un de leurs cours, se rappela un étudiant. C'était un vrai plaisir. Tous les deux étaient très impressionnants, et dans une certaine mesure chacun contestait la théorie de l'autre. Mais c'était toujours avec bonne humeur. »

Davies, presque septuagénaire, était le plus âgé des deux et le plus haut en couleur. Alors qu'Oram impressionnait les jurés par sa correction presque militaire, Davies les subjuguait par ses manières théâtrales. Il s'inclinait devant le juge quand il allait à la barre des témoins, prêtait serment d'une voix forte et claire, ouvrait son attaché-case et fouillait d'un air grave dans ses papiers, assez longtemps pour attirer l'attention des jurés. Son apparence, aussi, était impressionnante : de forte corpulence, il avait une barbe qu'il taillait très soigneusement. Comme les étudiants de l'École de médecine d'Albany, les jurés savaient qu'avec lui ils passeraient un bon moment.

Quand il se rendit compte qu'ils seraient adversaires dans l'affaire Tinning, Oram se demanda avec inquiétude quel effet Davies aurait sur les jurés de Schenectady. Ils risquaient d'être impressionnés par le choix de ses mots, et Davies savait présenter des données médicales contestables comme si elles constituaient des faits établis. Étant arrivé à la douloureuse conclusion que Tami Lynne avait été assassinée, Oram était troublé que Jack Davies ait fondé son argumentation sur quelque théorie selon laquelle elle serait morte naturellement. Cependant, sur un point, ils étaient à égalité à la barre des témoins. Oram, qui avait un certain sens de l'humour, remarqua que « si on a un accent anglais et qu'on parle de manière sophistiquée, les gens sont persuadés qu'on dit la vérité ».

Ni l'un ni l'autre n'apprécièrent le spectacle des employés du Daly Funeral Home déterrant les cercueils de Timothy et de Nathan Tinning. Ils s'étaient mis d'accord sur l'heure, très tôt dans la journée, afin d'éviter les journalistes. Comme précaution supplémentaire, des policiers étaient postés à l'entrée du cimetière. Une fois la tâche accomplie dans le plus grand secret, les deux cercueils furent emmenés à l'hôpital Ellis où les Drs Oram et Baden se chargèrent de les ouvrir. Davies étant témoin à décharge, il ne fut pas convié. Les deux médecins se rendirent très vite compte que le bois de l'un des cercueils avait été imprégné d'eau, et qu'après douze ans le corps de Nathan était trop décomposé pour être l'objet d'un examen minutieux.

Le contenu du cercueil de Timothy fut encore plus décevant. De toute évidence, la dépouille qui s'y trouvait n'était pas celle du petit garçon. Le corps avait la taille d'un bébé de quelques jours et avait été manifestement autopsié, ce qui n'était pas le cas de Timothy. Voyant que l'examen *post mortem* ne s'était intéressé qu'à la région du cerveau, les deux hommes en conclurent que le cadavre qu'ils avaient sous les yeux devait être celui de Jennifer. Il ne pouvait s'agir d'un autre enfant Tinning, puisqu'ils étaient tous plus grands au moment de leur mort. Les noms de Jennifer et de Timothy n'ayant été inscrits sur la pierre tombale que longtemps après leur enterrement, la confusion avait dû se produire à ce moment-là.

Baden désirait procéder à une autre exhumation mais Oram jugea que c'était inutile. Les entrepreneurs de pompes funèbres ont beaucoup de mal à embaumer les bébés à cause de la taille minuscule de leurs veines; par conséquent, même s'ils exhumaient le corps de Timothy, il y avait de fortes chances pour qu'il soit dans le même état de décomposition que celui de Nathan. Oram n'eut aucune difficulté à convaincre le district attorney. John Poersch avait déjà délivré à contrecœur les autorisations d'exhumer, et il ne voulait certainement pas en délivrer une autre. Finalement, la dépouille de Timothy Tinning continua de reposer en paix sous la pierre tombale qui portait le nom de Jennifer.

25

Nous étions parvenus à la conclusion qu'elle appréciait tellement les marques de sympathie dont elle était l'objet à la mort d'un enfant qu'elle aimait les voir se répéter.

Le district attorney.

Il y avait un cadavre, les aveux, un seul suspect : aux yeux de la police, en toute logique cela aurait dû mener à une rapide condamnation. Au lieu de cela, presque quinze mois s'écoulèrent entre la mise en liberté provisoire de Marybeth et l'ouverture du procès. Un seul juge siégeait à Schenectady, et son emploi du temps était complet depuis des mois. Si Marybeth était restée en prison, le juge Clifford T. Harrigan aurait été tenu par la loi d'instruire son affaire le plus tôt possible, mais même ainsi, cela aurait pris au moins un an. Dans le cas présent, le fonctionnement vieillot des tribunaux criminels joua en faveur de Marybeth. Pendant quinze mois, elle vécut librement sa vie de femme au foyer dans sa nouvelle maison de Ballston Spa.

Ce n'était toutefois pas une existence enviable. La publicité qui avait été faite autour de l'affaire lui ôtait toute chance de trouver du travail, et quand Joe et elle essayèrent d'adhérer à une église dans leur nouvelle communauté, on leur fit comprendre qu'ils n'étaient pas les bienvenus. Quand ils allaient au restaurant, Marybeth craignait qu'on ne la reconnaisse à cause des nombreuses photos qui étaient parues dans la presse. Bien qu'elle se comportât comme si elle se sentait humiliée, d'une certaine façon, elle semblait trouver un certain plaisir à être le point de mire.

Avant son arrestation, elle profitait de chacun de ses déménagements pour se faire de nouveaux amis afin de remplacer ceux qui commençaient à se sentir mal à l'aise avec elle. Cette fois, elle ne sympathisa avec personne. Ballston Spa, par ailleurs, n'avait pas grand-chose à lui offrir. « C'est en pleine brousse », disaient les gens qui habitaient Schenectady.

Peu de ses anciens amis lui rendirent visite. Lors d'une longue conversation téléphonique durant laquelle Marybeth pleura beaucoup, l'un d'eux lui expliqua gentiment qu'il valait mieux qu'elle n'appelle plus. Un jour, alors qu'elle se trouvait dans un supermarché près de chez elle, une ancienne infirmière de la maternité du St. Clare l'aperçut; elle se souvenait de l'avoir réconfortée à la mort de Mary Frances, et avant l'arrestation de Marybeth, elle n'aurait pas hésité à aller la voir. Mais ce jour-là, elle fit mine d'être absorbée par ses achats.

Marybeth rencontra également, alors qu'elle rendait visite à sa mère à l'hôpital, le révérend Roger Day, qui s'était rendu lui aussi au chevet d'un malade. Il avait officié, en tant que pasteur méthodiste, à l'enterrement de Tami Lynne et, à la requête de Joe, était allé par la suite voir Marybeth en prison. Au cours de cette visite, Day avait été fortement ému par Marybeth. Il lui avait demandé à brûle-pourpoint pourquoi elle avait fait de tels aveux, et l'avait crue quand elle lui avait dit se sentir coupable parce que ses enfants étaient morts – et non parce qu'elle les avait tués.

– Je suis innocente, lui dit-elle. Mais cet interrogatoire m'avait vidée.

Il pouvait le comprendre. En revanche, ce qu'il ne comprit pas, ce fut son comportement quand il la rencontra quelques mois plus tard à l'hôpital. La mère de Marybeth était très malade; elle avait une jambe qui se gangrénait – une complication due au diabète dont elle souffrait depuis des années – et Marybeth allait bientôt comparaître.

« Elle riait, elle souriait, se rappela Day. Après lui avoir parlé, je me suis demandé comment elle pouvait être aussi heureuse avec tout ce qui lui arrivait. Si j'avais perdu mes enfants et si ma mère était très malade, et si en plus j'étais accusé de meurtre, je me raccrocherais à la foi pour tenir le coup, mais je serais totalement abattu. Je serais incapable de sourire. »

Le révérend ne trouva que deux hypothèses pour expliquer la gaieté de Marybeth. Soit elle était innocente et en paix avec elle-même, soit elle était coupable et avait perdu la tête.

Lorsque sa mère sortit de l'hôpital, Marybeth lui proposa de venir vivre à Ballston Spa. Ruth Roe accepta. Elles n'avaient jamais été très proches l'une de l'autre, mais pour la première fois Marybeth contrôlait leur relation et était dans le rôle de celle qui prodigue les soins. C'était comme être mère de nouveau, mais de sa propre mère. Quand elle se sentit suffisamment bien pour rentrer chez elle, Ruth Roe était persuadée de l'innocence de sa fille. Quant à Edna Tinning, elle n'était que louanges pour sa belle-fille. « Marybeth a sauvé la vie de sa mère », disait-elle d'un ton emphatique.

Marybeth n'avait aucune raison de douter du soutien de sa belle-famille. Pendant qu'elle était en prison, son beau-père avait acheté un *pin* en plastique au drugstore de Duanesburg sur lequel était écrit le mot « Amour », et il le portait tous les jours en témoignage de sa foi en son innocence qui ne manquerait pas, selon lui, de triompher. Sa femme et lui ne comprenaient pas pourquoi leur plus jeune fils, Andy, et sa femme, Carol, étaient allés voir la police. Ruth Roe éprouvait la même incompréhension à l'égard de son fils, Alton. Le nom de Marybeth finit par ne plus être prononcé lors des réunions familiales et le gouffre qui se creusa entre les deux générations devint si profond qu'une vie entière ne suffirait pas à le combler.

Dans son modeste bureau à Duanesburg, Paul Callahan travaillait dur à la stratégie qu'il allait adopter pour défendre sa cliente. Elle venait d'être inculpée du meurtre de Tami Lynne Tinning. Il n'y avait pas d'autre chef d'accusation contre elle. On demandait souvent à Callahan s'il allait plaider la démence, mais c'était difficilement envisageable. S'il avait pu trouver un psychiatre prêt à jurer que sa cliente n'était pas responsable de ses actes, Marybeth aurait été alors soumise à un examen psychiatrique requis par le district attorney. Or elle semblait tout à fait saine d'esprit. Une autre possibilité était de négocier avec le district attorney. On fit savoir à Callahan que si sa cliente plaidait coupable pour la mort des trois enfants qu'elle avait avoué avoir tués, Poersch pourrait réduire l'inculpation pour meurtre à un homicide sans préméditation et demander la confusion des peines.

Quelle que soit l'option choisie, Marybeth passerait de toute façon quelques années en prison. Sa seule chance d'être acquittée était de plaider non coupable pour le meurtre de Tami Lynne. Cependant, si un jury devait la condamner, c'était le restant de sa vie qu'elle passerait en prison. Callahan décida donc de courir le risque de plaider non coupable, d'autant que sa cliente clamait qu'elle était innocente.

C'était sa première affaire de meurtre. Jusqu'à présent, il ne s'était occupé que de transactions immobilières, de larcins et de cambriolages. Alors qu'il était l'adjoint du district attorney, il avait eu affaire à un homicide involontaire résultant d'un accident de la route. « Il n'y a pas beaucoup de meurtres dans le comté de Schenectady », expliqua-t-il.

Il allait bientôt affronter son ancien patron dans ce qui serait le procès le plus médiatisé à avoir lieu à Schenectady depuis dix ans. « Le plus important depuis Lemuel Smith » disait-on dans le milieu des avocats quand on parlait de l'affaire Tinning. Lemuel Smith – qui, d'après sa propre description était « grand, noir et laid » – était un violeur vicieux qui avait fini par avouer les meurtres de cinq femmes vivant dans la région de Schenectady. Il était attiré par un certain type de femmes blanches qu'il violait avant de les mutiler. Poersch était fier d'avoir aidé à mettre Smith derrière les barreaux, et souvent il aimait à commencer ses histoires par « Quand j'ai jugé Lemuel Smith... » C'était en 1976, et Poersch considérait que c'était son plus joli coup.

Les relations entre les personnes impliquées dans l'affaire Tinning étaient complexes. L'officier de police qui avait persuadé Marybeth d'avouer avait été son héros quand elle était à l'école primaire. Le district attorney et le juge Harrigan avaient fréquenté la même école et étaient restés amis, bien qu'ils aient fait campagne l'un contre l'autre pour la magistrature du comté, qu'Harrigan remporta de justesse en 1984. L'avocat de la défense avait été élève dans le même collège que sa cliente et que son frère, et avait travaillé pour le district attorney.

Même à présent qu'ils étaient opposés dans un important procès criminel, Poersch avait du mal à résister à la tentation de se montrer paternaliste envers Callahan.

– Écoute, Paul, disait-il, si tu ne veux pas y laisser des plumes, tu ferais mieux de déposer une requête pour le renvoi de l'affaire devant un autre tribunal. C'est le cas typique où l'on peut soutenir qu'il est impossible d'obtenir un jury impartial. On te la refusera sans doute, toutes les requêtes pour le renvoi d'une affaire à un autre tribunal ont été refusées ces derniers temps, mais c'est une bonne tactique. Si ta cliente ne peut pas se l'offrir, l'État paiera la note.

Poersch lui avait dit cela gentiment, car il escomptait bien remporter le procès. Il était persuadé qu'une fois le verdict rendu, Marybeth ferait appel. Si elle estimait que les jurés avaient été injustement influencés par la publicité qui avait été faite autour de l'affaire, elle était en droit de déclarer qu'il y avait eu incompétence de la part de son avocat. Poersch n'avait pas envie que son ancien adjoint se retrouve dans cette position.

Mais il est possible que Callahan ait songé aux conséquences financières qui résulteraient de la fermeture pendant plusieurs semaines de son cabinet tandis qu'il plaiderait dans un autre comté. Il risquait de perdre des clients et ne jamais s'en remettre. Par ailleurs, si la requête de renvoi devant un autre tribunal était acceptée, le procès Tinning avait toutes les chances d'aboutir dans quelque comté arriéré des Adirondacks où les jurés risquaient d'être beaucoup plus conservateurs. Callahan décida par conséquent de laisser les choses comme elles étaient.

Le district attorney se demanda également pourquoi son ancien adjoint n'avait pas cherché à plaider l'aliénation mentale. « J'ai demandé à Joe et à son frère si un psychiatre avait vu Marybeth, et ils m'ont tous les deux répondu non, raconta Poersch. Mais si j'avais été à la place de Callahan, je l'aurais envoyée discrètement se faire examiner. »

Le plus gros problème de Paul Callahan était la confession de Marybeth. Si seulement Joe lui avait dit oui quand elle lui avait demandé si, à son avis, elle devait appeler son avocat, il n'y aurait peut-être jamais eu d'inculpation pour meurtre. Callahan aurait conseillé à Marybeth de ne rien dire au poste de police de Loudonville, et, sans sa confession, il n'y aurait pas eu de poursuites judiciaires. A présent, son seul espoir était d'essayer d'annuler cette confession en arguant du fait que sa cliente avait été contrainte à la faire. Si cela ne marchait pas, il alléguerait que, dans la mesure où Marybeth avait été accusée du meurtre de Tami Lynne, le jury n'était pas censé savoir qu'elle avait avoué avoir tué Timothy et Nathan.

A la demande de Callahan, il y eut en décembre 1986, un an après la mort de Tami Lynne, une audience préliminaire sur la recevabilité de la confession de Marybeth. Le juge Harrigan présidait et il n'y avait pas de jury. Pendant sept jours, on interrogea les enquêteurs Karas, Imfeld et Barnes sur les circonstances de l'interrogatoire de Marybeth. Imfeld confirma la déclaration de Karas selon laquelle il avait procédé par deux fois à la lecture des droits constitutionnels de Marybeth, et Barnes déclara l'avoir fait une fois. D'un point de vue légal, une seule fois suffisait.

C'était la première fois que Marybeth se présentait devant un tribunal. Elle portait le genre de vêtements qui deviendraient familiers à tous ceux qui allaient suivre son procès au cours des mois à venir : un chemisier imprimé, un pantalon en polyester qui la serrait un peu trop et des chaussures à talon. Joe l'accompagnait, humble silhouette en costume bleu marine, ses fins cheveux bruns plaqués par-dessus sa tonsure; il était là pour corroborer son histoire, bien étrange pour le moins. Marybeth répéta qu'après son arrivée à Loudonville, elle avait demandé à voir un avocat mais que Karas lui avait répondu : « Vous aurez un putain d'avocat quand je le déciderai. » Elle raconta également, que lorsqu'elle lui avait expliqué comment elle avait trouvé Tami Lynne inconsciente, il lui avait dit qu'elle mentait, et que lorsqu'elle lui avait dit que ses autres enfants étaient morts du syndrome de Reye et du syndrome de la mort subite du nourrisson, Imfeld avait déclaré que les médecins étaient des menteurs et que ces maladies n'existaient pas.

Elle déclara ensuite que les deux officiers qui l'interrogeaient étaient devenus très violents, et que Karas, à un moment, « m'a menacée de déterrer mes enfants et de leur arracher les bras et les jambes si je ne leur disais pas la vérité. »

« J'avais peur qu'ils le fassent, ajouta-t-elle. Non pas qu'ils trouvent quoi que ce soit, mais qu'ils fassent du mal à mes enfants. »

Marybeth révéla également qu'au cours de ce premier interrogatoire, Karas et Imfeld lui posèrent plusieurs questions sur des chefs d'accusations dont elle était, soi-disant, coupable, « comme l'histoire de l'argent volé, de l'association des secouristes de Duanesburg et des comprimés ».

Le juge Harrigan sembla perplexe.

– L'histoire de quoi ? demanda-t-il.

– Des comprimés, répéta Marybeth, et ce fut là tout ce qu'elle dit sur l'overdose au phénobarbital de Joe. Ils m'ont posé aussi des questions sur l'incendie de la caravane, continua-t-elle. Sur celui du Kathy's Motel et celui de l'Église réformée de Princetown. Il y en a peut-être eu d'autres.

– Et est-ce qu'ils vous ont expliqué pourquoi ils vous posaient toutes ces questions ? demanda Callahan.

– Eh bien, ils m'ont dit qu'ils savaient que c'était moi qui avais mis le feu.

– Pour tous ?

– Oui, pour tous, et qu'il y en avait d'autres. Au moins deux ou trois.

– Et qu'avez-vous répondu ?

– Je leur ai dit que ce n'était pas moi et Karas m'a répondu : « Nous savons que c'est faux. »

Dans sa tentative pour prouver que les droits de sa cliente avait été violés, Callahan posa des questions qui l'incriminaient davantage. Non pas qu'elle allait être inculpée de vol à présent, mais les révélations qu'elle faisait jouaient en sa défaveur.

Elle raconta qu'après avoir été interrogée par Karas et Imfeld, elle avait dit à Bill Barnes que les deux hommes lui avaient crié dessus et ne lui avaient pas lu ses droits. Elle affirma également avoir dit à Joe qu'elle voulait voir un avocat mais qu'ils avaient refusé. « Ils ne m'ont pas lu mes droits et ils n'arrêtaient pas de dire qu'il m'avait vue, que Joe m'avait vue, en train de tuer Tami. »

Une fois sa confession faite, elle se rendit compte que Barnes n'était pas l'ami qu'elle pensait qu'il était, et qu'il n'allait pas venir à son secours. Elle prétendit qu'on l'avait poussée à faire des aveux et que Barnes les lui avait même dictés. Elle déclara ensuite qu'elle avait essayé, tandis qu'on prenait sa déposition, de capter le regard de Margot Bernhardt, la greffière, et de lui dire quelque chose du bout des lèvres. « Je lui disais de m'aider, d'aller chercher du secours, mais elle a tourné la tête. »

Elle admit que Margot Bernhardt « a pris en note ce que je disais, mais ce n'était pas la vérité... Karas et Barnes me dictaient ce que je devais dire ».

Lors de cette audience, Alan Gebell représentait le district attorney. Alors que Poersch avait pour habitude de se passer des détails, Gebell, son adjoint, les traquait obstinément. D'un ton légèrement sarcastique, il demanda à Marybeth si, quand elle bougeait les lèvres, c'était la voix d'une autre personne qu'on entendait.

– Non, répondit Marybeth. C'était moi qui parlais et elle, Mrs. Bernhardt, écrivait, mais c'est Barnes qui me soufflait ce que je devais dire. Il racontait une histoire, il faisait un commentaire et je le répétais.

Ainsi, elle affirma que ce fut Barnes qui raconta, avec force détails, comment elle avait étouffé Tami Lynne.

– Quand vous dites que vous répétiez les réponses que Mr. Barnes vous soufflait à l'oreille, continua Gebell, personne ne vous menaçait pour vous les faire répéter, n'est-ce pas ?

– J'avais l'impression qu'on me menaçait, si, dit-elle.

– Vous aviez l'impression ?

– Euh... oui.

– Mais personne ne vous menaçait physiquement ?
– Non, psychologiquement. Ils ne m'ont pas blessée physiquement.
– Mais vous étiez blessée de devoir raconter cette histoire, c'est ça ? insista Gebell.
A ce moment-là, Marybeth marqua un point.
– Oui, répondit-elle. Parce que ce n'était pas la vérité.
Elle ajouta qu' « après avoir été plus ou moins obligée de dire ce qu'ils voulaient », ils lui demandèrent de signer sa déposition et qu'elle « tremblait comme une feuille ».
En insistant à ce point pour obtenir de Marybeth un récit aussi détaillé, Gebell avait une idée derrière la tête. « Ce n'était pas pour le simple plaisir de la questionner, expliqua-t-il plus tard. C'était un témoignage incroyable. Si Paul Callahan devait l'appeler à la barre des témoins devant un jury, j'aurais utilisé ce qu'elle avait dit pendant cette audience et je l'aurais repris avec elle point par point. »
Margot Bernhardt certifia, comme elle le fit lors du procès, que la lecture des droits de Marybeth avait été bien faite, et que, lorsqu'elle prit sa déposition, les officiers de police ne l'avaient ni poussée à dire quoi que ce soit ni menacée. Ils s'étaient au contraire montrés calmes et prévenants, et avaient même fait une pause pendant l'interrogatoire pour aller lui chercher une tasse de café.
Paul Callahan n'avait qu'un seul témoin susceptible de confirmer la version de Marybeth, et c'était son mari. Joe déclara que sa femme lui avait bien téléphoné à son travail et qu'il lui avait dit qu'il était inutile d'appeler un avocat, puis que plus tard, dans l'après-midi, quand il avait été conduit au poste de police de Loudonville, la police l'avait interrogé.
– Les questions qu'on me posait laissaient entendre que ma femme n'était pas quelqu'un de bien, dit-il.
– Étiez-vous d'accord avec ces questions ? demanda Callahan.
La réponse de Joe a dû le surprendre.
– Je les écoutais. Je ne m'étais pas encore fait une opinion à ce moment-là.
Voulait-il dire par là qu'il n'avait pas encore décidé si sa femme était coupable ? Si oui, ce n'était guère l'endroit pour le reconnaître.
Joe confirma ensuite qu'au cours des quelques minutes où il se retrouva seul avec Marybeth, après qu'elle avait été interrogée par Karas et Imfeld, et avant qu'elle avoue, « elle m'a dit

qu'ils ne l'avaient pas laissée appeler Paul, qu'ils ne lui avaient pas fait part de ses droits et qu'ils n'avaient pas arrêté de lui crier dessus ».

Callahan lui demanda comment il avait réagi.

– Je crois que j'étais assez secoué. Je n'ai rien dit. J'essayais de comprendre ce qui se passait.

Dans son contre-interrogatoire, Gebell se servit de l'honnêteté désarmante de Joe. Faisant allusion aux enquêteurs de Loudonville, il demanda :

– Leur avez-vous dit que vous vouliez un avocat pour votre femme ?

– Non, admit Joe.

– Leur avez-vous dit que vous ne vouliez que personne, ni la police ni qui que ce soit, interroge votre femme ?

– Non.

– Leur avez-vous dit qu'elle était à ce moment interrogée et que vous vouliez que cela cesse ?

– Non.

– Leur avez-vous dit que vous vouliez passer un coup de fil pour obtenir de l'aide pour votre femme ?

– Non.

– Leur avez-vous dit que vous vouliez appeler Paul Callahan ou toute autre personne ?

– Non.

– Est-ce qu'on vous a menacé ?

– Non.

– Avez-vous eu l'impression que votre vie était en danger ?

– Pas en danger, non.

– Je n'ai pas d'autres questions, Votre Honneur.

Gebell se rassit, l'air satisfait.

Par son témoignage, Joe n'avait absolument pas aidé sa femme. Callahan tenta de sauver la situation.

– Monsieur Tinning, commença-t-il, vous avez répondu à la dernière question par « pas en danger ». Avez-vous ressenti autre chose, ce soir-là ?

Joe donna l'impression de fouiller dans sa mémoire à la recherche de quelque émotion.

– Juste l'incertitude, finit-il par répondre. Je ne savais pas quoi faire.

Lors du contre-interrogatoire, Gebell rappela à Joe qu'il avait dit avoir entendu Marybeth déclarer à la police qu'elle avait tué ses enfants. Était-ce exact ? Joe y réfléchit un instant avant de répondre que ce n'était pas tout à fait les termes que sa femme avait employés. Elle avait dit, déclara-t-il : « J'ai tué Tami. »

Alors qu'il quittait la barre des témoins pour retourner à sa place, Marybeth le toisa d'un air méprisant. Joe parut étonné, comme s'il se demandait ce qu'il avait fait de mal.

Deux mois après cette audience, le juge Harrigan statua contre la demande exprimée par Callahan d'annuler la déposition de Marybeth. Dans un exposé écrit où il rendait compte de sa décision, il expliqua qu'il avait trouvé les témoignages des enquêteurs de la police « clairs et crédibles », que Marybeth avait été pleinement informée de ses droits, et que ni son mari ni elle n'avaient été « trompés ou leurrés ».

Si Callahan avait perdu un round, le district attorney n'était pas tout à fait vainqueur. En effet, le juge Harrigan s'opposa à ce que Poersch invoque à titre de preuve la mort des autres enfants Tinning. Il déclara que les dépositions des témoins lors du procès devraient se limiter au seul cas de Tami Lynne, et qu'aucun autre enfant Tinning ne devrait être mentionné.

Gebell cita en vain le précédent créé par l'affaire Martha Woods. En tant que juge d'un tribunal d'État, Harrigan n'était pas tenu de se conformer à cette décision ; il était en revanche lié à la jurisprudence d'un cas bien plus ancien, l'affaire Molineux (1901), qui stipulait que, lorsqu'une personne était accusée d'un crime, les preuves qu'il ou elle avait commis d'autres crimes ne pouvaient être invoquées devant le tribunal.

Certains cas constituent des exceptions par rapport à l'affaire Molineux, et aux yeux du district attorney le cas de Marybeth en était un ; en effet, qu'elle ait admis avoir étouffé avant la naissance de Tami Lynne deux autres enfants prouvait qu'elle avait des dispositions criminelles et qu'elle risquait de récidiver. En refusant d'en tenir compte, le juge Harrigan donnait un avantage considérable à Marybeth, et lançait un étrange défi aux jurés : ils devaient se comporter comme s'ils n'étaient pas au courant de certains faits qui, s'ils lisaient les journaux, écoutaient les radios locales ou suivaient les informations à la télévision, ne manqueraient pas de parvenir jusqu'à eux.

QUATRIÈME PARTIE

LE JUGEMENT

26

J'aurais voulu ne pas savoir ce que je savais pour pouvoir faire partie du jury et la condamner.

Une serveuse du Flavorland.

Pour un procès moyen dans le comté de Schenectady, cent cinquante électeurs sont appelés pour assumer les fonctions de jurés. Pour le procès de Marybeth, ils furent sept cents à être convoqués, et la sélection dura sept jours. A chaque groupe d'éventuels jurés qui se présentaient devant la cour, le juge Harrigan répétait que le procès risquait de durer au moins un mois. On était à présent en juin 1987, c'était le début des vacances, et par conséquent ceux qui ne désiraient pas occuper cette charge étaient autorisés à partir sans fournir d'excuses. Jour après jour, ils rentraient chez eux par dizaines.

Beaucoup durent être renvoyés car ils s'étaient déjà fait une opinion sur l'affaire d'après ce qu'ils avaient lu dans la presse, d'autres parce qu'ils se souvenaient de Marybeth à l'époque où elle travaillait au Flavorland, d'autres encore parce qu'ils travaillaient à la General Electric et connaissaient Joe, se rappelant qu'ils avaient participé à plusieurs reprises à des collectes pour la mort de ses enfants.

Ce qui importait le plus dans le choix des futurs jurés, c'était de savoir jusqu'à quel point ils avaient été influencés par ce qu'ils savaient déjà. De toute évidence, il était ridicule de supposer qu'un adulte vivant dans le comté de Schenectady ne soit pas au courant de l'histoire de Marybeth Tinning.

Les deux avocats, de la défense et de l'accusation, cherchaient plutôt des personnes qui, si elles admettaient être au courant de l'affaire, pensaient pouvoir rester impartiales. Ceux qui affirmaient ne rien savoir étaient considérés comme des menteurs ou comme des gens déphasés par rapport à la réalité. Paul Callahan rejeta deux scientifiques, car il recherchait des jurés susceptibles d'être influencés par leurs émotions. Au bout de sept jours, on fit prêter serment à un jury de sept hommes et cinq femmes. Quatre des hommes travaillaient à la General Electric, mais ne connaissaient pas Joe Tinning, un était un ingénieur récemment retraité, un autre directeur à la New York Telephone Company, et le dernier travaillait à son compte. Quant aux femmes, la première avait été institutrice, la seconde venait de prendre sa retraite, la troisième dirigeait une société immobilière, la quatrième était vendeuse dans un grand magasin et la cinquième femme au foyer. Ils avaient entre vingt et soixante ans. Deux des hommes étaient noirs et l'un était juif.

S'adressant aux jurés, Callahan insista sur le fait qu'ils ne devaient en aucun cas se laisser influencer par l'apparence ou l'attitude de sa cliente devant la cour. Cette remarque amena plusieurs personnes qui assistèrent au procès à se demander pourquoi il n'avait pas persuadé Marybeth de s'habiller davantage comme une mère de famille. Alan Gebell, qui suivit une grande partie du procès depuis le fond de la salle d'audience, déclara : « Si j'avais été à la place de Paul, j'aurais adouci un peu ses traits. Je lui aurais dit de se mettre en robe, de se coiffer, bref, d'être un peu plus féminine. »

C'était l'été, et Marybeth avait choisi d'être en pantalon et de porter des chemisiers sans manches aux cols échancrés, dévoilant plus de peau bronzée que quiconque au tribunal. La climatisation refroidissait tant l'air que la plupart des femmes se couvraient les épaules d'un cardigan, mais Marybeth, elle, semblait supporter parfaitement de rester bras nus. Au cours du procès, elle ne modifia guère sa tenue; seules les couleurs variaient. Et toujours ses talons aiguilles claquaient sur le sol tandis qu'elle traversait le prétoire en balançant les hanches. Marybeth faisait très attention à sa mise, s'arrêtant souvent pour demander à la femme qui l'escortait :

– Comment je suis aujourd'hui ?

– Très bien, répondait invariablement celle-ci.

– Oh non, j'ai grossi. (Ou :) Vivement ce week-end que je refasse ma mise en pli.

Après avoir évité la presse, elle prenait un ascenseur à l'arrière du palais de justice et montait jusqu'au premier étage où se trouvait la salle d'audience. Généralement Joe l'accompagnait. Une fois arrivée, elle s'installait à gauche de Paul Callahan, ouvrait l'attaché-case en cuir qu'elle venait d'acheter et en sortait des documents qu'elle feuilletait d'un air grave. Tandis que les témoins déposaient à la barre, elle prenait des notes, les passant de temps en temps à Callahan comme si elle lui faisait part d'informations vitales. Elle chaussait également de temps à autre ses lunettes qui pendaient à son cou au bout d'une chaîne et prenait un air grave pour se tourner vers la barre des témoins. Quelque chose dans son attitude, dans l'attention qu'elle portait à son avocat, son empressement à l'aider, la façon dont elle penchait la tête sur le côté pour mieux l'entendre, évoquait irrésistiblement la secrétaire dévouée. Marybeth n'avait plus rien de la femme au foyer mal fagotée dont se souvenaient les infirmières du St. Clare, ou de la vamp de Duanesburg qui traînait au Kathy's Motel. Elle venait de trouver le rôle de sa vie. Étant donné le peu d'attention qu'elle lui portait, Joe, assis à côté d'elle, aurait pu se dispenser d'être là.

Au cours des six semaines que dura le procès, Marybeth noircit de son écriture de gauchère un nombre incroyable de pages d'un cahier à spirales. Callahan déclara à des journalistes curieux qu'il ne savait pas ce qu'elle écrivait, mais qu'il l'avait encouragée à le faire, y voyant là une sorte de dérivatif. Marybeth n'avait cependant pas l'air particulièrement anxieuse. Elle semblait, en fait, totalement maîtresse d'elle-même et n'avait rien de la victime éplorée. Elle restait impassible, hormis de temps en temps un sourire en réponse à une remarque chuchotée par son avocat. A la voir ainsi jour après jour, on aurait dit qu'elle donnait l'impression d'assister au procès de quelqu'un d'autre, curieuse du déroulement des événements, mais somme toute peu concernée.

Alors qu'il discutait avec les journalistes dans le hall du tribunal, Callahan eut une remarque sibylline. A un journaliste qui lui demandait si le fait que neuf enfants d'une même famille meurent ne lui paraissait pas suspect, il répondit par une métaphore qu'il emprunta au vocabulaire de l'un de ses sports préférés : « Il n'y a pas de doute que neuf enfants, ça fait beaucoup, mais si un joueur de foot marque neuf buts de suite, on ne crie pas à l'imposture. »

Callahan était un homme ambitieux qui allait sur ses quarante ans. Il avait installé son cabinet à Duanesburg avant de quitter le bureau du district attorney, et avait fait en sorte de se lier avec tous les notables de la ville. Catholique pratiquant, il donnait des cours de cathéchisme à Notre-Dame-de-Fatima, à Duanesburg, l'église même que fréquentait Marybeth quand elle était petite et où Joe et elle s'étaient mariés.

Une fois qu'il prit la décision de la défendre, il dut supporter les plaisanteries bon enfant de la part de ses amis. Apprenant qu'il devait bientôt emménager avec sa femme et ses trois enfants dans une magnifique maison près de Duane Lake, ses voisins, qui se doutaient du montant considérable de ses honoraires, se mirent à appeler la maison la « villa Marybeth Tinning ». Et quand il refusa une invitation sous prétexte que sa femme et lui n'avaient pas trouvé de baby-sitter, un de ses collègues lui dit : « Pourquoi ne demandes-tu pas à Marybeth de les garder ? Ce serait un moyen de lui prouver que tu lui fais confiance. » Cette remarqua n'amusa guère Callahan.

C'était un homme à l'air sérieux qui avait l'apparence d'un professeur, peut-être à cause de son nez aquilin et de sa tonsure. Au début du procès, il donna l'impression de se méfier de la presse, mais bientôt il apprit à se servir des médias en répondant aux questions des journalistes depuis les marches mêmes du palais de justice. Poersch, lui, se refusait à tout commentaire public avant la fin du procès. Par la suite, il admit qu'il ne voulait pas courir le risque de dire quoi que ce soit pouvant se retourner contre lui en cas d'appel. « Il m'arrive parfois d'être agressif dans mes commentaires », reconnut-il.

John Poersch, un homme à la forte corpulence, rougeaud, au cou de taureau et à la mâchoire carrée avait presque cinquante-huit ans. C'était un bon vivant, et cela se voyait. Lui aussi avait passé presque toute sa vie à Schenectady, et en plus de sa fonction de district attorney, il avait hérité du cabinet juridique Poersch & Poersch qu'avait fondé son père, Mathias P. Poersch, un homme impressionnant, mort à quatre-vingt-huit ans en pleine activité après avoir exercé pendant soixante-cinq ans. A Schenectady, il arrivait souvent que l'on confonde le fils et le père, au point que l'on parlait parfois du fils en l'appelant le juge Poersch, comme s'il s'agissait d'un titre héréditaire. John Poersch, qui savait qu'il finirait un jour ou l'autre par remplacer son vieil ami Clifford Harrigan, ne faisait rien pour les contredire.

En attendant, c'était Harrigan qui siégeait, et Poersch qui arpentait la salle d'audience d'un pas lourd et las, expliquant aux jurés qu'il était sûr qu'au moment de la « délivrance », ils condamneraient Marybeth pour homicide involontaire. C'était un lapsus plutôt macabre dans le contexte de la mort d'un bébé. Poersch voulait dire, bien sûr, « délibération ».

Callahan arpenta la salle à son tour avec le même malaise, présentant aux jurés le thème central de sa défense, à savoir que Marybeth avait avoué sous la contrainte. Il décrivit une femme épuisée après des heures d'interrogatoire durant lesquelles elle ne s'alimenta pas. Sachant que les jurés finiraient par être en possession de sa déposition, il tenta d'en souligner certains points à l'avance. « A plusieurs reprises, elle n'a pas répondu clairement. Elle s'est contenté de hausser les épaules et de murmurer un vague " Euh... oui ". N'est-ce pas là la réaction d'une personne fatiguée, qui n'a rien mangé ? Dans le rapport que l'on vous présentera, ne sont notées que les paroles de ma cliente, et non l'expression de son visage, ses émotions. Vous ne les verrez pas. Je ne sais pas si je peux évoquer pour vous ce qui s'est passé ce soir-là... »

Callahan n'y parvenait guère. Comment pouvait-il convaincre un jury que l'atmosphère intimidante d'un poste de police, la fatigue et l'absence de nourriture pendant quelques heures avaient suffi à pousser une femme à confesser en détail trois meurtres qu'elle n'aurait pas commis ?

27

Quand vous arrivez à la barre des témoins, vous vous dites : « Ce n'est pas vrai, ce n'est pas à moi que ça arrive. » Alors, vous vous rendez compte que c'est pour de vrai, et vous avez vraiment l'impression d'être dans un autre monde.

Un témoin à charge.

Cynthia Walter n'avait pas revu Marybeth depuis qu'elles s'étaient quittées à l'aéroport, huit mois auparavant, et ce fut un supplice pour elle que de se retrouver en sa présence dans la salle d'audience. Elle avait espéré qu'on lui épargnerait ce tourment. Elle fut le premier témoin à charge à être appelé à la barre.

Très souvent, bien plus souvent en fait qu'elle l'aurait voulu, elle avait repensé à ce qui s'était passé, cette fameuse nuit du 19 décembre 1985. Ayant accepté dans un premier temps l'histoire de Marybeth, elle avait été choquée par son arrestation, et encore plus bouleversée quand elle s'était rendu compte que Tami Lynne avait peut-être été tuée et que Marybeth s'était servie d'elle. Debout à la gauche du juge Harrigan, avec Marybeth et Paul Callahan assis pratiquement en face d'elle, elle évita pendant toute la durée de sa déposition de croiser le regard de son ancienne amie. Marybeth leva de temps en temps les yeux tout en tripotant son stylo. Une fois son témoignage apporté, Cynthia sortit le plus vite possible, la tête haute et sans le moindre regard en direction des accusés. Ç'avait été une épreuve épouvantable pour elle.

Pourtant, elle avait duré moins longtemps que Cynthia ne l'avait craint. Poersch lui posa des questions brèves et directes sur la nuit où Tami Lynne était morte. En quelques minutes, il avait obtenu d'elle le récit de leur expédition au magasin de jouets puis du coup de fil de Marybeth, à 1 heure 15 du matin.

– Elle avait l'air complètement paniquée, dit-elle avant d'expliquer comment elle avait essayé de réanimer le bébé. J'ai pris Tami Lynne dans mes bras et je l'ai posée par terre, dans la salle de séjour. Puis je me suis assise à côté d'elle et je lui ai fait la respiration artificielle jusqu'à l'arrivée des secours... Elle était toute bleue et ne respirait plus.

– Êtes-vous parvenue à la ramener à la vie ? demanda Poersch.

– Non.

Cynthia paraissait immensément triste. Tout en la regardant, Marybeth secoua légèrement la tête. Était-ce parce qu'elle avait perdu une amie, ou parce qu'elle n'était pas tout à fait d'accord avec son récit ? Elle avait récemment quelque peu changé sa version, affirmant que Tami Lynne était grise, la couleur d'un bébé victime de la mort subite du nourrisson, et non pas bleue comme Cynthia venait de le dire.

Après être restée une partie de la nuit au St. Clare avec Marybeth, Cynthia raconta qu'elle était passée chez les Tinning vers 7 heures 30 et l'avait trouvée très calme. Mais, quand elle la revit dans l'après-midi, Marybeth était inquiète.

– Elle m'a dit que je devais probablement penser qu'elle n'était pas une bonne mère parce qu'elle avait arrêté, bien avant mon arrivée, de faire la respiration artificielle à Tami Lynne, et je ne savais que lui répondre.

Pendant le service funèbre, elle lui avait paru de nouveau très nerveuse et lui avait dit : « Cynthia, je ne peux pas. »

– Je lui ai répondu : « Mais bien sûr que tu peux. Tu sais être forte. »

Mais à peine la cérémonie était-elle finie que son humeur était de nouveau tout autre, et elle avait joyeusement accueilli les gens chez elle, où elle avait préparé un petit buffet.

– Elle mangeait, bavardait avec tout le monde et ne donnait pas du tout l'impression d'être bouleversée par ce qui venait d'arriver, ajouta Cynthia.

– Objection, Votre Honneur, s'interposa Callahan. Le témoin a dit « ne donnait pas l'impression ».

– Objection acceptée, répondit le juge Harrigan.

Mais il était trop tard. Le jury avait entendu la remarque de Cynthia.

Lors du contre-interrogatoire, Callahan demanda à Cynthia si Marybeth et elle avaient été de bonnes amies.

Cynthia acquiesça.

– De très bonnes amies, oui.

Quelques minutes plus tard, il voulut savoir si, avant la mort de Tami Lynne, il leur arrivait de se disputer.

– Nous avons eu... je ne sais pas si on peut appeler ça une dispute. Mais nous n'étions pas d'accord sur l'avortement.

Cynthia venait de mettre le doigt sur un sujet délicat. Si elle avait poursuivi, elle aurait alors raconté que Marybeth lui avait un jour confié qu'elle avait avorté, mais que devant le regard scandalisé de son amie – Cynthia était farouchement opposée à l'avortement –, elle n'était pas entrée dans les détails. Si la question avait été abordée devant la cour, certains jurés auraient peut-être été influencés dans leur jugement en apprenant qu'à un moment de sa vie, Marybeth avait délibérément mis fin à une grossesse. Callahan aurait pu demander que l'on ne tienne pas compte de la remarque de Cynthia, mais cela n'aurait fait qu'attirer l'attention des jurés. Il choisit donc de l'ignorer.

Cynthia Walter fut, comme d'autres témoins, frustrée par le peu de choses qu'on lui demanda ; il semblait en effet que John Poersch avait décidé d'aller à l'essentiel. Écoutant les questions presque superficielles qu'il posa aux premiers témoins, un journaliste se pencha vers l'un de ses confrères et lui murmura à l'oreille : « Le district attorney se serait-il garé en double file pour aller aussi vite ? »

Quand Poersch appela ensuite Betsy Mannix, il la garda très peu de temps à la barre, l'interrogeant essentiellement sur ses deux visites à la famille Tinning. Betsy expliqua qu'elle aussi avait trouvé Marybeth très nerveuse la première fois qu'elle était allée la voir en compagnie de Bob Imfeld.

– Elle avait les larmes aux yeux et ses mains tremblaient... elle n'arrêtait pas de nous demander si on allait la mettre en prison et si nous pensions qu'elle avait fait du mal à son enfant.

Betsy Mannix aurait préféré donner au jury une meilleure description de la femme qu'ils allaient juger ; elle aurait également voulu leur dire que cette affaire l'avait tellement troublée qu'elle avait fini par démissionner. Pendant son enquête, elle avait appris beaucoup de choses sur Marybeth dont elle aurait aimé parler, mais le cadre étroit de la procédure pénale ne lui en donna pas l'occasion. Le jury était là pour entendre les détails sur la mort de Tami Lynne, et non pas l'histoire de Marybeth Tinning. Au bout du compte, certains jurés éprouveraient la même frustration que ces premiers témoins, regrettant de ne pas en avoir appris plus sur l'accusée.

Lorsque le Dr Bradley Ford, le dernier pédiatre de Marybeth, fut appelé à la barre, Poersch tenta de manière indirecte de lui faire mentionner les premiers enfants Tinning. Après que Ford eut déclaré que Tami Lynne était un bébé en bonne santé avec un développement normal, Poersch lui demanda si, à une époque, il avait recommandé à Marybeth l'utilisation d'un moniteur.

Callahan se dressa aussitôt.

– Objection, Votre Honneur. Cette question risque de porter préjudice à ma cliente. J'aimerais que le district attorney ne poursuive pas dans cette voie.

Le juge Harrigan accepta l'objection. Mais la question du moniteur devait resurgir. Lorsque le tour vint pour Callahan d'interroger le Dr Ford, il se prit lui-même à son propre piège. Est-ce que Joe Tinning accompagnait sa femme quand elle emmenait Tami Lynne en visite à son cabinet ? lui demanda-t-il. Ford répondit que non.

– Vous lui avez donc laissé le soin de décider s'il fallait ou non utiliser un moniteur ? demanda Callahan.

– Un moniteur... n'est efficace que si les gens s'en servent, répondit Ford. Il nécessite la coopération des parents. Nous lui avons recommandé son utilisation, c'est vrai, mais nous ne pouvions lui garantir qu'il éviterait quoi que ce soit. C'était juste une recommandation qu'elle n'a pas jugé utile de suivre.

L'étonnement du public, dans la salle, fut manifeste. A présent que l'avocat de la défense avait mentionné le moniteur l'avocat général n'avait plus aucune raison de se taire. Poersch fut prompt à réagir.

– Vous le lui avez recommandé et elle a refusé ? demanda-t-il.

La réponse de Ford fut exactement ce que Callahan avait essayé d'éviter quelques minutes plus tôt.

– Oui, nous avons recommandé l'utilisation d'un moniteur et les parents ont choisi de ne pas y avoir recours.

Tel qu'il apparut dans le compte rendu du procès, le témoignage de Bradley Ford semblait bizarre : un pédiatre recommandait des précautions extrêmes pour protéger la vie d'un bébé en bonne santé. Cela n'avait aucun sens, à moins qu'il puisse expliquer pourquoi il avait jugé ces précautions nécessaires, ce qu'il n'était pas autorisé à faire. Les jurés savaient pourquoi, bien sûr, mais ils étaient censés ne pas en tenir compte dans leur décision. Et ce fut dans cette atmosphère surréelle que le procès de Marybeth fut conduit.

Deux témoins à charge tout à fait inattendus furent cités par l'avocat général : le frère et la belle-sœur de Marybeth, Alton et Sandra Roe. Poersch les avait assignés à comparaître afin d'introduire comme pièce à conviction la lettre que Marybeth leur avait écrite depuis la prison d'Oneida et qu'ils avaient remise à la police. La phrase « J'espère qu'un jour vous pourrez me pardonner un peu. Je sais que Dieu le fera » pouvait tout à fait passer pour l'aveu de sa culpabilité.

Le comportement de Poersch différait selon le sexe du témoin. Quand il s'adressait aux hommes, il avait un ton formel et les appelait par leur titre. Mais, quand Sandy prit place à la barre, il lui demanda de façon tout à fait caractéristique :

– Sandy, pouvez-vous me dire à haute et intelligible voix vos noms et adresse ? Ça ne vous embête pas que je vous appelle Sandy ?

C'était là sa façon de mettre les femmes à l'aise, mais Sandy Roe n'était pas intimidée par l'atmosphère qui régnait dans la salle d'audience et était bien décidée à dire ce qu'elle savait. Elle était allée chez sa belle-sœur quatre ou cinq fois au cours de la brève vie de sa nièce.

– Tami Lynne était toujours bien habillée, toujours propre, dit-elle, mais elle pleurait tout le temps, elle était très nerveuse. La mère elle-même était très nerveuse.

– Savez-vous pourquoi le bébé pleurait tout le temps ? demanda Poersch.

– Eh bien, d'abord, les biberons traînaient toujours sur la paillasse de la cuisine. Ils n'étaient jamais au réfrigérateur. Souvent, le lait avait tourné... Il y a même eu une fois où j'étais là pendant que Joe donnait le biberon, et il a dit : « Donne-moi un autre biberon. Celui-là est un peu trop épais. »

Poersch demanda ensuite à Sandy si elle avait dénoncé sa belle-sœur. C'est à ce moment-là que Sandy fit une déclaration accablante :

– Non, mais mon mari l'a effectivement dénoncée quand elle a eu cette aventure avec Giovanni, John Giovanni. Elle utilisait le surnom que l'on donnait dans la région au propriétaire de la Giovanni's Tavern.

– Objection, Votre Honneur, s'interposa Callahan. Cette information n'a rien à voir avec l'affaire que nous traitons.

Sandy n'était pas d'accord. Elle soupçonnait l'existence d'un lien entre cet homme et Tami Lynne.

– Objection acceptée. Le jury n'en fera pas cas, déclara le juge Harrigan.

Alton Roe fut appelé ensuite. Alors qu'il traversait la salle d'audience en direction de la barre des témoins, il passa à moins d'un mètre de sa sœur sans lui adresser le moindre signe. Pendant trois jours, Marybeth était restée assise à côté de Paul Callahan tandis que défilaient devant elle des personnes qui avaient compté dans sa vie et qui se comportaient à présent comme si elle était une inconnue. Cynthia... Sandy... et maintenant son propre frère. Callahan ne s'en rendit peut-être pas compte mais, lorsqu'il commença le contre-interrogatoire d'Alton, qu'il avait connu au lycée, il s'adressa à lui comme s'il rencontrait un vieux copain.

– Bonjour, Al.

– Salut, Paul.

– Est-ce que tu dirais de ta sœur que c'est parfois quelqu'un de nerveux ?

– Oui.

– Est-il facile de la contrarier ?

– Oh, ça oui.

– Y a-t-il eu des moments où on aurait pu dire d'elle qu'elle avait un complexe de culpabilité ?

– Oui.

– Se soucie-t-elle généralement du qu'en-dira-t-on ?

– Oui.

– Peut-on la décrire comme quelqu'un de paranoïaque ?

– Parfois, oui.

Poersch intervint à ce moment-là.

– Votre sœur a-t-elle déjà vu un psychiatre, un psychologue ou un médecin de ce genre ?

– Pas que je sache.

– L'avez-vous déjà vue en colère ?

– Oh, oui. On se disputait souvent quand on était petits.

– Lui arrivait-il d'avoir des accès de violence quand elle était en colère ?

– Quand ça allait trop loin, oui, ça lui arrivait.

Sandy et Alton n'étaient pas les seuls membres de la famille à être présents dans la salle d'audience. Carol Tinning aussi était là, au premier rang du public. Elle assista à autant de séances que lui permettaient ses responsabilités familiales et son travail. Le premier jour du procès, Marybeth et elle se regardèrent longuement l'une et l'autre sans se saluer. Par la suite, seule Carol continua de la regarder. Elle voulait que

Marybeth la voie, assise là, ne perdant pas un mot de ce qui se disait. Jour après jour, Carol essaya de paraître décontractée, mais tout en elle laissait deviner son inquiétude.

Robert Imfeld de la police de Schenectady, William Barnes et Joseph Karas de la police de l'État déclarèrent sous serment, quand ils furent appelés à la barre, avoir interrogé et arrêté Marybeth. Lors de l'audience préliminaire, ils avaient affirmé que, si l'interrogatoire au poste de police de Loudonville avait bien duré presque sept heures, ils n'avaient ni contraint ni brutalisé Marybeth, qu'ils avaient proposé du café et de quoi s'alimenter, et que tout le temps elle avait été libre d'appeler son avocat. Jusqu'au moment où elle avait avoué avoir étouffé Tami Lynne, elle avait été également libre de partir. Une fois de plus, ils répétèrent qu'ils lui avaient lu par trois fois ses droits et que l'accusée avait renoncé à son droit de garder le silence.

Ils n'étaient pas, bien sûr, en position de savoir si Marybeth avait compris les conséquences de son renoncement à ses droits. Il ressortit du témoignage des enquêteurs que, si les trois hommes s'en étaient rigoureusement tenus à la loi, aucun n'expliqua clairement à Marybeth qu'elle aurait pu refuser de coopérer. De leur point de vue, pourquoi l'auraient-ils fait ? S'ils lui avaient déclaré qu'elle pouvait rester chez elle et continuer à regarder son feuilleton télévisé, elle n'aurait peut-être pas avoué avoir tué Tami Lynne. L'avaient-ils alors effrayée à ce point que, même en ayant eu connaissance de ses droits, elle avait eu trop peur pour y avoir recours ? L'avaient-ils encouragée à penser que si elle confessait son crime, elle serait autorisée à rentrer chez elle ? L'avaient-ils rudoyée afin qu'elle dise ce qu'ils soupçonnaient mais ne parvenaient pas à prouver ? Si tel était le cas, ses aveux n'étaient pas recevables.

Les jurés débattirent longuement ces questions. Après avoir écouté la déposition des trois enquêteurs, ils avaient tous à l'esprit l'image d'une femme seule et apeurée, qui avait passé la majeure partie de l'interrogatoire assise sur une chaise peu confortable dans un petit bureau sinistre. Même quand elle demanda à aller aux toilettes, une femme l'accompagna. En soi, cela avait effectivement dû être intimidant, même si techniquement elle n'était pas prisonnière tant qu'elle n'avait pas confessé son crime. Quand, pendant l'audience, Imfeld affirma qu'aucun d'entre eux n'avait élevé la voix, Marybeth secoua énergiquement la tête. Apparemment, ce n'était pas ce qu'elle se rappelait.

Karas expliqua pourquoi ils avaient choisi de l'emmener à Loudonville et pourquoi ils étaient passés prendre son mari à son travail. A ce point de l'enquête, dit-il, ils pensaient que « l'un d'eux n'était peut-être pas impliqué dans l'histoire et pourrait témoigner contre l'autre ».

– Nous nous sommes demandé si nous avions assez de preuves contre elle pour l'arrêter, et nous nous sommes rendu compte que non. Donc, si elle avait refusé de nous suivre, nous n'aurions pas pu l'obliger... et nous l'aurions interrogée là.

– Pourquoi ne vouliez-vous pas l'interroger chez elle ? demanda Callahan.

– Eh bien, premièrement, le matériel que nous avions l'intention d'utiliser pendant l'interrogatoire avait été emmené à Loudonville afin que les deux équipes puissent s'en servir (il faisait référence aux hommes de la police de l'État et aux adjoints du district attorney), et deuxièmement, si nous avions décidé d'avoir recours au détecteur de mensonges, il se trouvait à Loudonville.

– Il y avait, si je ne m'abuse, d'autres points que vous vouliez aborder mis à part la mort de Tami Lynne ? demanda Callahan.

– Oui.

– Mais vous lui avez dit que vous ne vouliez vous entretenir avec elle que de Tami Lynne.

– Oui.

Il n'était pas nécessaire de mentionner les points auxquels faisait référence Paul Callahan. En effet, juste avant le témoignage des officiers de police, le juge Harrigan avait expliqué aux jurés que la copie qu'ils avaient de la confession de Marybeth serait largement réduite. « J'ai décidé que certains détails seraient éliminés... parce qu'ils ne se rapportent pas à cette affaire », expliqua-t-il.

La décision du juge Harrigan eut pour conséquence de restreindre le témoignage verbal des trois enquêteurs, amenant le jury à penser que, pendant les sept heures d'interrogatoire, ils n'avaient discuté avec Marybeth que de Tami Lynne. Inévitablement, cependant, l'existence des autres enfants se glissa dans la déposition des trois hommes. Paul Callahan fit parfois objection, parfois il préféra ne rien dire. Une fois, lui-même y fit référence. Alors qu'il interrogeait Karas sur ce qui s'était passé à Loudonville, il demanda :

– Lui avez-vous dit : « Votre mari nous a affirmé que vous aviez tué les bébés » (il se corrigea aussitôt) « que vous aviez tué Tami Lynne ? »

La réponse fut non.

Lorsque Karas déclara que Marybeth et lui « s'étaient mis à parler des autres enfants », Callahan fit objection, et le juge Harrigan l'accepta. Mais Barnes réussit à dire au jury que Marybeth « était visiblement en état de choc après nous avoir avoué qu'elle avait tué ses enfants », et sa déclaration ne fut pas contestée.

Le témoin à charge le plus important, le Dr Thomas Oram, fut également gêné par les contraintes du juge Harrigan, et une fois de plus ce fut l'avocat de la défense qui mentionna sans s'en rendre compte un sujet qu'il s'était jusqu'à présent évertué à taire. Dans son contre-interrogatoire du Dr Oram, Paul Callahan lui demanda s'il avait noté, à l'autopsie de Tami Lynne, la présence dans le sang de carbonate d'ammoniaque. Oram répondit qu'il avait procédé à cet examen plusieurs heures après la mort du bébé, quand le taux de carbonate d'ammoniaque dans le sang n'était plus significatif.

– On a pourtant procédé à cet examen sur plusieurs autres enfants, n'est-ce pas ? fit observer Callahan.

– Je croyais que l'on ne devait pas parler des autres enfants, répondit Oram. J'aurais pourtant beaucoup à dire à leur sujet.

Callahan ne pouvait pas jouer sur les deux tableaux. Étant parvenu à ce que l'on juge cette affaire comme s'il n'y avait eu qu'une seule mort dans la famille, il ne pouvait décemment mentionner les autres morts pour alimenter la théorie selon laquelle les parents étaient porteurs d'une maladie génétique, car Poersch s'empresserait alors de demander que la confession de Marybeth soit remise dans son intégralité aux membres du jury. Tout au long des premières étapes du procès, le destin de ce document de trente-six pages fut incertain. Les jurés n'en auraient la copie qu'au moment de la délibération. Est-ce que tous les passages se rapportant à la mort par suffocation de Timothy et de Nathan seraient ôtés ? La décision du juge Harrigan n'était valable que tant que Callahan se retenait de parler des autres enfants Tinning, et parfois il semblait que les mots lui échappaient sans qu'il s'en aperçoive.

Alors que le Dr Oram commençait sa déposition, Callahan prévint sa cliente qu'ils auraient droit à une description clinique détaillée de l'autopsie de Tami Lynne et lui demanda si elle se sentait capable de la supporter. Marybeth lui assura qu'il n'y avait aucun problème.

Dans la salle d'audience, certaines personnes furent étonnées par le calme de l'accusée. Rien ne semblait l'émouvoir. Les anatomopathologistes avaient une manière de décrire les personnes décédées dans des termes qui semblaient impensables aux oreilles des profanes. Après s'être présenté, Oram commenta les photos de l'autopsie.

– Voici le corps de Tami Lynne habillée de ses vêtements de nuit. Elle est couchée sur le dos avec la tête sur le côté... Cette photo du cœur et des poumons de l'enfant, que l'on a extraits... Ceci est le cerveau... (Puis l'autopsie elle-même :) Nous avons pratiqué une incision en Y, puis nous avons examiné la cage thoracique, le cou, l'abdomen, les viscères... ensuite nous avons ouvert le crâne... Puis nous avons prélevé du sang pour un examen toxicologique...

Alors qu'il continuait sa description, plusieurs personnes dans le jury, la presse et le public jetèrent un coup d'œil à Marybeth pour observer ses réactions. Elle semblait intéressée. Pendant tout le temps qu'Oram resta à la barre des témoins, elle l'écouta avec attention et prit des notes. Il aurait pu parler d'une inconnue, pour toute l'émotion qu'elle affichait, elle qui avait parfois la larme si facile. « Stoïque » était le terme qu'employait Callahan pour décrire sa cliente. Mais cela tenait plus du détachement, comme si la mort de Tami Lynne ne la concernait pas.

Le témoignage d'Oram fut clair et précis. Le médecin paraissait tout à fait à son aise. Il décrivit en détail les divers examens qui avaient été pratiqués sur Tami Lynne et qui avaient été tous négatifs.

Poersch lui demanda alors s'il avait déterminé la cause de la mort.

– Oui, répondit Oram.

Mais, avant de révéler ses conclusions, il tenait à expliquer comment il y était parvenu. Le suspense dans la salle d'audience était à son apogée. Oram commença par déclarer qu'il n'avait trouvé aucune cause anatomique évidente de mort, mais que les poumons, le foie et le cerveau étaient congestionnés. La congestion pulmonaire n'était pas accompagnée de l'inflammation caractéristique généralement d'une bronchopneumonie. L'estomac était légèrement rouge, ce qui était probablement dû aux tentatives de réanimation. Il avait remarqué également un érythème fessier important, mais qui n'avait certainement pas provoqué la mort.

– Il existe – et je dois en parler – un diagnostic que l'on a appelé dans les années 50 le syndrome de la mort subite du nourrisson. Il frappe parfois des enfants de l'âge de Tami Lynne... Mais attention, le diagnostic est différent, et c'est ici un point d'une extrême importance.

Oram savait que son collègue Jack Davies défendrait l'argument selon lequel Tami Lynne avait été victime du syndrome de la mort subite du nourrisson, et, connaissant son pouvoir de persuasion, il voulait que le jury comprenne pourquoi il avait une autre théorie.

– Ces enfants, dit-il, sont généralement livides, ils ont le bout des doigts bleus et quand on les découvre ils sont déjà morts. On remarque, par ailleurs, chez eux une petite hémorragie au niveau du cœur et du thymus, ce qui n'était pas le cas chez Tami Lynne. On a avancé l'idée que ces enfants mouraient d'un manque d'oxygène chronique, et donc nous pensons qu'ils ne respirent pas spontanément. Il s'agit d'une anomalie congénitale, et ces enfants sont généralement d'un poids insuffisant. Ils présentent une symptomatologie de l'anoxie, c'est-à-dire, un manque d'oxygène. L'enfant dont il est aujourd'hui question n'avait aucun de ces symptômes.

Oram ajouta qu'il n'avait décelé aucun trouble congénital du métabolisme chez Tami Lynne. Ayant donc éliminé toutes les autres possibilités, il conclut :

– Cette enfant est de toute évidence morte d'asphyxie. Qu'est-ce qui aurait pu autrement provoquer sa mort ? La tragédie, c'est qu'il est très facile d'empêcher un bébé de respirer, et pour y arriver, il suffit de l'étouffer.

Callahan tenta de faire objection, mais Oram continua :

– Ce que je dis, par essence, c'est que je suis arrivé à la conclusion définitive que cette enfant a été étouffée parce que c'est la seule cause de mort qui corresponde à ce que je viens de décrire.

Pendant le contre-interrogatoire, Callahan tenta de suggérer d'autres possibilités. Une à une, Oram, les élimina. Était-il possible qu'il y ait eu un problème de chauffage dans la chambre où dormait Tami Lynne ? Non, l'air y avait testé pour savoir s'il contenait du monoxyde de carbone. Et le tissu pulmonaire n'avait pas la teinte rose caractéristique dans ce genre de cas. La température de la chambre serait-elle alors tombée brusquement ? Non, Tami Lynne n'avait aucun symptôme d'hypothermie – ou d'hyperthermie due à une température trop élevée. Pouvait-elle être tombée de son berceau ? Non, elle n'avait aucune ecchymose et il n'y avait pas de traumatisme. Arrivait-il qu'un bébé de l'âge de Tami Lynne s'étouffe tout seul ?

– On a pendant longtemps pensé que cela pouvait se produire, répliqua Oram, mais c'est extrêmement rare, à moins que l'enfant ne soit malade.

Callahan tenta une autre approche.

– Durant l'audience préliminaire, rappela-t-il, on vous a demandé si vous auriez pensé à une mort par asphyxie si vous n'aviez pas été au courant de toute l'histoire de la famille. Et vous avez répondu : « Dorénavant, je me poserai toujours la question. »

– Ce que je voulais dire par là...

– Était-ce bien votre réponse ?

– Oui, c'était ma réponse.

Oram avait l'air troublé par cette interprétation de sa déclaration précédente. C'était une manœuvre légale classique, mais John Poersch n'était pas prêt à laisser son ancien assistant s'en sortir comme ça. A peine Callahan se rasseyait-il qu'il se dressa.

– Pouvez-vous éclaircir votre réponse à cette question ? demanda-t-il.

– Ma réponse est la suivante : si je me retrouve un jour devant un cas où l'on soupçonne une mort subite du nourrisson, je considérerai à présent la possibilité d'un étouffement.

Son témoignage ne pouvait pas se terminer sur une note plus satisfaisante. Alors qu'Oram quittait la salle d'audience, Poersch fit une déclaration inattendue.

– J'ai décidé de ne pas appeler Mr. Tinning à la barre. Je conclus donc mon plaidoyer.

28

Ce qui nous frappait, c'est qu'elle aimait son mari, et qu'ils allaient bien ensemble. Ils étaient bizarres, tous les deux.

Une serveuse du Flavorland.

C'était encore une manœuvre classique et, dans l'intimité de son bureau au-dessus de la salle d'audience, John Poersch l'expliqua. Bien qu'il ait assigné Joe Tinning à comparaître comme témoin à charge, il décida de laisser Paul Callahan l'appeler à la barre. Il avait l'intuition qu'inconsciemment Joe avait voulu que Marybeth fasse cette confession sans la présence d'un avocat. Joe ne serait peut-être jamais à même de l'admettre, néanmoins, Poersch en était convaincu. Quand la police était venue pour l'interroger, pourquoi aurait-il dit en plaisantant de ne pas appeler Paul ?

Pour Poersch, Joe savait déjà qu'on soupçonnait sa femme. Pendant des années, il avait dû se demander pourquoi elle était toujours seule avec les enfants quand survenaient les accidents. Il avait peut-être peur aussi de l'affronter, surtout depuis qu'elle avait tenté de l'empoisonner. Quoi qu'il en soit, quand la police commença enfin à poser des questions, il se tint en retrait et laissa les événements suivre leur cours. « C'est pour ça que j'ai préféré laisser Callahan l'appeler à la barre, expliqua Poersch. Je pouvais mieux utiliser Joe Tinning comme témoin du contre-interrogatoire que comme témoin à charge. Car, dans ce cas, j'aurais été limité dans mes questions, tandis que, dans un contre-interrogatoire, je pouvais aller beaucoup plus loin. J'avais aussi le sentiment que Joe ne mentirait pas. Et s'il ne mentait pas, et s'il voulait inconsciemment livrer sa femme à la police, il serait un témoin d'enfer pour moi. Et c'est ce qu'il a été. Je crois qu'il en avait, en fait, assez. »

Le procès en était à sa quatrième semaine quand Joe fut appelé à comparaître par Paul Callahan. Il s'avança lentement, presque douloureusement, dans la salle d'audience – vêtu d'une classique veste beige, d'une chemise crème, d'une cravate marron et d'un pantalon également marron. Il se fondait à la dominante marron du décor : les lattes du parquet, les sièges en bois des jurés et des journalistes, les tables en acajou, les boiseries, et l'extraordinaire fresque avec ses préceptes pieux dans une variété de couleurs minérales (« LA JUSTICE EST LA VÉRITÉ EN ACTION », « TU AIMERAS TON PROCHAIN COMME TOI-MÊME », « NOUS TENONS POUR VRAI QU'IL VA DE SOI QUE TOUS LES HOMMES NAISSENT ÉGAUX »). Écrasé par ces inscriptions sur le mur derrière lui, Joe avait l'air tout petit et mal à l'aise. S'il priait pour passer inaperçu, son vœu s'était exaucé.

Bien qu'il se soit présenté plusieurs fois au tribunal depuis qu'avait commencé la sélection des membres du jury, il donnait toujours l'impression de ne pas connaître les lieux et d'être gêné à l'idée de demander son chemin. Une seule fois, on le vit bavarder avec quelqu'un lors d'une pause : ce fut avec une dessinatrice qui travaillait en free-lance. Joe lui demanda si ses dessins seraient à vendre après le procès. « Ma femme les aime beaucoup », dit-il à Eileen Allen-Bruni, dont les croquis avaient été présentés aux informations télévisées. Eileen Allen-Bruni n'en revint pas. De tous les accusés qu'elle avait vus au fil des ans, Marybeth était la première à vouloir un souvenir de son procès.

Callahan avait deux raisons pour appeler Joe Tinning à la barre. Il voulait qu'il raconte comment la police s'était comportée avec Marybeth le jour de son arrestation, et il voulait qu'il donne son opinion sur l'état de santé de Tami Lynne. Cela faisait partie de sa stratégie, à savoir prouver que la confession de l'accusée n'était pas recevable et que Tami Lynne était morte de mort naturelle, et il espérait semer le doute dans l'esprit des jurés sur l'un au moins de ces deux points.

Joe ne lui fut pas d'une grande aide. Sa description de Tami Lynne aurait pu s'appliquer à n'importe quel autre bébé. Parfois, elle était sage, parfois elle pleurait. Parfois c'étaient des pleurs normaux, parfois c'était « des vrais hurlements qui étaient très agaçants ». Elle se jetait toujours très vite sur son biberon. De temps en temps, il lui arrivait d'avoir la diarrhée. Il n'avait remarqué qu'un seul symptôme bizarre chez elle. « On aurait dit qu'elle sursautait toujours quand elle se réveillait, et alors elle se mettait à hurler. » Elle bougeait normalement, mais une ou deux fois elle s'était réveillée en sueur. Tout cela, cependant, ne menaçait en rien sa vie.

Marybeth, dit-il, avait été bouleversée par sa mort. « Elle restait des heures assise à pleurer, elle était déprimée par moments, et à d'autres elle semblait aller mieux. » Il reconnut qu'avant qu'on l'emmène à Loudonville pour y subir un interrogatoire, « je lui ai demandé en plaisantant si on lui avait lu ses droits, et elle m'a dit non. Alors je lui ai répondu : " Ce n'est pas la peine d'appeler Paul. " Je lui ai dit de suivre les officiers de police et de répondre à leurs questions ».

Joe se rappela également qu'après qu'il avait été conduit à son tour à Loudonville, deux officiers de police, Bill Sprague et Dan O'Connor, lui avaient posé des questions « très personnelles ». Il ne dit pas lesquelles, mais déclara seulement que l'interrogatoire avait duré deux heures et qu'il n'avait pas été très content.

Que ressentait-il à ce moment-là ? lui demanda Callahan.

– Je ne comprenais pas vraiment ce qui se passait. Je ne savais pas très bien quoi faire, et dans ces cas-là je me replie sur moi-même et j'attends.

Callahan essaya d'en savoir plus. Quels avaient été ses sentiments ?

– J'étais troublé. Je ne comprenais pas vraiment ce qu'ils cherchaient.

Ce soir-là, avant que Marybeth avoue, Joe était resté quelques minutes seul avec elle. Après avoir été interrogée par Karas et Imfeld, elle l'avait rejoint dans la pièce où il attendait. « Elle sanglotait, elle se tordait les mains, elle tremblait. » Il ne l'avait jamais vue aussi nerveuse en vingt ans de mariage.

– A quoi avez-vous pensé quand elle est entrée dans la pièce dans cet état-là ? demanda Callahan.

– J'avais la tête vide, à ce moment-là, je m'étais replié sur moi-même, je ne réagissais pas beaucoup.

– N'avez-vous pas éprouvé des sentiments de colère ?

– Non, ni envers elle ni envers la police.

– Qu'est-ce que votre femme a fait quand elle est entrée dans la pièce ?

– Elle s'est assise un petit moment, puis elle s'est mise à me parler.

Poersch fit objection. Le témoin n'était pas autorisé à rapporter cette conversation, les discussions entre mari et femme étant, d'un point de vue juridique, du domaine de la vie privée. Mais, grâce à une question que Paul Callahan avait posée à l'inspecteur Karas, le jury savait déjà ce que Marybeth avait raconté, entre deux sanglots, à Joe : que Karas lui avait soi-disant dit : « Votre mari nous a affirmé que vous aviez tué vos enfants. » A présent, Joe décrivait sa réaction : « Ça m'embêtait. » Ce fut là tout ce qu'il en dit.

Quand l'inspecteur Barnes était entré et leur avait parlé à tous deux, Joe se rappela que sa femme « était devenue plus nerveuse, elle se tordait les mains, elle sanglotait... Elle lui a demandé d'arrêter, elle l'a supplié, au moins une fois ».

– Quel était le ton de sa voix ? demanda Callahan.

– Elle sanglotait, elle suppliait.

– Qu'a fait l'inspecteur Barnes ?

– Il lui a dit que, si elle voulait qu'on l'aide il fallait qu'elle dise la vérité.

– Est-ce que Mr Barnes, en s'adressant à votre femme, a mentionné quelqu'un de votre famille ?

– Oui. Il a dit qu'il ne voulait pas que ça arrive aussi au petit Bucky et à la petite Linda... Il s'agit de mon neveu et ma nièce.

– Et que s'est-il passé après ça ?

– Après, disons environ cinq à dix minutes, Marybeth a dit qu'elle avait tué Tami Lynne, d'une toute petite voix, et elle l'a répété deux fois.

– Pouvez-vous répéter exactement au jury ses paroles ?

– Elle a dit : « J'ai tué Tami. »

– Vous êtes bien sûr qu'elle a dit ça ?

– Oui.

– C'est quelque chose que vous n'auriez pas oublié ?

– Non... L'officier Barnes lui a demandé pourquoi elle avait fait ça. Elle a raconté que son père la frappait avec une tapette et qu'ils l'enfermaient dans sa chambre, sa mère et lui, quand ils partaient faire des courses.

– Est-ce qu'elle a fait un commentaire quelconque sur le fait d'avoir dit « J'ai tué les enfants » ou « Je les ai tués » ou quelque chose dans le genre ?

– Non.

– Que s'est-il passé ensuite ?

– On m'a escorté dans une autre pièce où se trouvaient deux adjoints du district attorney.

– Avez-vous demandé à l'inspecteur Barnes de cesser d'interroger votre femme ?

La réponse de Joe montra à quel point il était naïf; il n'avait pas du tout évalué le rôle de Bill Barnes dans ce drame.

– Non, je ne l'ai pas fait. L'inspecteur Barnes est un ami personnel de la famille. C'est un officier de police. Il connaît la procédure et il sait mieux que moi ce qu'il faut faire. Je n'avais jamais été dans une situation pareille auparavant. J'attendais qu'il prenne les décisions.

– Pourquoi avez-vous attendu qu'il prenne les décisions au lieu de prendre vous-même les choses en main?

– Eh bien, comme je l'ai dit, je m'étais replié sur moi-même.

– Vous avez fait quoi? demanda le juge Harrigan.

– Je m'étais retiré en moi-même, un peu comme derrière une coquille protectrice.

– Et pourquoi avez-vous fait ça? demanda Callahan.

– Je... je ne sais pas. Ça doit être psychologique, je suppose. Je ne sais pas. Pour essayer de fuir les questions, tout ça, quoi. J'entendais ce qu'on disait, mais je ne réagissais pas.

– Et quel effet a eu sur vous cet interrogatoire, et le fait de vous retrouver au poste de police?

– Je ne me rendais pas compte à ce moment-là... j'étais juste... vous comprenez... je ne savais pas.

– Étiez-vous mentalement paralysé?

– Oui, on peut dire ça.

– Avez-vous essayé de réfléchir à ce que vous pouviez faire?

– Je ne pensais plus. J'écoutais mais je ne réagissais pas.

– Donc, on aurait pu vous demander de faire n'importe quoi, et vous l'auriez fait?

– Oui, je pense que oui.

– Quelle était votre attitude à ce moment-là à l'égard de Marybeth?

– Ils m'ont demandé si je pensais qu'elle était coupable, et j'ai dit non.

La déposition signée de la main de Joe avait été tapée vers vingt heures. Son contenu ne fut pas révélé aux jurés. Il avait ensuite attendu environ deux heures que Marybeth en termine avec ses aveux. Bill Barnes était alors arrivé et lui avait conseillé d'appeler un avocat, « quelqu'un qui ne me mettrait pas à sec ». Joe raconta qu'il avait entendu Karas dire à O'Connor : « Félicitations. On n'avait rien sur elle avant qu'on obtienne sa confession. »

Avant que Marybeth fût emmenée, Joe avait eu l'autorisation de la voir pendant quelques minutes.

– Elle ne m'a même pas regardé, dit-il. Elle me tournait le dos et pleurait, pleurait. C'était une vraie épave.

Lors du contre-interrogatoire, Poersch rappela à Joe qu'il avait promis de soutenir sa femme « quoi qu'il arrive ».

– Est-ce votre attitude générale ? demanda Poersch.

– Oui.

– Et vous la soutenez maintenant ?

– Je crois, oui.

– Et vous le feriez quoi qu'il arrive ?

– Oui, quoi qu'il arrive.

Plus tard, Callahan lui demanda :

– Mentiriez-vous pour protéger votre femme ?

– Non.

– Feriez-vous un faux témoignage pour protéger votre femme ?

– Non.

Joe ne réagissait peut-être pas, mais il était d'une incroyable intégrité. Cette nuit-là, à la cafétéria de la police, il avait donné sa parole d'honneur à Bill Barnes, et il ne reviendrait jamais dessus, même s'il eut l'impression, par la suite, que Barnes avait trahi sa femme. Barnes ne s'était pas trompé sur la loyauté de Joe, ni Poersch sur sa sincérité. Poersch aurait pu deviner sa réponse quand il lui demanda s'il avait entendu sa femme prononcer la phrase : « J'ai tué Tami Lynne. »

Un autre homme dans la situation de Joe aurait peut-être dit qu'il ne se souvenait de rien. Mais Joe, lui, parut réfléchir à la question, puis, corrigeant Poersch, il déclara : « Elle a dit : " J'ai tué Tami. " » Il semblait important pour lui que les termes soient exacts, même s'ils ne faisaient qu'accentuer la culpabilité de Marybeth.

– Et elle l'a dit deux fois ?

Poersch cherchait par cette question à s'assurer que le jury avait bien entendu.

– Oui, répondit Joe.

Comme John Poersch l'avait pressenti, Joe Tinning ne mentirait jamais. Il n'abandonnerait pas Marybeth, mais il dirait la vérité. Pendant toute la matinée qu'il passa à la barre des témoins, il s'en tint si rigoureusement à ces principes apparemment conflictuels qu'au moment où il quitta la barre, il était difficile de dire pour quel camp il avait témoigné. Quoi qu'il en soit, ce qui ressortait de son témoignage était que la nuit de l'arrestation de sa femme, il ne lui avait apporté aucun soutien affectif.

On était le jeudi 2 juillet, et, après la déposition de Joe, la cour suspendit l'audience pour le long week-end du 4-Juillet. Paul Callahan avait l'intention de présenter son expertise médicale le lundi suivant, son témoin principal était le Dr Jack Davies. Dans la mesure où Davies avait bâti son argumentation à partir des résultats de l'autopsie du Dr Oram, et que ce dernier avait paru si sûr de son diagnostic, le procès de Marybeth Tinning semblait proche de la fin. Pour les journalistes et les auxiliaires de la justice, la condamnation serait prononcée dans moins d'une semaine.

Davies, comme auraient pu le deviner tous ceux qui le connaissaient, avait d'autres intentions.

29

Si cette femme est condamnée, ce sera pour des raisons d'ordre émotionnel, et non d'ordre scientifique.

Dr John L. Emery.

John Poersch avait déjà prévenu les jurés que le Dr Jack Davies était fort impressionnant, ce qui, à l'évidence, le chagrinait.

– Vous allez entendre deux médecins, dit-il avant que le procès ne commence. L'un d'eux est grand et fort (il étendit ses mains autour de sa taille, elle-même impressionnante, pour indiquer une large corpulence), et l'autre est beaucoup plus petit. Tout cela pour vous dire que vous ne devez pas vous laisser influencer par les apparences, mais par les dépositions uniquement.

Le Dr Thomas Oram, le témoin à charge, était le plus petit. Quant au Dr Davies, il devait être le premier témoin de la défense à être appelé, et tout le monde s'attendait à ce qu'il fît, comme à son habitude, une entrée remarquée dans la salle d'audience. Mais Paul Callahan surprit tout le monde en annonçant :

– Mon premier témoin sera le Dr Arnulf Koeppen, qui n'est pas sur la liste des témoins.

Callahan jouait là sa première carte maîtresse.

Le Dr Davies avait consulté Koeppen, le chef du service de neurologie du centre médical des Anciens Combattants à Albany, au sujet de l'affaire Tinning à peine dix-huit jours plus tôt, c'est-à-dire peu après avoir vu les plaquettes de l'autopsie de Tami Lynne. (Pour une autopsie classique, la pratique veut que l'on prélève de fines lamelles de tissu des diverses parties du corps et qu'on les fixe sur des plaquettes de verre afin de pouvoir les examiner au microscope.) Callahan se plaignit amèrement que Davies ne fut autorisé à voir ces plaquettes que quelques jours avant le début du procès. Oram s'était proposé de les lui faire parvenir quand Davies l'avait appelé, six mois plus tôt, mais le bureau du district attorney l'en avait empêché. En l'absence d'un document aussi capital, Davies avait commencé à bâtir sa théorie d'après les seules données en sa possession : le passé médical des neuf enfants Tinning, certains très détaillés, d'autres à peine esquissés. Quand la sélection du jury commença, il s'apprêtait à défendre la théorie qui avait fasciné le Dr Dominick Mele pendant des années, à savoir que plusieurs enfants Tinning, sinon tous, étaient atteints d'une maladie congénitale mortelle. La preuve de cette maladie résidait dans le taux élevé de carbonate d'ammoniaque dans le sang que le Dr Mele avait noté chez certains enfants juste avant qu'ils ne meurent. Pour Davies, le fléau qui frappait si implacablement la famille Tinning n'était pas le syndrome de la mort subite du nourrisson, mais bien l'hyperammoniémie due à une anomalie génétique du métabolisme d'origine inconnue, provoquant une dégénérescence graisseuse du foie, des convulsions et un empoisonnement du cerveau.

Davies, une fois en possession des plaquettes de l'autopsie de Tami Lynne, remarqua, lorsqu'il regarda les échantillons des tissus du cerveau, que certaines cellules n'avaient pas l'air normal, et les montra à un confrère d'Albany. Celui-ci ne voulait pas être mêlé à l'affaire Tinning car il s'apprêtait à partir pour la Floride. Cependant, il approuva Davies sur un point capital : Tami Lynne avait le « cerveau atteint », ce qui corroborait la théorie de Davies.

Davies consulta ensuite le Dr Arnulf Koeppen, spécialiste de neuropathologie et professeur à l'École de médecine d'Albany. Davies supposait que les conclusions de Koeppen coïncideraient avec celles de son confrère d'Albany. Ce dernier avait observé plusieurs altérations cellulaires dans le cerveau de Tami Lynne qui, d'après lui, indiquaient des affections du foie. Si Koeppen était d'accord, on pourrait expliquer que la famille entière avait succombé à une maladie hépatique congénitale.

A ce moment-là, Davies était tombé sur une pièce à conviction que le district attorney avait laissé échapper : le rapport détaillé de l'autopsie de Jonathan, le seul enfant Tinning à ne pas être mort dans le comté de Schenectady. Jonathan avait passé les dernières semaines de sa vie au Centre médical d'Albany où il avait été examiné par des spécialistes après que Marybeth l'eut emmené au St. Clare en état de coma dépassé. Il avait également subi de nombreux examens à l'Hôpital des enfants de Boston à la suite d'une première attaque. Médicalement, on en savait donc davantage sur lui que sur les autres enfants Tinning, et pourtant les conclusions de son autopsie étaient restées au laboratoire Bender, à Albany, où Davies les avait trouvées.

Lorsqu'il put enfin contacter le Dr Koeppen, Davies avait déjà rendu les plaquettes de l'autopsie de Tami Lynne. Il demanda donc à Koeppen d'examiner celles de l'autopsie de Jonathan. Davies espérait trouver de nouveaux éléments confirmant sa théorie de la maladie du foie, mais ce que Koeppen trouva, au cours de son examen des tissus de la moelle épinière de Jonathan, était encore plus dramatique.

Par la suite, Koeppen rencontra le Dr Oram, et leur conversation, quand elle fut rapportée à Davies, lui procura une immense satisfaction. Persuadé que la tactique de la défense serait de déclarer que Tami Lynne avait été victime du syndrome de la mort subite du nourrisson, Oram avait estimé qu'il serait utile de faire appel à un neuropathologiste – ils étaient rares dans la région – pour appuyer son témoignage. Ne sachant pas que Koeppen avait été contacté par Davies, Oram lui téléphona et lui demanda s'il ne voulait pas regarder les plaquettes de l'autopsie de Tami Lynne afin de lui donner son opinion, convaincu qu'elle corroborerait la sienne. Il se rappela que la réponse de Koeppen fut brève et catégorique. « Je suis désolé, docteur Oram, vous appelez trop tard. J'ai déjà promis d'intervenir en faveur de la défense. Mais j'aimerais beaucoup pouvoir jeter un coup d'œil sur ces plaquettes. »

Pensant toujours que la défense invoquerait la mort subite du nourrisson, Oram lui envoya les plaquettes de la partie supérieure du cordon médullaire et de la moelle. Il était persuadé que c'était là tout ce que voulait Koeppen. Ce ne fut qu'au cours du témoignage de celui-ci que Oram se rendit compte qu'il aurait aimé en fait examiner bien d'autres plaquettes. « Je crois qu'il a fait exprès de ne pas être plus précis, parce que j'aurais alors deviné de quel côté il cherchait », commenta Oram.

En ce lundi matin, alors que c'était au tour de la défense de prendre la parole, Koeppen commença par déclarer qu'il avait examiné les plaquettes des tissus de Tami Lynne, Jonathan, Nathan, Mary Frances et Jennifer.

– Et qu'avez-vous trouvé ? lui demanda Callahan.

Avec son fort accent germanique, Koeppen répondit :

– Dans le cas de Jonathan, la moelle épinière est...

Il ne put aller plus loin. Poersch bondit aussitôt.

– Objection, Votre Honneur. Aucun témoignage ne doit porter sur les autres enfants Tinning. Ceux de l'accusation ayant été limités au seul cas de Tami Lynne Tinning, je demande à ce que ceux de la défense le soient aussi.

Callahan répondit qu'il était essentiel pour lui d'apporter des témoignages relatifs au passé médical de la famille, de manière à prouver que Tami Lynne souffrait d'un grave problème génétique. Poersch argua que, si cela lui était permis, lui-même devait alors être autorisé à rappeler les témoins à charge et à leur poser des questions sur les autres enfants Tinning. Après un violent échange, le juge Harrigan décida de laisser le Dr Koeppen mentionner le seul cas de Jonathan « afin que la défense ait toutes les chances de se défendre... mais, continua-t-il, cela me met dans l'obligation d'autoriser l'accusation à rappeler ses témoins ».

Callahan se mettait délibérément en danger et risquait de perdre un avantage durement gagné : éviter de mentionner les autres enfants Tinning. A présent, les jurés seraient en possession de la confession complète de Marybeth.

Koeppen commença donc à décrire ce qu'il avait découvert en examinant les plaquettes de l'autopsie de Jonathan. La moelle épinière, dit-il, était sérieusement atteinte, ce qui l'amenait à penser que Jonathan avait la maladie de Werdnig-Hoffmann – l'équivalent chez les enfants de la sclérose latérale amyotrophique. Koeppen ajouta que la maladie de Werdnig-Hoffmann était toujours transmise par les parents de manière récessive, et que c'était une maladie mortelle qui frappait les individus très jeunes, avant l'âge de dix-huit mois.

– La mort est-elle soudaine dans le cas de cette maladie ? demanda Callahan.

– Oui, répondit Koeppen.

– Vous êtes tout à fait sûr que Jonathan Tinning souffrait de la maladie de Werdnig-Hoffmann ?

– Oui. J'ai examiné et réexaminé les plaquettes et ce que j'y ai vu est incontestable.

C'était un témoignage tout à fait inattendu. Alors que Jonathan se trouvait, mourant, au Centre médical d'Albany, où il subissait toutes sortes d'examens et où il était en observation jour et nuit dans le service de réanimation pédiatrique, pas une seule fois on n'avait mentionné la maladie de Werdnig-Hoffmann. Pas plus qu'elle n'avait été envisagée par les spécialistes de l'Hôpital des enfants de Boston, qui l'avaient examiné quelques semaines plus tôt.

Après cette surprenante révélation, Koeppen décrivit ce qu'il avait observé sur les plaquettes de l'autopsie de Tami Lynne. Il expliqua que la principale caractéristique de la maladie de Werdnig-Hoffmann était une perte des neurones qui alimentent les muscles striés – c'est-à-dire les muscles qui font bouger les extrémités. En examinant le tronc cérébral, il avait remarqué que les neurones qui excitent le nerf qui fait bouger la langue étaient anormalement petits. Par conséquent, la langue devait être petite et peu mobile.

– Y a-t-il d'autres plaquettes de Tami Lynne qui vous auraient permis de dire si elle avait la maladie de Werdnig-Hoffmann ? demanda Callahan.

– Oui, celles du cordon médullaire.

– Et avez-vous pu les examiner ?

– Non.

– Savez-vous pourquoi ?

– Oui.

– Et quelle est la raison ?

– D'après le protocole de l'autopsie, on n'a pas procédé au prélèvement de la moelle épinière... C'est un acte très délicat.

– Et qui prend beaucoup de temps ?

– Oui, beaucoup.

Le protocole d'une autopsie est le compte rendu de tous les actes pratiqués par l'anatomopathologiste. Oram déclara par la suite que dans le cas de Tami Lynne, tout n'avait peut-être pas été noté en détail. Cependant, si Koeppen lui avait demandé les plaquettes de la moelle épinière, il les lui aurait remises; mais dans la mesure où celles-ci n'avaient pas été répertoriées, la défense en avait conclu qu'elles n'existaient pas. Koeppen, par conséquent, ne vit que vingt et une plaquettes sur un total de trois cents environ.

– Si vous aviez été en possession d'une plaquette de la moelle épinière de Tami Lynne Tinning, auriez-vous été à même d'affirmer qu'elle était ou non atteinte de la maladie de Werdnig-Hoffmann ?

– Oui.

– Et d'après vous, elle... elle aurait pu avoir cette maladie ?

– Tout à fait.

Plus tard, Callahan lui demanda :

– Quelles sont les chances pour qu'un second enfant ait cette maladie ?

– Le pourcentage est de un sur quatre... On considère que le risque est très élevé pour une grossesse ultérieure.

Callahan lui demanda ensuite quel conseil il aurait donné aux parents s'ils l'avaient consulté au sujet de nouveaux enfants.

– Le risque est de un sur quatre, répéta-t-il, ce qui est très élevé, étant donné que le taux de mortalité infantile dans le pays est de un pour cent.

– Donc, vous leur auriez conseillé de ne plus avoir d'enfants ? insista Callahan.

– C'est exact.

Poersch demanda alors à Koeppen s'il avait pratiqué des examens sur les personnes de Joe et de Marybeth Tinning.

– Le problème avec cette maladie, répliqua-t-il, c'est qu'il n'y a aucun examen valable pour les porteurs du gène récessif. Ils ne sont malheureusement identifiés que quand on tombe sur un enfant déficient.

– Mais d'après votre examen, vous ne pouvez pas dire de quoi est morte Tami Lynne, n'est-ce pas ?

– C'est exact.

– Et vous ne pouvez pas nous dire non plus de quoi est mort Jonathan Tinning ?

– C'est également exact.

– Auraient-ils pu mourir par suffocation ?

Koeppen marqua une pause avant de répondre :

– Oui.

Ce témoignage était-il suffisamment puissant pour semer le doute dans l'esprit des jurés ? Callahan semblait enchanté par l'effet de surprise qu'il avait créé. Marybeth et Joe semblaient presque aussi déroutés que les personnes présentes dans la salle d'audience. « Je leur avais dit depuis le début qu'il y aurait une preuve médicale de la maladie génétique, déclara Callahan aux journalistes. Mais je n'étais pas entré dans les détails. » Pendant l'interruption du déjeuner, on les vit tous deux plongés dans des revues médicales où certains passages avaient été soulignés. Marybeth souriait et les montrait à Joe. Elle avait l'air immensément soulagée.

Jack Davies, lui, profita de cette pause pour donner une conférence de presse impromptue. Il se montra bien plus affirmatif qu'Arnulf Koeppen sur la cause de la mort de Tami Lynne : elle était atteinte de la maladie de Werdnig-Hoffmann, déclara-t-il sans équivoque.

Debout sur les marches du palais de justice, sa cravate rouge vif flottant au vent, Paul Callahan semblait transporté de joie. Quelqu'un lui demanda pourquoi on avait refusé à la défense de voir les plaquettes de l'autopsie pendant si longtemps.

– Je suppose que la partie adverse avait quelque chose à cacher, répondit-il. Peut-être savaient-ils qu'ils n'avaient pas fait un travail très consciencieux ?

Le témoignage de Davies suivit celui de Koeppen, et dura une bonne partie de l'après-midi. Il semblait, par sa seule présence, emplir toute la salle d'audience. Il s'inclina, s'assit lourdement, s'éclaircit la voix et se lança dans l'énoncé coutumier de ses qualités et de sa carrière.

Après avoir observé certaines plaquettes de l'autopsie de Tami Lynne et noté des modifications du système nerveux central caractéristiques, selon lui, d'une maladie neurologique, il avait consulté le Dr Koeppen pour avoir son avis sur la question. Et le Dr Koeppen avait mis en lumière d'autres symptômes de la maladie de Werdnig-Hoffmann.

On demanda à Davies s'il avait trouvé une preuve quelconque selon laquelle Tami Lynne aurait été étouffée.

– Absolument aucune, répondit-il avec fermeté, puis il ajouta que : Sur le diagnostic de la maladie de Werdnig-Hoffmann, il n'y avait aucun désaccord (entre Koeppen et lui-même).

C'était là, de sa part, une licence poétique. En effet, Koeppen n'avait pas affirmé que Tami Lynne souffrait de la maladie de Werdnig-Hoffmann ; il n'avait été catégorique qu'en ce qui concernait Jonathan.

Une fois son témoignage apporté, Davies tint une autre conférence de presse dans les couloirs du tribunal, et cette fois il n'hésita pas à parler des autres enfants Tinning. Pour deux d'entre eux, dit-il, il était facile d'expliquer la cause de leurs morts. Jennifer était morte d'une méningite et d'abcès au cerveau, Michael d'une pneumonie aiguë.

– Vous pouvez donc éliminer ces cas. Ce qui fait qu'il nous reste, en plus de Tami Lynne, six enfants morts tous de la même manière. Ils vomissaient, avaient la diarrhée, étaient très agités et pleuraient beaucoup. Pour deux d'entre eux, c'est-à-dire Joseph et Timothy, il n'y a pas eu d'autopsie, mais grâce à la prévoyance du Dr Mele, on sait que leur taux de carbonate d'ammoniaque était très élevé. Il n'y a que pour Tami Lynne qu'on ne l'a pas mesuré, car elle n'était pas suivie par le Dr Mele. Toutefois, dans certaines affections hépatiques, le carbonate d'ammoniaque passe dans la circulation sanguine et intoxique le cerveau.

Quel était le rapport avec la maladie de Werdnig-Hoffmann ? lui demanda-t-on.

– Je ne sais pas, mais s'il y a un rapport, nous avons peut-être découvert une maladie infantile inconnue.

Comment expliquait-il alors que, pendant toutes ces années, aucun des médecins qui avaient examiné les enfants Tinning n'ait soupçonné qu'ils pouvaient être atteints de la maladie de Werdnig-Hoffmann ? Davies avait déjà une réponse toute faite à cette question.

– A mon avis, ils se fixaient tous sur le taux élevé de carbonate d'ammoniaque dans le sang, et cherchaient par conséquent un trouble métabolique plutôt qu'une déficience génétique. Le médecin qui a examiné Mary Frances à Boston était persuadé qu'elle avait un problème métabolique.

Au milieu des journalistes et des cameramen, Davies avait l'air assez content de l'expert sur le point de faire une grande découverte. Mais il y avait un dernier problème.

– Pour être sûr de diagnostiquer la maladie de Werdnig-Hoffmann, il faut prélever des muscles striés et de la moelle épinière. Cela a été fait à l'autopsie de Jonathan, et c'est pourquoi il n'y a aucun doute sur la cause de sa mort. Mais personne n'a prélevé la moelle épinière de Tami Lynne.

Davies se caressa la barbe, comme s'il se demandait comment son vieux collègue Tom Oram avait pu faire une telle bévue.

– Avez-vous demandé au Dr Oram pourquoi il n'avait pas prélevé la moelle épinière ? demanda un journaliste.

– Non. On ne s'est rendu compte de son importance qu'au moment où le Dr Koeppen a découvert la cause de la mort de Jonathan.

Mais comment expliquer que six enfants sur huit aient succombé à cette maladie ?

– Le risque n'est pas de un sur quatre. Il est d'au moins un sur quatre. Il s'agit d'un gène récessif, et je pense que Joe et Marybeth Tinning en sont porteurs.

Que faisait-il de la confession de l'accusée ?

Davies considéra d'un air aimable la personne qui lui posa la question, un jeune journaliste de la télévision à la carrure imposante, et répondit :

– Si vous prenez une femme pas très maligne – vous feriez peut-être mieux de ne pas noter ça –, bref, une femme pas très maligne avec des types encore plus baraqués que vous en face d'elle, eh bien, je peux vous assurer qu'elle avouera n'importe quoi tellement elle sera terrorisée.

Ce soir-là, les témoignages des Drs Koeppen et Davies furent commentés en première partie des informations télévisées régionales. Ils firent également la une des journaux du lendemain matin. Dans des encadrés, on expliquait ce qu'était la maladie de Werdnig-Hoffmann. Le *Times Union* informait ses lecteurs que seulement une personne sur quatre-vingts était porteuse du gène défectueux, et que la maladie ne touchait qu'un enfant sur vingt mille environ. Un autre spécialiste s'étonnait que Marybeth ait déclaré que Tami Lynne pleurait beaucoup. Lorsqu'un bébé est gravement atteint, expliqua-t-il au journaliste du *Times Union*, il ne peut pas pleurer du tout parce que ses muscles sont atrophiés.

Le procès de Marybeth avait pris une tournure surprenante, et quand elle revint à la cour le matin où parurent tous ces articles, elle semblait grisée par le succès. Pour la première fois, elle était en jupe – en sergé kaki – avec un chemisier à manches courtes rose pâle, et arborait une fine chaîne en or au cou. Cet assortiment de couleurs contrastaient agréablement avec son teint bronzé et ses cheveux blonds, et elle allait d'un pas ferme, avec l'assurance d'une femme qui se sait élégante. Sur les bancs réservés aux journalistes, le bruit courut très vite qu' « avec Marybeth sur son trente et un, Callahan devait être prêt à l'appeler à la barre ».

Cependant, quelque chose troublait sa sérénité, et c'était la présence de sa belle-sœur, Carol Tinning. Carol, qui avait dû s'occuper de son fils handicapé, n'avait pu assister au procès pendant plusieurs jours, mais elle était de retour, au premier rang, bien décidée à montrer qu'elle ne croyait pas à la valeur des témoignages de la veille. Elle regarda fixement Marybeth, et celle-ci baissa immédiatement les yeux. « Elle n'apprécie pas du tout de me savoir là », commenta Carol avec satisfaction.

Marybeth ne fut pas appelée à la barre. Callahan expliqua aux journalistes que le procès se déroulant bien, il ne voyait pas pourquoi il changerait quoi que ce soit à ses plans.

Le témoin suivant, le dernier à être appelé par la défense, fut le Dr John L. Emery, professeur émérite de pathologie pédiatrique à l'Université de Sheffield, en Angleterre. Cinquante ans auparavant, Davies et lui avaient été au lycée ensemble, et bien que leur carrière ait pris des directions différentes, ils étaient restés en contact. Emery faisait à présent autorité en Angleterre dans le domaine des morts infantiles inexpliquées, en particulier le syndrome de la mort subite du nourrisson, et jouissait également d'une notoriété internationale pour tout ce qui se rapportait aux maladies génétiques. Non pas qu'il considère le syndrome de la mort subite comme une maladie ; hors de l'enceinte du tribunal, il décrivait ce syndrome comme « une poubelle dans laquelle les médecins mettent tous les cas de morts subites d'enfants pour lesquelles ils n'ont ni le temps, ni le savoir nécessaire pour mener des recherches ».

Jack Davies avait insisté auprès de Paul Callahan pour qu'il fasse comparaître John Emery en tant que témoin de la défense, et ce bien avant qu'Arnulf Koeppen ne s'intéresse à l'affaire. Callahan hésita à cause des frais que sa venue engendrerait, mais Emery lui fit savoir qu'il trouvait l'affaire si fascinante qu'il était prêt à venir pour pratiquement rien.

Emery était un homme de petite taille, légèrement voûté et chauve, avec une barbe grise bien taillée et des yeux bleus pétillants derrière des lunettes à monture dorée. Il y avait une certaine douceur, une méticulosité légèrement désuète dans ses manières, particulièrement quand il parlait des bébés, et si elles avaient très certainement inspiré confiance chez nombre de mères de famille anglaises, elles irritaient profondément le district attorney.

– Si l'on se penche sur tout ce qui a été écrit sur les morts subites de nourrissons, commença Emery, on se rend très vite compte que les mères sont pour la plupart du temps décrites comme ayant été ivres au moment de la mort, et l'on s'aperçoit également que les parents ont été harcelés par la police et violemment critiqués par leur entourage, alors qu'en fait il n'y a à chaque fois aucune preuve attestant qu'ils aient fait quoi que ce soit à leur enfant. A la suite de ça, plusieurs personnes, à Seattle, dans l'État de Washington, qui avaient vu leur enfant mourir du jour au lendemain ont décidé de se réunir et d'inventer une expression pour décrire ces morts brusques et sans raison. Nous déclarerons, se sont-ils dit, que c'est une cause naturelle de mort afin que les parents ne soient plus soupçonnés de quoi que ce soit. Ils se sont mis d'accord sur l'expression de syndrome de la mort subite du nourrisson. Outre l'effet apaisant que cette expression a aussitôt eu sur la population, elle a permis également de venir enfin en aide à ces mêmes parents.

Callahan lui demanda ce qu'il savait de la maladie de Werdnig-Hoffmann.

– C'est une maladie où les neurones de la moelle épinière ne se développent pas, expliqua Emery. Par conséquent, les muscles contrôlés par ces neurones ne se développent pas non plus et les enfants deviennent de plus en plus faibles et finissent par mourir... Nous ne connaissons pas la cause de cette maladie. Elle est généralement déterminée génétiquement, c'est-à-dire que, s'il y a eu un enfant atteint par la maladie, il y a de très fortes chances pour que l'enfant suivant soit également atteint.

Ces enfants mouraient-ils brusquement ?

– Pas nécessairement, répondit Emery, mais cela pouvait arriver.

Et les parents ? Comment réagissaient-ils ? Ayant interviewé deux mille parents environ de bébés morts du syndrome de la mort subite du nourrisson, Emery fut plus qu'éloquent sur le sujet. La première réaction, dit-il, était de refuser d'y croire. Puis les mères perdaient confiance en elles et connaissaient par la suite un immense sentiment de culpabilité.

Avait-il déjà entendu l'un de ces parents dire qu'il avait tué son enfant ?

– Oh, oui, dit-il calmement. J'ai rencontré beaucoup de mères qui m'ont dit qu'elles avaient tué leur enfant alors que je savais que c'était faux, mais à ce moment-là elles avaient l'impression qu'elles l'avaient tué...

Poersch lui demanda, lors du contre-interrogatoire, si l'une de ces femmes lui avait confessé en détail comment elle avait tué son bébé.

– Oh, oui, répondit Emery.

Poersch n'en croyait pas ses oreilles.

– A plusieurs reprises ? demanda-t-il.

– Oui, bien sûr.

Emery ne semblait pas trouver cela étrange; cela faisait partie de tout ce qu'engendrait la douleur.

Il y avait un autre aspect de la réputation de John Emery qui ne fut pas mentionné au procès. Deux ans auparavant, en 1985, il avait publié un article très controversé dans une revue médicale anglaise, *Archives of Desease in Childhood*, dans lequel il expliquait que, d'après lui, sur dix cas de morts subites du nourrisson, un pouvait être le résultat d'une tentative d'étouffement par l'un des parents. Il le pensait toujours, et n'était donc pas aveugle aux aberrations mentales de la maternité. Mais il était choqué par l'aspect légal de cette affaire, à savoir que, dans l'État de New York, une femme soupçonnée d'avoir tué son bébé puisse être accusée d'homicide volontaire.

– Nous n'utilisons pas en Angleterre le mot de « meurtre » pour des cas semblables, dit-il à la cour. Nous disons infanticide... En Angleterre, on estime que, pendant l'année qui suit un accouchement, une mère est, je ne dirai pas qu'elle est absolument *non compos mentis*, mais elle n'a pas un comportement rationnel dans sa relation avec son enfant : c'est pourquoi, si elle tue son bébé, nous ne considérons pas qu'il s'agit d'un meurtre. Nous préférons dire que c'est un infanticide. Et donc, le crime est d'un degré inférieur.

Lorsqu'Emery quitta la salle d'audience, les journalistes l'assaillirent de questions. Qu'est-ce qui a tué Tami Lynne Tinning ? lui demanda l'un d'eux.

– La réponse est que je ne sais pas, et je pense qu'il est navrant d'arriver à une conclusion définitive en se fondant uniquement sur les dépositions des témoins, répondit-il.

Était-il possible qu'autant d'enfants de la même famille aient hérité de la maladie de Werdnig-Hoffmann ?

– Je ne connais aucune famille où l'on a compté six enfants morts de cette maladie, car dans la plupart des familles, après les deux premières morts, les parents renoncent à avoir d'autres enfants. Ce que vous avez ici est une très curieuse constellation de morts associées à cette femme, et c'est pour ça qu'il faut se livrer à des investigations. Mais dire qu'elle a tué ses enfants témoigne d'une réaction émotionnelle qui n'est pas fondée sur des preuves.

Dans son bureau du Ellis Hospital, le Dr Thomas Oram était affligé par les témoignages de la journée. Il avait pensé que les plaquettes de la moelle épinière de Tami Lynne se trouvaient parmi celles qu'avait empruntées Paul Callahan au St. Clare, et qu'elles avaient été ensuite transmises au Dr Davies, mais, dans la mesure où il n'avait pas participé à la transaction, il ne pouvait en être sûr. Personne ne saurait donc jamais si elles avaient momentanément disparu ou si Davies les avait négligées pendant le court laps de temps où il avait été autorisé à les examiner. Oram se retrouvait donc en butte aux critiques pour ne pas avoir procédé à une autopsie complète, ce qu'il avait en réalité fait. Mais les critiques ne le gênaient guère; ce qui le troublait bien plus, c'est que Davies et Koeppen fussent arrivés à des conclusions médicales qui auraient pu être tout autres si seulement ils lui avaient demandé à voir ces plaquettes.

Davies et Koeppen, quant à eux, pensaient que, s'ils lui avaient demandé les plaquettes de la moelle épinière de Tami Lynne, il aurait deviné le genre de maladie qu'ils soupçonnaient et aurait eu alors le temps de préparer un témoignage contradictoire. « C'est devenu un jeu, déclara tristement Oram, et ça n'aurait pas dû l'être. »

30

Ma plus grande crainte, c'est qu'ils la condamnent et qu'elle ne reçoive aucune aide.

Une ancienne amie, pendant le procès.

Le Dr Marie Valdes-Dapena, présidente de la Fondation nationale pour l'étude du syndrome de la mort subite du nourrisson, et responsable de la section de pathologie pédiatrique à l'École de médecine de l'Université de Miami, avait des qualifications impressionnantes. Elle avait passé plus de vingt-cinq ans à faire des recherches sur la mort subite du nourrisson et rédigeait un livre sur la question, qui devait être publié par le gouvernement fédéral. Elle avait déjà écrit deux ouvrages de médecine, de nombreux articles, et un texte décrivant comment l'on devait procéder à l'autopsie d'un enfant : elle avait pratiqué environ trois mille autopsies d'enfants depuis 1945. Au cours de cette carrière intense, elle avait par ailleurs donné naissance à onze enfants. Pour les jurés qui avaient du mal à se rappeler son nom, elle était la femme qui ne dormait jamais.

Elle était en visite chez l'une de ses filles aux Bermudes quand Poersch la pria de se présenter à Schenectady afin de contrebalancer le témoignage du Dr Emery. A la barre des témoins, elle apparut comme une femme soignée, précise et efficace. Elle déclara qu'elle avait vu les résultats de l'autopsie de Tami Lynne et qu'elle en avait discuté avec le Dr Oram.

– Pour moi, c'est une bonne autopsie, qui a été bien faite, et qui comportait tout ce que j'aurais moi-même recommandé.

Devançant la question sur le taux de carbonate d'ammoniaque dans le sang, elle ajouta :

– Je n'approuve pas les examens de sang. Après la mort, le sucre fait n'importe quoi, le Ph tombe. C'est pourquoi nous estimons que ces examens ne servent pratiquement à rien... mais dans le cas présent, d'autres examens ont été pratiqués, et la moelle épinière a bien été prélevée et sectionnée.

Ce dernier commentaire était de toute évidence destiné à la défense.

Lors de son examen des plaquettes, elle n'avait remarqué, continua-t-elle, aucun signe prouvant que l'enfant était atteint de la maladie de Werdnig-Hoffmann. Elle poursuivit en précisant qu'elle n'avait jamais entendu dire qu'on ait diagnostiqué cette maladie seulement lors de l'autopsie. Les symptômes étaient évidents et se manifestaient parfois même avant la naissance.

– Ce sont des bébés très calmes *in utero*, et à la naissance, ils sont aussi mous qu'une poupée de chiffon... Ils meurent parce qu'ils n'arrivent pas à respirer, les muscles de leur cage thoracique sont trop faibles.

– Et la plupart de ces bébés meurent à l'hôpital ? demanda Poersch.

– Oui.

– Parce qu'il est facile de diagnostiquer cette maladie ?

– Tout à fait.

Elle ajouta qu'elle avait consulté le dossier relatif à la naissance de Tami Lynne à l'hôpital St. Clare, et que son Apgar (ensemble de tests permettant d'évaluer l'état de santé d'un bébé à la naissance) était parfait.

Avait-elle mené des recherches sur la suffocation des enfants ?

– Oui, j'ai beaucoup travaillé sur ce sujet. L'enfant qui meurt d'asphyxie a une autopsie négative, en particulier si la suffocation est provoquée par un objet mou. On ne trouve dans ce cas que de minuscules hémorragies dans divers endroits du corps, en particulier le thymus et les poumons. Ces hémorragies étant présentes dans cinquante pour cent des cas de mort subite du nourrisson, il est impossible de distinguer une mort subite d'une mort par suffocation.

– Êtes-vous parvenue à déterminer ce qui a provoqué la mort de Tami Lynne ? lui demanda Poersch.

– Étant donné l'histoire de cette famille, la mort par suffocation avec un objet mou m'apparaît comme très possible.

– Vous avez donc le sentiment que cette enfant a été étouffée ?

– Tout à fait.

A peine sortie de la salle d'audience, le Dr Valdes-Dapena fut assaillie par les journalistes. Comme au Dr Emery, ils lui demandèrent si elle avait déjà rencontré des mères qui lui disaient avoir tué leur bébé alors qu'elles étaient innocentes. Elle répliqua que c'était dans la nature des mères de se reprocher la mort d'un enfant, même quand elles n'y étaient pour rien.

– Mais je n'ai jamais entendu une mère me dire qu'elle avait étouffé son enfant quand elle ne l'avait pas fait. Jamais.

Poersch rappela deux témoins à charge afin de leur demander s'ils avaient remarqué des signes de la maladie de Werdnig-Hoffmann chez Tami Lynne. Le dernier pédiatre de Marybeth, le Dr Bradley Ford, déclara qu'il avait pratiqué trois examens complets de l'enfant au cours des deux premiers mois de sa vie et qu'il n'avait trouvé aucun symptôme de cette maladie. Et c'était une maladie qu'il connaissait bien, précisa-t-il, car il suivait en ce moment une petite fille qui en était atteinte, dont le tonus musculaire était si faible qu'elle était incapable de soulever la tête. En comparaison, Tami Lynne avait un développement tout à fait normal.

Cynthia Walter fut le second témoin à revenir à la barre. Tout comme la première fois, elle se montra calme, posée, mais évita de croiser le regard de Marybeth. Elle raconta qu'elle avait donné le biberon de Tami Lynne entre 8 heures 30 et 9 heures 30, le matin de sa mort.

– Elle n'arrêtait pas de bouger les jambes et les bras, et elle tenait sa tête bien droite.

Cynthia revit Tami Lynne vers 16 heures, le même jour, et de nouveau quand Marybeth et elle revinrent de leurs courses, entre 20 heures 30 et 21 heures.

– Comment était-elle à ce moment-là ? lui demanda Poersch.

– Normale. Je l'ai portée. J'ai joué avec elle. Elle gazouillait et donnait des coups de pied.

– Donc, vous n'avez rien remarqué indiquant que le bébé était malade ce jour-là ?

– Non.

– Elle vous semblait aussi normale que votre enfant ?

– Oui.

Le Dr Sidney Gospé, professeur assistant de pharmacologie à l'École de médecine d'Albany, donna une description plus détaillée de la maladie de Werdnig-Hoffmann. Dans un cas typique, dit-il, le pleur du bébé est très faible, les mouvements des bras et des jambes ont peu d'amplitude et le corps est mou. Plus la maladie progresse, plus le tonus musculaire diminue, et le bébé a de plus en plus de mal à avaler et à téter.

– C'est une maladie génétique récessive, expliqua-t-il. Pour le couple porteur du gène, il y a un risque sur quatre pour que l'enfant développe la maladie. Plus il y a d'enfants, plus on multiplie ce chiffre, donc le risque d'avoir deux enfants de suite atteints de cette maladie est de un sur seize. Cela arrive, mais c'est plutôt rare.

Si le Dr Gospé était prêt à accepter le diagnostic du Dr Koeppen selon lequel Jonathan était atteint de la maladie de Werdnig-Hoffmann, la description que Cynthia Walter fit du comportement de Tami Lynne le jour de sa mort excluait, selon lui, que cette enfant ait aucun des symptômes de cette maladie.

Rappelé à la barre des témoins par Paul Callahan, le Dr John Emery argua que ce diagnostic n'était pas toujours si facile à établir. Un syndrome comme la maladie de Werdnig-Hoffmann avait de nombreuses manifestations, et chaque cas était différent. Parfois la mort survenait lentement, parfois de manière inattendue. Il était aussi très important de connaître l'histoire de la famille.

Poersch fut incapable de dissimuler son agacement quand il vit Emery revenir à la barre. Avec les autres témoins de la défense, il n'avait pas hésiter à se montrer brusque, mais il semblait que cela n'avait aucun effet sur cet homme affable et imperturbable. Plus Poersch essayait de le déstabiliser, plus Emery était calme, regardant son interrogateur de derrière ses lunettes avec une curiosité patiente, comme s'il était en présence d'un enfant agité souffrant d'un mal intéressant.

– Commençons, docteur, par votre association avec le Dr Davies, attaqua d'emblée Poersch. Vous êtes de vieux amis, n'est-ce pas ?

– Nous étions étudiants en médecine ensemble à Bristol.

– Depuis combien de temps vous connaissez-vous ?

– Depuis cette époque.

– C'est-à-dire ?

– Oh, mon cher, cela date d'avant la guerre. Nous avons eu notre diplôme l'année de la déclaration de guerre, ce qui doit faire quarante-cinq ans.

– Vous êtes de bons amis. Est-ce que vous vous écrivez ?

– De temps en temps. Nous n'avons jamais été très proches, nous n'avons jamais publié ou mené de recherches ensemble, mais nous nous tenons au courant de nos activités respectives.

– Vous n'habitez pas chez lui en ce moment ?
– Si.
– Oh, fit Poersch d'un air entendu. Vous *habitez* chez lui ?
– Oui.
– Et c'est lui qui vous a contacté pour vous demander de venir d'Angleterre afin de témoigner dans cette affaire, n'est-ce pas ?
– C'est tout à fait exact.
– Vous ne pensez pas par hasard que votre association ou votre amitié avec le Dr Davies puisse influencer votre témoignage ?
Si Emery avait l'impression d'être pris au piège, il ne le montra pas. De son ton le plus calme, il répondit :
– En ce qui me concerne, mon amitié avec le Dr Davies me permet d'être plus franc avec lui qu'avec qui que ce soit d'autre.
– Bien. Mais vous êtes d'accord avec lui sur la maladie de Werdnig-Hoffmann ? demanda Poersch avec brusquerie.
Emery le regarda en souriant.
– Non. Nous ne sommes pas d'accord sur tout.
L'espace d'un moment, le district attorney donna l'impression de ne plus savoir où il en était.
– Sur quoi êtes-vous en désaccord ? finit-il par demander.
– Le Dr Davies estime que ce qu'il a vu de la moelle épinière à l'extrémité supérieure montre une diminution des cellules nerveuses. Je suis d'accord avec lui sur ce point, il y a bien une diminution des cellules nerveuses. Mais son observation ne porte que sur une section. Ayant longuement travaillé sur la moelle épinière, je préférerais en voir davantage avant de m'avancer.
Poersch, cependant, semblait déterminé à vouloir triompher de ces deux Anglais.
– Peut-être Davies est-il plus inventif dans ses diagnostics ? suggéra-t-il.
C'était une remarque hors de propos, mais Callahan ne fit pas objection.
– Je considère que le Dr Davies est un homme très intelligent, répondit Emery. Nous n'avons pas exactement les mêmes compétences. Je ne sais pas si vous voulez suggérer qu'il est plus inventif que moi, je pense simplement que nous avons le même pouvoir d'invention, mais dans des directions différentes.
Il y eut d'autres échanges de cette veine, échanges qui éloi-

gnaient de plus en plus le procès de la question qu'il était censé résoudre au départ : Marybeth Tinning avait-elle ou non tué sa fille Tami Lynne ? Pendant plusieurs jours, ce procès fut le théâtre d'un jeu où celui qui brillerait le plus serait le vainqueur, avec des médecins ergotant sur les interprétations d'une maladie peut-être sans rapport avec le cas que l'on jugeait, avec un avocat de province tentant de ridiculiser un grand ponte de la médecine. En attendant, on oubliait le personnage principal du procès : Marybeth, qui s'était remise à porter son pantalon bleu et son haut sans manches, et qui prenait des notes dans son cahier à spirales comme si tous les moments de cette discussion étaient d'une importance capitale. Et en effet, ils risquaient de l'être.

Le procès touchait à sa fin et la tension montait. Le dernier jour des dépositions, le 13 juillet, un témoin inattendu de la défense – la grand-mère du bébé, Edna Tinning – fut un rappel salutaire de ce que ce procès était censé juger.

Vêtue d'une robe en coton couleur lilas, un gilet blanc sur les épaules, Edna traversa lentement la salle d'audience en s'aidant d'une canne. Malgré ses cheveux gris, elle avait l'air solide. Callahan l'avait appelée à la barre pour contrecarrer le témoignage de Cynthia Walter sur l'état de santé de Tami Lynne le dernier jour de sa vie.

Quand elle l'avait gardée, ce soir-là, elle l'avait trouvée bizarre.

– Elle mangeait lentement, très lentement... Quand je l'ai sortie de son berceau, elle ne bougeait pas. Elle ne donnait pas de coups de pied. Elle n'agitait pas les mains.

Le bébé pleura tout en mangeant.

– Il faut dire qu'elle faisait ses dents, concéda la grand-mère. Mais c'était plus un gémissement que des pleurs.

Lorsque Marybeth et Cynthia rentrèrent, Cynthia avait joué avec le bébé qui lui avait souri. « Mais elle n'était pas bien », affirma Edna Tinning.

Faisant allusion à Cynthia, Poersch observa :

– Si je vous dis qu'elle était là tous les matins et tous les soirs, qu'elle s'est occupée du bébé et qu'elle a déclaré ici même que Tami Lynne Tinning était un bébé normal qui réagissait normalement, que répondriez-vous ?

– Et bien, pendant les deux premiers mois de sa vie, Tami était normale, mais ce soir-là elle était malade.

– Avez-vous conseillé à votre fils et à votre belle-fille de faire quelque chose pour remédier à cette terrible situation ? demande Poersch d'un ton sarcastique.

– J'ai supposé qu'ils le feraient.
– Ce sera tout, Votre Honneur.

Alors que le moment du verdict approchait, l'assistance devint de plus en plus nombreuse, au point que les gens avaient fini par s'installer sur les bancs réservés à la presse. L'auditoire était composé en grande partie de femmes. On y vit ainsi deux anciennes serveuses du Flavorland, rondelettes et plus très jeunes, qui se penchaient souvent l'une vers l'autre pour se murmurer quelque chose à l'oreille telles deux douairières à une matinée. Mais elles n'eurent pas un mot d'encouragement pour Marybeth. Dans le couloir, à l'extérieur de la salle d'audience, l'une d'elles se trouva par hasard nez à nez avec elle. « Je lui ai dit bonjour, raconta-t-elle. Je ne savais pas quoi lui dire d'autre. Je ne pouvais pas lui souhaiter bonne chance, parce qu'à mon avis elle est coupable. »

Et puis il y avait une vieille dame qui n'avait pas manqué une seule séance, emmitouflée dans ses lainages malgré la chaleur et mâchant du chewing-gum tout en somnolant. Elle donnait l'impression d'avoir dormi pendant tout le procès, mais d'après une remarque qu'elle fit alors qu'elle quittait la salle d'audience, il semble qu'elle ait compris l'essentiel. « Ce doit être horrible pour une femme de tuer ses enfants », dit-elle comme pour elle-même. Et ce fut comme si, par cette phrase, elle refermait le dossier.

Quant à tous ceux qui ne purent assister au procès – et ils étaient nombreux –, ils se tinrent au courant des rebondissements de l'affaire par la radio, la télévision et les journaux. « Je lui en voulais tant que j'avais peur d'aller au tribunal, déclara une des anciennes serveuses du Flavorland. Je ne voulais pas me retrouver en face d'elle, parce que j'avais peur de ne pas pouvoir me taire. Mais j'ai tout suivi et j'ai lu tout ce qu'on a écrit sur elle au moins dix fois. » A plusieurs reprises, pendant le procès, elle faillit décrocher son téléphone pour appeler le district attorney et lui raconter cette conversation qu'elle avait eue avec Marybeth, plus de vingt ans auparavant, dans la salle de repos du Flavorland, au cours de laquelle Marybeth lui avait confié que « Dieu lui avait dit de tuer celui-là aussi ». Mais quelque chose en elle – la peur des conséquences, la peur de Marybeth – l'empêchait d'aller jusqu'au bout.

Elle n'était pas seule dans ce cas. Une autre serveuse préféra également ne pas assister au procès, déclarant : « Tous ceux qui ont témoigné auraient été en danger si Marybeth avait été relâchée. D'une manière ou d'une autre, elle se serait arrangée pour les retrouver. »

Comparé au drame qui entourait ce procès, les récapitulations de John Poersch et de Paul Callahan furent des plus décevantes. Aucun des deux hommes n'était un orateur né, et pourtant, il semble que l'art oratoire eût été de rigueur en un moment pareil. Tous deux arpentaient la salle en s'adressant au jury, Callahan la tête baissée, avec de longs silences entre chaque phrase pour se donner le temps de réfléchir à ce qu'il allait dire, Poersch avec la démarche prudente et légèrement déhanchée d'un homme corpulent.

Callahan répéta à nouveau avec insistance que sa cliente avait été poussée à faire des aveux. Les enquêteurs de la police auraient pu procéder à l'interrogatoire chez elle, dit-il.

... mais ils voulaient l'amener sur leur territoire, dans un endroit fermé, dans une pièce fermée, hors de tout contexte familier... Ils vous diront qu'elle pouvait partir, qu'elle pouvait téléphoner... Mais est-ce que quelqu'un lui a jamais dit : « Marybeth, voulez-vous rentrer chez vous ? » L'auraient-ils laissée quitter ce poste de police, à une trentaine de kilomètres de chez elle ? Elle n'avait pas son porte-monnaie sur elle, et il neigeait ce jour-là... Rappelez-vous la réaction de Joe Tinning, ce soir-là, après deux ou trois heures d'interrogatoire. Il était paralysé, intimidé, il s'était enfermé dans sa coquille, laissant les autres lui imposer leur point de vue.

« Vous avez eu droit ensuite aux témoignages des médecins. Vous les avez entendus dire que oui, il est possible que Marybeth ait étouffé son enfant. Mais vous les avez également entendus dire qu'elle n'était peut-être pour rien dans la mort de son enfant... Pouvez-vous dans ce cas déclarer que cette femme est coupable sur la base de ce qui a été dit ici ?

John Poersch avait une opinion bien plus tranchée sur cette affaire. Il commença sa plaidoirie en ces termes :

– La défense, selon moi, a été conçue par le Dr Davies. Cet homme est un témoin professionnel, un créateur dans le domaine de la défense. N'a-t-il pas déclaré ici même l'autre jour que c'était pour lui le moyen de gagner sa vie ? »

Ce procès était assurément le lieu de moult licences poétiques. Ce que Davies avait dit, c'était qu'il était un anatomopathologiste indépendant avec actuellement trente-six homicides sur les bras.

– Si vous avez un problème, allez voir le Dr Davies, continua

Poersch. Il peut tout résoudre. Dans le cas d'une femme qui a étouffé plusieurs de ses enfants, il cherche tous les moyens possibles d'élaborer un système de défense doté de la plus minime vraisemblance. Et il a fait venir son vieux copain d'Angleterre et ils ont concocté ensemble une défense.

En une seule phrase, Poersch rejeta la théorie du Dr Koeppen. « Le Dr Koeppen n'a vu que ce qu'il voulait voir », affirma Poersch. Le Dr Oram, en revanche, « était le seul homme pratique de cette affaire. Il était présent à l'autopsie, il a tout démonté », déclara-t-il, en présentant son anatomopathologiste comme s'il s'agissait d'un mécanicien.

Quant à l'interrogatoire de Marybeth au poste de police de Loudonville, il affirma que « personne ne l'a enchaînée, personne ne l'a agrippée par le bras, personne ne lui a crié dessus... Par trois fois, on lui a lu ses droits, et, à la fin d'une déposition de trente-six pages, elle a reconnu que c'était bien ce qu'elle avait dit ». Il fit remarquer qu'elle avait confessé n'avoir tué que deux autres enfants. « Si la police était décidée à la faire avouer, et si elle avait été contrainte et forcée, la logique aurait voulu qu'elle confesse les avoir tous tués. »

Le dernier discours fut un résumé des débats présenté par le juge Harrigan à l'intention du jury. Il venait à peine de finir et s'apprêtait à expliquer aux jurés la nature de l'accusation quand Callahan se leva et demanda une suspension de séance. Pour solliciter une interruption à un moment pareil, il fallait qu'il se passe quelque chose de grave. Tous les regards se tournèrent vers Marybeth. Elle avait l'air tendu et bouleversé. Pendant toute la durée du procès, elle avait affiché un tel calme que c'était un choc de la voir aussi troublée.

– Votre cliente veut-elle faire une pause ? demanda le juge, surpris.

Posant la main d'un air protecteur sur son épaule, Callahan conduisit Marybeth à l'extérieur de la salle d'audience. Ils s'absentèrent pendant quelques minutes, et quand ils revinrent, Marybeth semblait avoir légèrement retrouvé son sang-froid. Après lui avoir jeté un coup d'œil pour s'en assurer, le juge reprit son exposé.

Seuls le district attorney et ses adjoints savaient ce qui avait provoqué cette interruption. Le trouble de Marybeth n'avait rien à voir avec le discours que le juge prononçait, ou avec le fait que les jurés allaient bientôt délibérer. Il était lié à la présence d'un homme que Marybeth venait de remarquer pour la seconde fois dans la salle d'audience, un homme qu'elle ne s'était pas attendu à voir là, ou même à revoir jamais. D'allure plutôt jeune, vêtu avec désinvolture, il avait un corps fort et musclé, le teint bronzé et des cheveux noirs bouclés qui lui retombaient sur le front – le genre macho, conscient de ses charmes. Lorsque Marybeth l'aperçut, il la regardait fixement, et il continua de la regarder quand Callahan et elle sortirent de la salle d'audience.

Ce ne fut qu'alors qu'il porta son regard dans une autre direction, vers Poersch et son adjoint, Alan Gebell. Mais cette fois, c'était un regard de reconnaissance et de satisfaction, qui disait, aussi clairement que si l'homme avait formulé les mots : « Je vous l'avais bien dit. »

31

L'idée de la défense était de semer le doute dans l'esprit des jurés de manière à ce que le procès dure le plus longtemps possible, tandis que je me suis contenté de poser des questions et de me rasseoir. C'est ça, le secret des procès : savoir quand s'asseoir.

John Poersch.

Il s'appelait Harley Spooner et il conduisait un bus de ramassage scolaire pour la compagnie de transport pour laquelle Marybeth avait travaillé. Habituellement, il ne lisait guère les journaux, mais il avait suivi le procès Tinning jour après jour et, comme il le dit, il en avait « eu assez d'entendre toutes ces conneries sur une maladie génétique qui avait tué le bébé ». C'est pourquoi il avait décidé d'appeler le district attorney et de témoigner.

« J'ai dû appeler plusieurs fois, raconta-t-il. C'était pas facile d'avoir quelqu'un qui vous écoute au bout du fil. »

Finalement, ce fut Gary McCarthy, l'un des adjoints de Poersch, qui prit la communication. Des appels loufoques sont choses communes lors de procès comme celui-ci, et au début, le message de Harley Spooner – il avait des révélations de la première importance au sujet de Marybeth – ne différait guère des autres. Mais, alors que MacCarthy écoutait Spooner, il se rendit compte que ce que cet homme avait à dire était accablant pour l'accusée. Harley Spooner prétendait être le père de Tami Lynne, et il voulait aller le dire au juge.

– Comment puis-je être sûr que vous dites la vérité ? lui demanda McCarthy.

– C'est simple. Tout ce que vous avez à faire, c'est observer la tête qu'elle fera quand elle me verra dans la salle d'audience.

Ce que McCarthy fit.

Dans les mois précédant le procès, la police avait interrogé nombre de personnes qui avaient connu Marybeth à différentes époques de sa vie, mais le nom de Harley Spooner n'avait jamais été mentionné. Personne, parmi la famille ou les amis de Marybeth, ne connaissait son existence. Joe Tinning l'avait brièvement rencontré une fois en 1985 quand, par l'intermédiaire de Marybeth, Spooner avait acheté la Dodge 1976 que Joe vendait pour acheter un pick-up Isuzu. C'était Marybeth qui voulait le pick-up, et Spooner ne comprenait pas pourquoi. « Elle n'avait pas l'intention de s'en servir pour transporter quoi que ce soit », déclara Spooner. Mais il était content d'acheter la Dodge de Joe, qui ne soupçonnait apparemment rien des relations que cet homme avait avec sa femme.

« Tout ce qu'il m'a dit, c'est bonjour, se rappela Spooner. La voiture était à son nom, mais c'est à elle que j'ai donné l'argent. Je devais lui donner trois cents dollars. Je lui avais déjà donné deux cent trente dollars quand j'ai appris que Tami Lynne était morte. Après, je n'ai plus voulu lui donner quoi que ce soit. »

Il ne faisait aucun doute pour Harley Spooner que Tami Lynne était sa fille. Il avait quatre autres enfants, de quatre mères différentes, et la ressemblance entre Tami Lynne et le reste de sa progéniture était troublante. Mais il y avait plus que les cheveux noirs, les yeux noirs et le sourire charmeur, et Spooner était prêt à en parler au district attorney, à la police, à quiconque était suffisamment intéressé pour lui poser des questions. Il raconta son histoire, confortablement installé dans le salon de sa sœur Kathy, un soir de juillet où la chaleur était étouffante; la télévision était allumée, des bandes de papier tue-mouches pendaient du plafond et une odeur de friture venait de la cuisine. Dans le jardin de devant, une vieille remorque toute rouillée bouchait la vue de la salle de séjour. Kathy et son mari, Al, semblaient tenir tout autant que Harley à ce que la vérité soit connue. A leurs yeux, l'un des leurs avait été victime d'une injustice, et Harley était en droit de vouloir se venger.

– La première fois que j'ai rencontré Marybeth, elle conduisait un car de ramassage scolaire, comme moi, commença-t-il. C'était en septembre 1984, et elle a travaillé pendant toute l'année scolaire pour la compagnie. Comme on desservait la même école, on allait souvent prendre un café ensemble. Un jour, on était en octobre, elle m'a demandé ce que je faisais dans la soirée. Je lui ai répondu que j'allais jouer au bowling, et qu'après je sortais. Elle m'a dit qu'elle aimerait bien m'accompagner, et c'est comme ça que ça a commencé entre nous.

« Avant, je n'avais pas vraiment fait attention à elle. Elle donnait l'impression d'être deux personnes à la fois. Elle était de bonne humeur, et puis d'un seul coup elle vous foudroyait du regard. Elle est arrivée un soir au garage en hurlant parce qu'elle avait un pneu à plat. Mais quand tout se passait comme elle le voulait, ça allait.

« La première fois qu'on est sortis ensemble, on est allés dans un bar, et elle a parlé pendant des heures et des heures. Cette nuit-là, on l'a fait dans la voiture. On s'était garés juste en face de chez elle. Après, elle s'est excusée. Elle m'a dit qu'elle ne voulait pas que ça arrive si vite. Je lui ai dit : “ Pas de problème. ” C'était un samedi, et le dimanche, elle revenait me chercher. »

Kathy, Al et leurs deux enfants – des adolescents – écoutaient avec attention. Kathy se permettait de temps en temps un commentaire. Elle raconta ainsi qu'elle se rappelait le jour où Marybeth était venue chercher son frère, et qu'il y avait quelque chose en elle qu'elle n'aimait pas. Spooner marqua une pause pour prendre une cigarette dans la poche de son blouson en jean.

– Après ça, on est sortis ensemble tous les soirs, reprit-il. On le faisait dans le garage, on le faisait dans la voiture, dans le bus. L'endroit m'était égal tant qu'on le faisait. Parfois, on se garait devant chez elle, on montait, on s'envoyait en l'air, et après on repartait bosser, et je faisais ma tournée des maternelles. Elle me retrouvait ensuite au garage, et on allait prendre un café au McDonald's ou au Burger King.

« Elle m'a dit qu'elle ne couchait plus avec son mari parce qu'il la battait tout le temps. Elle m'a aussi dit qu'ils avaient eu deux enfants, mais qu'ils avaient péri dans l'incendie de leur caravane. Elle ne m'a jamais parlé des autres. Ce n'est qu'après son arrestation que j'ai appris qu'il y avait eu huit gosses, et qu'aucun n'avait vécu dans la caravane. Joe et elle étaient censés se séparer une fois le terrain de leur fameuse caravane vendu, mais ils ne se sont jamais séparés. Quand je repense à tout ça, je me dit qu'elle a passé son temps à me raconter des bobards. Je n'ai jamais vu un seul bleu sur elle. Qui sait si ce n'est pas elle qui frappait son mari ?

« Elle m'avait dit que, quand elle aurait vendu le terrain, elle se prendrait un appartement et que je viendrai m'installer avec elle. Maintenant, je ne sais plus si ça ne s'est pas fait parce qu'on a arrêté de se voir, ou parce qu'elle n'en avait tout simplement jamais eu l'intention.

« Une fois, elle m'a dit qu'elle voulait un autre enfant. C'était quand elle m'a raconté que ses deux enfants étaient morts pendant l'incendie. Elle avait quarante-deux ans, et je lui ai dit qu'à son âge, elle devrait être grand-mère. Je me suis moqué d'elle parce que je pensais qu'elle était trop vieille pour tomber enceinte. Je n'ai jamais pris de précaution, et elle non plus.

Cinq mois après leur premier rendez-vous, ils eurent une dispute.

– Je voulais qu'on me fiche la paix ce jour-là, et je le lui ai dit. Ça n'avait rien à voir avec elle, je n'avais envie de voir personne, c'est tout, mais elle a refusé de me parler pendant deux mois. Moi, je me suis dit : " Qu'elle aille se faire voir ! " On était en mars 85. Quand on a recommencé à se voir, j'ai remarqué qu'elle grossissait, mais je n'y ai pas fait attention, jusqu'au jour où Al m'a annoncé qu'ils étaient en train de faire une collecte au garage pour la naissance d'un bébé. Elle ne m'avait jamais dit qu'elle était enceinte.

A ce moment-là, Al, lui-même conducteur de bus, se joignit à la conversation et déclara :

– Je le savais, parce que tout le monde me l'avait dit au garage.

– Ouais, fit Harley. Elle l'avait dit à Madeline, qui l'avait dit à Peggy, et Peggy l'a dit à Al, qui me l'a dit. Mais je n'étais pas censé le savoir. C'était un secret. Elle a travaillé jusqu'au mois de juin et le bébé est né en août. Ça faisait déjà trois ou quatre mois qu'on ne se voyait plus.

« Le bébé devait avoir trois semaines, je crois, quand elle l'a amené au garage. La première fois, c'était, je suppose, pour le montrer à Madeline. Madeline, c'est la patronne. C'est elle qui a acheté le terrain des Tinning. Marybeth a demandé à Madeline de me faire venir dans son bureau, et après elle m'a demandé si je voulais bien la raccompagner jusqu'à sa voiture. Elle voulait que je prenne le bébé dans mes bras, et je lui ai dit non. Je lui ai dit que je ne voulais pas porter de bébés parce qu'ils ne font que vous vomir dessus. Alors, elle m'a dit : " Tu ne veux pas porter ta fille ? " Je lui ai redit non. Elle m'a dit : " Si tu ne m'avais pas laissé tomber, on aurait pu l'avoir ensemble. » Elle faisait toutes sortes de plans où on vivrait ensemble, et elle devait sans doute penser que je suivrais. Mais je ne l'aimais pas. C'était pratique pour moi, c'est tout.

Marybeth avait également douze ans de plus que lui.

– La deuxième fois où elle a amené le bébé, elle m'a encore demandé de la raccompagner jusqu'à sa voiture, et là elle m'a dit : " C'est toi, le père. " Je le savais plus ou moins, alors quand elle me l'a dit, ça ne m'a pas fait grand-chose. D'après ce que j'ai compris, elle avait mis le nom de Joe sur le certificat de naissance, c'est pour ça que je n'ai rien dit, parce que je ne voulais pas semer la zizanie entre eux s'ils voulaient rester ensemble. Et puis, je ne voulais pas recommencer à sortir avec elle parce qu'elle était vraiment trop timbrée.

Après le départ de Marybeth, ce jour-là, Spooner était cependant suffisamment fier de Tami Lynne pour aller chercher dans sa voiture les photos de deux autres de ses enfants et les comparer. Un collègue lui assura que Tami Lynne leur ressemblait effectivement, et Harley en tira une immense satisfaction. « Eh bien, mon salaud! », lui dit son collègue, ce que Spooner prit comme un compliment. S'il n'avait absolument pas l'intention de reconnaître cet enfant et s'il ne se sentait aucune responsabilité envers la mère, il voyait en Tami Lynne une lointaine mais rassurante extension de lui-même, la preuve vivante de sa virilité.

Il aurait été très heureux d'en rester là s'il n'avait pas appris, le 23 décembre 1985, la mort de Tami Lynne.

– Comme c'était les vacances scolaires, je ne travaillais pas. J'étais à Albany où je faisais un chantier. Vers onze heures du soir, Al m'a dit qu'il venait d'entendre dire que Tami Lynne était morte et qu'elle avait été enterrée le jour même. Je ne savais pas quoi faire. Ça n'arrive pas que les bébés meurent ainsi du jour au lendemain. Ma mère a eu treize gosses, et il n'y en a pas un seul qui soit mort comme ça, brusquement.

« Je n'ai pas cherché à entrer en contact avec Marybeth, parce que je pensais vraiment qu'elle avait fait quelque chose au bébé, et ça me rendait fou de rage. Elle est passée un jour au garage, après la mort de la petite. J'étais dans la salle de repos des conducteurs et je jouais aux cartes. Je n'ai même pas voulu la regarder. J'étais avec Ann, la fille avec qui je sortais à cette époque, et je lui ai dit : " Cette femme a tué son bébé. " Après, je n'ai plus jamais entendu parler d'elle jusqu'à ce qu'elle soit arrêtée.

« Quand elle a été relâchée sous caution, elle a essayé de me parler. J'étais dans un centre commercial où j'avais rendez-vous avec Ann, et je l'ai vue. J'ai dû me retenir pour ne pas la frapper, et à la place j'ai donné un coup de poing dans le mur. Ann est arrivée et m'a dit : " Qu'est-ce que t'as ? " Je lui ai dit : " Je viens de la voir. " " Qui ? " m'a demandé Ann et je lui ai répondu : " La tueuse de bébé. "

« La première fois où je l'ai vue après la mort de Tami Lynne, je n'avais pas de preuve, et c'est pour ça que je n'étais pas allé lui parler. Mais maintenant qu'elle avait été arrêtée et qu'elle avait fait des aveux, je voulais vraiment la tuer. »

Harley Spooner envisagea sérieusement de tuer Marybeth. Il assista avec son amie Ann à l'audience préliminaire de l'affaire, au tribunal du comté de Schenectady. Son fusil de chasse se trouvait dans le coffre de sa voiture, et il avait l'intention de s'en servir.

– J'étais sérieux, et comme Ann le savait, elle m'a pris les clés de la voiture. On est entrés dans la salle d'audience, et quand Marybeth m'a vu, elle a reculé. Chaque fois qu'elle me voit maintenant, elle a peur. Je me suis mis à serrer la main d'Ann si fort que j'ai failli la lui casser.

« Quand le procès a commencé, j'en pouvais plus d'entendre ces docteurs dire que le bébé était mort d'une maladie très rare et que Joe était le père. Alors j'ai appelé le bureau du district attorney pour leur dire qui était le vrai père.

John Poersch et la police crurent à l'histoire de Spooner. Mais comment la présenter à la cour ? Harley Spooner avait un casier judiciaire – certes léger, mais suffisant pour que la défense s'en serve pour le discréditer auprès des jurés. Spooner avait passé trois semaines en prison après une altercation avec un policier d'Albany. « C'est pas un endroit pour des êtres humains, dit-il. Et c'est pour ça que ça me ferait plaisir d'y voir Marybeth un jour. »

En règle général, les témoins de dernière minute n'apparaissent que dans les romans policiers, mais ici on en avait un, tout droit sorti des pages d'un magazine à sensations : l'ex-amant cherchant à se venger de la mort d'un enfant qu'il connaissait à peine, et dans le même temps démontant les témoignages complexes de grands médecins. Si Jonathan avait la maladie de Werdnig-Hoffmann, celle-ci ne pouvait venir que d'un gène récessif porté par Marybeth et par Joe; mais si Joe n'était pas le père de Tami Lynne, les risques qu'elle hérite de ce gène étaient nuls.

Le groupe sanguin d'un bébé est le même que celui de l'un de ses parents : si Tami Lynne et Harley Spooner avaient le même groupe sanguin, et s'il différait de ceux de Marybeth ou de Joe, ce pourrait être une preuve convaincante de sa paternité. John Poersch hésitait à appeler Spooner à la barre, et, avant de prendre une décision, il voulait être sûr qu'il était bien le père. Ses adjoints ne comprenaient pas sa réticence. Pourquoi hésiter puisque l'homme tenait tant à témoigner ? Même sans la preuve de sa paternité, ils pensaient que son impact sur le jury serait énorme. Le procès touchait à sa fin, le juge Harrigan avait prévenu les deux avocats de ne pas traîner en longueur, et il leur restait très peu de temps pour prendre une décision. Ils s'empressèrent donc de consulter le Dr Thomas Oram.

Normalement, cela devait être une vérification relativement simple. Les groupes sanguins de Tami Lynne, de Marybeth et de Joe devaient se trouver dans leurs dossiers médicaux, et demander à Spooner de se soumettre à un examen ne posait aucun problème. Il était prêt à le faire. Par conséquent, Oram devait obtenir la réponse en quelques minutes, mais la réalité fut tout autre. Lorsqu'il consulta le dossier médical de Tami Lynne, Oram découvrit que, dans le cadre d'une mesure d'économie, l'hôpital St. Clare avait cessé de procéder à la recherche des groupes sanguins des nouveau-nés en bonne santé. Le groupe sanguin de Tami Lynne n'était donc pas connu, et d'après ce qu'il savait, ce genre d'examen ne pouvait être pratiqué que sur un sujet vivant.

Au cours de toute sa carrière, il ne s'était jamais trouvé en présence d'un tel problème. Il consulta ses ouvrages de référence pour voir s'il existait un moyen d'obtenir le groupe sanguin dix-huit mois après qu'un corps eut été autopsié, mais aucun article n'envisageait la question. Finalement, il tomba sur un manuel vieux d'une trentaine d'années qui affirmait qu'il était possible d'obtenir une lecture précise des globules rouges à partir d'un matériel autopsié. Mais le manuel n'expliquait pas comment.

On était alors le vendredi après-midi 10 juillet, et à l'autre bout de la ville, au palais de justice, le Dr Emery était rappelé pour témoigner une seconde fois. C'était l'un des derniers témoins de la défense. Si le district attorney envisageait de faire venir Harley Spooner à la barre, Oram devait procéder à la recherche du groupe sanguin de Tami Lynne dans les plus brefs délais. Depuis son bureau au Ellis Hospital, il téléphona au laboratoire de police de l'État de New York, lequel possédait un matériel très sophistiqué. Malheureusement pour lui, la plupart du personnel du labo était déjà parti en week-end.

« J'ai fini par trouver une femme qui m'a dit qu'elle avait un ami au laboratoire du FBI à Washington qui pourrait peut-être répondre à ma question, raconta Oram. C'est l'un des instituts médico-légaux le plus réputé au monde. J'ai composé le numéro et, à ma grande surprise, c'est l'ami de cette femme qui a décroché. Il m'a expliqué que je n'avais qu'à prélever des globules rouges et à procéder à la recherche du groupe sanguin, et que ça marcherait. C'était incroyablement simple. Je savais que l'on avait observé des hémorragies au niveau des poumons, j'ai donc prélevé un peu de tissu pulmonaire qui était conservé dans le formol. Je l'ai alors porté au chef de notre banque de sang pour qu'il l'analyse. Tami Lynne appartenait au groupe A. »

C'était une immense déception. Marybeth était aussi du groupe A, le groupe sanguin le plus commun dans la région de Schenectady. Ce n'était donc plus la peine de connaître le groupe sanguin de Spooner, puisque l'enfant avait hérité de sa mère ce gène particulier. Les autres tests de paternité, beaucoup plus sophistiqués, étaient impossibles à pratiquer, car ils nécessitent du sang frais.

Apprenant cela, Poersch décida de ne pas faire appel à Harley Spooner. Plusieurs de ses adjoints – dont Alan Gebell –, qui avaient travaillé pendant des mois à l'élaboration du dossier d'accusation, contestèrent sa décision. « Ils étaient tous furieux, et j'ai bien cru que Gebell allait se suicider, déclara par la suite Poersch. Les jeunes sont si enthousiastes, ils étaient prêts à faire durer le procès. Pour eux, c'était une pièce de théâtre. Mais ce n'est pas une pièce de théâtre. Le procès touchait à sa fin et c'était une fin qui me convenait. Je crois que j'ai eu raison de ne pas faire venir Spooner à la barre. Ça aurait brouillé les cartes. »

Le procès entrait dans sa sixième semaine, c'était le milieu de l'été, il faisait particulièrement chaud à Schenectady. Rester assis jour après jour dans l'atmosphère confinée de la salle d'audience était une épreuve physique et émotionnelle pour le jury, et le juge Harrigan en était plus que conscient.

Dans le bureau du district attorney, on décida de faire venir Harley Spooner dans la salle d'audience le lundi suivant et de faire en sorte que Marybeth le voie. Sa présence servirait d'avertissement, un moyen pour Poersch de faire comprendre à

Marybeth qu'il savait et qu'il pourrait se servir de la déposition de cet homme contre elle.

« A ce moment-là, le procès était pratiquement fini, raconta Spooner. La belle-mère de Marybeth venait de témoigner. Après, ils ont appelé ce docteur anglais. L'un des adjoints du district attorney m'avait demandé de venir ce jour-là, précisément, et il m'a fait asseoir sur les bancs réservés à la presse.

« Je voyais bien que Marybeth avait peur et qu'elle était nerveuse. Elle essayait de prendre des notes, mais en fait, elle passait son temps à tourner les pages de son cahier. Puis elle a dit quelque chose à son avocat et ils sont sortis. Elle faisait comme si je n'étais pas là. Je ne voulais pas me retrouver face à elle, parce que je crois que j'aurais pu la tuer. »

32

Vous savez bien que je suis innocente.

Marybeth, en prison.

Certains juries font preuve, dans leurs délibérations, d'une sagesse qui leur permet quelquefois de s'entendre sur un témoignage complexe. En ce mercredi après-midi, alors qu'ils s'apprêtaient à réfléchir ensemble à la décision qu'ils allaient devoir prendre, la plupart des jurés décidèrent qu'une grande partie des témoignages médicaux n'avait rien à voir avec l'affaire qu'ils étaient censés juger : ils n'étaient pas là pour savoir si Tami Lynne souffrait ou non d'une maladie génétique, mais pour se demander si sa mère l'avait ou non tuée. A cet égard, le témoin le plus persuasif avait été Cynthia Walter. Son observation quotidienne de l'enfant – en tant qu'infirmière, voisine et mère de famille – avait plus de poids à leurs yeux que les différentes interprétations par les médecins des plaquettes de l'autopsie. Ils avaient été impressionnés par sa description de Tami Lynne, un bébé, avait-elle dit, en bonne santé, normal, vif et remuant quelques heures avant de mourir. Quant au témoignage d'Edna Tinning, il décrivait, selon eux, un bébé agacé et grognon parce qu'il fait ses dents.

Tout ceci les amena à penser que, si Tami Lynne était effectivement atteinte de la maladie de Werdnig-Hoffmann, elle était loin d'en mourir. Par conséquent, il y avait bien présomption de meurtre, et les conclusions du Dr Oram pour qui il y avait eu suffocation leur avaient paru très convaincantes.

Au début de leur délibération, les jurés procédèrent à un vote secret : sept jurés estimaient que Marybeth était coupable et cinq n'étaient pas parvenus à se décider ou penchaient en faveur d'un acquittement. Ce qui les gênait, expliquèrent-ils, c'était la validité de ses aveux. Ils engagèrent une discussion à ce sujet pour savoir si la police avait ou non forcé Marybeth à avouer. S'ils déclaraient qu'elle y avait effectivement été contrainte, ils seraient alors dans l'obligation de ne pas tenir compte de ses aveux et n'auraient plus assez de preuves pour la condamner.

Deux jurés avaient la certitude que la police avait forcé Marybeth à avouer, mais plus ils défendaient leur point de vue, plus il devenait évident qu'ils étaient tous deux influencés par leur expérience personnelle. Rodney Van Ness, le plus jeune des deux jurés de race noire, semblait se méfier de toute forme d'autorité et acceptait facilement l'accusation de Callahan selon laquelle Marybeth avait été contrainte à avouer. Joan Montanye, qui venait de prendre sa retraite après avoir travaillé toute sa vie pour une compagnie de téléphone, n'avait jamais oublié que son premier mari avait été gravement blessé lors d'une altercation avec la police. La manière dont ils l'avaient traité avait été, dit-elle, cruelle et injustifiée ; à partir de là, il lui était facile de considérer Marybeth comme une autre victime. Par ailleurs, ajouta-t-elle, elle n'avait pas été convaincue par la plaidoirie de l'accusation. Tous les soirs, en rentrant chez elle après une journée passée au tribunal, elle avait noté dans son journal intime : « Toujours pas de véritable preuve. »

Après avoir discuté de ces points en détail, les jurés procédèrent à un second vote. Sur les cinq jurés qui ne parvenaient pas à se décider lors du premier vote, trois étaient à présent persuadés de la culpabilité de Marybeth, ce qui faisait un total de neuf jurés en faveur d'une condamnation. Après une pause pour aller dîner, ils retournèrent dans la longue salle étroite derrière la salle d'audience et abordèrent la question des témoignages médicaux, en particulier celui du Dr Oram. Le juge Harrigan ne les ayant pas autorisés à prendre des notes – pour que les jurés soient plus à même de se concentrer sur les dépositions des témoins –, ils avaient du mal à se souvenir de tout.

Ils demandèrent donc qu'on leur lise la transcription de la déposition du Dr Oram, et retournèrent dans la salle d'audience, causant une certaine commotion parmi les journalistes et les quelques spectateurs qui traînaient encore là. Les jurés étaient-ils arrivés à un verdict ? Mais tandis que la rapporteuse officielle de la cour, Linda Cafarelli, lisait la déposition du Dr Oram avec une rapidité et une précision étonnantes, ils comprirent qu'ils n'étaient pas au bout de leur peine. Le dernier vote de la journée donna dix voix pour la condamnation et deux pour l'acquittement.

Le juge Harrigan s'était arrangé pour que les jurés soient séquestrés pendant tout le temps que dureraient leurs délibérations. Vers 21 h 30, par conséquent, on les emmena au Holiday Inn, à deux rues du palais. Après avoir passé douze heures enfermés, ils auraient certainement aimé marcher un peu, mais ils se retrouvèrent entassés dans un autocar. A l'hôtel, la plupart allèrent directement à leur chambre, et tous avaient l'impression d'être traités en prisonniers.

Le lendemain, jeudi, il n'y eut aucun changement. Chaque fois que le président du jury, Norman Small, dépouillait les bulletins, il arrivait toujours à dix contre deux. Il n'y avait plus le moindre secret à présent sur l'identité des deux opposants : Joan Montanye et Rodney Van Ness continuaient à penser que Marybeth avait avoué sous la contrainte.

Les jurés étaient en possession de l'intégralité de la confession de Marybeth. Si Paul Callahan n'avait pas introduit le témoignage médical concernant Jonathan, toute référence aux autres enfants Tinning en aurait été retirée avant que le document ne leur soit remis. Le juge Harrigan expliqua qu'il avait laissé la partie où Marybeth confessait avoir étouffé Timothy et Nathan « dans le seul but de montrer qu'il y avait intention délibérée de sa part ». Mais il mit en garde les jurés contre la tentation de s'en servir pour donner plus de poids aux aveux de Marybeth relatifs à la mort de Tami Lynne. En bref, ils avaient le droit de savoir qu'elle avait confessé avoir commis d'autres meurtres mais n'étaient pas autorisés à en tenir compte.

On leur montra également certaines photos de l'autopsie de Tami Lynne – les moins horribles, prises avant que l'on ne procède à la première incision. A tour de rôle, ils les regardèrent en silence. « Nous étions tous si émus, raconta par la suite l'un d'eux. Ces photos nous rappelaient que nous n'avions pas affaire à un cas abstrait, mais à la mort d'un enfant qui aurait dû vivre. »

Il y avait bien d'autres choses qu'ils auraient aimé savoir. Ils avaient observé Marybeth tous les jours pendant presque six semaines, assise aux côtés de Callahan, l'air intéressé et alerte, prenant des notes, mais elle ne leur avait pas donné sa version des faits. Il leur avait été clairement expliqué qu'elle avait le droit de ne pas témoigner, mais ils ne pouvaient s'empêcher de se demander ce qu'elle aurait bien pu dire si elle avait été appelée à la barre et si ses propos auraient joué en sa faveur ou non.

Deux chefs d'accusation étaient possibles, tous deux considérés comme des homicides volontaires. Le premier était que Marybeth avait provoqué la mort de Tami Lynne avec l'intention de la tuer, le second, moins courant, appelé « comportement de nature à entraîner la mort », sous-entendait que Marybeth s'était laissé aller à une conduite imprudente qui mettait la vie de sa fille en danger, tout en étant consciente des conséquences fatales qu'une telle conduite risquait d'avoir sur son enfant. Si Marybeth était déclarée coupable, ce devait être sur la base de l'un ou l'autre de ces chefs d'accusation, et c'était au jury de décider lequel. Dans la mesure où la peine serait la même, le choix n'était qu'une question de procédure légale.

A intervalles réguliers au cours de la journée du jeudi, les jurés envoyèrent des messages au juge qui le renseignèrent sur le déroulement des délibérations. Ils voulaient qu'on leur précise à nouveau les chefs d'accusation. Ils voulaient une définition juridique du terme « intimidation ». Ils voulaient le texte complet des droits qu'on avait lus à Marybeth. Ils voulaient réentendre le témoignage de Joe Tinning, puis celui des enquêteurs de la police.

Marybeth resta assise pendant tout ce temps, tendue, la tête souvent baissée derrière ses mains, les doigts croisés. On aurait dit qu'elle priait. Au cours de la pause du matin, Joe et elle prirent un café et fumèrent plusieurs cigarettes dans la cafétéria du tribunal. Marybeth bavarda aimablement avec une journaliste qui lui fit remarquer que ce devait être une épreuve terrible que d'attendre ainsi. Marybeth lui adressa un grand sourire, dévoilant des dents blanches et régulières qui avançaient légèrement. « Je ne suis pas quelqu'un de patient, dit-elle. Et j'ai tendance à ne voir que le côté noir des choses. Si je sors et que le ciel est couvert, les autres diront que le temps va se lever et qu'il va faire beau. Moi, je suis toujours convaincue qu'il va pleuvoir. »

Prenant soin de ne pas lui poser la question que tous avaient sur les lèvres, la journaliste lui demanda de lui parler de son enfance à Duanesburg. « Il n'y avait rien à faire, répondit Marybeth. C'était une telle fête quand on allait faire des courses à Schenectady ou qu'on allait au cinéma. » Elle était de plus en plus aimable et donnait l'impression d'avoir envie de parler. « Les jeunes de nos jours sont beaucoup plus libres. Ils voyagent bien plus. »

Cette conversation ressemblait tellement à n'importe quel échange de propos entre deux étrangers qu'il était facile d'oublier le contexte dans lequel elle prenait place, facile de trouver Marybeth agréable et sympathique, et de douter qu'elle fût coupable. Brusquement, ce qui était incompréhensible devenait compréhensible : comment des femmes intelligentes comme Cynthia Walter et Sue Lencewicz s'étaient prises de sympathie pour Marybeth au point de lui confier leur enfant, tout en sachant qu'elle en avait perdu autant; comment les infirmières, les médecins, ses employeurs et ses voisins avaient eu pitié d'elle; comment ils avaient pu mettre si longtemps à la soupçonner; comment ils s'étaient trompés sur son compte.

Elle fit une autre remarque ce jour-là qui allait faire le tour de la ville. Plusieurs photographes l'avaient suivie jusque dans la cafétéria dans l'espoir d'obtenir une photo d'elle. Réagissant comme une star, Marybeth fit remarquer à l'une des serveuses : « Si vous avez l'intention de refaire cette pièce, vous pourrez la tapisser avec mes photos. »

Tandis que l'attente du verdict se prolongeait dans l'après-midi, l'assistance devenait de plus en plus importante. Il n'y avait rien à faire qu'à attendre en traînant dans les couloirs du palais, mais plus l'attente durait, plus ils étaient déterminés à rester jusqu'au bout. Personne ne s'apitoyait sur le sort de Marybeth. L'une des personnes présentes déclara même : « J'espère que ce sera un verdict de culpabilité, dit-elle. Quand on fait ça à un enfant, c'est tout ce qu'on mérite. »

Pendant ce temps, derrière les doubles portes de la salle de délibération, les jurés s'interrogeaient sur Joe Tinning. Son témoignage les avait presque autant impressionnés que celui de Cynthia Walter; ils étaient atterrés par son absence d'émotion, et perplexes devant son honnêteté. « Il est incapable de mentir, dit l'une des jurés. Il n'a pas assez d'énergie pour inventer. » Un point les avait particulièrement frappés dans sa déposition : Joe avait déclaré qu'il avait entendu deux fois Marybeth dire : « J'ai tué Tami. »

Vers 20 heures 50, ils regagnèrent la salle d'audience : le vote était toujours de dix contre deux. Aucun des jurés n'osait annoncer au juge qu'ils étaient dans une impasse.

Ils retournèrent au Holiday Inn pour la seconde nuit, avec à l'esprit la possibilité qu'on les empêche de clore leur délibération sous prétexte que deux d'entre eux refusaient de se conformer à l'avis de la majorité. Le lendemain matin, au petit déjeuner, Joan Montanye fit doucement remarquer à Gerberg qu'ils risquaient d'avoir des problèmes avec Rodney. Elle voulait dire par là qu'elle avait décidé de modifier son vote. « C'est un sentiment tout simplement viscéral », expliqua-t-elle.

Pendant les deux jours que durèrent les délibérations, Gholson Howard, le plus âgé des jurés de race noire, avait fortement impressionné les autres. Ce n'était pas un homme instruit, mais il était ce que Bernard Gerberg appelait un *mensch*, c'est-à-dire « un type bien ». Howard savait exactement pourquoi Rodney Van Ness émettait des réserves sur la condamnation de Marybeth, et, après le petit déjeuner, alors que les jurés attendaient l'autocar qui allait les ramener au palais, il eut un geste mémorable. Il sortit de son portefeuille la photo d'une fillette et la montra au groupe, à Van Ness en particulier.

– Elle est belle, n'est-ce pas ? dit-il. C'est ma petite-fille, et je pense le plus grand bien d'elle.

Il n'avait pas besoin d'en dire plus.

Tandis qu'ils s'installaient dans la salle des délibérations, Rodney Van Ness était encore aux prises avec sa conscience. Il refusa de participer au premier vote de la journée. Les onze autres jurés votèrent coupable. Van Ness déclara qu'il avait besoin de réfléchir encore. Certains jurés lui firent remarquer à nouveau que Marybeth avait avoué et lui rappelèrent le contenu de la lettre qu'elle avait envoyée à son frère.

– Quel serait ton sentiment si elle était relâchée et avait un autre bébé ? lui demanda l'un des jurés.

– Lui confierais-tu ton enfant ? lui demanda un autre.

Van Ness, qui était père de quatre jeunes enfants, murmura :

– Vous tentez de m'influencer.

Les autres décidèrent alors de le laisser seul. Il s'assit un moment, la tête entre les mains, puis se leva et arpenta la pièce. Certains jurés se mirent à jouer aux cartes pour passer le temps, tandis que d'autres, appuyés contre la fenêtre, bavardaient à voix basse tout en contemplant les toits de la zone industrielle de Schenectady.

Susan Bokan eut tout à coup une idée de génie. La confession de Marybeth, qui leur avait été remise sous forme de dialogue, leur avait posé à tous problème. Ils l'avaient lue en entier deux fois et avaient eu du mal à deviner l'atmosphère dans laquelle elle avait été faite.

– Et si on la lisait à voix haute comme une pièce de théâtre ? suggéra-t-elle, et en se tournant vers Van Ness, elle ajouta : A toi de distribuer les rôles.

Susan était diplômée de l'École de théâtre de l'Université de

New York, ce qui faisait d'elle l'interprète idéale pour jouer le rôle de Marybeth. Van Ness nomma quatre autres jurés pour jouer Karas, Imfeld, Barnes et Margot Bernhardt, la greffière qui avait pris la déposition de Marybeth.

« J'ai mis tout ce que j'avais dans la lecture de ce texte, raconta par la suite Susan. C'était peut-être bien le rôle de ma vie. » Elle était de la même génération que Marybeth, mais plus instruite, plus vive et bien plus sûre d'elle. Au cours des vingt minutes qui suivirent, elle fit de son mieux pour se fondre dans la personnalité de cette femme qu'elle avait observée jour après jour mais à qui elle n'avait jamais parlé. Quand ils eurent terminé, cinq minutes au moins s'écoulèrent avant que l'un d'eux prît la parole.

Susan Bokan savait intuitivement ce qu'ils pensaient tous. « Au début, on était plusieurs à se dire que la police avait été dure avec elle et l'avait rudoyée, mais quand on a lu la transcription de sa déposition, on s'est rendu compte que ça ne sonnait pas du tout comme ça. Les officiers de police n'avaient pas eu recours à des tactiques de type Gestapo. Si tel avait été le cas, ça se serait senti dans notre lecture. »

A tour de rôle, les jurés donnèrent leur sentiment sur la confession, sur le procès, et sur l'expérience qu'ils vivaient ensemble. Tous parlèrent du respect qu'ils éprouvaient les uns pour les autres. « Si nous ne parvenons pas à un accord, cela signifiera, à mon avis, que nous aurons échoué », déclara Bernard Gerberg.

De l'autre côté des doubles portes, dans la salle d'audience, le juge Harrigan en profitait pour entendre des cas mineurs. Une tentative de voies de fait. Un cambriolage. Deux mises en accusations. Telles étaient les affaires courantes d'un tribunal comme celui de Schenectady, et il ne pouvait y échapper. Pendant ce temps, Marybeth, Joe, les deux avocats, les journalistes et le public qui avait tenu à rester dans l'enceinte du palais s'étaient installés au fond de la salle. A l'heure de la pause du déjeuner, les jurés demandèrent qu'on leur apporte des sandwiches. Aussitôt, le bruit courut qu'ils devaient être sur le point de rendre leur verdict.

Les journalistes de télévision, quant à eux, s'étaient empressés de sortir, comme ils le faisaient lors de chaque pause, pour relater d'une voix haletante depuis les marches du palais de justice les derniers développements du procès Tinning. En ce vendredi midi, ils n'avaient rien de nouveau à ajouter, mais la foule autour d'eux était de plus en plus importante.

Paul Callahan revint de déjeuner avec un cornet de glace à la main. Toujours vêtu avec recherche, il était particulièrement élégant dans son costume gris argenté, sa chemise lilas et sa cravate pourpre. Alors qu'il montait les marches du tribunal, il déclara tout en dégustant sa glace : « Je n'aime pas les décisions prises le vendredi après-midi. » Il était de toute évidence inquiet. Les journalistes lui demandèrent comment sa cliente supportait une telle attente. A ce stade, dit-il, elle était « très nerveuse ».

Marybeth avait des raisons de l'être. Dans la salle des délibérations, à peu près au même moment, Norman Small ramassait les bulletins du dernier vote. Les résultats étaient de 12 contre 0. Il y eut des exclamations de surprise mais pas de joie. L'atmosphère dans la pièce était d'une intense tristesse mêlée de soulagement.

A 13 heures 40, les jurés revinrent dans la salle d'audience. Rien dans leur attitude n'indiquait qu'ils étaient arrivés à un accord quelconque. Ils demandèrent au juge de leur expliquer une nouvelle fois la différence entre les deux chefs d'accusation. Marybeth se raidit. Ce qu'impliquait cette question était évident, et pourtant elle ne put s'empêcher d'espérer que le jury allait rejeter les deux inculpations et la déclarer innocente.

Le juge Harrigan redéfinit avec précaution les deux accusations. Pour la première, le jury devait déterminer avec une quasi-certitude si Marybeth avait provoqué la mort de Tami Lynne en l'étouffant avec un oreiller, avec l'intention de la tuer. Le second chef d'accusation était plus compliqué. Pour le comportement de nature à entraîner la mort, ils devaient montrer que Marybeth avait délibérément mis la vie de sa fille en danger, dans des circonstances brutales et inhumaines. « Le risque doit être d'une nature telle que l'indifférence constitue un écart de conduite flagrant par rapport à la normale. On parle d'indifférence quand l'individu sait qu'il y a risque de mort et qu'il n'en tient pas compte. »

Les jurés retournèrent dans la salle des délibérations. Alors que tout le monde attendait nerveusement, le juge Harrigan entendit deux autres cas. Un homme d'un certain âge fut mis en liberté surveillée pendant cinq ans pour un vol qualifié. (« Vous avez le droit de faire appel pendant trente jours. Bonne chance, monsieur Klein. ») Un jeune homme à l'air renfrogné fut condamné pour un cambriolage et fortement réprimandé.

(« Avez-vous déjà tondu une pelouse ? Il y a beaucoup de dames ici qui aimeraient employer un garçon fort comme vous. ») A 14 heures 35, le juge Harrigan annonça : « Que le greffier note que je viens de recevoir un message émanant du jury selon lequel ils sont prêts à rendre leur verdict. » Tout à coup, la salle d'audience se remplit.

Les jurés revinrent pour la dernière fois. Ils avaient l'air sombre, et certains avaient les yeux rouges. Cela faisait un quart d'heure qu'ils étaient parvenus à un verdict final, mais ils avaient éprouvé le besoin de se ressaisir avant de le transmettre au juge. Alors qu'ils prenaient place, aucun ne jeta un coup d'œil à Marybeth. Assise entre son avocat et Joe, elle tripotait nerveusement la fine chaîne dorée qu'elle avait autour du cou. Elle portait l'une de ses tenues habituelles, un pantalon rouge foncé avec un chemisier rose à manches courtes, et elle semblait se ratatiner sur elle-même. Le juge demanda au président du jury de rendre le verdict pour le premier chef d'accusation.

– Non coupable, répondit Norman Small.

– Non coupable, répétèrent un à un les autres jurés.

Paul Callahan et Marybeth échangèrent des sourires. Ils avaient estimé que s'il y avait condamnation, elle aurait porté sur le premier chef d'accusation. Marybeth paraissait visiblement détendue.

Le juge demanda ensuite quel était le verdict pour la seconde accusation. Norman Small hésita un moment puis répondit :

– Coupable.

– Cette décision a-t-elle été prise à l'unanimité ?

– Oui.

A nouveau, le juge interrogea chaque juré. Alors que le dernier juré prononçait le mot « coupable », le visage de Marybeth devint écarlate. Joe posa sa main sur la sienne. Marybeth baissa la tête et se mit à sangloter. Bientôt, son corps entier fut pris de violents tremblements. Terriblement embarrassés, les gens se concentrèrent sur le juge qui remerciait et renvoyait les jurés, leur épargnant le spectacle des larmes de Marybeth. Au cours des six dernières semaines, elle avait donné l'impression d'être si détachée, si indifférente, comme s'il s'était agi du procès d'une autre. A présent, peut-être pour la première fois, elle se rendait compte de la situation et était atterrée par ce qui lui arrivait.

Quelques minutes plus tard, tout était fini. Barney Waldron, le shérif, la conduisit par la passerelle de la salle d'audience aux cellules de la prison du comté. Elle marchait lentement, les larmes ruisselant sur ses joues. Il n'y eut pas d'étreinte, pas d'adieux entre Joe et elle. Il était resté assis à sa place, comme s'il attendait encore quelque chose. Les journalistes, qui s'étaient empressés de suivre Marybeth et qu'on avait refoulés, se rabattirent sur lui.

– Êtes-vous surpris par le verdict ? lui demandèrent-ils tandis que les flashes des photographes l'éblouissaient.

Un autre les aurait ignorés ou aurait tout simplement exprimé sa colère. Joe Tinning leur répondit poliment.

– Tout à fait.

Puis, vint l'infaillible question : que ressentait-il ?

– A mon avis, le jury a été dur avec elle. Ils n'ont pas vraiment réfléchi à ce qu'ils faisaient. Ils ont fait leur boulot, mais ils n'ont pas le même point de vue que moi.

Après avoir rendu leur verdict, les jurés retournèrent dans la salle des délibérations pour récupérer leurs affaires. Ils tremblaient tous, certains sanglotaient, d'autres s'étreignaient. L'expérience qu'ils venaient de vivre, la tension de ces derniers jours les avaient rapprochés, leur donnant une connaissance les uns des autres que personne, pas même leurs proches, ne pourrait jamais apprécier. Au bout du compte, ils avaient la sensation d'avoir bien agi, sans éprouver pour autant un quelconque sentiment de joie, et quand le district attorney vint les féliciter, certains furent blessés par son geste.

A l'étage en dessous, dans le bureau du district attorney, John Poersch donnait une conférence de presse. Il était d'humeur enjouée. « Je peux vous assurer que ce n'est que le premier round, et que je reverrai Marybeth Tinning d'ici peu. »

Sous quelle inculpation ? « Les deux autres enfants qu'elle a mentionnés dans ses aveux. »

Pourquoi n'avait-il pas accusé Marybeth de ces deux meurtres en même temps que celui de Tami Lynne ? « Parce qu'il vaut mieux pour moi les juger un par un. » Mais il n'expliqua pas pourquoi.

Quand porterait-il plainte contre elle ? « Eh bien, pas dans l'immédiat. »

S'il avait été à la place de l'avocat de la défense, aurait-il plaidé l'aliénation mentale ? Poersch esquiva la question. « Callahan a dû prendre certaines décisions. Je ne connais pas vraiment sa cliente. Ce que je pourrais dire ne serait que des suppositions. »

Quel était, à son avis, le mobile de Marybeth ? « Le mobile

est évident. Elle a dit qu'elle l'avait tuée parce qu'elle pleurait, et parce qu'elle pensait qu'elle n'était pas une bonne mère. »

Ce week-end, alors que Marybeth attendait son jugement, John Poersch quittait Schenectady pour ses vacances à Block Island, Paul Callahan partait en voiture pour Boston voir les Red Sox jouer contre Oakland, et la plupart des jurés – à qui l'on avait interdit de mentionner l'affaire à qui que ce soit pendant le procès – étaient de retour chez eux, parmi les leurs, et parlaient, parlaient de Marybeth.

33

Vous me tuez, vous me tuez.

Marybeth, alors qu'on l'emmenait à la prison de Bedford Hills.

Onze semaines plus tard, ce fut une Marybeth complètement différente qui revint au palais de justice pour y entendre sa sentence. Elle avait énormément maigri. Ses cheveux avaient été coupés très court et n'étaient plus blonds que par endroits. Quant à son teint, sans maquillage, il se fondait avec le blanc cassé de sa robe chemisier. On encourageait les prisonniers de Schenectady à porter leurs propres vêtements quand ils se rendaient au tribunal, afin de se sentir plus à l'aise et plus dignes, mais Marybeth avait choisi ce qui la mettait le moins en valeur.

Le district attorney John Poersch requit la peine maximale de vingt-cinq ans de prison.

– Cette femme connaissait les conséquences de ses actes, mais elle n'en a pas tenu compte, dit-il. C'est une femme mauvaise. Elle n'agit que dans son propre intérêt, et étant donné les circonstances, je demande qu'elle soit condamnée à la peine la plus sévère.

Paul Callahan argua qu'elle n'avait jamais été condamnée auparavant et que sa conduite, durant l'année où elle était en liberté sous caution avait été exemplaire. Depuis, à la prison du comté, elle avait rendu de grands services aux autres détenues. Il est possible que cette déclaration ait été faussée par les dires de Marybeth elle-même. Elle avait fait savoir à Callahan, qui l'avait à son tour rapporté à la presse locale, qu'elle avait appris à lire à une codétenue et qu'elle avait confectionné une petite couverture de bébé pour une prisonnière enceinte. Callahan tentait un peu tardivement de présenter sa cliente comme quelqu'un de maternel et de bienveillant. A l'intérieur de la prison, on avait une tout autre version des choses : c'était, en réalité, une gardienne qui avait appris à lire à l'une des détenues, et quant à la « couverture de bébé », il s'agissait d'un châle qu'elle crochetait pour sa belle-mère. Lorsque ces histoires parurent dans la presse, Marybeth prétendit ne pas savoir d'où elles venaient.

Le rapport du contrôleur judiciaire contenait le commentaire suivant : « Mis à part la gravité de son crime qui implique l'incarcération, l'accusée ne donne pas l'impression d'être une candidate éventuelle à la prison. »

Callahan cita ce commentaire pour appuyer son argumentation : sa cliente devait être condamnée à la peine la plus courte possible. Non pas que le juge Harrigan ait toute latitude à ce niveau. Au cours des années précédentes, les juges de l'État de New York avaient été sévèrement limités par la législation criminelle qui fixait les sentences pour les crimes graves. Une personne accusée pour la première fois d'homicide volontaire ne pouvait être condamnée à moins de quinze ans ou à plus de vingt-cinq ans de prison.

Avant de prononcer la sentence, le juge demanda à Marybeth si elle avait une déclaration à faire.

– Oui, Votre Honneur, répondit-elle avant de lire un texte qu'elle avait écrit de sa propre main. (Et d'une petite voix, si faible qu'on l'entendait à peine, elle déclara :) Je voudrais que tout le monde ici sache que je suis désolée que Tami Lynne soit morte. Pas un jour ne passe sans que je pense à elle. Elle me manque beaucoup. Je veux que vous sachiez tous que je n'ai rien à voir avec la mort de ma fille, Tami Lynne. J'essayerai de garder la tête haute et d'accepter la punition que la société et la loi requièrent pour le crime pour lequel j'ai été condamnée. Bien que je n'aie pas commis ce crime, je purgerai ma peine de mon mieux. Cependant, je ne cesserai jamais de me battre pour prouver mon innocence. Le Seigneur sait que je suis innocente, et peut-être un jour je retrouverai ma vie, ou ce qu'il en restera. (Elle leva les yeux et ajouta :) C'est tout.

La sentence du juge Harrigan fut un choc pour Marybeth, presque autant que le verdict du jury : vingt ans de réclusion dans la prison d'État pour femmes, à Bedford Hills.

– Mon sentiment est que la gravité du crime requiert une telle condamnation, dit-il.

Il ne demanda pas de rapport psychiatrique, et étant donné le fonctionnement de la législation de l'État de New York, il n'avait pas grand intérêt à le faire. Même si un traitement psychiatrique était recommandé, Harrigan ne pouvait envoyer Marybeth dans une institution spécialisée tout simplement parce que son avocat n'avait pas plaidé l'aliénation mentale. La seule chose qu'il pouvait faire, c'était de demander qu'elle reçoive une aide psychiatrique en prison, sans avoir cependant la certitude qu'elle l'obtiendrait.

Dès ses premières entrevues avec Paul Callahan, Marybeth n'avait cessé de répéter qu'elle n'avait pas tué Tami Lynne, et ce point avait dicté la conduite de la défense. Elle avait si souvent dit : « Je ne l'ai pas fait » qu'en dépit de ses aveux elle avait fini par y croire elle-même. Ce déni fut fatalement repris dans sa déclaration à la cour, et pourtant, il y avait quelque chose de bizarre dans la manière dont elle s'exprima – en particulier dans sa remarque sur le fait qu'elle acceptait la punition que lui imposaient la société et la loi, comme si elle reconnaissait que cette punition était méritée. La plupart des gens, à sa place, auraient employé le mot de « sentence ».

Le terme de « punition » ne fait pas partie du vocabulaire des détenus, car il sous-entend la culpabilité, et les détenus protestent généralement de leur innocence. C'était le mot pourtant qu'avait choisi Marybeth à maintes reprises, non seulement à ce moment-là mais immédiatement après son arrestation : « Ils vont me punir, ils vont me punir », sanglotait-elle, recroquevillée sur son lit dans sa cellule, comme une enfant apeurée. Ce ne fut qu'après qu'elle commença à dire : « Je n'ai pas tué Tami Lynne. » Alors qu'elle se trouvait à la prison du comté, pas une seule fois elle ne parla de ses enfants.

Elle fut condamnée le jour même où les parents de Joe célébraient leur cinquantième anniversaire de mariage. Ils continuaient à proclamer son innocence et lui avaient rendu visite à plusieurs reprises en prison où ils lui avaient apporté des livres pieux. Ils avaient aussi prié un pasteur d'aller la voir régulièrement et de lui parler. Joe et ses parents étaient contre toute sorte d'aide psychologique. « Je me méfie des psychiatres, déclara Joe à un journaliste d'Albany. Ils offrent peut-être de vous aider, mais ça prend des années. » Il pensait que sa femme trouverait davantage de réconfort dans les Écritures, et Marybeth fut évidemment d'accord avec lui. (« Ils se tournent tous vers la religion en prison ; c'est quelque chose d'étonnant », fit observer une gardienne de prison.)

A l'exception de Joe, aucun membre de la famille de Marybeth n'était présent dans la salle d'audience quand le juge prononça la sentence. Le gouffre entre les générations s'était creusé encore plus depuis que Carol et Andy avaient accordé une interview télévisée le dernier jour du procès où ils avaient déclaré qu'ils étaient satisfaits du verdict. « Nous l'avons fait pour que le monde entier sache qu'il y a dans notre famille des gens normaux et bienveillants qui ont été bouleversés par ce qui est arrivé à ces enfants », expliqua Carol.

Elle avait demandé à un journaliste de lui téléphoner quand la sentence serait connue. Quand celui-ci lui annonça que sa belle-sœur passerait les vingt prochaines années de sa vie en prison, elle ne fit aucun commentaire. Gêné par son silence, le journaliste ajouta que Marybeth avait l'air d'aller vraiment mal ce jour-là dans la salle d'audience. Sans la moindre hésitation, Carol répondit : « Comme tous ses bébés, une fois qu'elle en avait fini avec eux. »

34

C'était une enfant non désirée qui n'a jamais grandi.

Une ancienne amie.

Tout avait commencé avec Jennifer; la police et bien d'autres l'affirmèrent, et cela semblait être une explication logique. Ils estimaient que son équilibre mental avait été bouleversé par la mort inattendue de ce bébé et qu'à chacune des naissances suivantes elle avait essayé, en la revivant, de venir à bout des sentiments qu'avait éveillés en elle cette tragédie.

La vérité était cependant plus complexe et n'apparut dans son intégralité que longtemps après le procès. Quelques indications vinrent de personnes qui avaient eu peur d'elle, ou plutôt qui avaient eu peur de ce qu'elles savaient et qui avaient préféré garder le silence. L'ancienne serveuse du Flavorlandqui avait entendu Marybeth dire : « Et Dieu m'a ordonné de tuer celui-là aussi » finit tout de même par appeler le district attorney et par lui rapporter cette conversation qui l'avait hantée pendant des années – mais pas avant que Marybeth n'ait été emmenée dans une prison hautement surveillée à trois heures de route de Schenectady.

Cette femme n'était pas la seule à avoir peur. Au cours des quatorze années qui avaient vu la mort des neuf enfants Tinning, les personnes qui avaient été le plus en contact avec Marybeth, à l'exception de sa famille, étaient ses collègues du Flavorland. Les voisins et les amis changeaient tous les deux ou trois ans, mais les employées du restaurant reprenaient leur emploi entre deux grossesses, tout comme Marybeth. C'étaient des femmes pragmatiques, dignes de confiance, promptes à réagir et difficilement dupes, et toutes celles qui travaillèrent avec Marybeth finirent par être traumatisées par elle.

Une fois le procès terminé, Sue Normington raconta comment, plusieurs années auparavant, elle avait éprouvé un jour l'étrange désir d'acheter une poupée parce qu'elle lui rappelait Mary Frances. A cette époque, elle était tenaillée par les pires doutes, mais n'avait su qu'en faire. Elle avait vu cette poupée à vendre dans un marché aux puces, et instinctivement, elle avait senti qu'il lui fallait l'acquérir. La poupée avait les cheveux blond vénitien et le teint clair de Mary Frances, le même sourire innocent sur un visage de porcelaine, et elle portait un petit ensemble en tricot rose comme celui que Mary Frances avait quand Marybeth l'avait amenée au restaurant. Quand elle prenait cette poupée dans ses bras, Sue se rappelait comment elle avait pris Mary Frances et l'avait bercée quand elle l'avait vue vivante pour la dernière fois.

« Je voulais donner cette poupée à Marybeth et lui dire – je ne sais pas ce que je voulais lui dire, mais elle aurait compris le message, elle aurait compris qu'elle ne s'en sortirait pas comme ça. Mais je n'ai jamais pu trouver le moyen de le faire. » A la place, Sue fit part de ses soupçons au Bureau d'aide sociale. De temps en temps, elle sortait la poupée du tiroir où elle l'avait rangée, et ressentait à nouveau un grand chagrin mêlé d'effroi. Ce ne fut qu'une fois que Marybeth fut condamnée que ces sentiments s'atténuèrent. « J'ai rangé la poupée et le journal qui annonçait le verdict, et je n'y ai plus jamais repensé depuis. J'étais soulagée. J'ai porté ça en moi pendant tellement longtemps. »

D'autres souvenirs dataient de bien avant la mort de Jennifer. Ils venaient des anciens camarades d'école de Marybeth; ceux-ci se rappelaient une petite fille timide « qui avait l'air un peu bizarre » et qui habitait dans une maison isolée à l'extérieur de Duanesburg où, semble-t-il, on n'entendait jamais rire. La petite fille était devenue une fillette qui cherchait tout le temps à se faire remarquer dans le bus de ramassage scolaire, puis une adolescente solitaire qui avait si peu marqué ses professeurs de lycée qu'en dépit de sa notoriété ultérieure, certains eurent du mal à se la rappeler.

« Je suis incapable de me souvenir de quoi que ce soit de positif ou de négatif à son sujet, dit l'un d'eux après son arrestation. En ce qui me concerne, c'est quelqu'un qui m'est tout à fait insignifiant. »

Quand ce fut son tour de surveiller les enfants de l'autocar, « elle ne savait pas comment avoir de l'autorité, rapporta l'une des lycéennes qui travaillait avec elle. Elle criait sur les petits, les bousculait, et elle avait des affrontements terribles avec les gosses qui étaient trop vieux pour accepter d'être commandés. Très vite, elle s'était mis à dos tous les enfants. »

Ce fut une période difficile pour cette adolescente mal dans sa peau. Une femme qui avait été en classe avec elle en parla avec bienveillance. « A cette époque, seules les filles populaires sortaient, et Marybeth n'était pas populaire. Les filles populaires allaient en bande, et parfois elles pouvaient vraiment être blessantes. Il y avait la bande des cheerleaders (celles qui rythmaient les cris des supporters pendant les matchs), la bande des basketteuses, et puis il y avait les cracks. Pour faire partie de cette bande-là, il fallait s'habiller d'une certaine façon – chaussures bicolores à lacets, jupes de flanelle – et traîner avec une cigarette à la bouche. Fumer, c'était le grand truc de l'époque, on ne buvait pas et on ne se droguait certainement pas. Les filles avaient les cheveux mi-longs qu'elles faisaient boucler avec des rouleaux quand elles avaient rendez-vous avec un garçon. Si vous n'apparteniez pas à l'une de ces bandes, vous n'étiez rien.

« Marybeth, elle, était quelconque et s'habillait de manière quelconque. Elle est bien plus séduisante aujourd'hui. Elle n'avait pas un joli visage. Elle avait les dents en avant et l'air maussade, et la plupart du temps elle avait les cheveux courts et raides. Elle n'appartenait à aucune bande, et avait peu de chances d'en faire un jour partie. Non pas qu'elle ait été un mauvais élément à l'école. Je ne me rappelle pas qu'elle ait eu des problèmes ou qu'elle ait été envoyée chez le principal. Mais elle était différente. Elle avait des sautes d'humeur. Parfois elle était toute souriante, parfois elle traversait le hall le visage fermé. Et puis, on ne savait jamais quand elle disait la vérité. Je ne dis pas qu'elle mentait, mais elle racontait toujours des histoires invraisemblables pour se donner de l'importance.

« Elle ne parlait jamais de son père. A mon avis, il ne faisait pas partie des bons côtés de sa vie. »

Une autre camarade de classe de Marybeth partageait ce sentiment. « Il avait dû se passer quelque chose dans son enfance, peut-être qu'elle a été victime de mauvais traitements, je ne sais pas. Mais il y avait beaucoup de colère en elle. » Cette femme rapporta l'une des histoires que Marybeth avait racontées au lycée. « Ça fait tellement longtemps que j'ai oublié les détails, mais en gros elle devait aller dans le Connecticut pour le week-end pour témoigner à un procès au sujet d'un accident auquel elle avait soi-disant assisté. Nous savions toutes que c'était faux, parce que les tribunaux ne siègent pas le week-end. »

Marybeth était toujours l'héroïne des histoires qu'elle se racontait et qu'elle racontait aux autres. Soit elle était le témoin principal d'un procès, soit, par la suite, elle aiderait une inconnue à accoucher dans un centre commercial. Il n'y avait qu'une seule histoire où elle était la victime, et qui devait sans aucun doute être vraie, celle de l'enfant qu'on frappait avec une tapette et qu'on enfermait dans sa chambre – une histoire racontée tant de fois que la douleur devait être profondément ancrée en elle. Marybeth avait raison de penser que son frère avait été le préféré. Buddy n'avait jamais été enfermé dans sa chambre. « Je n'ai pas besoin de frapper ton frère, disait souvent Alton Roe. Tes erreurs lui sont profitables. »

Le père étant mort depuis longtemps, la mère refusant d'en parler et les souvenirs de Marybeth étant pour le moins douteux, nous n'avons aucun moyen de savoir s'il s'agissait réellement de mauvais traitements ou si c'était tout simplement les méthodes d'éducation d'une époque révolue. « Les parents, alors, étaient tous très sévères. Mr. et Mrs. Roe donnaient l'impression d'être de braves gens. » Mais personne dans le village ne les connaissait vraiment.

Marybeth Roe eut son diplôme de fin d'études secondaires en 1961. C'était une élève moyenne qui avait vaguement l'intention de poursuivre des études à l'université. Il n'y eut rien de marquant au cours de sa scolarité; elle ne remporta aucun prix, ne fit partie d'aucune équipe sportive, ne chanta dans aucune chorale; au cours de la première année, elle fut toutefois présidente des Future Homemakers of America [1].

Elle traîna chez elle pendant quelques semaines après les examens, jusqu'à ce que son père l'envoie chercher du travail. Il semble qu'elle ait accepté la première proposition qu'on lui fit, celle d'aide-soignante au service pédiatrique de l'hôpital Ellis. Toutefois, il est possible que ç'ait été une affaire de choix plutôt que de hasard. En effet, Marybeth aimait beaucoup les bébés à cette époque. Vingt-cinq ans plus tard, les directeurs de l'hôpital Ellis consultèrent avec inquiétude les registres de l'hôpital, à la recherche de morts d'enfant inexpliquées durant la période où Marybeth était dans leurs murs, mais ils n'en trouvèrent aucune. Dans le dossier la concernant, le supérieur

1. Les Futures Épouses d'Amérique.

de Marybeth avait répondu par l'affirmative à la question : « Feriez-vous de nouveau appel à ses services ? »

Il existe une autre histoire, datant plus ou moins de cette époque, selon laquelle Marybeth aurait été enceinte mais aurait avorté. Personne ne peut la confirmer, mais Marybeth l'a racontée à assez de gens pour qu'elle soit crédible. « Ils m'ont obligée à le faire », dit-elle un jour à une amie, en parlant d'un avortement, mais sans expliquer qui « ils » étaient. L'avortement était alors interdit par la loi (bien qu'il existât à Schenectady une ou deux « bonnes adresses »), et pour une jeune femme élevée dans la religion catholique, c'était un crime. Cette expérience traumatisante eut-elle un rapport avec la mort de ses enfants ?

Dans l'une des versions de cette histoire, elle mentionna un éventuel père. C'était encore l'une de ces affabulations portant la « touche Marybeth ». Un prêtre de l'Église épiscopale l'aurait paraît-il séduite, et plusieurs années après, elle serait allée à son chevet, et ils se seraient réconciliés. La personne à qui elle raconta cette aventure ne crut pas à l'histoire du prêtre, mais se demanda en revanche si Marybeth ne l'avait pas inventée pour dissimuler l'identité du vrai père, un homme dont elle n'osait parler, un homme avec qui elle n'aurait jamais pu se réconcilier.

Il est possible que Joe Tinning n'ait pas été au courant de toutes ces histoires. Il savait très peu de choses sur Marybeth quand il la rencontra, et il n'était certainement pas du genre à lui poser des questions. Lorsqu'ils se marièrent, il suivait un stage de formation à la General Electric et Marybeth travaillait à l'hôpital Ellis. On raconte que Ruth Roe aurait mis en garde son gendre contre les « crises de nerfs » de sa fille ; elle voulait parler des crises de larmes de Marybeth pour obtenir ce qu'elle désirait. Joe ne fut jamais suffisamment sûr de lui pour suivre ce conseil, et les caprices continuèrent tout au long de leur mariage. Toutefois, leurs premières années de vie commune semblent avoir été plutôt heureuses. Ce ne fut qu'à l'époque de la troisième grossesse de Marybeth, quand elle attendait Jennifer, que tout bascula.

D'abord – et cet événement eut peut-être d'énormes conséquences sur ce qui allait suivre –, il y eut la mort soudaine du père de Marybeth. Il est très difficile pour une femme de faire le deuil d'un être proche quand elle-même est sur le point de donner la vie. Même dans les familles les plus chaleureuses, le stress émotionnel est si fort qu'il arrive que la femme ne s'occupe – au point parfois de friser l'obsession – que de l'un ou de l'autre événement. Soit elle met toute son énergie psychique dans sa grossesse et reporte le deuil après la naissance du bébé, auquel cas, elle risque de souffrir d'une très sévère dépression *postpartum*, soit elle s'implique tellement dans ce deuil qu'elle finit presque par oublier l'enfant à naître.

C'est ce que fit Marybeth. Elle avait toujours éprouvé des sentiments ambivalents à l'égard de son père : la colère et la peur parce qu'il était dur avec elle et qu'il favorisait son frère, et en même temps le désir d'être aimée de lui, du moins de lui plaire. Physiquement, elle lui ressemblait et semblait parfois jalouse de sa mère.

Elle entrait dans son septième mois de grossesse quand Alton Roe Senior eut une crise cardiaque. Au cours des quelques jours que dura son agonie à l'hôpital Ellis, Marybeth espéra sans doute qu'ils feraient la paix, comme dans l'histoire qu'elle racontait sur ce prêtre au chevet duquel elle était allée. Mais il semble que Marybeth et son père n'aient connu aucune réconciliation avant qu'il s'en aille à jamais, et sa mort a dû renforcer son chagrin, sa culpabilité et sa colère.

Juste avant sa mort, son père lui porta un dernier coup, et la douleur qu'il provoqua fut longue à s'atténuer. Alors qu'Alton Roe Senior se trouvait à l'hôpital, il fit venir à lui son fils et lui demanda une faveur : « Promets-moi, lui dit-il, que si un jour tu as un fils, tu lui donneras notre nom : Alton Lewis Roe ». A cette époque, Buddy (qui tint promesse) était loin d'être père. Marybeth, elle, n'était plus qu'à dix semaines de son terme, mais dans l'esprit de son père son enfant venait en second. Ce serait le fils de son frère, qui n'était même pas encore conçu, qui perpétuerait le nom de la famille. Même féconde et affligée, Marybeth n'était pas à la hauteur des espérances de son père mourant.

Il fut enterré en octobre, Jennifer naissait à Noël. Pour une mère catholique dans un hôpital catholique, Noël représente un moment spécial pour accoucher, un moment où l'expérience de donner la vie rejoint le miracle de la naissance du Christ. Marybeth poussa le parallèle encore plus loin. Encore obsédée par son père, elle confia à une infirmière du St. Clare que ce bébé était son cadeau de Noël à son père. Qu'il l'eût voulu ou non, cette petite fille serait différente des autres. Elle parlait même de la naissance de Jennifer comme d'un acte nécessaire à la commémoration de la mort de son père, à l'immortalité même de son âme. Jennifer serait la nouvelle forme humaine d'Alton Roe Senior. Dans son esprit troublé, cette naissance semblait être l'expiation de ses fautes passées. Mais ce n'était pas de ce nouveau bébé qu'elle parlait sans fin. C'était de son père. « Toute la journée, elle n'avait que son nom à la bouche », se rappela une infirmière.

Parmi les anciennes infirmières du St. Clare, des histoires étranges circulaient sur la naissance de Jennifer, mais il fallut attendre la condamnation de Marybeth pour que ces femmes parlent. Quelques-unes savaient des choses qui n'avaient pas été consignées dans le dossier médical de l'enfant.

Ce que certaines d'entre elles finirent par révéler n'a jamais été confirmé, mais cela termine si parfaitement le puzzle que l'on peut pratiquement être sûr qu'il s'agit de la pièce manquante. On savait à la maternité que Marybeth avait tout fait pour accoucher le jour de Noël, de sorte que son enfant soit la réincarnation de son père. C'était un comportement tellement bizarre que, seize ans plus tard, des infirmières s'en souvenaient encore, comme elles se souvenaient que Marybeth n'arrêtait pas de dire qu'il était revenu sur terre à travers l'esprit de cette enfant. Un travail provoqué maladroitement expliquerait le type d'infection dont souffrait Jennifer, et qui est la cause la plus répandue des abcès au cerveau et des méningites des nouveau-nés. Jennifer est née le 26 décembre. Elle est morte huit jours après.

Il semble que personne n'ait interrogé Marybeth, ce qui est compréhensible quand on sait la réaction de douleur extrême qui fut la sienne à la mort de ce bébé. A la place, la direction de l'hôpital la laissa sortir pour qu'elle s'occupe du premier des neufs enterrements très élaborés qui allaient suivre.

Quand ses deux autres enfants moururent ensuite en l'espace de deux mois, personne ne posa de question. Le reste était prévisible. Après l'arrestation de sa sœur, Alton Roe déclara que, si elle n'avait pas été accusée d'avoir tué Tami Lynne, elle aurait déménagé dans une ville où personne ne la connaissait, « et il y aurait eu d'autres bébés ».

La grossesse semble avoir été plus importante pour Marybeth que la naissance d'un enfant. Elle aimait, d'une manière puérile, l'idée des bébés, elle aimait bien les habiller et les montrer, elle joua même avec Tami Lynne peu de temps avant de l'étouffer. Mais elle n'aimait pas être mère, n'aimait certainement pas se lever la nuit, changer les couches, nettoyer ses enfants quand ils avaient vomi ou quand ils avaient la colique. Sa plus grande satisfaction venait de l'état de gravidité, qui lui donnait le sentiment d'être plus épanouie et plus importante que la femme solitaire et malade qu'elle était au fond d'elle-même. Toute sa vie, Marybeth avait ressenti un énorme vide en elle, et elle ne connaissait qu'un seul moyen de le combler.

Elle ne pleurait pas ses bébés morts, elle n'essayait pas de perpétuer leur souvenir comme d'autres mères le font – en parlant souvent d'eux, en calculant l'âge qu'ils auraient s'ils étaient encore en vie. Mais quand elle habitait Duanesburg, entre la mort de Michael et la naissance de Tami Lynne, elle rencontra une adolescente mal dans sa peau qu'elle appelait (mais jamais en sa présence) « ma fille » et qu'elle aima comme elle aurait aimé l'un de ses propres enfants, s'il avait vécu.

Elles s'étaient rencontrées quand Marybeth, qui travaillait alors pour l'association des secouristes, avait conduit le grand-père de l'adolescente à l'hôpital. Quelques jours plus tard, elle était passée voir la famille pour demander des nouvelles du malade. C'est là qu'elle vit la jeune fille pour la première fois, qu'elle apprit qu'elle avait eu une enfance malheureuse, et qu'elle se prit d'affection pour elle.

Elles avaient de longues conversations ensemble; Marybeth l'aidait à faire ses devoirs, discutait avec elle de ses problèmes. Elle l'encouragea à continuer ses études quand elle fut tentée d'abandonner, et de temps en temps elle l'emmenait au restaurant à Schenectady. « Je sais qu'elle adorait les bébés, raconta cette jeune fille, parce qu'un jour où on était sorties toutes les deux, il y avait une femme avec un bébé assise à la table voisine, et Marybeth a joué avec lui. » La jeune adolescente pensait qu'elle n'avait jamais eu d'enfant. Pendant toute cette période, qui dura au moins deux ans, Marybeth n'en mentionna jamais aucun.

Après son départ de Duanesburg, Marybeth resta en contact avec elle. « Elle m'a appelée pendant le procès pour savoir si j'allais mieux. J'avais été hospitalisée, et elle semblait très inquiète. Je lui ai demandé comment ça se passait pour elle, et elle m'a dit qu'elle tenait le coup. Elle avait l'air d'aller bien. » Sa « fille » avait vingt-deux ans et elle ne vivait plus chez ses parents. Elle n'entendit plus jamais parler de Marybeth après sa condamnation. « Mais si elle m'écrivait de la prison, je lui répondrais. C'est une femme bonne, et jamais on ne me fera croire qu'elle a tué ses bébés. »

Épilogue

Marybeth fit appel en juillet 1988, un an après sa condamnation. Martin Cirincione, un avocat du comté de Schenectady, se chargea de l'affaire. Il avait remplacé Paul Callahan auprès de Marybeth après qu'elle eut demandé l'aide judiciaire, déclarant que les honoraires de Callahan avaient épuisé toutes ses ressources.

A moins de présenter de nouveaux témoignages spectaculaires, ce qu'apparemment il ne pouvait faire, Cirincione était limité dans son appel aux témoignages entendus lors du procès. Il se borna par conséquent à deux aspects et argua qu'en dépit de la mention des autres enfants Tinning par Callahan, le juge avait commis une erreur en remettant au jury l'intégralité de la confession de Marybeth sans avoir ôté les passages où elle avouait avoir étouffé Timothy et Nathan. C'était un point de droit délicat qui portait sur l'interprétation par le juge Harrigan de la décision prise par l'État de New York dans l'affaire Molineux sur l'admission des preuves de crimes précédents.

L'autre argument de Cirincione était plus difficile à contrer pour le district attorney. Dans sa plaidoirie, Poersch avait fait une erreur grossière. « Quand vous lirez cette déposition et quand vous considérerez les témoignages, je suis persuadé que vous penserez que Marybeth Tinning a tué ses enfants », avait-il dit aux jurés. Il ne songeait qu'à un seul enfant, bien sûr. Mais il le répéta deux fois, et par deux fois Callahan fit objection. La première fois, le juge Harrigan retint l'objection, la seconde fois, il passa outre. Cirincione s'en servait à présent pour arguer que les remarques préjudiciables de Poersch justifiaient à elles seules l'ouverture d'un nouveau procès.

Pendant l'année qui s'était écoulée depuis la condamnation de Marybeth, Poersch avait publiquement répété sa promesse d'ouvrir une enquête sur les autres morts de la famille Tinning. Il avait également déclaré que certaines personnes étaient venues le voir avec de nouvelles informations, et il s'était juré de mener « une enquête complète, du début à la fin, sur la mort de tous ces enfants ».

C'était, dans un premier temps, ce que la police de l'État l'avait pressé de faire. Dans les postes de police de la région, on l'avait fortement critiqué de ne pas avoir rassemblé suffisamment de preuves pour que Marybeth soit inculpée des trois meurtres qu'elle avait avoués. Avant que le procès commence, certains craignaient même que le district attorney n'ait pas gain de cause si elle n'était accusée que d'un seul meurtre. Avec trois chefs d'accusation contre elle, une condamnation était plus que certaine, et risquait moins d'être annulée lors d'un appel. N'ayant su profiter de cette occasion, Poersch se devait donc de porter de nouvelles accusations, afin que Marybeth ne soit pas relâchée plus tôt de prison. Cependant, quand la Cour d'appel de l'État de New York se mit à considérer l'appel de Marybeth en novembre 1988, le district attorney n'avait toujours pas commencé l'enquête qu'il avait promis de mener. A ce moment-là, il avait d'autres soucis.

Des trois principales villes du district de New York, Albany, Schenectady et Troy, Schenectady avait depuis longtemps le pire taux de criminalité. Dans le quartier le plus pauvre de la ville, Hamilton Hill, le trafic de drogue et la prostitution liée à la drogue allaient sans cesse en augmentant. En mai 1988, une femme ne se réclamant d'aucun parti, Gail Podrazik, constitua un groupe activiste, le Clean Sweep United, avec le but d'éliminer le trafic de drogue à Schenectady. Le bureau du district attorney fut la première cible du Clean Sweep United. Alléguant que Poersch ne faisait rien contre les trafiquants, des membres du groupe se mirent à le suivre dans toute la ville pendant plusieurs semaines, notant le temps qu'il passait dans les bars. Parfois, alors qu'ils le surveillaient, ils téléphonaient à son bureau et demandaient à lui parler. D'après Mrs. Podrazik, on leur répondait alors qu'il était en réunion.

Une chaîne de télévision locale rendit publiques les accusations de Gail Podrazik contre le district attorney, et Poersch lui répondit lors d'une conférence de presse. Il n'autorisa aucune question et se contenta d'une déclaration un peu vague, dans laquelle il parlait avec fierté du nombre d'arrestations qu'il avait accompli. « Je pense être le meilleur district attorney que le comté ait jamais eu », affirma-t-il.

Il tremblait et ruisselait de sueur. Il reconnut qu'il allait quelquefois dans des bars mais qu'il travaillait à des heures irrégulières et était de service vingt-quatre heures sur vingt-quatre. « Ce que je fais entre le moment où je me lève et le moment où je vais me coucher ne regarde que moi. Et je ferai ce qui me plaît jusqu'au jour de ma retraite, si un jour je pars à la retraite. »

Cela faisait onze ans qu'il était district attorney, et de tous côtés on le poussait à démissionner d'un poste qui lui rapportait 82 000 dollars par an. Tout à coup, il lui semblait plus important d'amener des dealers devant les tribunaux, plutôt que d'entamer de nouvelles poursuites contre Marybeth Tinning.

Alors qu'il préparait son appel, Martin Cirincione visita à plusieurs reprises sa nouvelle cliente en prison. Il l'appréciait de plus en plus, semblait lui faire confiance, et finit par penser qu'elle n'avait pas eu droit à un procès équitable. Étant donné qu'elle n'était accusée que d'un seul meurtre, il avait le sentiment que les fréquentes références aux morts de ses autres enfants avaient pesé dans la décision du jury. Il argua même que les conclusions du Dr Oram sur la cause de la mort de Tami Lynne avaient été influencées par sa connaissance de l'histoire de la famille.

« Mrs. Tinning s'est montrée très franche avec moi, dit-il. Elle m'est apparue comme quelqu'un d'extrêmement sincère, normal et rationnel. Elle a toujours soutenu qu'elle n'avait pas tué Tami Lynne, et, autant que je sache, elle n'a jamais dit le contraire à qui que ce soit, à l'exception des officiers de police qui l'ont interrogée. Et l'on peut certainement la croire quand elle dit qu'on l'a forcée à avouer. » Dans son exposé à la cour d'appel, Cirincione demandait l'ouverture d'un nouveau procès et, à défaut, une réduction de sa peine, qu'il décrivait comme « dure et excessive ».

Après que Cirincione eut soumis son appel, Marybeth fit savoir qu'elle acceptait de donner une interview pour ce livre, en présence de son nouvel avocat. Jusqu'à présent, elle avait toujours refusé de parler. Peu de temps avant la date prévue pour l'interview, Cirincione annula le rendez-vous. « Elle aimerait beaucoup raconter son histoire, mais elle a peur de la façon dont elle risque d'être perçue », expliqua-t-il.

Joe Tinning continua de lui rendre visite à la prison de Bedford Hills où on le vit souvent prendre des notes sous la dictée de sa femme. Des histoires étranges sur le comportement de Marybeth en prison arrivèrent jusqu'aux oreilles des officiers de la police d'État. On rapportait une conversation que Marybeth aurait eue avec d'autres détenues, où elle décrivait la mort de certains de ses enfants avec des détails plus que compromettants. Une autre avait trait à ses réactions à l'égard des bébés. A la prison de Bedford Hills, on autorise les femmes enceintes au moment de leur condamnation à garder leur bébé avec elle pendant un an. On vit souvent Marybeth traîner autour de la garderie, et certaines femmes qui y avaient leur bébé déclarèrent qu'elle leur faisait peur.

Le 29 décembre 1988, l'appel fut rejeté par cinq juges de la Cour d'appel de l'État de New York. Leur décision fut unanime et exprimée avec si peu d'équivoque que les chances pour qu'elle soit annulée par un tribunal supérieur semblaient pratiquement nulles. Les juges rejetèrent l'affirmation de Marybeth selon laquelle elle avait été contrainte et forcée à avouer trois crimes et approuvèrent la décision du juge Harrigan de soumettre l'intégralité de sa confession aux jurés. Bien qu'ils aient trouvé les remarques de la plaidoirie du district attorney « impropres », ils déclarèrent qu'il avait commis « une erreur minime qui ne suffisait pas à contrebalancer les preuves évidentes de culpabilité ».

En guise de conclusion

Un meurtre est un meurtre. Une mère qui tue son enfant devrait être poursuivie en justice et jugée pour son crime.

Les tribunaux américains ne devraient pas mettre en prison des femmes qui tuent leur enfant, car ce sont des malades mentales.

Tiré de lettres adressées à *Time Magazine*,
11 juillet 1988.

L'infanticide est bien plus commun que la plupart des gens ne le croient. C'est l'aspect secret des statistiques des morts subites du nourrisson, la forme ultime des sévices sur enfant, le meurtre sans mobile apparent ou sans explication rationnelle. C'est un crime que nient ceux qui l'ont commis, prétendant qu'ils ont tout simplement trouvé le bébé mort dans son berceau, et tout le monde a tendance à les croire; de tous les crimes capitaux, c'est celui qui est le moins poursuivi en justice. N'importe quel médecin légiste sait qu'il y a de nombreux infanticides qui ne passent jamais devant les tribunaux. Dans leur forme la plus fréquente – la suffocation avec un objet mou –, il est pratiquement impossible de le distinguer d'une mort naturelle, et il n'y a généralement qu'un seul témoin, la mère, laquelle a effacé toute la scène de sa conscience. Il faut que le crime soit bizarre, ou répété suffisamment de fois, pour que l'on intente une action. Alors, la société est abasourdie d'apprendre qu'il existe des femmes comme Marybeth Tinning.

Tous ceux qui assistèrent au procès de Marybeth Tinning éprouvèrent des sentiments mitigés après l'annonce de sa condamnation. Ils avaient entendu quantité de témoignages provenant de spécialistes sans que cela leur permette de comprendre cette femme, et encore moins de comprendre ce qui l'avait amenée là. La plupart des jurés regrettaient que la loi ne les autorise pas à préconiser un traitement psychiatrique dont elle aurait dû bénéficier, à leurs yeux, depuis longtemps. De manière tout à fait inhabituelle, ils se retrouvèrent à plusieurs reprises au cours des mois qui suivirent pour parler de l'affaire et pour se demander s'ils auraient pu agir autrement.

Marybeth Tinning continue d'être une énigme. Dans l'espoir de la comprendre, d'éminents psychiatres et psychologues furent consultés pendant la préparation de ce livre. Ce genre de recherche apporte satisfaction et frustration à la fois parce qu'aucun de ces experts n'a pu examiner Marybeth, mais aussi parce qu'une conduite aberrante correspond rarement au schéma décrit dans les ouvrages. On peut interpréter les symptômes de diverses façons, en fonction de la manière dont ils se présentent, dont ils sont analysés et en fonction de la formation du spécialiste qui les observe. Il n'y a jamais d'explication simple aux complexités et aux anomalies d'un individu comme Marybeth. Mais tous les experts s'accordèrent pour dire que cette femme paraissait souffrir d'un grave désordre mental qui datait de son enfance. Plusieurs furent même supris que la défense n'en ait pas tenu compte.

Interviewé après que Marybeth fut condamnée, l'un des principaux témoins, le Dr John Emery, déclara que son cas aurait pu être présenté autrement à la cour. « Si je m'en étais occupé, j'aurais insisté pour qu'elle soit vue par un psychiatre qui connaissait le sujet. Si elle a vraiment tué son enfant, il y a de fortes chances pour qu'elle soit atteinte d'un certain type de psychose, et traiter un individu souffrant d'une maladie mentale en criminel est tout à fait inhumain. »

Dans le système britannique, plus familier au Dr Emery, la curieuse limite d'un an un jour après la naissance d'un enfant a été établie comme étant la période durant laquelle on ne peut accuser de crime une femme qui aurait tué son enfant. La loi a décrété que, durant cette période, une mère n'a pas obligatoirement fait la séparation émotionnelle nécessaire entre elle et son enfant pour avoir une conduite rationnelle à son égard. Elle peut encore le considérer comme faisant partie d'elle-même, et si elle le tue lors d'un accès de colère ou de désespoir, symboliquement, on peut considérer cet acte comme un suicide.

Les fréquentes sautes d'humeur de Marybeth, dont avait parlé Joe Tinning, frappèrent plusieurs experts qui y virent des manifestations propres à la psychose maniaco-dépressive. De même que certains de ses comportements : les mensonges pour se rendre importante ; les petits vols et le besoin compulsif de dépenser ; la colère latente qui pouvait donner lieu à des accès de violence ou à des menaces quand elle était contrariée. Lors d'une dispute avec Joe, Marybeth donna un coup de pied dans le poste de télévision (c'est du moins, ce que raconta l'une de ses collègues du Flavorland) ; après une autre dispute, il y eut la tentative d'empoisonnement au phénobarbital. Face à ces réactions extrêmes, on comprend pourquoi Joe préféra éviter tout affrontement avec sa femme. Cela explique aussi le frisson d'angoisse qu'éprouvaient certaines personnes en sa présence quand elles devinaient que sous ses manières affables et douces, elle était capable d'une violence incroyable. Après que Marybeth fut condamnée à vingt ans de prison, des collègues de Joe déclarèrent qu'il avait l'air d'un homme que l'on vient de soulager d'un lourd fardeau.

Les femmes atteintes de psychose maniaco-dépressive sont des victimes potentielles de la psychose *post-partum*, un état mental qui peut les pousser à tuer leur enfant. Il s'agit d'un désordre psychiatrique grave qui ne se déclare qu'une ou deux fois sur des milliers de naissances, ce qui explique pourquoi la plupart des obstétriciens n'en ont jamais été témoin. Par conséquent, il peut très facilement échapper au diagnostic pendant le très bref temps qu'une femme passe à la maternité, ou peut être confondu avec la dépression relativement passagère qui touche beaucoup de parturientes. Si le nouveau-né meurt quelques semaines plus tard chez lui, il y a de fortes chances pour que l'on impute sa mort au syndrome de la mort subite du nourrisson, surtout si les médecins notent chez la mère un profond chagrin si, jusque-là, l'enfant était aimé et en bonne santé. Les victimes de la psychose *post-partum* ne battent pas leur enfant. Elles s'en occupent bien, au contaire, jusqu'au jour où elles le tuent et effacent la scène de leur mémoire. Dans l'intervalle, elles n'établissent aucun lien avec lui. Ainsi, Marybeth avait choisi de ne pas allaiter ses enfants et détournait souvent la tête quand une infirmière lui amenait son bébé dans sa chambre à l'hôpital.

« Ces femmes considèrent que leur bébé représente ce qu'il y a de mauvais en elles, et elles cherchent à s'en débarrasser, déclara le Dr Stuart S. Asch, professeur de psychiatrie clinique à l'hôpital Cornell de New York, qui a étudié la psychose *post-partum*. C'est une forme de suicide. La femme veut avoir un enfant puis elle devient obsédée par l'idée psychotique que ce bébé représente le mal et qu'elle doit le supprimer. Quelque part en elle, elle sait ce qu'elle fait, mais il y a une très forte dénégation. »

La psychose peut être provoquée par une crise familiale traumatisante, comme la mort d'un parent pendant la grossesse. Si les relations avec ce parent étaient ambivalentes, en particulier si la future mère pense qu'elle était une enfant non désirée, elle risque de transférer sa colère sur le bébé qu'elle porte et de le tuer après sa naissance. Les personnes déprimées sont souvent pleines de ressentiment, ce qui leur donne l'impression d'être haïssables ou bonnes à rien (le fait que Marybeth dise souvent qu'elle n'était pas une bonne mère en est caractéristique), et la force qui pousse la femme psychotique à tuer son bébé lui vient de l'espoir qu'elle a d'être aimée si elle se débarrasse de ce mauvais aspect d'elle-même. Quand elle se rend compte que ce n'est pas le cas, elle tente d'être de nouveau enceinte pour combler le vide de son existence et ressentir à nouveau un sentiment de plénitude. « C'est une maladie répétitive cyclique où le conflit n'est jamais résolu, explique le Dr Asch. Sans traitement, elle a de fortes chances de resurgir après chaque naissance. »

On remarque souvent que les femmes souffrant d'une psychose *post-partum* sont sujettes à des délires religieux; dans l'euphorie de la grossesse, la femme peut ainsi se mettre à penser que l'enfant qu'elle porte est un être divin, qu'elle a été choisie pour le mettre au monde. Quand l'enfant paraît avec toutes les faiblesses humaines habituelles, la déception peut être énorme. Si Marybeth avait cherché à faire coïncider la naissance de son troisième enfant avec la Nativité, elle a dû être bien désillusionnée : l'enfant était une fille, et elle était née le lendemain de Noël. A partir de ce moment-là, aucun de ses enfants ne vécut longtemps, et tous les ans, à l'approche de Noël, elle était tendue, comme elle l'était dans la soirée du 19 décembre, quelques heures avant d'étouffer Tami Lynne.

Il se peut qu'il y ait d'autres explications. Un psychiatre avança que Marybeth souffrait peut-être d'une dissociation mentale, et avait développé deux ou plusieurs personnalités différentes comme moyen de défense contre un traumatisme grave. C'est une maladie mentale très rare où chacune des multiples personnalités fonctionne comme un individu à part entière, qui n'a normalement pas conscience de l'existence des autres. Chaque personnalité a des comportements et des souvenirs propres, et à tour de rôle l'une ou l'autre de ces personnalités est dominante. Au fil des ans, nombre de personnes qui furent en contact avec Marybeth observèrent de brusques changements dans son comportement qui peuvent tout à fait être la preuve de son état mental. D'autres avaient également observé que, parfois, elle donnait l'impression d'être ailleurs.

Un viol survenu pendant l'enfance est la cause la plus fréquente de la dissociation mentale. Souvent, le souvenir de cette terrible scène a été complètement effacé au point qu'aucune des personnalités que l'enfant a créées pour surmonter ce traumatisme n'en a gardé le souvenir. Une psychanalyse est évidemment nécessaire. Si Marybeth souffrait vraiment d'une dissociation mentale, on est en droit de se demander si elle était apte à être jugée dans la mesure où la Marybeth que virent les jurés n'avait peut-être aucun souvenir de la Marybeth qui avait étouffé Tami Lynne. A moins qu'il y ait une explication encore plus simple aux différents aspects de la personnalité de Marybeth : afin de surmonter son sentiment de médiocrité, elle avait appris à adopter divers rôles qui, pensait-elle, impressionneraient les autres. La plupart des gens agissent de la sorte, dans une certaine mesure. Marybeth semble avoir été experte à ce jeu.

C'était l'opinion du révérend Burnham Waldo, la seule personne à avoir réellement conseillé Marybeth. Lui aussi fut frappé par les différents personnages qu'elle jouait, mais il pensa que c'était pour elle le seul moyen de se rendre acceptable, plutôt que la manifestation de différentes personnalités. Dans une lettre très détaillée qu'il m'adressa, il décrivit sa réaction face à cette femme qu'il allait connaître et essayer d'aider pendant une période de trois ans entre la mort de Michael et sa dernière grossesse.

Ce qu'il y a de plus cohérent en elle, c'est son incohérence. Elle semble souffrir d'un manque de cohésion dans sa personnalité. Avant même qu'elle ne me parle de la mort de ses enfants, j'avais le sentiment qu'elle avait vécu une expérience tragique qui s'exprimait parfois par la colère. A mesure que j'apprenais à mieux la connaître, je me suis rendu compte que le dysfonctionnement de sa personnalité provenait de son absence totale d'amour-propre, due, à mon avis, au fait d'avoir été rejetée quand elle était enfant. Il semble que toutes les occasions qu'elle a eues de réussir et d'acquérir plus de confiance en elle l'ont laissée encore plus démunie, renforçant son impression d'être médiocre et de toujours échouer.

Sa conduite compulsive semble provenir d'un besoin profond d'évacuer la haine qu'elle éprouve envers elle-même. Quant à son comportement imitatif, on peut le considérer comme le résultat de ses tentatives pour se faire accepter et attirer l'attention et l'affection des autres. Je la vois comme un être qui tente désespérément d'être n'importe qui plutôt que la nullité que les gens qui comptaient le plus pour elle lui ont toujours fait croire qu'elle était.

Ce désir de vouloir être acceptée l'a obligée à endosser des rôles et des personnalités qui, pensait-elle, plairaient aux autres. Je suis sûr qu'à chaque fois elle croyait fermement être la personne qu'elle essayait d'être. Dès que les gens se lassaient de son histoire ou semblaient ne plus y croire, elle en changeait aussitôt et se comportait en enfant, au point d'avoir recours aux larmes et à la colère pour regagner la sympathie de son interlocuteur. A ces moments-là, sa personnalité dominante, la petite fille qui essayait désespérément d'être une adulte et qui ne savait pas comment s'y prendre, s'imposait.

Comme beaucoup d'autres personnes qui croisèrent son chemin, Waldo admit avoir été traumatisé par sa rencontre avec Marybeth – s'il lui en voulait d'avoir cherché à ruiner sa réputation, il s'en voulait encore plus de ne pas avoir pu l'aider davantage. « J'ai essayé de lui dire qu'il fallait qu'elle voie un spécialiste des maladies mentales, mais je n'ai pas réussi. » Plus il tentait de la persuader d'admettre qu'elle était malade, plus elle le menaçait – par exemple en faisant courir sur lui des bruits qui risquaient de nuire à sa position dans la communauté. Quand il finit par lui dire qu'il ne pouvait plus continuer à la voir et qu'elle avait besoin d'un psychiatre, sa réaction fut si violente qu'il se sentit en danger. Plus que tout, ce fut son regard qui le terrifia. Ce fut le même regard que décrivirent d'autres personnes, un regard diabolique – et qui ébranla suffisamment le révérend Waldo pour qu'il s'interroge sur la présence physique du mal en ce monde.

Quant au crime de Marybeth, on sait étonnamment peu de choses à son sujet. En 1968, le Dr Asch avait déclaré, dans un article paru dans une revue médicale [1] qu'à son avis un grand pourcentage de « morts de nourrissons au berceau » était en fait « des infanticides commis par la mère, et qu'il s'agissait d'une manifestation spécifique de la dépression *post-partum* ». Son affirmation fut très mal reçue à l'époque, et les spécialistes hésitèrent à se pencher sur la question – la maternité est trop sacrée pour être entachée par la suggestion de meurtre. Les institutions médicales dépensaient des sommes considérables pour la recherche sur le syndrome de la mort subite du nourrisson, mais l'une des causes a été constamment négligée parce que personne n'était prêt à soupçonner l'impensable, et à enquêter sur ce qui était évident. Face à une opposition de plus en plus grandissante, le Dr Asch se vit obligé d'abandonner une étude sur les causes de l'infanticide commencée dans les années 60. Les autorités médicales refusèrent de coopérer, il se sentait professionnellement isolé, « et puis la police voulait le nom des mères, et j'ai refusé de les leur donner ».

La loi anglaise est plus clémente pour les Marybeth de ce monde. En même temps, elle permet le genre de recherches sur l'infanticide qui serait impossible aux États-Unis, parce qu'une telle recherche y serait considérée comme une invasion illégale de la vie privée. En conséquence, les médecins anglais ont pu apprendre beaucoup de choses sur les mères qui tuent leur enfant, tout simplement en les observant. Après avoir laissé les femmes soupçonnées d'infanticides multiples seules avec leur bébé dans une chambre d'hôpital, ils les ont observées et filmées à leur insu, avec bien entendu une équipe de médecins prêts à intervenir en cas de besoin. Ce qu'ils ont découvert a complètement dissipé la croyance largement répandue selon laquelle les femmes qui étouffent leurs bébés agissent spontanément et sans réfléchir parce qu'elles ne supportent plus de les entendre pleurer. D'après leurs observations, c'est un crime beaucoup plus calculé.

Pour le Dr Roy Meadow, professeur de pédiatrie et pédiatre au St. Jame's University Hospital, à Leeds, qui a été au premier plan de ces recherches : « Une mère n'étouffe pas son enfant

1. « Le syndrome de la mort subite du nourrisson : sa relation possible entre la dépression post-partum et l'infanticide », Stuart S. Asch, M. D., *Journal of Mount Sinai Hospital,* New York City, vol. 35, 1968.

spontanément, dans un moment d'exaspération. D'abord, c'est très difficile à faire, particulièrement en terme de force requise, et cette force doit être maintenue pendant deux minutes environ. L'enfant se débat, même quand c'est un nouveau-né. Il agite les bras et les jambes. Lorsque nous avons observé ces mères à la vidéo, nous les avons vues qui regardaient par-dessus leur épaule pour être sûres que personne ne les surveillait, puis elles attendaient un petit moment, regardaient encore une fois derrière elles, et enfin s'approchaient de leur bébé avec un objet mou et se préparaient à le lui plaquer sur la figure avec une force considérable. Il s'agit bien d'un acte prémédité. Après, elles s'arrangent pour effacer de leur mémoire ce qui s'est passé parce qu'elles ne veulent pas s'en souvenir. »

Ayant défini par l'expression : syndrome de Münchhausen par procuration « les individus (généralement des mères) qui tirent une satisfaction perverse à rendre les autres (généralement leurs enfants) malades pour pouvoir ensuite les sauver », le Dr Meadow a depuis trouvé des caractéristiques semblables chez les femmes soupçonnées d'infanticides répétés. La plupart des femmes anglaises qu'il a étudiées étaient mariées depuis longtemps à des hommes qui s'en remettaient constamment à leur volonté mais qui ne leur apportaient aucun soutien affectif. Souvent, elles avaient travaillé dans le paramédical et aimaient participer aux petits drames quotidiens de la vie à l'hôpital. Elles avaient tendance à traîner dans les divers services bien après leurs heures de travail, se rendant utiles auprès des infirmières et réconfortant les autres mères – des gestes qui leur donnent l'impression d'être importantes. Certaines volaient du matériel médical.

« Elles adorent jouer avec tous ces petits appareils, expliqua le Dr Meadow. Elles se passionnent pour tout ce qui se rapporte à la médecine. » Mais, quand elles sont accusées d'infanticide « elle refusent d'admettre ce qu'elles ont fait et ont beaucoup de mal à raconter ce qui s'est passé parce qu'elles ne peuvent pas dire toute la vérité ».

Il y avait un peu de tout cela chez Marybeth.

D'autres facteurs peuvent être pertinents. Selon le Dr Asch, les femmes sujettes à la psychose *post-partum* souffrent d'une maladie d'origine émotionnelle plutôt que hormonale et ressentiront la même colère à l'égard d'un enfant adopté qu'à l'égard de leurs propres enfants. Au départ, elles veulent adopter un enfant puis se sentent terriblement mal parce qu'elles ne lui ont pas donné la vie et parce qu'il ne répondra jamais à leurs attentes irréalistes. Elles ont le plus souvent recours à la mort par suffocation qui, bien entendu, nécessite plus de force physique avec un enfant qu'avec un bébé. Une mère psychotique peut tout à fait céder à la panique quand son enfant se met à avoir des convulsions provoquées par un manque d'oxygène, l'emmener d'urgence à l'hôpital et recommencer quelque temps après.

Ces femmes ne supportent pas les demandes de leurs enfants parce qu'elles ont elles-mêmes été négligées dans leur propre enfance. Elles ne supportent pas non plus de les entendre pleurer. Les trois bébés que Marybeth a avoué avoir tués « pleuraient et faisaient un drôle de bruit » quand elle leur a plaqué un coussin sur le visage. Elle était anormalement sensible au bruit, sans doute une réaction négative à la voix forte et constamment élevée de son père qui, en tant qu'ouvrier à la presse à découper à la General Electric, était habitué à crier pour couvrir le bruit des machines. Pendant toute sa vie d'adulte, le moindre bruit désagréable la mettait systématiquement dans un état de nervosité extrême. Alors qu'elle se trouvait dans la prison de Schenectady, elle eut une réaction violente quand l'une des détenues se mit à chanter un gospel à pleine voix. Les autres femmes autour d'elle écoutaient avec recueillement quand Marybeth se tourna vers la gardienne et lança, d'un air manifestement mécontent :

– Du ruban adhésif. C'est ça qu'il faudrait.

– Du ruban adhésif ?

– Oui.

Et, avec un geste qui ne trompait pas, elle montra du doigt la chanteuse puis porta son index sur sa bouche. Les autres détenues se regardèrent, tout à coup affolées. Elles venaient de comprendre ce qui était arrivé à Tami Lynne.

Table

Cet ouvrage a été réalisé par la
SOCIÉTÉ NOUVELLE FIRMIN-DIDOT
Mesnil-sur-l'Estrée
pour le compte de France Loisirs
en juin 1994

Dépôt légal : septembre 1994
N° d'édition : 26330 – N° d'impression : 27536
Imprimé en France